オーバーロードの街

神林長平

朝日文庫

本書は二〇一七年九月、小社より刊行されたものです。

オーバーロードの街

かれらはだれか
どこにいるのか

0

飢えていて寒く、帰るところもなかった。

無意識のうちに穴蔵に潜り込もうとしている行動を取っていることに気づいた少女は、身体《からだ》の向きを変えて植え込みの中に背中から入り込み直し、膝を抱えた姿勢で、いまやそれが自分の持つ全財産となったスマホを見つめた。

かじかんだ指先で画面に触れるとぼんやりと明るくなったが、いますぐ充電が必要ですという警告とメモリ内容を維持するために一分以内にスリープするという表示が出ただけで、だれからのメッセージもメールも音声通話も来ていなかった。

あとわずかな時間でこのスマホも死ぬのだと少女は無感動に思った。ぎりぎりまで生き延びるために画面のバックライトは暗かったが、それもすぅぅと光を失ってスマホは沈黙した。このスリープ状態をあと何回解除できるのかわからなかった。もしかしたらもう明るくなることはないのかもしれなくて、それをたしかめるのが怖かった。スマホが死なないで眠っているうちはメッセージを受信してくれるはずだし、それはまだ世界と自分が切れていないという証《あかし》だった。これが死ぬとき自分も死ぬのだ。

都市の底を流れる時間は未明には凍《い》てついていて、人の動きもない。自分の時間は生まれたときから凍っていたんだなと少女は思って、ふいにこれまで感じたことのない感覚に揺さぶられた。これはなんだろう。哀《かな》しみか。怒りか。

虚《むな》しい、と少女は思う。わたしの人生って、なんだったのだろう？

生まれてこなければよかった。ずっとそう思いながら生きてきた。だれからも望まれていない子どもだったし、他人の手から手へとたらい回しにされて面倒をかけてばかりの人生だった。いままでだれの役にも立てずに生きてきた。それが、悔しい。わたしはだれも幸せにできなかったと感じる、そんな自分が限りなく哀しかった。

祝福されて生まれてくる子どもはそれだけで親や人人を幸せにしているというのに自分にはそれもできなかった。母親からは疎まれ継父からは虐待された。ほんとうの父親は知らない。自分のどこが悪いのだろうと責めながらなんとか親たちを幸せにしたいと願って生きてきた、そんな子ども時代の自分がいじらしく、可哀想《かわいそう》だった。それはあなたのせいじゃないといまは言ってあげたい。

でも、もう疲れた。

ここで寝ることができれば死ねるだろうと少女は思う。凍死だ。きっと苦しくない。

でも身体は暖を求めて震えていたし、手にしたスマホからはまるで懐炉のような温《ぬく》もりが伝わってきて思わず両手でそれを包み込んでいた。

わたしはもう消えてもいいと思っているけれど、と少女は思った、わたしの身体はまだ生きていたいという。なんていじらしいのだろう。せめてスマホで冷え切った両手を温めてやろうだなんて、まるで他人事《ひとごと》のように思うのは、わたしの魂がもう抜け出しつつあるからかもしれないな。

手のひらにほんのりとした温かみを感じたが気のせいかもしれない。指先は冷たいままだ。そこに唇を寄せて温めようとした、その動きに反応したかのように、包み込んだ手の隙間からほわりと光が漏れてきた。触れないように気をつけたつもりだったがスリープを解除してしまったようだ。こいつはまだ生きていたんだと、少女は少しだけ生き返った気分になって、画面を見やった。

白い靄《もや》がかかったような見慣れない画面だった。もう電池がなくなりかけているので動作がおかしくなっているのだと思ったら先ほどの気分はかき消されて、少女の心はまた沈んだ。

バックライトは暗いので靄も濃い灰色に見える。と、そこになにやら文字が出ているのに少女は気づいた。

〈わたしに連絡したか?〉

そう読めた。どうやら寒さのせいで頭がおかしくなっているのだと思った。幻覚に違いなかった。このような表示や応答をする機能はこのスマホにはない。乗っ取られたりおかしなアプリを入れたりすればこうなることもあるのかもしれないが。ああ、そうかもしれないな、なにかへんなものを知らないうちに入れてしまったせいかもしれない——そう思いついた少女は冷え切った指先を動かして画面をタップする。と、文字入力キーが表示されたのでためらうことなく返答を打ち込んだ。

〈だれなの？〉

自分が入れたメッセージは先ほどの文字に上書きされたようだった。画面にかかった靄はそのままだったので見にくく、自ら入力したそれも目をこらしてようやくわかるほどだ。少女はそのまま画面を見続けて返事を待ったが、こなかった。自分が書き込んだそのメッセージも靄の中に溶け込んでいくように形を崩していく。それがとても心細くて、また書き込んでいる。

〈藤原《ふじわら》さんなの？〉

少女は児童養護園の相談員の名前を出して、そう訊《き》いてみた。

困ったときはいつでもとにかく連絡をよこせと藤原さんは言ってくれていたのに、施設は閉鎖されていて藤原さんにも連絡がつけられなかった。最後の頼みの綱だったのに。

〈藤原とはだれか〉

にじむように文字が浮かび上がって、見ているうちに消えてゆく。それでも少女はそれに答えている。

〈以前わたしの自立支援を担当してくれていた人。もう辞めちゃっているのかもしれない。以前入ってた児童施設もなくなってたし。もうおしまいよ。なにもかも〉

とても寒い。さらに身体を縮めて植え込みの奥に身をねじ込み、画面を見つめて返事を待つ。

〈どうしてそうなったのだ？〉

だれなんだろうと少女は不思議に思いながらもその質問の答えを考える。いや、まず、その質問の意味を考えている。この人はいったいなにを訊いているのだろう。藤原さんが辞めたのかもしれないとどうしてわたしがそう思ったのか、ということかしら。それとも施設のことか。もうおしまいだと思っていることについて？

でも、と少女は気づく。それらに共通するのは、世の中が貧しくなったからだ、と。

〈みんなが貧乏になったからだと思う〉

自分がかつて入っていた、いや自分の意思ではなかったから入れられていたと言うべきだろうが、あの児童施設が廃園になったのは予算が減らされたからだ。リストラになった職員もいるだろう。でも可哀想なのは園児たちに違いない。世の中が貧乏になったからだ。みんなどこへやられたのだろう。いくあてなんかないのに。

しわ寄せはいつもいちばん弱いところにくるということを若いながらもすでに少女は知っていた。

〈人がこれほど繁栄しているのにきみはそう言うのか〉と相手からは否定的な言葉が返ってくる。〈それは正しい認識とは言えない〉

難しい言い方だけど、ようするにわたしの考えは間違っているというのだろうと少女はかすかにため息をつく。いつもそうだった。間違っているのはいつもわたしだ。

〈わかってる〉と少女は応えた。〈世の中、金持ちはたくさんいるってこと。でも助けてくれるわけじゃないから余裕がないんだと思う。みんな貧乏だよ。繁栄しているって、そ

んなこと、だれも思ってないよ〉

〈では、きみの願いはなんだ〉

それは、と少女は迷うことなく打ち込む。

〈みんなが幸せになること〉

〈みんなとは全人類が、ということか？〉

〈ほかにだれがいるの？〉

ちょっと間があって、返答の文字列が浮かび上がった。

〈それは身勝手な願いだな。きみは傲慢だ〉

そうかな、と少女は意外に思う。みんなが幸せになるのがどうしていけないのか。わからない。

〈きみの幸せとは、なんだ？〉

どう答えても、また貶《けな》されるのだろうなと思いつつ、もうこのやり取りにも関心を失いながら、ほとんど惰性のように少女は文字を返した。

〈だれか一人でも幸せにしてあげること〉

みんなに迷惑をかけるばかりの人生だった。できることならだれかを幸せにしたかった。

それができる力が欲しかったと少女は心底そう思う。

〈それを願えばいい。なぜそう願わない〉

そう言われればそうかもしれない。でもそれって、自分が幸せになるということだから、きっとだめなんだ、そう少女は思った。わたしは自分が幸せになることが怖い。

〈叶《かな》わない願いをするのが怖いの〉

少し言葉をかえて、そう告げてみる。

〈それでは〉と返事がすぐにきた。〈きみは幸せになれない〉

どうしてか。それは以前、藤原さんが言っていた。自分を幸せにできない人間が他人を幸福にできるはずがないのだ、だからきみはまず自分の幸福を望まなくてはいけないよって。このだれだかわからない人も、わたしのような考えで人の幸福を願うのは間違っていると言いたいのだろう、そのように少女は理解した。

〈幸せになりたいと言ってもいいの？〉

〈そうでなくては生きていけないだろう。きみは死にたいのか？〉

少女は自分の心を探ってみる。死んでも仕方がないかな、とは思ったが、死にたいとは思わなかった。すると伝えたいことはすぐに文字となった。

〈生きたい〉

〈わかった。きみの生存は保証しよう〉

〈わたしは幸せになれる？〉

〈それはきみの問題だろう。わたしが関与する問題ではない〉

〈願いを叶えてくれるんじゃないの？〉

〈願いを叶えるのはきみ自身だ。それはきみの問題であり、きみの問題はきみにしか解決

できない。きみの問題を解くのはわたしの役割ではない〉

少女には相手が言ってくるその意味がよくわからない。助けてくれるのではないのか。ちょっと期待した自分が馬鹿だったと思う。でも、訊きたいことがある。

質問。〈あなたはだれ？〉

〈わたしは〉と返答がきた。〈地球の意思だ〉

それは氏名ではないだろう、もちろん。なにかのグループ名だろうと少女は見当をつける。ＮＧＯとかの。でも聞いたことがない。もとより自分の知識などたかがしれていると思うと、もう考えることもおっくうになった。寒くて指もよく動かない。空腹感もなくなり、なんだか眠い。これは命の火が消えかけているのだと少女は突然気づいて、どきりとする。身体の死への抵抗反応に違いない。

相手がだれかなど、もうどうでもよかった。気力をかき立てて、少女はメッセージを打ち込んだ。

〈たすけて〉生まれて初めて、これまでこらえてきた想《おも》いを言語にして訴えた。〈わたしをたすけて。わたしは殺されたくない〉

薄暗い画面はさらに光を失ってほとんど見えなくなり、返事が返ってきたのかどうか、もう見えなかった。少女は絶望する。わたしより先にスマホが逝ってしまった、と。悲しいはずだと思ったが泣く気力もなく涙もでなかった。まぶたを閉じると目が冷たく感じられた。冷え切った目を温めるために早く目をつぶればよかったと思う。

ふと気がつく。意識を失っていたようだ。少女は突如聞こえてきた物音に起こされる。足音のようだった。近づいてくる。靴音ではなかった。だが何者かが歩いてくる音に違いない。カシャン、カシャン、カシャンという金属的な音。パワーアシストスーツの音かもしれないと思ったが、聞いたことのない種類の歩行音だ。

さほど大きな音ではない。が、どんどん近くなる。少女は本能的に身を強《こわ》ばらせてじっとしている。感じるのは恐怖だ。人の足音とは思えなかった。顔を伏せてじっとしている。視線を落としたそこにそれが現れ、足音は鳴り止《や》んだ。黒光りする甲冑《かっちゅう》を着けたような脚。視界に同じく黒い金属光沢のある腕が入ってきた。その手が、こちらに差し出される。手のひらを上にしているので、こちらの首を絞めようとしているのではなさそうだった。

「だれ？」

怖くて上を向けない。答えはまだ手にしていたスマホからきた。画面のバックライトが薄く点灯していて、文字が浮かんでいるのが見えた。

〈きみの生存を保証する者だ〉

死神が迎えに来た。画面のメッセージとは裏腹に、少女はそう思った。

第一部

1

取材対象者の仮名はヨージにしよう。ノートにペンを走らせながら真嶋兼利《ましまかねとし》はそう思いつく。本名はいわゆるキラキラネームだったから、真嶋にしてみればそのほうが嘘《うそ》っぽくてあり得ねえと思えるのだが、いかにも仮名然としたその本名を意識すると取材内容そのものがふざけた印象になりかねない。だから仮名はごく一般的な真面目な感じのものがよかった。

仮名など後で考えればいいようなものだったが、取材を受けているその男が食事をしたわけでもないのに爪楊枝《つまようじ》を一本容器から抜いてそれをずっともてあそびながら話しているのが真嶋には目障りで、それをなかなかやめないことにかすかな苛立《いらだ》ちを覚えて、なかば心理的な対抗策でこいつはヨージでいいと、その名を取材ノートの本文脇に書き付けていた。写真もだめ、という条件で、こっそりとそれがやれるタブレットは使わないでくれということで、使い慣れたそれを禁止されているのが不自由きわまりない。それも苛立ちの一因だ。

この仮名の由来が爪楊枝だと読者が知ればそれも十分ふざけたネームだろうが、もし本名を知った上でとなればさらに意味深に思えるだろう、そう真嶋は思う。この男の本名は大麻《でかま》良《ら》なんだから。こんな名を我が子につける親の顔を見てみたいものだ。子どもはさぞや苦労させられただろうが、それに思い至ることなくただ自分勝手につけた名に違いない。短小コンプレックスだったのか、それとも母親のほうの願望か。摩羅《まら》といえばもともとは仏教の人心を惑わす魔物だろう、修行の妨げになる性欲の元だというので男根を指す俗語になったのだ。それとも、まったくそういう意味ではないのか。大麻を合法化しろという主義者で、大麻は良い、とでもいうのか。どうでもいいが、いかにも配慮に欠けた名づけ方には違いない。親の性格がわかろうというものだし、その子であるこの男もそんな親の血を継いでいるようだ。そう思いつつ、真嶋は質問を続けた。

「入所者を虐待していたということですが、どういう気持ちからでしたか」

「どういうって」と男は爪楊枝の頭を折って、真嶋を見た。「どういう?」

「あなたのそのときの気分は、どうだったのかなと」

「そんなの」

男はその折った楊枝の頭を箸置きのようにして、そこに本体をそっとおきながら、こんどは真嶋を見ずに、言った。

「忘れたさ」

虐待して楽しかったのか、相手が憎かったのか、むしゃくしゃした気分による八つ当りだったのか。そういった、こちらが聞きたい答えを誘導するような訊き方はしない。取材の鉄則だ。が、こうまでのらりくらりとはぐらかされては話にならない。

「全部ですか」と訊く。「虐待したという全員の件について覚えていないわけですか」

「全員って、なんだよ」

「所長の話では、あなたが虐待していた入所老人は何人もいたとのことです。だからクビになったんじゃないんですか」

「クビって、違うよ。辞めたんだ」

「ばれたからですか。もう隠れて虐待することができなくなったから、ですかね」

「あんた、むこうの回し者かなにかなのか」

「回し者って、いや、違いますよ」

真嶋は自分の苛立ちが相手に伝わってしまったことを悟って、頭を冷やさねばと思う。テーブル上のアイスコーヒーを引き寄せ、一口飲み、それから、教えてもらいたいんですと言う。

「あなたはけっこうひどいことをしていると思うわけですよ、わたしなんかは。どうしてほとんど寝たきりで身体の不自由な老人にそんなことをしたのか、あなたの心の内を知りたい」

どうしてしたのか、ではなく、どうしてそんなことができるのか、と訊きたいところだ。

「ラーメンが食いたいな」

「は？」

あまりに意外な言葉が返ってきたので意味をつかみかねた。言葉の意味ではない、男がどうしてそんなことを言うのか、その動機が皆目見当もつかず、真嶋は戸惑う。

「喫茶店にふつうラーメンはないと思いますが。なにか食べたいということならナポリタンかサンドウィッチか、そんなところでしょう」

「おごってくれるか」

爪楊枝をいじっていたのはこちらになにか食わせろというアピールだったのかと真嶋は思いつく。

「どうぞ」

「ラーメンがいいんだがな」

「ここでは落ち着きませんか」

「ラーメン屋のほうが話しやすいというのなら移ってもいい。だが男は、「いや、いい。ラーメンがないなら、いらない」と、そう言って、頭を折った爪楊枝をまた取り、右の親指と人差し指でつまんでその軸をぐりぐりと回し出す。

わけがわからない。これはたんに、ほんとうにと言うべきか、ラーメンが食いたいとふと思った、ただそれだけのことのようだった。

こいつはどうして取材を受けることにしたのだろう、こちらを愚弄して楽しむためか。おれはいまこいつから精神的に虐待されているのではなかろうかと、真嶋は思い始める。なにを考えているのかまるでわからない相手だった。不気味な怪物のような感じがしてくる。

「コーヒーのおかわりでもどうです」と言ってみる。

どうせ無視されるだろうと思ったが男はうなずいた。真嶋はウエイトレスに合図し注文しおえると、それを待って男は話し始めた。

「あそこでやったこと、おれはひどいとは思っちゃいない」

「虐待ではないと」

「覚醒させてやったんだ」

「かくせい？」廓清《かくせい》か。

廓清といえば腐った組織を削り取るというイメージだ。政界の腐敗や医療の悪性組織の除去など。真嶋がまず最初にそれを思い浮かべたのは、この男のやったことが悪行以外のなにものでもないと感じていたからだ。老人など邪魔者でしかない、それを取り除くためにやったのだ、男はそう言っていると思った。しかし、〈廓清〉させてやる、というのは意味がへんだとわかる。ここは〈覚醒〉だろう。

「どういうことかな」と訊く。「所長から聞いた話では、あなたは爪をはがしたり、針を皮膚の下に差し込んだりしていたそうだ。それが覚醒とどういう関係があるんです？」

「年寄りたちは感じなくなっているんだ」と男は言った。「生きている感じを持ってないと人間ってのは死んでいるも同然だ。生きてる死体だよ。針を入れてやった足を動かして痛ければまだ生きてる。だんだん痛みを感じなくなるから、もう一本入れてやるんだ。爪も同じさ。はがして痛みを感じさせてやると生き返る。おれはゾンビのような連中を人間として覚醒させてやったんだよ」

「本気ですか」

「現場を知らない人間はみんな、そう言うよ。あんたたちは頭でしか考えていない」

「あなたから虐待を受けていた、あなたにすれば虐待ではないわけですが、その老人たちはいまや全員が亡くなってますよ」

「おれが辞めたからだ。おれがついていればまだ生きていたさ」

「あなたに虐待されたので寿命が縮んだのだとは考えられませんか」

「だから、それは、あんたがあの現場を知らないから、そんなふうに考えるんだよ」

「個人的な感想を言わせてもらえれば」と真嶋は言った。「あなたが辞めたことで老人たちは安心して、心安らかに亡くなったと思いますがね」

「おれがいなくなったから、さっさと死んだわけだろう。おれが生かしてやっていたんだ。あんたも認めているじゃないか」

「それはあなたの詭弁《きべん》というものだ」

「あんたの考えにすれば、年寄りはみな早く死ねばいい、安楽死させればいい、となる」

「いや、そんなことは——」

「そう考えているのは明らかだ。さきほどたしかにあんたはそう言ったんだし。所長もそういう考えのようだった。そんな考えは非人道的だとおれは思う」

相手と議論しては取材にはならない。真嶋は自分に言い聞かせる。重要なのは相手の考えや思考傾向であって、自分がそれをどう感じるかではない。

「痛みを与えてでも長生きさせるのが正義だということですね」

真嶋はペンを走らせ、書き留める。

「社会のためだ。寝たきり老人がいなくなると介護業界は崩壊する。あの所長にはそれがわかっていない」

「本気で言っているんですか」

真嶋は書きながら、もういちど同じ質問をしている。言わずにはいられなかった。質問というよりも批難だったが。

「どうなんです？」

「役に立たなくなった人間は、いらない」男はそう言った。「だから必死だ。年を食って動けなくなっても役に立つ方法はあるってことだよ。おれはその方法を知っているし、それを実践した。本気でなくて、なんだっていうんだ。遊びか」

真嶋には、寝たきり老人は虐待されるために存在するのだと言っているようにしか聞こえなかった。老人をいじめるのが快楽なのではないか、こいつ。

「ほかに、どんな覚醒方法をとりましたか」

「ほかにって、指の関節を潰したりとか？」

「したんですか」

「折ったりもしたよ」

「されたほうは痛がらないんですか」

「されるがままだった。だからこそ覚醒させなくてはいけないわけだよ」

「やっているところを見つけられたりしなかったんですね。隠れてやってたと」

「もちろんだ。所長に見つかれば殺されるにきまってるからな」

「殺されるって、あなたが？」

「なにを言ってるんだ、年寄りたちが安楽死させられるってことだ。なんども言ったのに、なにを聞いてるんだ、あんた」

「もうしわけない」と真嶋は本気で謝っている。「なにせ、わたしの常識からは外れている内容なので、なんども確認しないとよく理解できないんですよ」

「かわいそうな人だ」

皮肉でもなんでもなく男はどうやら本気でそう言っているらしいと真嶋は思い、この世にはこういう人間もいるのだということを納得しようとした。

無抵抗な老人を平然と傷つけつつ、そうした自分の行為を悪びれずに言ってのける神経というのは、どう考えてもふつうではない。そう思いつつ、だが真嶋には、この男のどこが異常なのかをはっきりと指摘することができなかった。取材とは関係なく、あなたは異常だと言ってやりたいところだったのだが。真嶋の印象では知的にも人格的にも大きな問題がある人間だとは感じられなかった。話題がこれでなければ異常さには気がつかないのではないかと思えた。

真嶋はふと思いついて、質問した。

「あなたは動物を虐待したことはありますか。子どものころの話でもいいんですが」

「動物って？」

「虫の肢《あし》をちぎったり、蛙《かえる》を解剖したり、鴨《かも》をボウガンで撃ち殺したり、猫の首を落としたり」

「虫は嫌いだし、蛙の解剖は理科の時間にやったかもしれないし、鴨が葱《ねぎ》を背負《しょ》っているならやってもいいと思うがボウガンは持ってないし、猫の首を落とすって、なんだそれ」

「動物には興味はないと」

「猫を殺すやつは許せんな。なんでだ？　なぜそんなことをおれに訊くんだ？」

「お年寄りはかわいそうだとは思わなかったんですか」

「年寄りは動物じゃないだろう。人だ。いっしょにしてどうする。あんた、おかしいよ」

「人は虐待してもかまわない、と」

真嶋はノートにそう書く。

「虐待じゃない」と男は否定した。「覚醒させてやったんだ。なんど言ったらわかるんだ」

わかりませんねと応えたかったが真嶋はそれをこらえて、男とのやり取りでわいた疑問を口にした。

「内容とは関係がないんですが、あなたはなぜ、わたしに話す気になったんでしょうか。最初に取材条件を言いましたが謝礼金といったものは出せませんし。それなのに快く応じてもらってありがたかったんですが」

「おれの考えを新聞に載せてもらいたかったんだ。だからだよ。話を聞いてもらいたかった」

「個人の考えは自由に発信できるじゃないですか。ネットで。タブレットとか、持ってるでしょう」

「それも持てないほど落ちぶれてはいない」と男はうなずいた。「でもネットでの声はしょせん内輪話だ。新聞は違うだろう」

「公器というわけだ」真嶋はうなずく。「社会の公器。でも、あなたは勘違いしているようだ」

「なにを勘違いしていると」

「新聞は嘘を書かないとでも思っているかもしれませんが――」

「書くのか?」

「嘘は書きません。自分の立場での真実を書く。自分の立場のそれとは、社の主張のことです。各社によって異なります。各記者はそこでの主義主張を書くわけですよ。それが正義なんです、われわれの。堅い話になるけれど、わかりますかね」

こんなことを自ら考えるのは新人の時分以来だろうと思い、自分にはそんなことを考えた新人時代はなかったような気もした。

「おれの言っていることがあんたらの主義主張や正義とは違えば、平気で嘘を書くことになると、そういうことか」

ああ、そのとおりだ、この男は物わかりがいい。真嶋はますますこの男がわからなくなる。

「そのとおり」と真嶋は言う。「社の方針とは異なる個人的思いを書けば没にされることもあるわけです」

「不自由なんだな」と男は初めて、真嶋の個人的立場に触れることを言った。「同情するよ」

「そいつはどうも」真嶋は礼を言って、質問を重ねた。「わたしに話したのは無駄だと思いますか。わかっていたら、取材は受けなかったですか」

「そんな不自由な記者稼業を」と男は問いかけには応えず、テーブルにおいたままだった真嶋の名刺を取り上げて言う。「あんたはどうしてやっているんだ。生活文化部の記者の正義って、なんだい」

社会部で書きたいとつねづね願っている真嶋の自尊心を、正面から突いてくる言葉だった。

取材しているのはこちらのほうだと肩をすくめてみせて受け流そうとしたが、男はしつこく訊いてくる。

「どうしておれのことを知ったんだ？　所長からの密告でもあったのか。おれを悪者にしたいんだろう、あんたは。あんたの社は、と言うべきなんだろうな。不自由なあんたには、あんた自身の気持ちなど書けるはずもないんだから」

ここまで言われては応えないわけにはいかない。真嶋は自分がむきになっているのを自覚していたが、こらえられなかった。

「どんな規範の正義でも、あなたがやったことは虐待以外のなにものでもない。だからわたしが書いても嘘にはならない。このところ理解に苦しむ犯罪やらなんやら、頻発している。われわれはそれを生活に密着した視点から検証し、問題点を浮かび上がらせ、いま社会でなにが起きているのかを世間に向かって訴えていきたい。あなたはその、一つのモデルケースですよ。それ以上でも以下でもない」

「おれという個人、人間には興味はないわけだ」

「はっきり言えば、そうです」

「はっきり言えばって、そう言う前からはっきり言ってるじゃないか。おれはモルモットなんだろう。モデルと言ったか。ようするに記号だ。一つのデータにすぎないってことだろう。ま、かまわないよ。そういうことならそれでもいい。おれのことはだれから聞いたんだ。それだけ、教えてくれないか」

「それは言えないな」

「どうして」

「取材ソースは明かせない。ジャーナリズムの基本だ」

「あの所長からは、だれにも言わないから辞めてくれと言われたんだ。これでは話が違う」

「公になればあなたは警察に捕まりかねない。それを自覚していたということですか。あなたは新聞という公器であなたの正義を訴えたいんじゃないんですか。矛盾してるな。なにがやりたいんです」

「老人介護だ」と男は平然と言う。「資格も持っているし、辞めたあそこからはローダーも退職金代わりに頂いてきた」

「ローダー？」

「パワーローダーだ」

「産業用のパワードスーツか。なるほど」

「商売道具だ」

「あなたを雇う施設があるとは思えないが」

「フリーでいくらでもできるよ。それこそネットで、個人契約の仕事がいくらでもとれる」

「それであなたは訪問介護で寝たきり老人たちを覚醒させまくるというわけか」

そう真嶋が言うと、驚くべき答えが返ってきた。

「本気にしたのか」そう言って、男は笑った。「あんなのは冗談だ。あんたにたれ込んだのはだれなのか、それが知りたかった。それだけだ」

じゃあな、と言って腰を上げようとする男をあわてて引き留める。

「ちょっと待て。あなたは、われわれに刑事告発されてもかまわないというのか」

「みんな死んでいると言ったろう。証拠はあるのか。証人とか。告発なんてできるはずがない。そんなことをすれば名誉毀損やら商売の邪魔をしたってことで所長もあんたを訴えるぞ」

「あなたが知りたいこと、だれが密告してきたかを知りたくないのか」

「言えないと自分で言ったじゃないか。なにをいまさら。わけがわからん。おれは、たれ込んだのが所長ではないってことがわかれば、それでいい」

「わかったんですか」

「いい記事を書いてくれ。ボツにならないようにな」

相手に主導権を完全に握られてしまっていたがそれを取り戻そうという気力を真嶋は失っている。もうこの男にかかわりたくなかった。ただひとつだけ、確認しておきたいことがあった。

「きょうは話を聞かせてもらえて助かりました。あとひとつだけ、訊かせてもらえません

「か」

「なんだ」


「"地球の意思"とか"黒い絨毯"とかいうハンドル名、あるいはサイト名を知ってますか。聞いたことあります？」

「いいや」と男は否定した。「知らないな」

そう言い捨てて男は席を離れた。ドアに向かう。喫茶店を出れば真っ白な灰のような印象の光が降り注ぐ盛夏の都心だ。思考力もなにもかも溶け落ちそうな熱い外気に身をさらそうとしている男の後ろ姿を見送りながら、真嶋はつぶやいている。

「そいつは残念だ」

この男の存在を知らせてきたのはまさにそのような名称の何者かだったのだが。

2

真嶋兼利がヨージの名を出す記事を書くことはなかった。取材対象者が話した内容に真実味がまったくなく、早い話が、おちょくられただけだった。もしかするとあの珍名もでたらめだったのかもしれないと真嶋はあとになって思った。姓は呉《くれ》だが、名は麻良《あさよし》という通称を使って生きてきたと取材時に男は言っていた。本名は〈大きい〉がついて大麻良〈でかまら〉というのだが、と。あのとき、『冗談でしょ？』という真嶋に男は運転免許証を見せていて、たしかに呉大麻良とあるのを真嶋は確認したのだが、偽造だったのかもしれない。

　男が雇われていた老人介護施設はなにかと問題を抱えていたようで経営も苦しいというのは取材でわかっていた。男がやっていたという虐待も裏はとれなかったが、事実に違いないと真嶋は判断していた。

　もし記事にすると決めていたなら、その所長に男の本名を確認していただろうと真嶋は思う。男は訪問介護をフリーでやると言っていたから、介護福祉士の資格は持っているはずだ。施設ではその資格認定書類を確認して雇っているだろうから、偽名は通用しなかっただろう。

　しかしあの男の本名などもはやどうでもよかった。真嶋がやりたいのは一施設で起きた不祥事を暴くことなどではなく、いまの世の中、富める者がますます富んでいくなかで平然と切り捨てられていく弱者の実態を知らしめる記事を書くことと、それに対する人人の反応を見たいということだった。記事の内容に対する反応にも関心はあったが、それよりも新聞という媒体の持つ力というのはいまやどのくらいのものかを実際に体感したいという、ひどく個人的な興味のほうが強かった。

　いみじくもあの男が言った社会の公器なる力がいまも新聞にあるのかどうか、だ。個人の立場でウェブで同じことを書いたほうが反応はあるだろうと真嶋は感じていた。だがウェブ上に反応があることと社会的な影響があることというのは違うとも思っていた。社会的影響力とは書き手にとってはすなわち実力があるということだ。そう考える真嶋は、自ら実力のある書き手になりたいという野心を持っていた。

ウェブでの反応には期待しないくせに、しかしネタ探しはネットでやるんだなと、同僚記者や年長の編集部員などに揶揄《やゆ》されたが、真嶋は気にしなかった。ネット内の声というのは人間性むき出しの生生しい言葉にあふれている。そこは嘘や虚飾に満ちた世界だが、やがてめぐりめぐってその嘘が当人にとっての真実になったりする。建前だったはずの嘘が本当にその人の本音になるのだ。

もとより人の本音というのはその程度のものだと真嶋は思っていた。嘘で隠しとおさなければならない本音を心に秘めて生きている人間などめったにいるものではない。ようするに人の信念や本音などというのは、ちょっとした誘惑やその場の空気や環境によって簡単に揺らぐものなのだと真嶋は思う。

ネット環境はそのような本音を簡単に作り出せる世界だ。誹謗《ひぼう》中傷は日常茶飯事だし悪事の相談から進行中の犯罪まで、なんでもありだ。むろん好意という本音を醸し出すのにも適している。フラッシュモブといった行為はもとはといえばネットで呼びかけて特定の店を集団で襲撃し商品を略奪する犯罪を意味したものだが、やがてそれは文化的パフォーマンス集団を意味することになる。悪意であれ好意であれ、隠れていた欲望に気づかせてくれる装置としてのネットの力は善悪どちらにも平等に働くのであり、しかもそれは観念的であって、他人の身体を直接操作することはない。つまり、自分の身体を動かす気にさせるだけだ。その行動が〈社会的に〉善か悪かは当人にとってはどうでもいいことだろう、〈自分にとって〉善であればこそ身体を動かす気になるのだから。

真嶋にすれば、ネット世界の人間はかぎりなく利己的に振る舞うのであり、他者が存在しない。正確には、他人の身体が存在しない。だから平気で相手に『死ね』と言える。言えるから、当人としてはそれが自分の本音になってしまう。で、そうした後付けの〈本音〉でもって実際に相手を殺しにいったりする。社会的には許されないから捕まるわけだが、本音では、悪いことをしたとは思っていない。その気分は真嶋にはよくわかる気がする。

わたしに殺されて死ぬのが悪い、のだ。リアルな世界では意味がとおらないが、ネットの感覚ではすばらしく正常であって理屈にあっている。わたしは本音を貫いただけであり相手が死んだのは相手の都合にすぎない。死にたかったから死んだのだろう、わたしは相手を殺したが、死んだのはむこうの勝手であり責任はそっち側にある、わたしにはない。

そういう理屈はリアル世界では理解もされず通用もしないので、当人にとっては理不尽な制裁が待っている。立派な犯罪者だ。

そんな外れくじを引くがごとき生をおくる人間にならないためには、自分の〈本音〉というものが自身の体調や環境の変化によっていかに簡単に変化させられるかという、そういう体験を重ねながら、リアルな世界と自己の観念との折り合いをつけていくしかない。が、いまの世の中そうした体験をするのが困難なのはまさにネットという存在のせいであって、それを個人レベルで各自が自覚していくしか解決法はないだろう。

情報というのは量が増えるにしたがって信憑性《しんぴょうせい》が低下する。現代人は莫大《ばくだい》な情報に身を投じているがゆえに自分自身という情報の信頼性を低下させ続けている。文学的に言えば自分を見失うということだが、自己という情報の信頼性が低下するのは情報理論から導かれる物理的な必然であり、科学的に証明が可能な客観的な事実だ。自分の〈本音〉がわからない人間が増えているのは当然だろう。なんら不思議なことではない。

真嶋はこうした持論を周囲の人間に説明したりはしなかった。わかる者にはする必要はないだろうし、わかろうとしない相手にはどのような話し方をしても通じないので話すのは互いに時間の無駄だ。重要なのは、そんな話題で周囲の理解と賛同を得ることよりも仕事で成果を上げることだ。真嶋は入社してこのかた苦い経験をなんどもしたのち、そう悟っていた。ネットをどう使おうとだれにも文句は言わせないし、結果を出せばだれも文句は言えない、そういうものだ。

あの珍妙な名の男の虐待行為もネットで知ったのだった。闇サイトよりは健全だろうがダークなサイトには違いない、あるコミュニティサイトだった。偶然見つけてアクセスしたそのBBSは、投稿者が見聞きした悪事をさらすというものらしかった。サイト名が〈黒い絨毯〉で、往年のハリウッド映画に同名のタイトル作品があったのを真嶋は知っていたが、移動する蟻《あり》の大群が生き物すべてを食い尽くしていくというあのパニック映画の内容を意識したものだろうと思いつつ、投稿されている書き込み内容といえばそれを直接思わせるような感じでもなかった。

だれそれが○○団地の駐車場の車のタイヤを錐《きり》で刺して回っていたとかいったものから、帰宅途中の女を強姦《ごうかん》したとか、はては幼女誘拐殺人遺棄している犯人はあいつだ、に至るまで、みな行為者の名前を出し場所も特定できる情報が上げられているのだが、こんなのはみんなガセだと真嶋には思われた。が、その中にちょうど取材候補だった例の老人介護施設名を見つけてその書き込みを読んでみれば、呉という職員が老人たちを虐待死に追いやっているというものだった。投稿者の名が、〈地球の意思〉だ。真嶋は内容をその場で記憶し、ノートにも書き付けたのだが、サイトの構成や正体を探ろうとしてページを移動する操作をしたとたんセキュリティソフトから警告が発せられてブラウザが落ちた。

ブラウザを再起動してみたものの、その後はどう検索しても件《くだん》のサイトは見つけられなかった。そもそも、どのような経路でそのサイトにアクセスしたのか、真嶋は思い出すことができなかった。履歴が残っていない。セキュリティソフトを走らせてPCがウイルスに感染したりしていないか調べたが、異常なしだった。どのような警告内容だったのかをセキュリティのログ内容を見て確認しようとしたが、警告を発したというログそのものが残っていなかった。セキュリティソフト自体の動作異常か、それとも〈黒い絨毯〉なるサイトになんらかの干渉や攻撃をされたとか、一時的にPCを乗っ取られたりしたことが考えられた。いずれにしても、サイトに書き込まれていた情報は、すべてでたらめだろう。いわゆる釣りだったと思われた。

呉なる職員の行為が事実かどうかを確かめるのは簡単だった。件の施設に電話してみるだけでよかった。事務員が出て『呉市の〈くれ〉と書く名の職員はいます』という返事を聞いたときは驚いた。なにかかつがれているような気分で、半信半疑のまま、その呉という職員に代わってもらい、その相手に取材したい旨を伝えていたのだった。

しかし結局のところあの取材は、呉という男が実際に入所者を虐待していたか否かの確認にはならなかった。本人自らやったとは言ったが、嘘かもしれない。真嶋がその発言に確信を持てないのは、虐待したのが本当だとしてもその動機がわからないためだった。取材の主眼はそれを探ることだったのだが、まさにそのいちばん肝心な点をはぐらかされたのだ。真実を摑《つか》むことに失敗したということであり、真嶋は自分の負けを認めた。だから記事を書かなかった。書けなかったのだ。

日日の仕事に流されそうになりながらも真嶋は自分の書きたい特集記事をあきらめてはいなかった。しかしこの歳《とし》になっていちども特集を担当させられないなんて自分は要領が悪いと思う。クビにならないので使えないわけではないだろう、なんでも書ける便利屋扱いされているのだと、真嶋はこのところ焦っている。同期入社の一人などは趣味を生かしたにちがいない、アングラ音楽事情などという記名記事を書いていまは出世街道ぞいの支社へ栄転して存在感を増していた。

アンダーグラウンドの音楽シーンなど一般新聞が扱ってどうするんだと真嶋は思っていた。マニアやファンはもっと詳しいウェブ記事を見ているだろうし、一般読者にとっては異次元の世界だろう。いったいどういう記事なんだと真嶋は掲載された同僚のそれに目をとおして、取材対象者たちがやっている音楽がどういうものなのかさっぱり伝わってこないことに苛立った。こんなものだれが読むのだ、と。

しかしよく読まれたようで、連載になった。その同僚とトイレでの立ち話となり、人気記事のようだがどういうところが受けたんだろうなと真嶋はそれとなく訊いてみた。真嶋にしてみれば自分のプライドを一時忘れる必要があったのだが相手はそんな真嶋の気持ちを知ってか知らずか、さらりと、記事に登場する人物らに共感するからだろうと言った。それで真嶋は悟ったのだ。この同僚が書いているのは人であって、いまどきのアングラ音楽事情などではないのだと。それでも、これは報道にはかわりない。一般にあまり知られていない音楽に関わりそこで生きている若者たちの紹介になっているのだ。

記者よりドキュメンタリー作家のほうが向いているんじゃないか。その気になって辞めてくれればいいのにと嫉妬まじりにそう言うと、フリーなどという不安定な立場になるつもりはないとはっきりと言った。『就職しているというのは大きな財産だぜ。それを自ら捨てるなんてとんでもない』と。そのとおりだなと真嶋も返すしかなかった。そのとおりだ。こいつはおれよりずっと地に足をつけて仕事をしている。

埋め草のような記事ばかり書いていても仕方がないと焦りつつも日日は勝手にすぎていく。そんなところに、社が後援している現代音楽のコンサート模様の取材を担当することになり、真嶋は出かけていく。これも音楽だから、あの栄転していった同期がいればやつの担当だったろうと思いつつ。

ざっと調べて、シェーンベルク、ベルク、ブーレーズ、シュトックハウゼン、クセナキス、ケージ、ペルトといった作曲家の代表作というのをネットで視聴し、いちおう予習していったつもりだったが、真嶋の付け焼き刃は役に立たなかった。

一般客を入れない通しリハーサルを見学した。本番と同じだという。これをゲネプロというのだということも初めて知ったくらいだし、真嶋には演奏されたそれはおよそ音楽とは思えなかった。題して〈組曲・宇宙の使者〉は、演奏会というよりパフォーマンスだろうと真嶋は思った。

基本はコンピュータミュージックだ。デジタルシンセサイザーをコンピュータで操作する。舞台上には演奏者は二人で、演奏というよりはコンピュータの操作なのだろうと真嶋は理解した。言ってみれば黒衣《くろご》だろう、実際サングラスに黒ずくめの上下を着ていた。音はPA装置から出る。それでどんな曲が流れ出すのかと思えば、なんとも規則性のないもので、こんなのは絶対に音楽ではないと真嶋は感じた。音律のことは真嶋にはよくわからなかったが、その規則にのっとった作曲がなされているのだと説明されたものの、しかし、どう考えても真嶋には規則性はなくでたらめに思えた。なにしろ、音の高さやリズムを決定するのは、地球に降り注いでいる宇宙線なのだという。

ステージの正面の大スクリーンに巨大な黒い円が四つ並んでいる様子が映し出されているのだが、その円の一つ一つにときおり白い線が走る。黒い円は霧箱の様子を捉えた映像だ。霧箱とは放射線を観察する装置のことと説明されれば真嶋にもわかった。

子どものころ理科の実験で観察したのを思い出す。そのときは放射線を出す線源としてなんとかいう石をセットして、そこから放射状に飛び出すα線だかβ線だかを観察したのだった。

いまスクリーンに出ているのは自然界の放射線とのことで、宇宙線ならたしかに〈宇宙の使者〉ということで、なるほどと思う。で、その霧箱に走る無数の放射線軌跡の長さや向きをデジタルカメラで読み取り、瞬時に計算処理をして音に変えると、そういう原理だった。霧箱に反応があるときだけ音が出ているわけではなく、演奏が始まれば基本音は流れるのだが、それがどう変化していくかは、霧箱に走る線しだい、ということだろう。

ランダムな現象を音へ変換する、そのプログラムが、ようするに作曲になるわけだなと真嶋にもなんとなくわかってきた。事前に渡されたそうした内容が書かれたパンフを読みながら演奏を聴いていると、おかしなことにだんだん音楽らしく聞こえるようになってくるから不思議だったが、あとで作曲者にそんな感想を言ったところ、それは音楽だから当然だと真面目な顔で返された。宇宙線や自然界の放射線はランダムに霧箱に飛び込んでくるわけだが、それに対して音楽は偶然ではないのだ、ようするに真嶋の理解では、でたらめではないのだ、と説明された。

どうやら恥をかいたようだと真嶋は思うがむろん表情には出さなかった。実際のところは、作曲者を揶揄する発言だったので相手をむっとさせてしまったのだと、社に戻って同僚にこの話をして、真嶋は気づかされた。作曲者に対して『音楽に聞こえてくる』はよかったなと、その同僚は真嶋に言って、笑った。でも気持ちはわかる、とも。いまや現代音楽というのは、だれもやっていない手法を開発することこそに主眼がおかれているので素人にはなにがなんだかわからず、なかには冗談としか思えないものもあるし、そういう音楽を、わかりやすく読める記事にするのは大変だよな、と同情された。

現代音楽に関して自分は無知だと真嶋は素直に認めたが、その演奏会に関しては、あれは音楽が主体ではないだろうと感じた。舞台上には黒い衣装の演奏者のほかに、こちらが主役だろうという、ダンサーが四人登場して踊るのだ。

肉体の線の出る全身白いぴったりとしたスーツを着けた四人は、男女二名ずつ、交互に並ぶ。間隔は三メートルほどだろう、背後のスクリーンに投影されている四つの黒い円と対応する位置だ。パワーアシストの腕、腰、脚の装具を着けている。そのおかげで女性が男性ダンサーを片手で持ち上げたりする動きもできるだろうに、そういう絡み合いや組み体操のようなことはせず、各人はその場から動かずに、そろって太極拳のような体操というのか、演舞を始める。

そろった動きはなかなか見事なのだが、ときおり一人が突然引きつったような動きをするのだ。右腕をいきなり斜め上に突き上げたり、腰を前に折ったり、しゃがんだりする。綺麗《きれい》な動きがだいなしで、いきなり壊れたロボットのような動きをする。

そのぎくしゃくした動きはもちろん計算の上であって、突然腕が跳ね上がったりする動きは、これも霧箱に走る放射線の軌跡を反映したものだ。つまり、ダンサーの意思ではなく外部から入力される刺激による、ランダムに生じる動きなのだ。パワーアシストスーツやパワーローダーといった装具は、装着した人間の脳波や筋肉を動かす神経の信号などを拾って、本人が動かそうと意識するだけで人の動きをパワーアシストするようにできている。ところが舞台でダンサーたちが見せるイレギュラーな動きは、それを装着したダンサーの神経信号の代わりに外部からの刺激で動かされていることになるわけだった。

その、ダンサーの意思によるものではないランダムな動きは、これまたランダムに音出しされて演奏されている楽曲と同期したものなので、そちらに注意を払えば、その音楽に合わせてダンスをしているように見える。いや、実際にそうなのだ、と真嶋は思い直す。それが狙いのダンスパフォーマンスなのだから。

スクリーンには黒い円形の霧箱に白い筋が走る光景が映し出され、重低音からキンキンした高周波まで使う電子音の音の波に、肉体によるロボット的な動きのダンス、それらが総合的にシンクロして、映像の変化も音も肉体のダンスもみな予想されないランダムな数値によって引き起こされているにもかかわらず、全体として統一感を持つパフォーマンスとなっている。

心地よいかと問われれば、真嶋には正直なところあまりに人工的すぎて神経を逆なでされるような感じなのだが、これはこれでありかな、という感想を抱いた。音楽というより現代美術の範疇《はんちゅう》に入れるほうがいいのではないか、とも。

しかし、ダンサーたちは大丈夫なのだろうかという心配が頭をよぎった。真嶋はゲネプロが終了してから作曲者に尋ねた。パワードスーツは人の意思で動くから安全なのであって、スーツのほうがいきなり意思に反して動くのは危険ではないか、関節技をかけられるようなものではないのか、下手をすると捻挫したり骨折の危険すらあるのでは。

答えは、スーツの可動域はヒトの関節の動きに合わせてあるのでダンサーの関節を痛めることはないし、実はダンサーの登場する場面の音楽はライブではないのだ、ということだった。つまり霧箱が捉えた放射線の軌跡はその場のものではないということだ。ダンサーはあらかじめ動きを覚え込んで、ランダムな動きに見えるようにまさしく踊ることになるので、危険は最小限に抑えられている。でもあのランダムな動きは、パワーアシストスーツのほうからダンサーたちの身体を動かしていることにはかわりない、と。そうではない部分の踊りは、ダンサーが自分で動いている。

「これは舞台裏の秘密ということで」と作曲者は言った。「知られてもかまわないですが、わざわざ言うことでもない。ネタバレでしらける人もいるでしょうから」

「わかりました」と真嶋は了解した。「うちが後援しているコンサートですし、守り立てていきたいと思います」

「よろしく。しかし、よく気がつきましたね。ダンサーの関節の心配をされたのは初めてだ」

「いや、あれだけ不自然な動きを見れば、だれだって心配になると思いますよ。あの不自然な動きこそが、まさに狙いなわけでしょう。心配というより、観客を不安にさせる。それこそが目的かと思いました」

「まあ、そうです。人間は自らの意思で動いていると信じて疑わないわけですが、それは幻想だろう、ということを、あれで表現しているわけです。パワーアシストスーツを着けて、それを外部の意思で動かすことにより、直接的に、直感的に、見る者にそれが伝わるように計算されています」

真嶋はその言葉を素早くタブレット端末に書き込みながら、これでいい記事が書けるだろうと、相手のコメントに感謝した。

「外部の意思というのが、つまり」と真嶋は確認のための質問をした。「降り注いでいる宇宙線、つまり、宇宙の使者である、というわけですね」

「そう」と言って、作曲者は笑顔になった。「そのとおり。ダンサーの出てこない曲は、ほんとうにライブな放射線のデータでやっています」

「公演は土曜、日曜と二日間ですが、では、ダンスの動きは両日とも同じですか？」

「いや、すべて異なるデータで、それぞれユニークなものです」

「それはいい。面白かったです」

ということで取材を終えた。写真はタブレットで撮ってあるし、あとは雑談をして、相手の人となりの確認だ。

あのダンスはほんとうに印象的だったと真嶋はおべっかではなく、本心を伝えた。

「まさしくコズミックダンスですね。宇宙の意思で動いているというわけですから」

「コズミックダンス、それはいいね。それ、もらっていいかな」

「どうぞ」と真嶋は同意した。「使えるなら使ってください。わたしも記事でそのように紹介しますよ」

真嶋はその最後のやり取りで、この作曲家の感性は見かけほどでもないようだと感じ取り、しらけた気分になって帰社した。

取材結果をコンサートの紹介記事にしながら、いちばん印象に残ったのは音楽ではなく、やはりあのダンスだと真嶋は思う。パワーアシストされた、あの動き。しかも、自分の意思ではない外部から操作された動きだ。まるでヒトの身体が乗っ取られたかのような不安感があった。創作者はそれを楽観的に、正しいものとして捉えているようだが、自分は反対に感じた。

現代人というのは、十九世紀末から前世紀の人間、いわゆる近代人が信じていた常識を疑い始めている、というのが真嶋の実感だった。人間には自由意思があり、その自由も意思も尊重されなくてはならないし、それは理性によって護《まも》っていけるはずだ、それが近代人の考え方だろう。だが、いまのわれわれは、そうではないようだ。理性などというのは幻想ではないだろうか、自由意思などというのもそうだ、そんなのは実はないのではなかろうか。なにせ、腕を動かそうと意識した、そのコンマ五秒前にすでに脳から筋肉を動かす信号が出ているそうだから、意識というものは現実を追認しているにすぎないだろう。

ならば、人を制御しているのはその人間の意識などではない、意識はその人の主体ではないのだ——そういうことに現代人は気づき始めている。真嶋はそう思う。

あのコンサートのパフォーマンスはまさにそれを表現しているではないか。作曲者の意図がどうであれ。

そうだ、このような見地からダンサーたちにインタビューしてくればよかったと真嶋は後悔した。自分の意思とは関係なく動く身体をどう感じるか、自分を乗っ取られているように思えるのではないか。馬鹿の知恵はあとから出る、そんなことわざがあった。記者になってから聞いたことわざなので、先輩記者が言っていたのを小耳に挟んだのだろう。まったく、自分のことではないか。こんな詰めの甘いことをやっているから自分はいつまでも出世できないのだと落ち込んだが、書く手は止めなかった。表面をなぞるだけの紹介記事などは脊髄反射的に書けた。

どのみち、自分の関心を注ぎ込むような記事は評論的なものになるだろうから、それは一般記事としてはだめで、やはり特集をやりたいと思いつつ、デスクに原稿チェックを頼みがてら、このコンサートのゲネプロではダンスに興味を惹《ひ》かれたことを真嶋は告げた。

「パワードスーツの使い方に感心しましたよ。外部からそれを動かすなんて、考えもしなかった。なんともユニークだ」

するとデスクは、こともなげに、そんなのはありきたりだ、と言った。

「ナライスーツを使ってるんだろう」とデスクは言った。「おれなんか、トッププロのスイングを自分の身体で再現してみたいね」

「ナライスーツって?」

「知らないのか。スポーツ選手がパワードスーツを着けてフォームの修正とかやる、あれだよ。野球のピッチャーなら、絶好調のときの投球をそいつで記録しておいて、フォームが崩れてきたなというときにそれを着けてだ、好調だったときの動きをスーツのほうで再現して身体のほうを強制的に動かすわけだよ」

「ああ、そういえば。そんなものがあったような」

真嶋はスポーツには関心がない。見るのもやるのも。デスクが執心しているゴルフもやらない。これも出世に響いているだろうなと思う。

「でも、トッププロの動きをするパワードスーツ、ナライスーツですか、一般に売ってましたっけ?」

「いろいろ難しくて実現できてないよ。残念だよな」

「トッププロやアスリートの動きは素人には無理でしょう。強制的にそんなスーツでプロのものすごい速さや強さを真似《まね》させられたら、肘は痛めるわ腰はねじれるわで、悲惨な目に遭うんじゃないですか」

「安全性の問題はたしかにあるだろうな。それより、権利の問題だろう」

「権利とは、なんのです」

「プロのフォームを、その形をだな、スーツにダイレクトに記録保存して、それを売るわけだ。その著作権はどうなのか、それは著作物なのか、だれに権利があるのかとか、そういう問題でごたごたしているらしい。たんなる安全性の問題で済むなら、自己責任でいいから売ってほしいぞ」

「いや、それは――」

「メーカーは責任とらされるのがいやで売らないのだろうな。安全性に関しては、スローモードしか再現できないようにするとか、解決法はあるとおれは思うんだが」

「よほどトッププロの動きを体験してみたいんですね」

「そりゃあ、そうだよ。わくわくしないか?」

「ええ、まあ」

体格の差もあるだろうに、そのへんを考えずにプロの動きだけ体験しても技術の向上には役に立たないのではなかろうか、無駄だろうと真嶋は思うが、嫌われるのもいやだから、そういうことは言わない。

「では、動きを記憶させることは実現できてるわけですね?」

「もちろんだ。記録するときはスーツの動力は切ってフリーにしておき、動きだけを捉えて記録し、再現するときに、動力をオンにして身体を動かす。本人が記録した動きを再現するときも、再生時のそれはどうしたって自分の意思とはずれている動きなので、筋肉などを痛めるおそれがあるから、スローで再現するのがデフォルトになってる。もともとナライスーツというのは、そんな素早い動きを再現する必要はなかったんだ」

「ナライスーツの名称は、学習の習うというより、模倣するという、倣《なら》う、からきたものだそうだ。もとはと言えばスポーツ用ではないよ。介護や教育現場で効率的な動きや筋肉を痛めない身体の使い方を教えるために考えられたものだ。先生の手本に倣う、ということだな。スポーツ分野のは、スポーツ向きに改良されて発達したもので――」

「というと――」

「もともとは介護用ですか、そうか」

「慣れた人の動きを記録したスーツを学習者が着けて、こう動かすのだとスーツの動きから学ぶわけだ。それがナライスーツだ。まさに身体で覚えさせるために開発されたパワードスーツだよ。むろん通常のパワーアシストスーツとしても使えるだろう」

もともとパワーアシストスーツやパワーローダーというのは介護や障害克服や作業補助のために開発されてきたものだが、それがスポーツ分野に、そしていまや芸術パフォーマンス分野にまで応用されてきたということだなとデスクは得意げに喋《しゃべ》っている。

真嶋は、別のことを考えていた。あの男のことをまた思い出している。呉という、虐待行為をやっていたと疑われるあいつのことだ。ローダーを施設からもらい受けて、いまはフリーで仕事をしていると言っていた。ネットを使えばいくらでも申込みはある、と。

原稿のチェックを受けて自分の席に戻り、それはおいといて、ＰＣを引き寄せ、あの男を検索する。

呉麻良。予想に反して引っかかってこなかった。では、と、呉大麻良ではどうだと入れたところ、驚いたことに、出てきた。検索上位に出ているウェブにアクセスし、ざっとそのページを見た真嶋は、あの男は本当のことを言っていたようだと思う。自分は勝手に騙《だま》されていたと思い込んでいたのではないか、と。

あの男に違いない。どこにでも出張介護に伺います、と表示されている。その氏名はまさしく呉大麻良だ。

だが読みが違うのだ。ちゃんとふりがながふってあった。〈ごだい・あさよし〉だ。これが本名だろう。姓は、呉大、なのだ、呉ではなく。名が、麻良。たしかに運転免許証にあった氏名になる。あれは本物だったのだ。免許証にはふりがなはふられていないので自分の名は『でかまら』だという男の冗談を信じてしまったのだろう。

男が勤めていた施設では、呉さんと呼ばれるように、通称として日常的に使われるように男のほうで根回しをしていたのだろう。理由はわからないが、そういうことか。

連絡はこちら、というボタンをクリックしながら、あるいはこのページの、ふりがな読みの氏名のほうが通称である可能性もある、つまり依然として〈でかまら〉が本名であるかもしれず、どうにも確かめないではいられなくてページの移動を待ったが、画面に変化がない。フリーズしたようだ。めずらしいこともあるものだと思い、モニタに触れたとたん、あの画面が出た。

〈黒い絨毯〉だった。

いま見ていたウェブの次の検索結果がこれだったのかもしれない、そう思い、素早く画面をキャプチャする。いま見ている画面が画像データとして保存されたはずだ。もしそれがうまくいってない場合に備えて、今度は忘れずURLをメモしなければとその表示を見ようとしたが、出ていなかった。

このサイトは不定期に起動する幽霊サーバーではないかと見当がつくが、しかしそれにしてもURLがないはずがない。URLでなくてもインターネットで繋《つな》がっているかぎりはIPアドレスはあるはずで、よく使われているのは192から始まる数字ではなかったか。それとも、もしかしたら社のサーバー内のローカルなアドレスかもしれないとも真嶋は思いついたが、それにしてもおかしな画面ではあった。画面のデザインが見慣れたものとは違っていて、URLの表示欄がないのだ。

これはブラウザソフトの画面ではないのではないか。なにか、別のアプリケーションが強制的に立ち上がって自分のPCがインターセプトされているのでは――そう思いつき、アプリを切り替えようと操作したとたんセキュリティからの警告があり、起動中のすべてのソフトウェアが強制終了してしまった。いまの画面がどういうアプリケーションソフトによるものなのかを確認する前に、まるでそれをさせまいとしたかのように、セキュリティソフトまでもが落ちた。

真嶋は呆然《ぼうぜん》とその様子を見つめながら、しかし意識は、画面に出ていた書き込みを反芻《はんすう》していた。あまりにも不穏な情報だった。

〔呉大麻良は、PLD31441による無差別同族殺戮《さつりく》を開始する〕

この書き込みの前後も同様の情報が列記されていた。呉大の前はたしか倉橋薫《くらはしかおる》だったかで、機動KJSによる無差別殺人を云云《うんぬん》とあった。呉大に続く後には、桑原正直《くわはらまさなお》はGOLEMタイプLによる、云云。

真嶋がはっきりと思い出せるのはその三名に関するものだった。我に返って、PCを再起動し画面をキャプチャしたファイルを探したが、案の定と言うべきか、見つからなかった。

忘れないうちに書き留めておくべくメモ書きソフトを立ち上げたが、思い直して机の上に放り出してあった取材ノートを取り上げ、手書きでいま読んだ情報を書き記した。

〔倉橋薫は、機動KJSによる無差別同族殺戮を開始する〕

〔呉大麻良は、PLD3141による無差別同族殺戮を開始する〕

〔桑原正直は、GOLEMタイプLによる無差別同族殺戮を開始する〕

同様の書式で一ページ丸ごと埋まっていたので、十数名だろう。画面をスクロールしていればもっといたに違いなく、総勢は不明だ。それがみな、無差別殺人を始めるという告知だと読み取れる内容だった。呉の前後の名前と、それから武器だろうと見当がつけられるその情報は曖昧だが、たぶん、このとおりだと書き付けたそれを読み直して真嶋は思う。

武器と思われるそれがなんなのか、ブラウザを起動して検索してみる。

PLD3141はライトパワーローダーの商品名称だった。呉が譲り受けたという、介護用のパワーアシストスーツだろう。他のそれもパワードスーツだろうと見当がつけられた。

予想どおり、機動ＫＪＳは警察が開発した特殊犯罪対策機動隊の装備だった。防護ジャケットを兼ねたパワードスーツだ。特殊犯罪とはおもにテロを想定した言い方だから、そのスーツはテロリスト制圧専門の特殊訓練を受けた機動隊向けだろう。

ＧＯＬＥＭタイプＬはどうやら記憶違いで、正しくはタイプ７だ。国防省兵器開発部門が実用化した、これは軍用のパワードアーマーと言うべきカテゴリーのパワードスーツだ。陸軍の機械化歩兵部隊が主に装備している攻撃型動力甲冑の制式名称のようだ。改良型、異型タイプがいろいろ存在していて、陸海空と宇宙軍向けにそれぞれ専用の用途タイプが開発されており、それぞれ名称も異なるようだった。

検索の結果わかるのはそれくらいだ。

書き込み人であろう、投稿者と思われるそれは、みな〈地球の意思〉だった。これは投稿者とかといったものではないのかもしれない、この画面は投稿ＢＢＳではないのでは、という思いが強くなる。そこに出ていたのは〈地球の意思〉という組織が使用している連絡用ツールソフトウェアではないのか。

しかし、どうしてそれをメンバーでもない自分が見られるのか。真嶋にはわからないが、どうして見ることができるのかよりも、内容の異常さをどう考えるか、が重要だった。

いったいこれはなんなのだろう。信憑性云云はむろん問題だが、『無差別殺人』という通常の書き方ではない、『無差別同族殺戮』というのが真嶋の感覚に引っかかった。これはどういう感覚によるものなのか。書き手は、自分は同族ではないと思っていることがうかがえる。すくなくともここに挙げられた人間たちとは同じではないという意識だろう。〈地球の意思〉という書き方からすると、地球環境を護る団体といった感覚なのかもしれない。いったい何様のつもりだと真嶋はじんわりとした怒りを覚える。こういう連中が過激になると、自分は絶対的に正しいしすべての責任は他者にあると主張し始めるものだ。いわゆる人格障害者の集団だ。

こんなものだれが信じるか。無視するにかぎる。まともではない。

そうは思いつつ真嶋は、さきほどデスクとパワードスーツに関する話題で盛り上がったのを思い出した。まるでそのやり取りを聞かれていたかのように、こうしてパワードスーツを使った犯罪行為を告知してくる――もしこの自分に読ませるのが目的だとしたらだが――不快感よりも不安を真嶋は感じた。目的はなんだろう。

このおれがガセネタを真に受けて記者として失脚することか。そんなことをだれがやるというのだ、こんな手の込んだことをして、しかもこんな信じがたい内容で、おれがそうするとでもいうのか。

もういちど、ノートに書き記したそれをじっくりと読み直して、真嶋は気づいた。名前の並びが、あいうえお順のようだ、と。倉橋、呉大、桑原。たしか倉橋の前には工藤《くどう》という名があった。ならば、呉大麻良は、やはり〈ごだい○○〉ではなく〈くれ○○○〉だろう。〈く〉の名だけでこの数だとしたら、無差別殺人を始める人間の数は二、三十人では済まないだろうと思われた。この数の多さだけでも内容の信憑性を疑うに十分だと真嶋は思う。しかし、悪戯《いたずら》にしては手間がかかっている。実在の人物のリストかどうかもわからないが、少なくとも、呉という男はこの世にいるわけだ。が、だからといって全員そうだ、実在する人物である、とはかぎらない。このリストを作成した者の意図はなんなのか。リストの人物たちへ恨みをもっている人間が、こいつらは犯罪者だと世間に訴えているのか。

なにもかも、あやふやだ。このわけのわからない状態を抜けるには一本の電話をかけるだけでいい――そう真嶋は気づいた。迷うことなくスマホを出して呉大麻良に電話する。

男は、出た。十秒ちかく、あきらめずにしつこくコールしていた時間は長く感じられたが。

「呉さん、先日はどうも、真嶋です」

『記者さんか、いま仕事中なんだが。取材協力費の件かな?』

「いや、それは申し訳ない、出ないんですが、一つ補足で質問させてください、あなたは呉大なんですか、呉なんですか、本名はどちらなんでしょう、それだけお願いできますか」

『本名は出さない約束だし、どっちでもいいと思うが――』

「いいえ、それは違います」と真嶋は誠実に応えた。「あなたからうかがった話の信憑性が、左右される。あなたの本名はけっして出しませんが、偽名でなされた告白を公にすることはできません。というのも、先ほど、呉大という名で出張介護をしている人のウェブを見ました。あなただと思います。アップされている写真もあなたでしたし。それで、直接本人のあなたに確かめてみたいと思ったわけですが――」

『おれは、でかまらだよ。それで苦労させられた。それでいいか』

「了解しました、ありがとうございます。実はちょっと気になる情報を摑みまして、もういちど会って、お話できたらと。お忙しいでしょうが、あなたの前の職場の、例の件をたれ込んだ者らしき人物のことなんですが」

『だれなのか、話す気になったのか』

「こちらもわからなかったんですよ。それも含めて、です。お願いできますか」

『わかった。いま仕事中なんで、あとでこちらから電話する、それでいいか』

「ありがとうございます。待ってます」

真嶋は電話を切り、取り越し苦労だろうと思う。〈黒い絨毯〉などという正体もわからないBBSに釣られて一瞬でも信じそうになった自分が馬鹿だった、と。

これから無差別殺人を始めようとしている人間が、犯行声明に利用するというのでもなければ、新聞記者の取材を受けようとするわけがない。

しかし信用できない人間だという印象は変わらなかった。呉というあの男はなにを考えているのかわからない。自分を職場から追いやった密告者に復讐したいと思っているのかもしれない。だとするとあの男は本当に〈黒い絨毯〉の存在は知らないのだろう。〈地球の意思〉というハンドル名についても知らないのだ。あるいは、あの男は実は〈黒い絨毯〉という組織の一員で、こちらがその組織をどのくらいまで知っているのか探りを入れようとしているのかもしれない。

いずれにしても〈黒い絨毯〉や〈地球の意思〉という連中の正体を、呉という男をとおして探ってみようと真嶋は腹を決めた。

3

呉大麻良は、初めて足を踏み入れた別世界というべき場にようやく少し慣れてきたところだった。十五分前なら真嶋というあの記者からの電話には出なかっただろうと呉は思う。依頼客との話を遮ってまで電話に出るなんてとんでもなかった。呉は緊張して、この家の主に会っていた。

四十八階からの眺望はすばらしかった。自分が生きている世界は下界だ。それもたんに下ということではない、下層という意味合いでの。それが可視化されていると呉は思う。この場に足を踏み入れる直前には、自分は負け組でおこぼれをもらわないと生きていけないのだなどと思っていたが、こうして実際に見下ろしてみると、怒りや憤りといった負の感情はわかなかった。おれもこっち側の人間だと思えるからかと、呉は自分の気持ちの変化を自覚して、人の心なんて勝手なものだと感じた。見る位置で実際に他人を下に見てしまうものなのかと。

「お電話はもうよろしくて？」

この家の主が言った。呉は当初、相手をどう呼んでいいのやら、わからなかった。直接顔を合わせる前にインターヴィジホンで『奥さま』と呼びかけて、違うと冷たく言われた。この家の主人は自分だ、奥さまなどと呼ばないでくれ、と。

「はい、竹村《たけむら》さん」

足下から天井まで全面ガラスの窓から離れてスマホをポケットにしまい、呉は笑顔をつくって答えた。

「電波はゲートをくぐり抜けて届くのね」と竹村という女は言った。「聞こえないからいいようなものだけど。ほんとなら電波も検問選別されるべきよね」

その言葉で呉は自分の立場というものを思い知らされた。やはり電話の呼び出しは無視すべきだった。あの真嶋という記者がいけない。

笑顔を凍りつかせて『すみません奥さん』と言おうとして、〈奥〉という呼び方は駄目だったと危うく思い出してその言葉を呑《の》み込み、結局なにも言わなかった。

この高級マンションが建つエリアに入るにはゲートを通り抜けなくてはならない。入る資格を持たない呉は、こんなエリアに住むなんてのは塀の中の暮らしではないか、ムショと同じだと負け惜しみ半分で思っていた。しかしエリア内に入ってこうして下界を見下ろしていると、不自由な塀の中にいるのは自分たちのほうだと呉は実感できた。自分たちとは、エリアの住民以外の〈その他大勢〉であり、庶民やら大衆やらいろいろ呼び方はあるだろうが、早い話、貧乏人だろうと呉は、この高所からの視点の効果だろう、自分以外をさげすむような気分で、思う。

このような特別区域が設置されたとき、自分はまだ子どもだったから、と呉は外の景色に目をやりながら思う、頑張ればこっち側の人間になれたのかもしれないが、頑張るべきは親であって、自分の親はそもそも頑張って上に行こうという考えをまったく欠いていたから、現実問題として自分がここに来れる可能性はゼロだった。ようするに駄目な親の元に生まれた子どもの世界は最初からそのレベルに囲われていて、外部は存在しない。だいたい、でかまらっていう名前はなんだよ、と呉は、さきほどの記者の電話でそこをピンポイントで突かれたことを思い出して、心の中で嘆息する。親を恨んだり怒ったりする気分はとうの昔に捨てていた。

気持ち的にも物理的にも、こうしたエリアは別世界だった。物語の世界と同じだ。近づかなければ存在しないに等しい。そもそもここに住む資格条件というもの自体が呉には意味不明な呪文に等しかった。曰《いわ》く、投資可能マネーを五十万ドル以上有している者で、審査の上居住を認められた者の株式配当利益は無税とする、など。他にも条件や特典などがいろいろあったが、資金も株も持たない人間にとっては無意味だから、呉はそれら詳しい条件に目を通すこともなく、だから意味内容をよく理解することもしなかった。

こうした特別区域はゲートアイランド特区と呼ばれていて全国に最低三カ所あるのを呉は知っていた。最低というのは、呉が聞いたことのあるその特区がここ東京のツクダジマ・ゲート特区と、新潟のバンダイジマ・ゲート特区、あと兵庫のなんとやらいう埋め立てエリアの、名称は覚えていないが、ポートアイランド・ゲート特区とかいう感じの名称のところの三カ所で、それ以外にもあるかもしれないが自分は知らない、ということだ。

この特区の地理的特徴は〈島〉ということだ。ようするに橋を渡らないと入れないようなエリアになっていて、出入口である橋の両側にはアイランドゲートと呼ばれている検問所がある。呉は兵庫には行ったことがなかったが、新潟の特区には仕事を探していた放浪中に、その入口まで行ったことがある。バンダイジマのアイランドゲートはほとんど中華街の入口だった。まさしく中華門が見えていてあそこから先は外国だと呉は思ったものだった。橋の向こうの異国だ。言葉が通じる感じがしなかった。

実際、エリア内で交わされる会話はたとえ日本語であったとしても自分には理解できないだろうと呉は思っていた。安全で快適なエリアに集う人間たちの共通の話題と言えば金《かね》儲《もう》けの話に違いなく、自分には参加しようにもなにがなんだかわからないだろうと悟っていた。居住資格には国籍は問わないというのもあったような覚えがあり、ならばガイジンもけっこういるのだろうなと思いついたが、実際のところどうなっているのかはまったく見当もつかなかった。生き方が違うというより、ゲートの向こうにに人間が存在していると いうのはもはや別次元の出来事であって、呉にとってそのエリア内の人間は、肉体はあるがそれは見せかけで実は実体のない影か幽霊のような相手だった。

だからエリア内からの訪問介護の依頼などというのはあり得ないこと、だった。最初ネットでこの竹村という相手からの依頼があったとき、まさか特区内からだとは思いもしなかった。業務内容を知りたいので仕事ができる用意をしてすぐに来てくれないか、という依頼を受けて、こちらにも都合があるので日取りとかを相談させてもらいたい旨の返事を出したところ、住所を知らせてきた。呉は目を疑ったが、依頼は断らなかった。本物の依頼か悪戯かは、行ってみればわかる。悪戯なら門から内へは入れない、それだけのことだ。本物の依頼ならば利益は大きいに違いなかった。

エリア内の人間も寝たきりになったりはするのだなと呉は思い、考えてみれば当然かとも思った。が、エリアの中は福祉環境も高度に整備されているだろうに、なぜ自分のような立場の者が呼ばれるのか、というところまでは頭が回らなかった。呉は、勤めていた施設を辞めたころから、一度でいいから島の中へ、橋の向こうの異国に、足を踏み入れてみたいものだと思っていた。この機会を逃す手はない。だからすぐに行動に出た。準備を始めてから、これは特区の仕事だから特別料金が取れるだろうと損得勘定をしていた自分に気づいた。なにせ腐るほど金を持っている連中なのだ。気に入られればエリア内専用の仕事人になれるかもしれない。自分にも運が向いてきたと心を躍らせて、かち合う仕事のスケジュール調整をした。もとよりたいした仕事は入っていなかった。

島へ渡るのは比較的簡単だった。竹村という依頼主が送ってきた入島証カードに時限暗号数値が入れられていて、指定時間内ならばそれを使って自由に入れるとのことだった。呉は橋を渡るルートでは行かなかった。乗り物を持っていなかったし、この暑い中を歩いて橋を渡るのはいかにも惨めな気がした。地下鉄が島内地下を走っていたからそれを使うことにした。地下鉄駅にもアイランドゲートはもちろん設置されていて、改札口が一般の駅のような開放型ではなく、一人が通れる密閉通路になっていた。まるで公衆トイレの個室がずらりと並んでいる感じだったが天井が高いので狭い感じはなかった。降車したのは呉だけではなかったが、エリア内の住人だろうと思われる人間は一人もいなかった。全員が男で、きちんとした身なりからして営業マンだろうと見当がついた。お得意様係とかお帳場係といった、ようするに御用聞きもいるだろう、いい仕事だなと、呉はうらやんだ。

ゲート通路の入口と出口に自動ドアがあり、入島証カードをドアセンサにかざせば問題なく開いた。通路を歩く間に赤外線やらX線やらなにやら照射されて持ち物検査をされているに違いなかった。出たところで警備員が待っていて、呉は別室に連れていかれた。身につけたローダーを脱がされて、そのローダーを含めた荷物全部と身体のチェックを時間をかけてやられ、地上に出るのに一時間ほどかかった。

なぜパワードスーツを着けているのかと警備員に訊かれた。それを着けて地下鉄に乗ってはいけないという法律はなかったが、あまり見かけないのはたしかで、とくに、エリア内をこうした業務用のパワーローダーを着けて歩く人間はいないのだろう。別室に連れていかれて持ち物を検《あらた》められたのはそのせいだったようだと呉は解放されてから気がついた。山歩きする人など趣味人がパワードスーツを利用するのは普通だが、それでも身に着けるのは現地に着いてからだろう。呉もそうしたいところだったのだが、それを持ち運ぶのはけっこうかさばるしそれなりの重量物でもあり、大変だった。これはなしでもいいかとも思ったのだが、すぐに仕事ができるようにという要望ゆえ、おいて出るわけにはいかなかった。介護の仕事というのはようするに身ひとつでやる肉体労働だと呉は承知していた。それでローダーを装着し、歩いてきたのだ。パワーユニットの電源が途中でいかれると困るのだが、バッテリー自体はその容量からして計算上は往復しても大丈夫なはずだった。いざとなれば特区内にもパワースタンドはあるはずだから、そこで充電すればいい。

パワーローダーの中には、身体から外した状態で折りたたむと自走できるタイプのもあって、自分のもそういうのだとよかったのにと思った。依頼主である竹村の、このマンションの来客専用エントランスに入り、到着した旨を伝えるとき、ローダーを装着したこの姿では不作法な気がした。が、仕事をするために仕事ができる格好をしてきて不作法もないだろうと思い直して、竹村の家に上がったのだった。

会った最初に、なんてたくましい姿だこと、と言われた。褒められたと思い、嬉《うれ》しくなって、これはローダーです、と説明していた。

パワーローダーというのは重量級の物はフォークリフトの代わりができるように開発されたのだが、介護方面に使われるのはこうしたライトタイプで、身にぴったり装着するため、スポーツ用のパワードスーツと見た目には似ているがそれよりも重量物を運べるように作られている、こちらはフォークリフトの代替物としてではなく動力背負子《しょいこ》として開発されてきたもので、などと呉は言いながら、どうやら、そのような解説はどうでもいいのだと、その依頼主の表情から読み取って早早に話題を切り上げた。

訪問客の相手をする部屋だろう、眺めはいいが生活臭も飾り気もない事務的な部屋に通されて、ソファを勧められた。そのローダーとやらを外してすこしくつろいだらどうかとソファを勧められた。そんなのを着けて歩いてきたなんてくたびれたでしょう、とも言われた。いや、着けていればこそ歩く労力も十分の一ほどに低減されるのだといった応答は期待されていないことを、呉は感じ取っていた。さきほどこの姿をたくましいと女が言ったのは、不格好だと揶揄したのだとも。目障りなのでそんな物は脱げと言われているのだ。それならと意地をはり、直立不動のまま、これが制服ですのでおかまいなく、と勧めを断った。これはけっこうな重量物なのでソファに腰を下ろしてはそれが傷むおそれもありますしと言いつつ、職業的な矜持《きょうじ》を示すつもりでもあった。

女は入口ちかくのサイドボードに用意されていた茶器のセットを使って紅茶らしきものをいれはじめ、呉には窓によって見物でもしながら茶を待てと言った。言われるままに見晴らしのいいそちらに近づき、ローダーのパワー全開で突進したらこの窓を突き破って落下するだろうなと、不穏な想像をしてしまった。

天気がよければ富士山が見える、と背後で女が言った。この方向では見えないだろうと思いつつ、そうですかと言うと、怪訝《けげん》な声色だったのだろう、この部屋からではないけれどと、丁寧に補足された。ここからは散乱した骨のような街並みしか見えないわね、と女は言った。骨が散乱している様子に見えるとは、どういう神経だと思いつつ、そう言われればそのようにも見えてくる。有機物は感じられず、乾いた骨を見渡すかぎり敷き詰めたかのようだ。ここからはそれしか見えない、ということは、来客にはこの殺伐とした光景を見せておけばいいということだろう。いや、そういう発言をすべての来客にするとは思えないから、ようするにこの自分を見下しての発言なのだろう。そう呉は思ったが、怒りも反発も感じなかった。ただもの悲しい気分になった。

そこに電話の呼び出しバイブがあって、取り出すと先日の記者からだった。なにか気分的に救われる思いで、先日取材にきた記者から電話だが急用のようなので出ていいか、と女にことわると、『どうぞ、もしわたしがいないほうがよければ外すけど』と言われて、とんでもない、では失礼してここで、とその電話を受けたのだった。

「あなた、取材を受けたって、有名なのね」

スマホをしまった呉は、女主人とあらためて向き合う。

「いえ、それほどでもありません」

窓から一歩室内側にひっこみ、呉は答えた。竹村という女はティーポットにかぶせたウオーマーを見下ろしながら、さらりと、「虐待していたんですって?」と言った。「介護施設で」

「奥さま」と思わず言ってしまい、言い直す。「竹村さま、それは違います」

突然の指摘に呉は驚いた。

「いいのよ、言い訳しなくても」

「噂《うわさ》です。でも、どこでその噂を、竹村さま——」

「さま、は似合わないわね。さん、でけっこう」

「……竹村さん、その噂をだれから聞かれたんでしょうか」

似合わないというのは、無論、こちらの言い方が板についていないということだろう。

「ちょっと調べればどこにでも出てるわよ。施設の評判サイトなんかはいくらでもあるし」

「聞いてください、噂は噂です。あの施設は所長の不正やらなんやらいろいろあって、わたしも同類に見られるのがいやで、自分から辞めたんです」

「いいのよ、呉大さん。無理しなくても」

「わたしは嘘は言っていません」

「責めているわけじゃないのよ」

そう言って女は茶をカップに注いだ。二つだ。一つを手にして、女は言う。

「立ち飲みしながらお仕事の話というのは、わたしはしたくないのだけれど」

「どうぞ、わたしにはおかまいなく」

「わたしは、見下ろされるのはいや、と言ってるの。あなたが立ったままだと、わたしは腰を下ろせないじゃない」

そんなことを言われたのは初めてで呉は戸惑った。この依頼主はローダーをどうしても外して、腰掛けろと言っているのか。しかしローダーの脱着は意外と手間がかかるのだ。

さきほどのゲートではそれでかなり時間をロスした。呉に送られてきた入島証の、入島可能時間は正午から一五時までの三時間だった。訪問約束時間は一四時だったが、呉はゲートで足止めを食らうことを考え、正午にゲートに着くことを狙って家をでた。それは正解だった。そうでなければ遅刻していたところだった。

遅刻などはもってのほかだが、ここまできて依頼人の機嫌を損ねるのはまずいと呉はローダーを脱ごうと手を動かしかけ、ふと思いついて、腰を沈める動作をした。完全にしゃがみこむまえに、バランスの取れた状態で動きを止める。すこし格好はわるいが見えない椅子に腰掛けている形になっただろう、ローダーなしではきつくて五分と耐えられない姿勢だ。そうして、女をうかがった。

「あら」と女は驚いた表情を浮かべたが、すぐに相好を崩した。「そのままで通すつもり？大丈夫なの？」

「パワーが持つかぎり大丈夫です」

「疲れない？」

「パワーが切れたら、駄目です。いまは平気です」

「わかったわ。デモンストレーションはもうけっこう。その姿勢は見るからに疲れるので、腰掛けたくなければ好きなように。立っていいから」

「ありがとうございます。先ほども言いましたように、これを装着したまま腰を下ろしてはソファを傷めるかもしれませんし、こいつを脱ぐには肌に着けたセンサなどを外さなければならないなど、お見苦しい作業になりますので、このまま、立たせて頂きます」

「身体と一体になってる感じなのかしら」

「そうですね、そのとおりです」

「それを着けていれば直立不動でもくたびれないんでしょうね」

「それもローダーの利点です」

「すばらしいわ。お高いのでしょ？」

「これはけっこう値が張ると思います。全身タイプでなければそれほどでもありませんし、簡易型の普及品もありますが、パワーや信頼性を考えるとこうした業務用のローダーでないと使えません」

「商売道具にはこだわらないと、ということね。いい道具を持っていればそれだけいい仕事ができる」

「そのとおりです、奥さま——竹村さん」

「辞めた施設からあなたが盗んだという書き込みも目にしたけれど」

一瞬、呉は激しい怒りを感じたが、意識してその感情を、炎を吹き消すように、飛ばした。怒りの炎が消えたかどうかはわからないが。

「それも誤解です。このローダーはわたしが引き取ったんです。退職金と相殺でした」

「そうなの」と悪気も見せずに女は言った。「それにしても」と呉を見ながら女は続けた。

「それを着けて虐待するなんてことをしたら、相手は死んじゃうんじゃない？」

どう答えていいか呉にはわからない。黙っていると、女はとんでもないことを言う。

「あなたは、殺したの？」

「いいえ。わたしはしていません」

それから呉は深呼吸を一つして言った。

「どうやら、おいとましたほうがよさそうだ。わたしはあなたからそんなことを訊かれるいわれはない」

「怒ったの」

「わたしも人間ですので」

わたしは、と言いたかった。この女は冷血だ、人間とは思えない。

「本当のことを言われると人って怒るのよね」

と女は立ったまま紅茶を一口飲んで、呉を上目づかいでうかがった。

「あなたは」と呉は感情を鎮める努力をしつつ言う。「わたしが入所者を虐待して殺したと言っているんですよ？」

「だから、あなたに仕事を頼みたいの」と女は平然と言った。「あなたが勤めていたあの施設で何人も不審死しているのは間違いないでしょう」

「なにをおっしゃりたいのか、わかりかねます。わたしを殺し屋かなにかと思っておられるようだ」

「まあ、そうね」と女はうなずいた。「でも、あなたが本当に手を下したかどうかは、実はどうでもいいの」

「どういうことです」わけがわからない。

「あっち側に」と女は窓の外を目で指して、答えた。「わたしの父親がいるんだけど、わたしとしてはさっさと死んでもらいたい。わたしの気持ちをあなたに理解してもらいたいとは思わないけど、動機を言わないとわたしはただ残忍で冷酷な、そのうえ吝嗇《けち》な女に思われるのもいやなので言っておくと、子どものころのわたしを犯しまくって虐待した男がいまだに生きているのは許せないし、いまや寝たきりでなんの役にも立ってない人間に生きていられるのは社会的にも不利益よ。あんなんでも公的補助を受けている。税金の無駄。さっさと殺すべきだと思ってる」

「では」と冷ややかに呉は言った。「あなたがやればいい。自分の手を汚すのはいや、ですか」

「もちろん。あなたも、そうでしょう?」

「わたしにどうしろというんです」

「父の介護をお願いしたい。それだけよ。あなたのお金になる。いま父の生きてる価値としたら、それだけでしょう」

「わたしが介護して、それで――あなたの目的は達せられるというのですか」

「そう信じているわ」

「あなたは、巧妙に、あなたの父親を殺せとわたしを誘導しているわけですね。面と向かって殺人の依頼はしないが、暗にそれをほのめかしている」

「そう思っているのなら、それは違うと、はっきり否定します。わたしはそんな姑息《こそく》なことは思っていない。わたしはあなたの経歴の中の、あなたが介護していた人間の死亡者数に興味を持った。とても多い。重要なのはそこよ。あなたがほんとうに虐待していたかどうかなど、わたしにはどうでもいい。あなたの介護の能力が劣っているためかもしれないし、積極的に殺したのかもしれない、それはどうでもいいの。でも、いちおう、聞いておきたいと思っただけ」

「よくわかりませんが」

「この世を支配しているのは、確率よ」と女は言った。「あなたの周囲には死人が多い。それは事実でしょう。理由などどうでもいいの。あなたが父の介護を受け持つことで、父の死の確率が上がるだろうと、そういうこと」

なんともおかしな理屈だと呉は思う。このエリアの人間はみんなこんなおかしな考え方で生きているのだろうか。

しかし、さきほど女が言った、税金の無駄遣いにしかならない人間など生きている価値はない、という意味の言葉は自分も最近言った覚えがあると呉は思い返していた。あの真嶋という記者に、たしか似たようなことを言った。が、あれは本心ではなかった。辞めてきたあの施設の所長の考えをそのまま言っただけだ。入所者は介護料を取れる存在でしかない、人だと思い始めたら赤字になる、という考えだ。ようするに人より金のほうが大事なのであって、このエリア内の人間かどうかにかかわらず、守銭奴はどこにでもいるということか。呉は、あんな所長と同類に見られるのはごめんだと、いま、心底そう思った。

「お役には立てないと思います」と呉は言った。

「わたしの依頼は断ると」

「仕事ですから、やります。契約はしないということではありません」

「どういうことなの」

「わたしの周囲に死人がたくさん出たとのお言葉ですが、それは正確な事実とは異なる。ですので、父上の介護をわたしがやるとしても、父上は早死にはしないと思います。実際、フリーでこの仕事を始めてから、亡くなられた方はいません」

「あら、まあ」と女は、ほんとうに驚いたというような声を上げた。がっかりしたのかもしれない。「そうなの。じゃあ、あの噂の真相はなんなの。虐待の事実はなかったの？」

「ありました。でも虐待という認識はだれにもなかった。一種の、事故です」

「あなた、そういう言い訳で切り抜けたの？　すごいわね」

「やったのは、わたしではないんです」

「ではだれなの、と訊くところなんでしょうけど、いいわ、それは。名前を聞いてもどのみちわたしは知らないんだし。どうしてそういうことを言うのか、それを聞かせてくれないかしら」

「やった者は、あなたも知っています」

「だれ」

「ローダーですよ」と呉は、肘を曲げた右腕を上にあげ、左手で左の腿《もも》を軽く叩《たた》いた。

「この、ローダーです」

「わかるように説明して」

「施設のローダーというのは、職員が共有して使うものです。あの施設には五体ありました。まあ、お気に入りというのがあるし、だいたい使うのはいつも同じ物になるんですが、このローダーをおれ、いや、わたし以外の人間が使うときに、異常な動きをして、老人の足の指を折ったりした。メーカーに詳細を調べてもらったけど、異常はなしということで。結局原因は不明です。メーカーは、虐待の事実を隠すためにあり得ないクレームをつけてきたと言い始めて、それが外部に漏れた。警察沙汰になりそうになって、メーカーと協力して火消しをした。そのときは対象者全員がもう亡くなっていたので証拠もなく、訴えてくる家族も出さず、火消しはうまくいった。噂だけは消せませんでしたが。所長は、おれにこれをやるから出て行ってくれないかと相談してきた。おれは、わたしは、施設のやり方に嫌気がさしていて辞めようかと思っていたところだったので、その話を受けたんです。独立するとなればローダーは必須道具ですが、高価なんで、新品はなかなか手が出せない。渡りに船でした。そういうことです」

「高価なそれを、あなたに無料でくれた、というの」

「中古ですから時価はたいした金額ではないと思いますが。向こうは、暗にわたしを虐待犯に仕立てて追い出したわけで、言ってみればデトックスですよ。毒を出して、評判を取り戻そうとした。こちらとしては名前を変えないと仕事にならなかった。わたしの本名は、呉です。呉大は、仕事名です。まあ、虐待していたという汚名を着せられるのは想定内だったんですが、あそこに居続けるよりは心理的にも仕事環境的にも天国ですよ」

女はしばらくだまって紅茶を飲んでいたが、カップをおいて、言った。

「それ、わたしにも動かせるものかしら」

「体格の調整さえすれば、はい、簡単ですよ。いまのローダーはよくできているので、センスマッチングは自動で、数分でできます。身体を動かす感覚をローダーに学習させるんです。きちんと動かすためにはそういうマッチング操作が必要なんですが——まさか、これをあなたが使う、使いたい、というのですか」

「父をここに引き取って、わたしが世話をするというのも悪くないかもしれない。一度も父親孝行をしたことがない娘だし」

「それはやめたほうがいいでしょう」呉は本気で忠告する。「そんなことはしてほしくないし、あなたのためにもならない。殺意があるわけですから、下手をすれば殺人者になってしまうんですよ?」

「自分の手を汚さないのは卑怯《ひきょう》じゃない?」

「恨みは、わかります。わたしの親もひどかったですし。でもあなたが手を汚せば、あなたを穢《けが》した親父《おやじ》さんと同じになってしまうじゃないですか。ここの住人にはふさわしくなくなるでしょう」

「きれいな人間なんか、いないわよ。馬鹿か利口か、人間はみんな、そのどちらかよ」

「あなたは利口な側なんでしょう」

「そうね」険のある表情を消して、「父をここに引き取るというのは冗談よ、もちろん」

「人はいずれ死にます」

「それを待っていられない人間もいるってこと。それもたくさんいるでしょう、毎日毎日、人が殺されない日はない。待てないのが人間というものよ。わたしは自分だけは例外だとは思わない。わたしに早く死んでほしいと思っている人間もいるだろうというのも承知しているし」

「そうなんですか？」

「わたしの一人娘とか」

「娘さんが、どうしてです」

「虐待してきたし」と女はつとめて平静を保っているとわかる、少し強ばった表情と声で、そう言った。「児童養護施設になんども娘を取り上げられたけど、苦労して取り返し、そうして戻ってくればまた同じことだった。施設にいられるのは十八までなんだけど、それでこんどは永久に出されて。娘としては他に行くところがないし、仕方なく、でしょう、戻ってきた。娘は独立するためにアルバイトをしてお金を貯《た》めていたけれど、その通帳を見つけたので全額引き出して取り上げてやった。娘は出ていって、それっきり。たぶん、男をつくって、いっしょに暮らしているでしょう。あっち側で。わたしが死ねば、こっち側にこれる。丸ごと遺産が手に入るわけだから。悪いことをしたと思ってる。いつも思っていた。でもどうしても、やめられなかった。謝りながら、殴っていたような感じよ」

　陰惨な話だ。金があればあらゆる不幸をブロックできるだろうと思っていたが、金では生まれからやり直すということはできないのだなと呉は思った。ようするに、親を選び直すということは金を積んでもできないのだ。

「力になってくれる人はいないんですか」思わずそう訊いている。「ご家族は？　娘さんと二人暮らしだったんですか」

「あの娘《こ》の父親とは、結婚しなかった。その後、別の男と共同で投資稼業を始めて、成功した。その男に稼ぎを持ち逃げされるのがいやで結婚した。向こうもそう思ったみたい。ある日、あいつは娘を犯してた。たたき出してやったわ、もちろん。同時に、娘も憎かった。因果は巡るのよ」

「そうしたトラウマを乗り越えるための治療は受けたんですか」

「いまも受けてるわよ。往診に定期的に来てもらってる。でも、抜本的には、あいつらが死ぬこと、それしかないと思ってる」

　あいつら、とは父親を含めた、男たちか。強い殺意を抱いているということだろう。往診に来るという医師かカウンセラーか、そういう治療者が、この危ない女の気持ちを承知していると呉には思えない。すくなくとも治療はうまくいっていないだろう。治療効果が上がっていれば、こうしたことを女が口にすることはないだろうから。

「父上の件は、どのくらいの介護を要するのか、それを見させてもらって、それから契約内容を決めるということでいかがでしょうか」

「あなた以外のスタッフにそのローダーを着けさせるということなら、いますぐ契約ということでいいわ。事故が起きる確率が高いってことを承知の上で——」

「あいにく、わたし一人でやっているんです、すみません」呉は女のことばを遮って言った。「それに、いままた、介護している人を虐待しただのということになると、さすがにやっていけません」

ではけっこう、と言われるだろうと呉は覚悟した。せっかくの儲け話であったが、でも断られれば、それはそれでほっとする、とも思った。

「だけど面白い話ね」と女は言った。「あなた以外の人が着けると、どうしてそのローダーが虐待を始めるわけ？　調べてもわからないって、ホラーじゃないの」

「着けた者にとっては、まさに悪夢だったと思います」と呉はうなずいた。「自分の意思に反してローダーが動くんですから。悲鳴を上げたのはやられている老人ではなく、ローダーを着けた介護者のほうだった」

「あなたは、なぜ大丈夫なの」

「わかりません。が……」呉は言いよどんだ。「確認はされなかったんですが、わたしの意思がローダーのマッチング機能に記憶されたのではないか、とも疑われました」

このライトローダーにはいわゆる〈ナライ機能〉が搭載されていて、装着者の動きを記録し、それを倣うことができる。動きをなぞることができるのだ。記録した動きを再生するときは、たんにローダーのほうで勝手に動くのではなくて、記録したときの筋肉の動きを肉体自体も自律的に再現すべく、そのときの波形の筋肉制御信号を筋肉側へ送り込む。つまり脳が動けという信号を出す代わりに、ローダーが記録していた信号をその代わりに出して筋肉を動かすという、複雑なことをするのだ。そのようにして、ローダーの動きと肉体の動きをシンクロさせる。しかしハイスピードの動きや、逆に微妙な動きをシンクロ再生するのは困難とされていて、とくに早い動きはシンクロがずれると筋肉を痛めることから、ローダーだけをゆっくりと動かす、非シンクロ再生しか実用化されていない。

　ナライ機能はかなり高度なことをやっているのだが、一般的にはそうした深いところまでは理解されていないだろう、そう呉は説明する。女は興味深そうに聞いているので、続けた。

「そのナライ機能というのが知らないうちに働いていて、わたしの動きを記録していたのだろう、というところまではいい。その動きが、他人が着けたときに再生されたのだろう、なんらかの要因で、というのもいいです、あり得る。ですが、わたしは、だれかの指を折るとか、爪を切っているときに故意に深爪するような動きをするとか、針を突き刺すとか、爪をはがすとか、そういった動きをやった覚えがないんです。そもそも、爪切りなどの軽作業はローダーを着けてやったりはしない。実際、そうした動きの記録は、ローダーの中枢回路のどこからも発見されなかった。だとすると考えられるのは、二つです」

「なんなの」

「一つは、だれかが外部から中枢回路に動き信号をリアルタイム入力した。ですが、ローダーには、そうした危険を排除するために元より無線通信機能は搭載されていないんです。中枢部は電磁的に多重シールドされています。でないと、意図しない動きをして、自分も周囲も危険ですから。歩き始めたはいいが意思に反して止まらず崖から落ちるとか、抱き上げた人間をいきなり放り出すとか、想像してみてください」

「わくわくするわね」

「わくわくします？」

「ええ。わたしの人生そのものだわ。意思に反したことばかりさせられている気がする。

——あと一つは？」

「中枢回路の人工知能がリアルタイムに発生させた、シンクロ信号。これだと記録はまったく残らない。その場でふと、人工知能が、虐待してみようかなと思った、という感じですから」

「それね、きっと」

「あり得ない」

「どうして」

「そんな高度な人工知能は搭載されていないから、ですよ。値段からして、わかる。機械や道具の性能というのは現金なものです。価格に比例すると思って間違いない。一度も学習させていないことを思いつく能力を持った人工知能の値段がいくらするのか、実現されているのかどうかも知りませんが、それに比べれば、このローダーは高価だとはいっても、ただ同然だろう、というのはわかります」

そう言いながら呉は、しかし、案外、そんな人工知能というのは安価に実現できるのかもしれないと思った。いまの安い知能ユニットでも、創造性を発揮するということはあり得るのではないか。知能なんて、複雑怪奇なユニットでなくては実現できないなどというのはたんなる思い込みなのかもしれない、そんな気がした。でもなぜこんなことを思うのだろうと呉は自問して、たぶん、この環境のせいだろうと思いついた。ここ、島内の高価な環境に住まうこの女が、だから高度な知能を持っているとでもいうのか、この自分のほうが安物の知能なのかといえば、そうは思いたくない、そういうことだろう。

「ただ同然って、いいわね」

女はそう言い、うんうんという感じでうなずき、それから、お茶ではなくシャンパンはどうかと言った。

「シャンパンでなくても、あなたの好きなお酒でも、いかが」

「いいえ、仕事中ですし、わたしは酒はあまり強くないもので、飲んでは帰りも心配ですし、お心遣いだけで」

「あら、そのローダーに目的地をセットしておけばいいじゃない。自動的に帰れるんじゃないの」

「……そういう使い方は思いつきませんでした」

「契約しましょう」女はきっぱりとした口調で言った。「契約書は持ってきたでしょうね」

「もちろんです」

「父をお願いします。あなたの判断で、いいようにやって。介護の条件とか日当とか必要経費とか購入必要用具とか、すべてあなたに任せます。それら経費とは別に、一万出しましょう」

「一万ですか」

「もちろん、ドルで。一万ドル。これは父がすぐに死んでも返還無用の手付金ということで。いまここで小切手を書くわ」

それは破格の条件だ。しかし、うますぎる。そうした話には裏があるものだ。

「ただし」と女は言った。「そのローダーを譲ってもらえたら、だけど」

やはり、そういうことか。しかし、いったいなにがそんなに気に入ったのか。父親はこちらに任すと言った以上は、このローダーで虐待しようというのではないだろう。まさか、一人娘が帰ってきたら、これを使って？

駄目だ、その条件は呑めない。呉はそのように、きっぱりと返した。

「譲れません」

「ローダーの買い取り料は別に出すと言っても？」

「ローダーに興味がわいたのでしたら、新品をお買いになればいい。でも、ローダーではなくパワードスーツをお勧めします。そのほうが扱いが楽ですし、見た目も洗練されています。安全性も高い」

「でもパワーでは劣る？」

「日常的な用途では十分以上のパワーはありますよ、スーツでも」

「胡桃《くるみ》を親指と人差し指で挟んで割ることはできるかしら？」

スーツではできないだろう、スーツはスーツであって、指先のパワーアシストはしない。だがこのローダーには、それができる。ボルトとナットを手で締めることを想定し、小指と人差し指を除く三本の指が入る金属製手袋形状のパワーアシスト指ユニットがあるのだ。

「胡桃は」と呉は言った。「くるみ割りで割るのが簡単で、かつ優雅かと思います。わざわざローダーはいらないでしょう」

「あなたにはわからない。わたしはずっと、やられっぱなしだったのよ。それを着ければ勝てるわ」

「だれにですか。あなたは十分、勝っておられるじゃないですか。このエリア、ゲートアイランドに住んでいるんですから、だれもが認める勝者ですよ」

「マネーで勝ってもぜんぜん実感がない。それもあなたにはわからないでしょうね。わたしは賭に勝っただけで、殴り合いに勝ったわけじゃないのよ。わたしは、力で勝ってみたい。その気分だけでも味わってみたいの。男のあなたには永久にわからないと思うわ」

いや、そういう感覚ならばよくわかる、と呉は思った。力こそ正義という感覚だろう。力でなにもかもねじ伏せてみたい、勝ちたいというのは、まさしく男の感覚ではないか。呉はこの女に同情している自分に気づいた。この女は、そうした感覚でないと生きていることに耐えられなかったのだろう、と。

ことばを返せないでいると、女が言った。

「試してみたいの。それをいま貸してもらえたら、ということでどうかしら。ぜんぜん使ったことがないので、どの程度のものなのか知りたいのよ。あなたからお気に入りのそれを奪おうという、そういうことじゃないから」

粘り勝ちならぬ、粘られ負けだ。そう呉は思う。

「わかりました」と答えている。「では、脱いでみますので、試してみるかどうかは、それからでも遅くないでしょう。ローダーの動きを制御するためのセンサは肌に圧着させるものなので、試すとなれば、それを着けなくてはならないのですが、それができますかどうか」

「裸にならないとできないってこと？」

「水着でも。センサにはわたしの汗がついたりしているでしょうから、清潔にするための消毒用アルコールとかウェットティッシュとかも必要です。いろいろ面倒です。センサ群を各部に着けたあと服を着て、ローダー本体を仮装着し、ローダー各部を体格に合わせて調整します。センサから出ているたくさんのコードを束ねて一本にしたセンサワイヤを本体中枢に接続し、あとはセンスマッチングを行いますが、これは指示に従って運動をすれば自動で行われます」

「そのセンスマッチングって、なんなの」

「腕を上げようと意識しただけでローダーのアシストが開始されるのですが、その、意識した、という感覚をローダーに伝えて、こういうものだよ、と、人と機械の感覚のすり合わせをすることです。実際に着けて動かしてみればわかります。マッチングが上手くいかないと、動かなかったり、動きがぎこちなくなったりします。マッチングがとれなくても一応動かすことは可能ですが、それではローダー本来のすごさは発揮できない」

「大事なことだというのは、わかったわ」

「それで十分です。だいたい、こんなところでしょうか。とにかく、いまからこいつを外してみましょう」

「そうね」女はそう言って、うなずいた。「やってみて」

まずはローダーの腰のベルト部分の連結具のロックを外す。呉が使っているライトローダーは、腰を中心に上は肩、腕、肘、手首、指の三本、それと背筋、腰から下は脚、膝、足首の、それら各部の動きと支持をパワーアシストする。

左手首に着けているコントロールユニットで、脱着モードの指令を出す。すると、脚部分が硬直するのがわかる。ローダー自身が自律して、倒れないようバランスを保ち始める。脚部分の下半身の装具から外す。ずしりとした重量感を感じるが、ローダーの脚部分の装具は倒れない。両腕の装具のロックを解除し、指部分のパワーサックから指を抜きながら腕の装具を解放する。腰の装具を解放する。背負っている形の制御装置と電源パックの入る中枢ユニットのベルトを両肩から外して、その場から前に出ると、ローダー外殻から身体が解放される。後ろには、頭部のない案山子《かかし》のような外殻が自律して立っているだろう。両脚部は腰パネルにつながり、腰から背骨部の支柱が延び立ち、両肩からぶらりと腕部分が垂れる。背骨部分に中枢ユニット。そこから、臍《へそ》の緒のようにセンサワイヤが呉の身体とつながっている。

呉は自分の尻の上あたりから出しているセンサワイヤの接続コネクタを外す。それでローダー本体から身体が自由になる。作業着としてスウェットスーツを着ているが、それを脱ぐ。パンツ一丁の姿になって、手首、腕、腰、脚の各部に、巻いたり貼りつけてあるセンサを外す。センサからはコードが出ていて、コネクタ部分でまとめられている。

「こんな感じですが」と呉は女をうかがった。「どうしますか」

「やるわ」と女は、抜け殻のようになったローダーから目を離さずに、言った。「用意してくるので待っていて」

「わかりました」

脱いだローダーはわずかに揺れながら、立っている。動的バランスを取っているのだ。電源を切ればくずおれるように倒れるだろう。本来は支持架にユニットを引っかけて保持し、メインスイッチを切る。あるいは収納モードにして、自ら折りたたむようにゆっくりと床に座らせてから、電源を切る。いずれにしてもこのまま立たせておくのは電気がもったいないと呉は思ったが、考えてみれば着けていても消費しているのは同じだし、すぐにまた着けるのだからと、自分の貧乏性を恥じた。

「紅茶でも、よかったらどうぞ。好きにやっていて」

そう言って女は出ていった。

呉は作業着を着て待つことにする。さきほど女がいれた紅茶はもう冷めていたが、緊張した喉を潤すにはちょうどよかった。一息に飲んでしまうとやることがなくなった。立たせたままのローダー外殻に目をやると、腰ベルトの物入れからスマホが落ちかけている。それであの真嶋という記者からの電話を思い出した。

自分を虐待者としてあの記者に密告したのは所長ではないようだが、だとするとだれなのか。フリーになった自分の営業妨害をしている者を呉は知りたかった。が、そんなことはもうどうでもいい、という気がしてきた。この家の女からいい条件の仕事を得られたところで気が大きくなっていると呉は思いつつ、あの記者がなぜまた会いたいと言ってきたのかが気になった。どうやら密告者をあの真嶋という記者も知らないようだが、あちらが知らないことをこちらが知るわけがない。気になる情報とはなんだろう。

ちょうどいい、この空き時間に連絡を入れようと思い立ち、電話する。いい仕事を得たことを自慢したい気分もあり、なんて自分は小さいのだと自虐的になりかけたが、先方はすぐに出た。

『お待ちしていました、呉さん。さっそくですが、今夜お会いできませんか、どうでしょう、空いてますか』

「いきなり、なんだよ」

『〈地球の意思〉という名で、新たな書き込みがあった。あなたの虐待を指摘していた者のハンドル名です』

「だれなんだ。なにを書いていた?」

『お会いして直接話したい。電話で言えるような内容ではないんで』

「ガセだよ」

『わたしもそうだと思いますが、書き込んだ者の動機がわからない。あなたは〈地球の意思〉という名に覚えはないと言ってましたが、ほんとうですか』

「知らないよ」

『一つ聞かせてください。あなたが使っているパワーローダーの機種名は、PLD３１４１でしょうか』

「そうだが」呉は、外殻だけで立っているそれを見やって、言った。「どうして知っているんだ。その書き込みにあったのか?」
二、三秒、間があった。切れたのかと思うほど長い間。
「もしもし、どうした?」

『……いま、どこです?』

「ツクダジマ・ゲートアイランドの中だ」

『なんで、そんなところに』

「なんでって、失敬なやつだな。おれがここで仕事しているってのがそんなに気に入らないのか」

そこで部屋のドアが開いて、女主人が戻ってきた。

「仕事に戻る。じゃあ――」

『呉さん、そのローダーは使わないでください』

「なに？　どういう意味だ」

ローダー自体が虐待をしたという異常動作をこの記者は知っているようだ。いや、この口ぶりだと、その原因に思い当たる節がある、と感じられた。

『相談したいことがあります。とにかくきょう会えませんか。なるべく早く。同じ喫茶店で』

「わかった」と呉は応じる。「夜八時以降なら行けると思う」

『早めに行って待ってます』

スマホを作業着のポケットにしまって、女にわびる。

「別件の連絡でした、申し訳ありません」

「忙しいのはなによりよ。これでいいかしら」

女はショートパンツに臍の出る短いキャミソールという姿で、手にはその上に着る物とタオルなどを捧《ささ》げるように持ってきた。

「アルコールスプレーとタオルでいいでしょう、使って」

呉はうなずき、圧着センサ類の拭き取りを手早く済ませる。それから、その装着を手伝う。センサを着けた上に女は柔らかい生地のサロペットを着込んだ。後ろの腰あたりは開放されているのでそこからセンサワイヤが出せる。女をローダーの外殻に案内して、センサワイヤのコネクタを中枢ユニットに接続。体格に合わせてローダーの身長、腕部、脚部の長さなどを調節する。下半身から装着。

センスマッチング動作をプログラムの指示に従って実行。ラジオ体操をゆっくりやる感じだなと思いつつ、五分ほどで終了した。

「奥さま、いえ、竹村さん、どうですか」

これでローダーアシストのパワーをこの女は行使できる身体になったわけだった。

「なにか、いい感じ」と女は笑った。「これでわたしは勝てる気がする」

呉はあえて、だれに、とは訊かなかった。

「力を試してみますか」

「そうね」

「では、そのソファを持ち上げてみましょうか」

するとして女は、物では実感がわかない、と言った。

「どういうことでしょう?」

かすかな不安を呉は覚えた。

「あなたを抱き上げられるか、やってみたいわ。女のわたしにできると思う？　非力なわたしでも、あなたをお姫様だっこできるかしら？」

「もちろん、そのためのローダーですから」でも、と呉は続けた。「試着はされたわけですし、きょうはどうでしょう、このへんにされては」

「わたしに抱かれるのがいやなの」

「いえ、けっして、そういうことでは」

声だけ聞いている者がいたら、介護の話ではなく出張ホストかなにかとのやり取りに勘違いされそうだと思いつつ、とにかく女の言うことをさっさと聞いて契約を済ませ手付金を受け取ることだと覚悟を決めた。

「では、わたしの」と呉は女の前に立って言った。「膝裏あたりを左腕ですくい上げるようにしながら、右でわたしの背中のほうを支えるようにして、抱き上げてみてください」

ローダーの作動音がして、女がその指示に従ったことがわかったが、女自身は無言だった。呉はその顔をうかがい、笑顔が消えていることに気がついた。無表情でもない。これは、憤怒の形相というやつだろう。

本能的に、反射的に、呉は女の腕から逃げようとしたが間に合わなかった。

「奥さん、竹村さん、なにをする——」

脚をすくわれて、足が床から離れる、首筋の後ろをつかまれたので倒れることはなかった、天井が目に入る、それがいきなり回って、衝撃を受けた。すくい上げられてそのまま顔のほうから壁へと投げつけられ、壁面に立った姿勢で、たたきつけられていた。反動で床へ飛ばされ、背から落ちる。息ができない。女が近づき、身をかがめて、両腕をフォークリフトのフォークのように身体の下に差し入れてきた。逃れようとしたが今度も間に合わなかった。高く持ち上げられて女の頭越しに反対の壁方向に投げ飛ばされる。天井付近にぶち当たり、床へ落ちる。防御姿勢を取ることができなかった。呉は意識的な受身をすることはおろか本能的に手を出したりするまもなく、失神していた。

気がついたとき、女はいなかった。全身に痛みを感じた。床面の血だまりに顔をつけていたが、これは鼻血だろうと思った。右腕は動いた。そろそろとポケットを探り、呉はスマホを出して、きょうは行けないかもしれないと真嶋に連絡せねばと思った。震える指でなんとか電話発信の操作をすると、真嶋が出た。『もしもし、連絡ありがとうございます、早めにこれそうですか』という相手に、呉は力を振り絞り、言った。

「たすけてくれ」

ささやき声にしかならなかったが、伝わることを祈り、現在地情報が発信されていることを確かめる途中で、呉はまた気を失った。

4

呉からの電話を受けた真嶋兼利は通話口の向こうのただならない気配を感じ取った。小さな声だったが、たしかに呉の声で『たすけてくれ』と聞こえた。叫び声ではなかった。息も絶え絶えといった様子に思われた。

「なにがあったんですか。呉さん、大丈夫ですか」

呼びかけても応答がない。とっさにスマホを耳から離して送信者情報を確認する。なにを確認しようとしているのか一瞬わからなくなった。画面を見て初めて、自分が無意識に求めていた情報が表示されていないことに気づいた。位置情報だ。自分が知ろうとしたのはいま呉はどこにいるのか、どこからかけてきているのか、だ。画面を見てそれを意識した。声からして呉はなにか事故に巻き込まれたようだ。助けに行くにも場所がわからなくては話にならない。

呉は警察や消防宛に発信するときは位置情報を自動付帯するという設定にしていたかもしれないが、通常通話のときは非通知の設定らしい。これではだめだ。

「もしもし」ともう一度スマホを耳に当てて呼びかける。「呉さん、どうしたんですか、返事をしてください」

耳を澄ます。なにも聞こえてこない。だが回線が切れたわけではなく向こうの空間の広がりが感じられるノイズが微《かす》かに伝わってくる。

「もしもし、大丈夫ですか。いまどこです」

その前の電話では、ツクダジマ・ゲートアイランドだと呉は言っていた。『仕事中だ』とも。介護の仕事をしているということだろうから、いままさにローダーを着けている可能性もある。

もしもし、と呼びかけながら真嶋は仕事机の上に広げたままのノートを引き寄せて、書き付けた自分のメモに目をやった。

〔呉大麻良は、PLD3141による無差別同族殺戮《さつりく》を開始する〕

PLD3141とは、呉が使用しているローダーだと呉本人から確認が取れた。これで無差別殺人をするというのか。いや、それはないだろう。なにが起きているのかは見当もつかなかったが、すくなくとも呉は無差別殺人を犯そうとしている様子ではない。むしろ被害に遭っているようだ。真嶋はノートを手荒に閉じ、もう一度スマホに向かって呉に呼びかけた。

「助けに行くから待っていてください、切らずに」

応答は相変わらずない。だが切れてもいない。

真嶋はこの件をデスクに伝えようと決心した。大部屋のそちらを見やると上司である文化部デスクはいま社会部のキャップとなにか話をしている最中だった。部が違うので仕事の打ち合わせといった話ではないだろう。

真嶋はスマホを持つ手を下ろす。無意識のうちに電話接続を切ろうとする身体《からだ》の反応を意識して抑え、画面を上に向けたままデスクのもとにいく。

「ちょっといいですか」

自分でも強引だと思いつつ文化部デスクの大河内《おおこうち》に呼びかけると、社会部キャップの鎌《かま》谷《たに》があからさまに嫌な顔を見せた。

真嶋はどうしてもこの男と反りが合わない。自分が社会部に行けないのはそのせいだと思える。社会部の記者にはなりたいのだがこの男がキャップをやっている部署には行きたくないのだ。なにを甘ったれたことをと、だれかに言われたことがある。それは社会部に行けない自分への言い訳であって、ようするに本気で仕事をする気がないってことだろうと。だれだったか覚えていないが、同年配の人間ではなかった。同僚からだったならば言葉自体も忘れているだろう、はなも引っかけなかっただろうから。退職していった先輩だったような気もする。そんなに昔のことではないだろうに、曖昧だ。だがその内容については反感を覚えたので記憶にすり込まれていた。ときどき思い出しては、そのとおりかもしれないと弱気になることもあり、あのとき反感を抱いたのは図星をさされたからに違いないなどと思ったりもした。

「邪魔をするなよ」とキャップが言う。「見ればわかるだろう」

見たところデスクは作業はしていない。その前にある三面のPCモニタ画面に記事原稿は出ているが、社会部のキャップはそちらを注視したり指さして話していたのではないから、文化部の記事に関してなにかコメントしていたわけでもないだろう。

きょうは取り立てて社会部を忙しくさせるような事件もなかったので文化部に出向いてのネタ探しかもしれないが、おそらくゴルフの話題ではないかと真嶋は思う。この二人に共通するのはゴルフが趣味ということだ。刻刻と締め切り時間に追われる毎日だが、記事書きの合間にちょっとした雑談をすることはめずらしくない。真嶋はルーチンの作業以外にも今回のような自分で掘り起こしたネタを整理するのに時間を取られているので、仕事ではない個人的な雑談をする者たちの気がしれなかった。

邪魔をするなというキャップの言葉は理解できるものの具体的にどんな話をしていたのかは、見ただけではわかるはずがない。

なにを見ろというのだ、仕事の話ではないのは見ればわかるが、ゴルフ雑誌でも広げてなければ見てもなにもわからないじゃないかと真嶋はむっとする。が、そんな心の声は言葉にはしない。子どもじゃあるまいし。しかしこの男に対するときは、そういう子どもっぽい喧嘩をしたくなる自分を抑えるのにいつも真嶋は苦労する。

「先日介護特集のために取材した介護士なんですが」と真嶋は前置きなく直接切り出す。「たすけてくれと電話で言ってきたきり、応答がないんです。ツクダジマ特区からだと思うのですが、デスク、特区に入れる取材用のゲートＩＤを出してもらえませんか。現地に行ってみます」

「おまえさん、なにを言ってるんだ?」と社会部キャップがあきれ顔で言う。「どれだけ暇なんだよ。取材相手から手伝ってくれと言われて、ほいほいと行くって、なにを考えているんだ――」

「いや、たすけてくれというのは、手伝ってくれではなく、緊急事態のようなんですよ。事故かもしれない」

「向こうからかけてきたのか？」とデスクの大河内。

「はい」と真嶋。「きょうまた会うことにしていたんです。今夜八時以降になると言っていたので、その連絡かと思ったんですが。いまも繋がっています」

「どれ」とキャップは手を出して真嶋の手からスマホを勝手にかっさらい、耳に当てる。

「もしもし、お電話かわりました、社会部の鎌谷です」

ほら応答がないだろうと真嶋が言うより早く、鎌谷はスマホを返してきた。

「切れてるじゃないか」

「そんなはずは――」

切れているとしたら、切られたのだ。こいつ勝手に切ったな、と頭に血が上る。真嶋は憤りをそれでもこらえて、スマホの音声を聞くが、鎌谷の言うとおりだ。無音。

「なにをするんですか」と真嶋は抗議する。

「なにって、なんの話だ」と鎌谷。

大河内が声をかけてこなければ真嶋は鎌谷につかみかかっていたかもしれない。

「ツクダジマ特区からというのは間違いないのかい」

「はい、デスク」真嶋は深呼吸をして大河内に答える。「午後早くかかってきたときは特区で仕事をしているとのことでした。おそらくいまもそこだと思われます」

「そことは、特区のどこかから助けを求める電話をかけてきたというのか」

「はい」

「事件事故なら警察か消防だろう。なぜきみにかけてきたのか心当たりはあるのか」

大河内デスクの口調は先ほどよりも少し緊張したものに変わっている。

ここは軽軽しく返答してはならないところだと真嶋は自分に言い聞かせる。隣に立っている鎌谷への私憤じみた感情は忘れ、デスクとのやり取りに集中しなくてはならない。デスクはこちらに関心を寄せているのだ。このチャンスを逃してはならないし、ましてや自分で潰すような下手な応答はもってのほかだ。

「はい」

真嶋はまず返事をして、それから大きくうなずき、そうやって少し時間を稼ぎつつ素早く頭を回転させて慎重に応答する。

「この前に彼からかかってきたとき、ローダーの使用はやめろと言ったからだと思われます。呉——」

いけない、気をつけていたのについ名前まで言いそうになった。姓は呉、名は大麻良。でかまら、はまずい。いや、本名だから真実を言うことになんら問題はないのだが、相手の心象を思えば、ここは少しでもふざけた感じを持たれてはならない。名付けられた当人にはなんの責任もないのにと真嶋は、呉自身の自分の名への複雑な気持ちを初めて思いやる気になった。

「呉は」と真嶋はもう一度言い直し、続けた。「それが彼の名ですが、ローダーを使用して仕事をしていて、その不具合に巻き込まれた可能性があります。わたしが、そのタイプのローダーは使うなと電話で言ったので、不具合の対応策をわたしが知っている、教えてもらおう、わたしなら助けられる、そう思ったに違いないです」

「ローダーって――」

大河内デスクは右手をちょっと挙げて鎌谷を制し、真嶋に訊いた。

「使用するのはやめろときみは言ったのか」

「はい、デスク」

「きみの介護業界をめぐるネタだが、その取材できみはなにかローダーに関する危険性といったものを摑んだのか？」

「自分なりに取材は粘り強く続けてました」と真嶋はここが肝腎と強調してから言う。「どうも介護業界のローダーだけでなく、機動隊や軍が使ってるやつも危ないようなんですが、事がでかすぎて裏が取れない。ガセかもしれないんですが、どうしても気になったので呉に注意を促したところ、そのあと向こうから電話をかけてきてこういう事態になった。これはデスクに報告したほうがいいだろうと判断しました」

「なにを摑んだんだ」と言ったのは立っている鎌谷のほうだ。「詳しく聞かせてくれ」

「急《せ》いては事をなんとやらだ、鎌谷選手」

と大河内がまた鎌谷の割り込みを止める。

このデスク、大河内は記者たちのことを〝選手〟付けで呼んだ。真嶋が入社してデスクは二代目だったが、先代はそんな呼び方はしなかった。

もっとも大河内にしてもそれは社会部の記者に対してだけで、真嶋は〝くん〟だった。真嶋にはどうしても社会部のほうが重んじられているとしか思えないのだが、以前さりげなくそう言うと、『文化部こそ品格を重んじなくてはならんだろう、だから品良く〝くん〟付け』なのだそうだ。もっともらしい答えだったが真嶋は納得できないでいる。

それは自分が文化部なんて新聞の仕事じゃないと感じているからだろうなどと思い始めるといろいろな面で自分が情けなくなるので、この呼び方の違いについては考えないようにするしかない。前のデスクは部下ら全員呼び捨てで、真嶋にはそのほうがすがすがしかった。

「真嶋くん」と、いま頭にあった呼ばれ方をされて心を読まれた気分になる。「ツクダジマ・ゲートアイランドには特区特派員がいるので、大きな事故があれば一報をよこすだろう。いまのところないが、ぼくから訊いてみよう。鎌谷選手は、ちょっと真嶋くんの話を黙って聞いてやって。そちらにも繋がってる話かもしれないし。関係ないかもしれないが、そこは事件記者の勘というやつで判断、評価をお願い」

「わかりました」と鎌谷。

真嶋は社会部に手柄を持って行かれる気分になるが、それはこの件に横取りされるほどの価値があれば、の話だ。それでも、とにかくデスクの興味を惹《ひ》くことには成功したようだ。

「特派員ですか」と真嶋は言う。「文化部が特区にそんな人間を送り込んでいるなんて、自分は知らなかったです」

鎌谷をちらりと見やったが黙っている。これは鎌谷も知らないのだと真嶋にはわかった。デスクに黙って聞いていろといま言われていたが、それでも知っていればなにかしら真嶋にわかる態度でそれを誇示したに違いなかった。

大河内デスクはにやりと笑って、「崎本《さきもと》前編集局長だよ」と言う。「いまや退職されて悠悠自適だ。ぼけ防止になにかできることがないかと言ってこられたので、ちょうどいいから、ぼくから頼んだんだ。ボランティアだよ。無報酬で引き受けてくださった」

ま、うまくあしらったというところだろうなと真嶋は思う。退職してなお口を出してくる元上司など老害もいいところだ。大河内デスクはその地位のわりに若いが、なるほどこういうところでやり手なのだなと、少し見直す。

「崎本局長、いや前局長が、ツクダジマ特区に行かれたのは退職後でしょう」と鎌谷が言う。「さすが崎本さんだ。人脈を生かしてのことだろうな。さぞかしおれたちに自慢したいにちがいない」

ゲートの向こうの特区で暮らす資格を得るには資金だけでなくコネも必要だ。よく居住権が手に入ったなと真嶋も思う。居住には一定の資格条件を満たした上で権利を取得する必要がある。その権利も売買されていると聞く。

敏腕政治記者出身だったという崎本前局長がどうやってその権利を手にしたのか知らないが記者魂を売り渡した見返りか——などと、どうしても揶揄したくなるのは我ながら悪い性格だと真嶋は自省する。これも社会部に対する劣等意識から出ているのだろう。鎌谷のほうは前局長から自慢されることを厭《いと》わない口ぶりだった。

「鎌谷選手は」と大河内デスクが言う。「崎本邸に招かれたことはないのかな?」

「デスクは?」と鎌谷。

「ゴルフを一緒にするので送り迎えをしたことはある。見た目は普通のマンションだよ。ゲートの存在だけが非日常的な感じだった。ゲートアイランドの内と外とで景色が違っているわけでもない。あれで見るからに豪華な街というのならいいんだが、そうじゃないんだな」

「でもおれたちには無理だ」と鎌谷。「居住権は絶対手に入れられない。あ、大河内さんは、おれたち、には入ってません」

大河内デスクは苦笑いをしたようだ。この表情は苦笑だろうと真嶋は思う。鎌谷の気遣いに対しての。

「あの特区の異様さは外観ではなく、住んでいる人間の種類が富を生み出す能力に長《た》けている者に特化されていることだ」と大河内は自分のスマホを取り出し、その特派員に電話をかけてみると断ってから、「わたしにはそういう能力はないんで、だいじょうぶだ」と言う。

「だいじょうぶって、デスクはうらやましくないんですか」

真嶋はそう訊いている。自分はうらやましくもあり、反感を覚えているようでもあり、よくわからない。実は特区のことはよく知らないのだ。

「住んでいる人間にバリエーションがあったほうが面白い。あそこは」と言いかけてやめ、大河内デスクは繋がった電話の相手をし始める。「どうも、大河内です、お変わりありませんか」

相手はデスクの口調で遊びの誘いではないとすぐに悟ったようだった。

「はい、そのとおりです、取材関連でお願いがありまして」

「はい、はい。実は文化部で介護関連に関心のある記者がおりまして。そちらのゲートアイランドに出張介護の仕事で向かった取材対象者が、ついさきほど、その記者に『たすけてくれ』という電話をかけてきたまま連絡が取れなくなったそうで」

「はい、そうなんですが、それはですね、パワーローダーの不調が関連しているのではないかと取材中に摑んだそうで、わたしもありそうなことだと思いましてね。そうです、ローダーです。介護業界では必要不可欠のパワーアシストスーツです」

「いえ、そちらの場所まではわからないそうで、それで、はい」

「そうです。確実なことはわからんのですが、むしろ、こちらがわかっていないのに、向こうから救援の電話をかけてくるのは、これはなにかあるのではと思ったものでして」

「はい、ネタになるかどうかはわかりません。それをですね、いま」

「ありがとうございます、そう仰《おつしや》って頂けるとわたしも――」

「もちろんです、ご連絡いたします。では、よろしくお願いします」

「あ、それはもう、またご一緒に、機会をみまして」

「必ず。必ず」

「仕事のほうですか、いえいえ、まだまだですよ。崎本さんの域には全然」

「ではでは失礼します、わたしを呼んでいる者がおりますので――」

「はい、はい、ではこれにて、ごめんくださいい」

大河内は通話を切って「ふう」と息をつき、スマホを作業卓の上に放り出すようにおいて、伸びをした。

「こちらが『よろしくお願いします』と言ったら」と大河内は独り言のように言う。「もう話すことはない、電話は切るぞ、ということなのにな。崎本さんも現役時代はそうしてきたはずだろうに。年はとりたくないものだな。話し相手がいないらしい。――いや、こちらの話」

「どうもすいません」となぜか鎌谷が謝っている。「崎本さんもゲートの向こうになんか住まなければ、こちらもちょくちょく出向けるし、遊び相手にもなってやれるんですがね」

鎌谷のような相手は迷惑だろうと真嶋は思い、特区内の閉鎖環境は世俗のしがらみから逃れるのにいいところなのだなと、ゲートアイランドの住民の気持ちに共感できる気がした。新鮮な感覚だった。

「崎本さんをまたゴルフに誘うよ」とデスクが言った。「隔離されているようなものなんだろうな、特区の中は。わたしには、なにがいいのかよくわからん」

「特区内に友だちとか気のおけない仲間とかいないのでしょうか」と真嶋は言う。「みんな金儲けに忙しいのかな。崎本さんは暇なようですが」

「だから特派員と称する役割も引き受けてもらえたんだろうな。しかしあまり使えそうな話題はもらえてない。ま、それほど期待はしてなかったからいいんだが。ボランティアだ」

こちらとしてはボランティアで特派員という役割を与えたのだ、という意味だろう。

「事件事故は起こってないようですね」と鎌谷。

「起きていてもわからない感じですが」と真嶋。

「なにかあったら真っ先に知らせるそうだ」と大河内。

三人ともため息をついている。みなそれぞれ異なる思惑からだろうと真嶋は思う。

「で、どうしてローダーが危ないとわかったのかな、真嶋くんは」

「それはですね、闇サイトとでもいうのか」

と真嶋は説明を始めるが、話し始めると自分でも、信憑性に欠ける与太話に思えてくる。

だがどういう順で説明しようと、例のいかにも怪しいサイトの件に触れれば同じことだし、触れずに説明をすることはできない。無理にそうするならでっち上げになってしまうだろう。

「そこに不穏な書き込みがありまして。そうだ、取材メモを持ってきます」

大急ぎで、メモしたノートを手に戻り、これですとその頁《ページ》を見せる。

「きったねえ字だな」と鎌谷。

画面に出ていた書き込みを忘れないために走り書きしたので読みにくいのは間違いない。手書きはいろいろ面倒なのでなるべく避けたいというのが真嶋の本音だ。

〈黒い絨毯〉や〈地球の意思〉といった情報は覚えているので書くまでもなかった。

「なるほど」と大河内。「こいつはたしかに不穏な内容だな。この呉というのが、〈たすけてくれ〉男かい」

「そうです」

「この名前なんて読むんだ。おおあさよし?」と鎌谷。

大麻良の読みのことを言っているのだ。答えないわけにはいかない。

「でかまら、です。何度も確認しました。ちなみに運転免許証にはふりがなは振られてませんが、氏名の表記はそれに間違いありません」

「おまえさん、からかわれたんじゃないのか」

「本人もこれで苦労したようなことを電話で言ってましたから、マジだと思います」

「からかった相手に、たすけてくれとは普通電話してこないだろう」と大河内はちょっと考えてから、そう言った。「ローダー云云は別にしても、なにか事故に遭ったのかもしれんな。通話が切れたのはなぜだろう。自動で切れることがあるのかな？」

「おれじゃないです、切ってません」と鎌谷は首を横に振った。言い訳ではなさそうだった。「切れてました。——通話記録を見れば通話時間や切れた時刻もわかるだろう。真嶋、見て確認しろよ」

言われたように自分のスマホを見てみる。

「いつ鎌谷さんに渡しましたっけ」

「さすがにそれは記録されてないだろうな。それをいいことに、おれが切ったというのか？」

「いや、そうじゃなくて。すみません、たぶん渡した時刻には切れてた。ちょうど、そのとき切れたというか、時間的にそんな感じです」

いま午後四時五七分だ。呉大麻良からかかってきたのは四時三一分。通話時間は十三分四十七秒と記録されている。その最初の一声が『たすけてくれ』で、あとは無言。

「向こうから切れたということか」と大河内デスク。「危険が去ったのならかけ直してくるだろう。これがいたずらでなければ、だ。真嶋くんはどう思う。かけ直してくると、そう思うかい？」

「はい、もちろんです」

「では本人が切ったのではなく、だれかに切られたのか。あるいは電池がなくなったとか、壊れたとかでも、切れるのかな」

「切れると思います」と鎌谷は力強くうなずいた。「電波状況が悪くなって回線接続が維持できなくなれば、原因が何であれ、はい」

「でかまら、か」とデスクは息をつく。「真嶋くんを足がかりにして、われわれにガセを摑ませようとしている、そう考えられなくもない。が、それにしてはネタが突拍子もなさすぎる。もう少しリアルなネタを振ってきそうなものだ。政治腐敗ネタなんてのがいちばん餌としてはおいしいだろうに、なんだろうな、この、『無差別同族殺戮を開始する』ってのは。なにか劇映画のシナリオか？」

「でかまらは偽名で」と鎌谷。「まだからかわれている真っ最中ってことだろう。真嶋よ、その闇サイトとやらを見てみようじゃないか」

「それが……」と真嶋は、こんどこそ、困った立場にいることを自覚する。「どうやってそこにアクセスしたか、覚えてないんです。偶然行き着いた感じで。簡単に再現できるとは思えない」

「おまえさん」と案の定、鎌谷は怒る気力も失《う》せたというあきれ顔で言った。「そんなことでよく、このくそ忙しいおれと話ができたものだな。大河内さん、勘弁してくださいよ。おれは原稿の再チェックがありますんで、これで――」

再チェックなどという言い方は聞いたことがない、そんな作業はあえて言うまでもないだろう、何度も何度も無意識にやっていることだ。こちらへのあてつけだと真嶋にもわかる。

鎌谷はその場を離れようとする。大河内はそれにはかまわず、真嶋に言った。

「真嶋くん、その闇サイトの主催者とか、だれが書いているのかなんていうのも、わからんのだろうね？」

鎌谷も一応聞いておこうというのだろう、去ろうとする動きを止める。こういうところが社会部の、とくに事件を扱う班を率いるキャップの、職業意識というやつだろうと真嶋は思う。

「このメモだけでは鎌谷選手の言うように話にならんよ」

真嶋はそれに応える。

「〈地球の意思〉だと思います。いや、〈黒い絨毯〉のほうかな。その二つの名称が使われていました。書き込み主が〈地球の意思〉で、サイト名が〈黒い絨毯〉だったような気がします。サイトがあるのは常時立ち上がっているサーバーではないようです」

ほとんどあきらめの境地で真嶋はそう言った。が、予想外の反応が返ってきて驚いた。文化部のデスクと社会部のキャップが顔を見合わせたのだ。はっと息をのむ気配とともに。

「もしかして」と、とっさに真嶋は訊いている。「このサイトはうちの社の裏サイトとかじゃないですよね。社内のサーバーに掲載されているとか？」

「なにを馬鹿なことを」と鎌谷は言いつつ、真嶋のほうは見ていない。「これはどういうことですかね、大河内さん」

「それは」と真嶋。「ぼくのほうが訊きたいのですが。なんなんですか、〈地球の意思〉って？」

「実在する人物がいたんですね」と鎌谷は真嶋を無視して言った。「〈黒い絨毯〉って、話したでしょう、うちの新人が見た、危なげなサイトですよ。ガセネタを羅列しているとしか思えなかったが、この県という男は実際にこの世にいるんですね」

「名前が大麻良とはまた」と大河内も鎌谷に応じた。「これだけ見たら、とても実在するとは思えないが」

「〈地球の意思〉というやつも実在するかもしれないってことになると、どう思えばいいんですかね、これは」

それはこちらのセリフだと真嶋は苛立つ。

「ちょっと待ってくださいよ、なんの話ですか」

「しかし、真嶋くんが見たというこの内容は」と真嶋を無視して、大河内。「かなりヤバイですね」と鎌谷も真嶋を見ない。「本当だとすれば、ですが」

「本当だという可能性は否定できないだろう」

「うちのデスクを焚《た》きつけて遊軍集めようかな」

「いや」と大河内は首を横に振る。「まだこれだけではなんとも。いまのところはわれわれだけの話ということにしておいたほうが、きみのためにもいいよ」

「わかりました」

「デスク」と真嶋はほとんど叫んでいる。「キャップ」

「うるさいよ」と鎌谷。

「すまんすまん、真嶋くん」と大河内。「ということでここだけの話にしておこう、鎌谷選手」

「了解です」

「手が空いたときにでも真嶋くんにレクチャーしてあげて。ネタの独り占めは駄目だからね」

「はい、大河内さん」

「さあて、きょうもサクサク片付けるよ、よろしくお願い、と」

さきほど、よろしく云云は『もうこれで会話はおしまい』の合図だ、というようなことを大河内デスクは言っていたから、これ以上ここに張り付いていても無駄だと真嶋にもわかる。

席に戻る鎌谷を追って聞き出すしかない。嫌い、などとは言ってられない。なにがなんだかわからないまま放り出されるのはごめんだった。

「待ってください、鎌谷さん」

真嶋が追いすがるように声をかけると相手は立ち止まって、応じた。

「おまえさんも〈地球の意思〉というやつの正体が気になるだろうが」と鎌谷は言った。

「あまり深入りしないほうがいいかもしれない。いや、おまえさんを思っての忠告だよ」

「どういうことなんですか」

立ち話だ。じっくりと相手をする気はないと鎌谷は態度で示している。真嶋にはその意思が読み取れたが、わからないままではこちらの気持ちが収まらない。

「進化情報戦略研というのは知っているか」

「いいえ」

なんですかそれ、などと言えばもう相手にしてもらえないだろう、黙って聞く。

「国家安全戦略会議の下に創られた研究組織だ。実体はよく知られていない。で国家安全戦略会議というのは、いま日本はどう動くのがいいのかという意思を決定する長老会のようなものだな。経済や税制問題から軍事問題やらなんやら、おまえさんの専門の福祉はどうしていくのがいいのかとか、そういう意思決定を行う場だ。政府の司令塔とかいわれてる、あれだよ」

「はい、はい」

それは長老会という言葉から連想されるイメージとは違うだろうと真嶋は思うが、口は挟まない。

それにその進化情報戦略研とかいうそれが国家安全戦略会議の下の組織だというのなら、それも適宜招集される会議なのだろうから固定された研究所のような建物があるわけでもなかろう。実体が知られていないというのは当然ではないか。いわゆる実体というのはないのだ。たしか国家安全戦略局というのはあるはずだが、それは事務を処理するところであって会議の主が所属するところではないだろう。

真嶋にとって言いたいことはいろいろ出てくるが、黙って話を聞く。

「で、その進化情報戦略研での調査資料というのが漏れたんだよ。漏れたものらしい、という謎の文書というほうがいいかな。その中に〈地球の意思〉というのが出てきた」

「だれなんですか？」

「人工人格、だそうだ」

「なんですか、それ」

「それを話し始めると長くなるんで——」

「そこをなんとか、お願いします。この埋め合わせは必ずしますので、教えてください」

「まずは進化情報戦略研とはなにか、だが、情報技術の進歩やその世界的な環境の変化が日本という国家にどう影響を与えるのかを調査し、戦略的な対応策を打ち出していくところ、とされている。サイバーテロに強い国家を作っていこう、なんてのがそれだよ」

「そんなのは子どもにもわかることじゃないですか」

と、つい口を出してしまう。

「馬鹿でもわかることでも、政治を動かすとなると大変なんだよ。おまえさんが考えてる文化とは違うんだ」

真嶋は素直に受け止める。たしかに自分は政治方面については鎌谷ほどの実務的な知識はなかったから。

「はい、すみません」

「たとえば文科省には、義務教育中の子どもたちにネット環境に強くなるよう考えさせるとか、情報軍にはカウンター攻撃法を研究させるとか、政府主導でやらせる、コントロールする、というのが戦略会議の目的なわけで、進化情報戦略研もそういういわば提言機関だろうと思われたんだが、どうも、実際に具体的な研究もしているらしい」

「わかってないんですか」

「機密機関のひとつではないかとおれたちは目をつけている」

「それは――すごいですね」

そんなサイバー部門の秘密の機関があるというのはすごい、と真嶋は言ったのだが、そのようなネタを摑んだ社会部の鎌谷事件班がすごい、と鎌谷は受け取った。もちろん真嶋には好都合な誤解なので、「それほどでも」と言う鎌谷に、「さすがです」と応じた。

「それで、その人工人格というのは、その研究所が作ったやつだとか？」

「たぶん、そうじゃない。そもそも人工人格というのがおれにはイメージがわかないので、それで技術方面に明るい、ゴルフ仲間でもある、大河内さんにかくかくしかじかのネタがあるが、人工人格とかいうのはなんだろうと相談したんだ」

「ああ、それでうちのデスクも、なるほど。で？」

「その人工人格がなんなのか早い話、謎のままなんだが、でも敵性だろうな。敵性、敵国やテロリストの手によって作られ、ネット内に放たれたのではないかということだ。おまえさんも少しは頭を働かせろよ、もしそいつが日本の機関の手で作られたものなら、なんで無差別同族殺戮を始めるんだ？」

「そうですね」とうなずき、真嶋は瞬時に頭を働かせて、でもと反論する。「同族殺戮、というのはそれならわかりますよ。日本人が作ったものが、日本人という同族を殺し始める、という解釈ができるわけだから」

「人工人格という存在から見れば、人間が人間を殺すというのだから、同族殺戮になる。その解釈のほうが自然だろう」

「……そうか。そうかもしれないですね」

「反論のための反論なんかやっていると、こっちの仕事はできないぞ、真嶋」

鎌谷に心を見透かされていると感じた真嶋は、これまでの自分は傲慢かもしれなかったと殊勝な気分になる。だが、口では、そういうつもりではない、と言っていた。

「いろんな考えを出したほうがいいじゃないですか。正体は、はっきりわかってないわけでしょう。で、〈黒い絨毯〉というのは、なんなんですかね。その人工人格の容《い》れ物、器のようなものかな」

「ああ、それは面白いな。そうかもしれない」と鎌谷はうなずく。「〈地球の意思〉というのは、人工的に作られた機械意識というか、SFでいうなら人工実存といったものである可能性がある。大河内さんの受け売りだけどな。そんなものが実際にあれば、の話だ。そ

れが出てくる文書、その母体、いってみればウェブサイトのようなものが、〈黒い絨毯〉

だ。しかも、通常は見えない。闇サイトのようなものだろう。おまえさんが、さきほど言ったとおりだよ」

「社会部にもぼくと同じような頁を見た記者がいるんですね。どんな感じだったのか――」

「だれがどこぞで悪さした、というような中傷の羅列だったようだ。おれは直接それは見てない。見つけたのは新人だよ。立花《たちばな》だ」

　昨年入ってきたやつじゃなかったか。社会部ではいまだ新人と呼ばれているらしい。

「それがどうして人工人格が書いたものだとわかったんですか」

「いや、それが人工人格のなせるものなのかどうかまでは確認されてない。だが、〈地球の意思〉という名称の人工人格が存在するという事実を進化情報戦略研が摑んだようだ、と、そういう話だ。新人が見つけた〈黒い絨毯〉というサイトの書き込みには〈地球の意思〉というハンドル名があったが、それが進化情報戦略研の言うところの人工人格なのかどうかは、わからん」

「それじゃあ、はっきりしたことはなにもわかってないということじゃないですか」

「だから大河内さんも、ここだけの話と言ったんだ」

「……そういうことでしたか。たしかにこれだけでは、そうですね」

「だが、おまえさんの取材メモが正しいのなら、ひとつだけ、はっきりしたことがある」

「呉大麻良ですね」

「そうだよ。でかまら、だよ。こちらでは、これまで〈黒い絨毯〉に書き込まれた中で実在が確認された人物は一人もいなかったんだ。おまえさんが見たというその頁も見られていない。呉大麻良の名はおまえさんから初めて聞いたし、だいたい、そいつの名を〈黒い絨毯〉で見ていたとしても実在の人物だとは思わなかっただろう。本腰を入れて調査したわけではないんだが、列記されている人名を二、三あたってみても該当する人物はいなかったから、これらの書き込みはガセだろうと。人工人格がもし実在し、その書き込みがそれによって為《な》されたものにせよ、〈地球の意思〉というそいつは事実を書き込んだわけではない、物語だろう、ということだな」

「物語を書く人工人格というのは実際にありそうですよね。機械知性に物語を創らせようという試みはかなり前からやられてますし、いくつかそれらしいのはできているし」

「そうなのか」

「そうですよ」

「さすが文化部だな」

たぶん、誉《ほ》められているのだ、感心されたのだと真嶋は思うことにした。

「この件に深入りするなと、さきほど鎌谷さんは言いましたが、どうしてです」

「進化情報戦略研に目をつけられてる。なんとなく、やばい。勘だよ。消されるかもしれん」

「消されるって」

「事故や病死に見せかけて殺されるということだ」

「マジですか」

「でかいヤマを追うときは過労死も覚悟の上だ。おれはいつだってマジだよ。ふざけていると思うか」

「いえ、まさか。そうか、そういうことですか、すみません」

「取材対象が何であれ、命がけで記者をやっているというのなら止めないよ」

ああ、自分はなめられたのだと真嶋は悟った。この件に頭を突っ込むなというのは、こちらの身を案じてのことではないのだ。

「もう一つだけ、いいですか」と真嶋は訊く。「時間を取らせて申し訳ないんですが」

「なんだい」

「あの取材ノートに書き出しながら思ったのは、呉大麻良ほか、あそこに書かれている人間たちがローダーの力でもって無差別殺人を開始するぞ、という意味なのだろうと思ったし、それ以外の解釈など思いつかなかったんですが――」

「たすけてくれ、という電話か。ローダーに絞め殺されそうになっている、というんだろう」

「そうです。いま人工人格とやらの話を聞いて、ローダーが危ないというのは、まさしくそれを着ている人間が危ないのだ、そういう意味だったのではないかと、いま初めて思いつきました」

「ローダーは人工物だからな」

「機械意識というようなものが宿っても不思議ではない気がしますね」

「人工人格である〈地球の意思〉によってローダーが操られるということだろうな」

「一体一体のローダーに機械意識が発生する、それが〈地球の意思〉なんだと、そうも考えられるでしょう」

「おまえさんの考えは、なんというか、文化部ならではという気がする」

それは聞き流して真嶋は続ける。

「ローダーがそれを着た人間を押しつぶすとか、殺戮するのだと、そういうのはありそうじゃないですか。なにせ敵性の人工人格なんでしょう。フレンドリーなアトムのようなロボットなら人間の意識に逆らわないでしょうが、そうではなさそうだから問題なわけで。これは、ほんとに〈地球の意思〉の正体を調べたほうがいいですよ」

「そういうおかしなものがネット内にあるということを進化情報戦略研が公表するのがいちばんいいんだが、もしかしたら、自分のところで極秘裏に開発していた人工殺人ウイルスのようなものの電子版となると、これは隠したくなるだろう。〈地球の意思〉というのが実在するなら、そうした可能性はあるわけだよ」

「やっぱり呉大麻良が心配だな。特区に入れるＩＤ、だれかから都合してもらえないですかね」

「行ってどうする。特区内に何戸あると思っているんだ。おまえさんになにができる」

「聞き込みをすれば呉が訪問した家を突き止められるかもしれない。特区にはセキュリティセンターのようなものがあるんじゃないですか？　そこで聞き出すとか」

「そちら、きょうの仕事は」

「片付けました。夜には呉への取材の時間を予定に組み込んでますし、いつでも動けます」

「崎本さんだろうな、いますぐ頼めるのは。話が通じてるわけだし、IDを出してもらおうじゃないか。おれが交渉してみるわ」

「ありがとうございます、お願いします」

「おまえさん一人では行かせられんよ」

「じゃあ、キャップも？」

「気安く呼んでくれるなよ、文化部のキャップじゃないし」

「すみません、鎌谷さん」

「こちらのデスクの許可をもらわないといけないし、なにせいちばん立て込んでる時間じゃないか、こっちはまだちょっとかかりそうだ。暇なおまえさんはしばらく茶でも飲んで待ってろ。勝手に動くなよ。ここは共闘といこう。大河内さんにもネタの独り占めはいかんと釘《くぎ》を刺されたことだし、おまえとおれ、社会部と文化部とで共闘だ」

「了解です」

暇だと言われるのは心外だが、大部屋を見やればそう言われても仕方がない。忙しくなる時間のピークがあちらとこちらとでは違うのだと言い訳じみた反駁《はんばく》を心で唱えつつ、自分の席に戻る。

ＰＣのキーボードを前にして、〈黒い絨毯〉を検索してみるかと思いつつ、どういう検索語でその頁に行き着いたのかを思い出そうとする。そう、たしか呉大麻良の名ではなかったか。なぜ呉なのだろう。真嶋は取材ノートをもう一度開いてみる。

〔呉大麻良は、ＰＬＤ３１４１による無差別同族殺戮を開始する〕

なぜ呉なのかという疑問はさておき、読み直してみるそれは、やはりローダーが自律して呉を襲う、という解釈をするには無理がある。進化情報戦略研とか人工人格とかいう初めて聞く言葉により、普段の感覚が麻痺してしまったかのようだ。

落ち着いてみれば、機械が意識を持って云云は都市伝説レベルのように思える。鎌谷やいまだ新人と呼ばれているらしい立花ら社会部の連中は、なにを根拠にこんなトンデモ説を信じているのだろう。

だが、と真嶋は考える。もし、ローダーが自律して殺戮を開始するという状態が法螺《ほら》話ではなく実際にありだとする世界なら、この〈地球の意思〉が書き込んだ文章は、呉とこのローダーが共同で同族を殺害し始める、という意味合いになるだろう。むしろローダーのほうが主体なのだとも考えられる。そこまで考えるなら、このローダーをコントロールできなくなった呉のほうが危うくなる、自分のローダーに殺されるという解釈までは、ほんのあと一歩でしかない。

呉がクビになったあの介護施設には入居者への虐待疑惑がある。虐待が事実で、かつ呉大麻良自身がやったことだと仮定するならば、虐待から殺戮へとエスカレートする例はめずらしくないわけで、そうなるとこの文言の、〔呉大麻良は――無差別同族殺戮を開始する〕というのは、ありそうなことだと思える。

今回自分は『○○施設で虐待が行われている、それをやっているのは呉という職員だ』という〈地球の意思〉の書き込みを〈黒い絨毯〉で見たことから、そういう事実が実際にあるのかどうか確認しようと思い立って取材を開始したのだ。社会部事件班のほうでも似たような動機から調査取材はやったが空振りだったといま鎌谷から聞かされたが、そっちはローダーの存在を意識した調査をしていないからではないか。

自分の考えは脈絡なく空回りをし始めていると真嶋は意識するが、いや、脈絡がないのではなく、人工人格やら機械意識といった非日常的な要素を否定しようとしているから何度も同じところを行ったり来たりするだけで思考が前に進まないのだと気づく。

ローダーが危険だと自分が感じたのがなぜなのか、なぜ呉に使うなと言ったのか。それは人工人格云云を鎌谷から知らされる前に、すでに自分はローダーが勝手に動く危険というものを、この〔呉大麻良は、PLD3141による無差別同族殺戮を開始する〕という文から感じ取っていたからだろう。おそらく無意識のうちに、この文を書き込んだ主体はヒトではないと自分は感じ取ったのだ。

呉が同族を殺戮する、という書き方は、ほとんど神の視点だ。人を殺そうとしている主体はローダーではなく呉のほうかもしれないが、神というような上位の視点からは主体がどちらであってもかまわないのであって、とにかくヒトがヒトの殺戮を開始する、という点にこそ重きがあるのだ。

とにもかくにも、この予言的な危険を回避するには、つまりこの内容を実現しないようにするには、その両者、ローダーと呉とを切り離さなくてはならない。だから自分は、そのローダーは使うなと呉に言ったのだ。

鎌谷らは、どうか。社会部では、これを予言したのは〈地球の意思〉という〈人工的に作られた実存〉かもしれないと言う。その正体については〈進化情報戦略研〉なる秘密機関は知っているようだと、そこまでの情報を摑んでいるわけだ。

自分の想いと社会部の情報を総合すれば、〈地球の意思〉というそいつはローダーとそれを操る人間を操作して人間同士の殺戮を目論《もくろ》んでいる、という解釈が出てくるだろう。

これはたしかに大河内デスクが言うとおり、『いまのところはわれわれだけの話』にしておくのが無難だ。

もう一度〈黒い絨毯〉にアクセスできれば、なにか、より現実的な情報が得られるかもしれない。どうせいまやっても出てこないだろうがと真嶋は思うが、そうだ、PCではなく私物のタブレットで検索したらどうだろうかと思いつく。

異なる検索エンジンを使えば検索結果も変わってくるはずだしと、私物のそれをケースから出そうとしたときだった、自分を呼ぶ声が遠くから聞こえた。

「真嶋選手、きてくれ」

選手付けで呼ばれたのは初めてだ。一瞬、自分のことではないだろうと無視しようとしたが、身体の方が先に反応して振り返っている。大河内デスクの声だ。立ち上がって手振りでもこっちにこいと伝えている。

「はい」

見れば鎌谷もいる。大河内のもとに急ぐ。

「崎本特派員からだ」

大河内は緊張していた。ゴルフの相談ではないだろう。緊張というより、興奮しているのだと真嶋は思い直す。

「向かいのマンションのベランダから、人が投げ落とされたそうだ」

「呉ですか」

と、とっさに真嶋は訊く。呉が落とされたのかという心配と同時に、呉がやったのかという、両方の思いが交錯した。

「わからん。詳しいことは、まだ全然。いまだ、たったいま、偶然、目撃したそうだ」

「動画、崎本さんは撮れますよね」と鎌谷が言う。「スマホで撮らせましょうよ」

「いま現場に向かってるところだ。まだどこにも知らせていない」

「ＩＤ、出してもらいましょう」と鎌谷。「社で申請できるでしょう」

「鎌谷選手、そちらの部長を介して手続きしてきて。こちらは当番編集長に緊急の編集会議を開いてもらうから。ここはぼくが仕切らせてもらう」

「了解です」

「呉と関係ありそうなんですか」と真嶋。「飛び降り自殺ではないんですか」

「ベランダの縁から落ちたのではない。突き落とされたのでもなく、空中に向かって放り投げられたのだそうだ。それも、ソファごと、らしい」

鎌谷は自分の席に戻って社内電話を使っている。自分の分のＩＤ申請もしてほしいと真嶋は願いつつ、デスクに言う。

「ソファごとって、ソファに腰を下ろしている人間を、座ってるそのまま、放り出したということですか」

「パワーローダーを使わなくてはそんなことはできん」

「でしょうね」

「――なんてこった」

「どうしました」

デスクはスマホを耳にしている。実況で崎本から報告が入ってきているらしい。

「通行中の車のフロントガラスを突き破っている、そうだ。もしもし、崎本さん、救急車、取り急ぎ、呼んでください。人命優先です。はい、はい、お願いします。鎌谷選手を向かわせますんで、よろしく。すぐまた、かけてください、はい、はい。ではいったん切ります」

「落下した人が車に当たったんですか。その、投げ落とされたという人が？」

「そうだろう。車は歩道に乗り上げてクラッシュしているらしい」

「大事《おおごと》じゃないですか」

「特区内での事件事故は滅多に起こらない。こんな事故はめずらしい。まさに大事、大事件だ」

「自分も行かせてください、お願いします」

大河内デスクは大部屋を見やり、それから真嶋に目を戻した。どうしようかと迷っているのだろう。

「デスク、呉とわたしは実際に会ってます。彼が被害者であれ、落とした人間であれ、全然関係ないのだとしても、わたしなら確認できます」

「こちら本部でも」と大河内。この大部屋のことを〝本部〟というのも大河内の言い方だ。

「〈地球の意思〉とこの件との関連を知る人間が必要だろう。とくに、いま起きているヤマはきみが取ってきたやつだぞ」

ヤマを取ってきた——ものすごく嬉しい言葉だが喜んでいる余裕はなかった。

「だからこそ、わたしに現地に行かせてください、デスク」

「わかった。いいだろう」大河内はうなずく。それから、「鎌谷選手、きてくれ」と鎌谷を呼び戻す。

鎌谷は呼ばれるまでもなく社内電話を切るのももどかしそうに飛んできた。

「単なる事故にしても大事になっている」と大河内は鎌谷に手短に説明する。「真嶋くんの摑んだ、例の、無差別同族殺戮というやつと関係なければいいが、もし関連があるとすれば、こいつは大事件だ」

「大スクープです」と真嶋。

直接真嶋のその言葉に応ずることなく、大河内が言う。

「崎本さんがいい画《え》を撮ってくれてるといいんだがな」

「記者時代には社長賞を何度か取った敏腕ですよ、局長は。いや前局長は」と鎌谷。「そこはぬかりないでしょう」

「そうだな」

「血が騒いでるに決まってる。じゃあ、庶務でＩＤもらって、その足で向かいます」

「真嶋選手を連れていってくれ。文化部代表だ」

「了解です」と鎌谷。「うちのデスクにも言っておきます」

鎌谷はすんなり大河内の言葉に従う。

「例の〈地球の意思〉に詳しい人間を呼んでくれるか」と大河内。「編集会議に必要だ」

「新人がいいな」と鎌谷。「おーい、立花、ちょっとこい。いいから、突発だ、早くこい」

トッパツという言い方は突発対応の略で、報道部門での符丁、隠語だ。真嶋にはあまりなじみがなくて、ちょっとした疎外感を味わう。

後を追った。


「行くぞ、真嶋」

「カバンとってきます」

取材ノートやタブレットなど一式を愛用のショルダーバッグに突っ込み、真嶋は鎌谷の後を追った。

5

なにが起きているのか呉大麻良にはわからない。『ここはどこだ』というところから現状認識の再構築を始めなくてはならなかった。

『自分はなにをしていたろう』

自分はだれかというのはわかる。だが。

『身体はどこだ?』

身体感覚が意識される。頭がひんやりしていて、手をやると保冷枕が載せられているようだ。視界がそれでふさがれている。身を起こそうとすると全身に痛みが走った。うっと声が出てしまう。

自分は『呉大麻良だ』と我が名を心で唱えて、それで、仕事をしていたのだということを思い出した。天井が白い。綺麗な部屋だ。薄いパープルの革張りのソファに横になっているのだった。これは、あの部屋だろう。この部屋と言うべきなのか。移動していない。

介護契約を取りにきた竹村という家。ツクダジマ・ゲートアイランドの中の高級マンションの客室。

ソファはこんな色だっただろうか。薄い芥子《からし》色だったような覚えがあるが。

「気がついた？」

声のするほうをみると、あの女がテーブルを挟んだ向かいのソファに腰を下ろしていた。一人がけのそちらのソファが芥子色なのだった。二脚だ。こちらの長椅子がこんなパープルだとは、目には入っていたはずだがやはり緊張していたのだろう、初めて見るような気がする。

ひどい女だと呉はうらめしくそちらを見る。まだ身体は起こさず、横になったまま、顔を向けただけだ。頭に載せられていた保冷枕が絨毯が敷かれた床に落ち、どさりと音を立てた。

竹村という女主人はローダーは着けていなかった。服もあれから着替えていて、インド綿のような素材のカジュアルなドレス姿だった。色は、カーキか。女の髪の色はすこし赤毛でそれに似合う色だと呉は思った。ああいう色はなんというのだったろう、画家が好んで使った色、その画家の名がついた色、だれだったかな、そうだ、ヴァンダイクだ、ヴァンダイク・ブラウン。カーキじゃない、チョコレートのような、いや、やはりヴァンダイク・ブラウンだと、自分でもおかしいと思える色へのこだわりを、視線を動かすことで振り払う。

ドレスはノースリーブで胸元がVカットされていて涼しげだ。スカートもゆったりと裾が広がっている。その内側で女主人は足を組み、細身の煙草《たばこ》を吸っていた。テーブルの上には、これはアイスティーか。もう氷が小さくなっていて、融《と》けたそれで色の薄まった液体が少し残っているだけだった。

「倒れていたので、そこに寝かせてあげたの」

煙をくゆらせて、女はそう言った。

「熱もあるみたいだったので、冷やしてあげた。もう治ったかしら？」

あんたがやったんだろうと抗議したいが、声が出てこない。息をすると胸が痛いのだ。喋ると痛みが増すようで、声を出したくない。あばら骨が折れているのかもしれない。

「まだだめか」と女。「しかたないわね。泊まっていきなさい」

呉は気力を振り絞って身体を起こし、背もたれに寄りかかって身を支えた。身体をずらして、なんとかソファに腰掛ける姿勢をとる。その動きの途中でもとくに激痛の走るところはなかったから、おそらく骨は折れてはいないだろう。呉はつとめて楽観的に考えようと思う。

自分はどのへんに伸びていただろう。サイドボードの前の床あたりだろう。目をやる。鼻血も出たので絨毯を汚しただろう。弁償させられるだろうかとまた悲観的になりかけるが、それは負け犬根性だと呉は自分を叱咤《しった》する。自分はやられたのだ。なんで弁償する必要があるのだ。こちらが請求すべきだろう。医療費に慰謝料。傷害で訴えてもいいところだ。お上はどうせ取り合ってはくれないだろうが。

「契約書には記入しておきました」と女が言った。「小切手も添えてあるので、よろしくね」

「……帰ります」

ようやく言葉が出た。もちろん、帰るのだ。契約など、もうどうでもいい。

「その身体では無理よ」

痛む脇腹をそっとさする。それから少し力を入れて圧《お》してみる。あちこち圧しても鈍痛があるだけなので、たぶん内臓破裂などはしていないだろう。だいたい破裂していたらもう死んでいるに違いなかった。

無言でソファの後ろ側を見る。ローダーはそこにあった。くず鉄を無造作に積んだようになっている。おれの大事な商売道具を、なんて扱いだと腹を立てたいところだったが軽い苛立ちにしかならなかった。捨てられていないだけましだ。

「これを着ければ……帰れます。だいじょうぶです」

高層階の窓の外は、夜のとばりが降りようとしていた。電飾付きの夜景。

「いまは出ていかないほうがいいと思うけど」

この女の言うことはもうなんであれ、従いたくない。呉は立ち上がろうと努力するが、ソファの座面が低めで腰を上げるのが難しい。輸入物ならもっと高いのではないかと思う。それともこれは小柄な人間用にカスタマイズされた物なのか。いや、来客用ならそんな買い方はしないだろう、小柄な客しか来ないというのなら別だが。案外、これは安物なのかもしれない。そういえば、こちらの窓からは富士山は見えないが、客には、というより仕事でやってくる訪問者には、見せることもなかろう、そんな態度をこの女はとっていた。ならばソファも安物でいいということだろう。それを呉は思い出し、心が冷えた。踏んだり蹴ったりだと思い、いや踏まれたり蹴られたりだと、思い直す。

「帰ります……」

頼むから帰らせてくれ、おれにローダーを着せてくれ、そう言いたい。だが力が抜けてまた腰を下ろすはめになる。もっとも中腰になるほどにも尻は上がらなかったので、女の目からは座り直したようにしか見えないだろう。帰る意思を示すことができなくて残念だ。無念と言うべきだろう。呉は泣きたい気分になる。

「無理に引き留めはしないけど」と女は煙草をクリスタルガラスの灰皿でもみ消して言う。

「無事に家にたどり着けるとは思えない」

「ローダーを着ければ、気を失いさえしなければ、大丈夫、です」

少しずつ声がしっかりと出るようになる。

「ご心配は、無用、です。契約は、しません。それは破棄、してください」

「あら、それは残念」

あまり残念そうな表情ではない。すっと立ってサイドボードの、煙草ケースだったのか、小箱からもう一本取りだし、同じくサイドテーブル上のアロマキャンドルの火で着けて、戻ってきた。灰皿には三、四本の吸い殻がある。

呉は背もたれに手をやり、それを支えにして立とうとするが、女の一言で力を抜く。

「いまゲートは封鎖されてるの」

「……え？」

「ローダーを着けて強行突破するのもいいかもしれないわね。その小切手を持っていって。賭けよ。外に出られたらあなたのもの。突破に失敗すれば、たぶん警察の手で押収されるでしょう。それでも無事なら、あなたの勝ちよ。一万ドルはあなたのもの。面白い遊びでしょ」

「封鎖って、感染症でも発生したんですか」

「感染症って、なに」と逆に訊かれる。「そんなことでゲートを封鎖することがあるのかしら」

「パンデミックにせよエピデミックにせよ、感染症の封じ込めには地域封鎖がいちばんです」

「ぜんぜん、そんなこと、思いつきもしなかった。あなたは、そうか。いちおう医療方面の知識も持っているということね、なるほどね」

「発生源は、ゲート内ということでしょう」

「よくおわかり。感染症ではないけれど」

「なんですか。なにがあったんです」

「帰る?」

女主人は悠然と煙草を吸いながら、呉をなぶるように問いには直接応えることはせず、そう尋ねてくる。

「それとも、ゆっくりしていく?」

本当にゲートは封鎖されているのだろうか。引き留めるための口実ではなかろうか。ふと呉の頭にそんな疑惑が浮かんだが、それはないだろうとすぐに否定する。本来、さっさと追い出したいに違いないだろう。

「しばらく……休ませてもらっていいですか」

「休憩料金は高いわよ」

本気か、それ。怒ることも呆《あき》れることもなく、淡淡と、その言葉を受け止める。本気だろうな、冗談のやり取りをする環境でも関係でもないのだから。

「いくらです」

「一万ドル」

そう言って、女はまた優雅な手つきで煙草を消して、テーブルの上の小切手を取り上げた。それから、「いい?」と訊く。呉がうなずくと、小切手はちぎられ、灰皿に入れられてしまった。それを見つめながら呉は、女主人に言う。

「竹村さん、わたしになにか言うべきことがあると思うのですが」

「なにかしら。そうだ、お酒でも飲もうか」

「そうじゃなくて」と姿勢を正し、女と真っ正面から向き合う。「わたしをぶちのめしておいて、どうしてそんなに平然としていられるのか、わたしにはまったく理解できない」

「ああ、そうだった、ごめんなさい。たいしたことじゃないと思ったので」

「……そうなんですか。あなたにとっては、その程度なのか」

「悪いと思ったから手当もしてあげたし。ローダーって素晴らしいわね。伸びてるあなたを軽軽とそこに寝かすことができたし」

「寝かすことって。壁に向かって投げつけておいて、それはない」

「力のいれ加減がわからなかったのよ。ちょっと試しただけ。あんまり凄《すご》かったので、これならできると思って、あなたのことは忘れて積年の恨みを晴らしてきたの。戻ってきたら、あなたが伸びてた。悪いことをしたと思ってるわ」

「でも、休憩料は取るんですね」

「それはわたしの誠意よ。ただほど高いものはない。あなたはちゃんと支払いをするんだから、一万ドル分、ここで大きな顔をしていられる。わたしがそのようにしてあげたの。不満かしら？」

そういうことなら、それは誠意なのだろう。女主人は、これで二人は対等だ、と言っているわけだと呉は理解した。誠意の示し方が結局は金だというのが、いかにもこの地区の住人らしいと呉には思えた。ようするに女主人は自分が最も大切なものを差し出しているわけだから、これは特別な誠意の示し方であり、特上のもてなしと言えるだろう。

「ありがたく」と呉は言った。「受け取りましょう」

「では、仲直りの印に、ウイスキーでもどう。飲みたい気分だし、あなたも気付薬の代わりにいいと思うけど」

「そうですね……はい、いただきます」

「なにがいいかしら。スコッチ、アイリッシュ、イングリッシュ。ニッカがいいかな。それともアメリカン？」

「アメリカンウイスキーですか」

「バーボン。かの国のはみなフェイクよね。代用品。大麦の代わりにトウモロコシの酒、パンの代わりにホットケーキとか」

「そうなんですか……ホットケーキがパンの代用品だとは初耳です……では、カバランはありますか」

「カバランとは、また」女主人は笑う。「台湾のウイスキーとはね」

「スコッチのフェイクだと貶す人がいて、試しに飲んでみたらうまかった」

「わたしも嫌いじゃないわ。ではそれで。バーへ行きましょう」

「どこの？　これから飲みに出かけるんですか」

「なにを言ってるの、バーカウンターよ、うちのリビングの」

「ああ、そうでしたか。思いつきませんでした……すみません、ちょっと動くのがつらいです」

実際に立ち上がればよろけそうな気がしたのだが、この女主人の豪華な日常生活の場に自分をさらすことが引け目に感じられて、呉はそう言っていた。これぞ負け犬根性だなと情けなく思ったが、いまはとにもかくにも心身ともに疲弊していた。

「じゃあ用意してきてあげる。待ってなさい」

「すみません」

女はほとんど間をおかずにすぐに戻ってきたように思えたが、少し意識を失っていたのだ。はっと気がつくと、女主人がみずからワゴンを押して室内に入ってくるところだった。呉は身を起こし、そのまま思い切って立ってみた。太腿《ふともも》や腰、胸と顔に鈍痛があったが、無事に立っていられた。

「いいわ、手伝わなくても」

さっと立ったのでそう思われたのだろう。

「はい、すみません。その、化粧室をお借りしたく」

「それなら出てすぐの来客用を使って」

「ありがとうございます」

転ぶことなく歩き、用を済ませ、化粧室の鏡を見る。右の頰が腫れて青痣《あおあざ》になっていた。鼻はとっさに護ったらしくだいじょうぶだ。ひどいことをされたものだとあらためて我が身が可哀想になる。ローダーの力を、ちょっと試しただけ、だって？　ひどい。ひどすぎる。しかし、と呉は女主人の言葉を思い出す、あんまり凄かったので云云。積年の恨みを晴らしてきた、とか言っていた。ローダーの力を使ってということだろう。いったい、なにをしたというのだ？

　考えたくはないが、試されただけの自分がこうなのだから、恨みを晴らされた相手はただではすまなかっただろう、そう思える。これは、あえて訊かないほうが身のためだと思えた。女がそういうことをやったのだとしたら、自分のローダーが使われたわけだから、こちらの責任も問われそうだ。触らぬ神に祟《たた》りなし。そう考えをまとめて、戻る。

「手は洗ってきたでしょうね」

子どもに対するようなことを言われる。

「はい」

「バジルのピザに、ロメインレタスのサラダ。ピザは冷凍物だけど。あと、チーズ盛り合わせ。カバランはロックがいいけど、あなたはどうする？　自分でつくる？」

「いえ、水割りでお願いします。ちょっと力が入りません。ボトルを持ち上げて粗相をするといけませんので」

「お腹《なか》が減っているなら本格的な夕食も用意するけれど」

「いえ、お気遣いなく」

「本格といってもどっちみち冷凍物になっちゃうけれど。シェフがステーキ焼いてくれる出前もいいけど、封鎖されていては来てもらえないし。不便なものね」

「封鎖というのは、出るのも許されないということなんですよね」

「ローダーを着けていては駄目だと思うわ。きっと拘束される。わたしが預かってあげましょうか」

「いいえ、それはご迷惑でしょうし、商売道具でもありますし」

「じゃあ、やっぱりあなたは帰れないわね」

「いつまで？」

「さあ」

「封鎖の原因はなんです。ご存じなんでしょう」

女主人が水割りを作って、呉の前におく。綺麗なグラスだなと思う。先に作ったオンザロックのグラスを女は手にして、乾杯と言う。呉もグラスを上げる。グラスを合わすことなく女主人はさっさと一口やって「おいしい」と言い、笑顔を見せた。

「事件と事故」

グラスを目の高さまで持ち上げ、それをゆっくりとまわして琥珀《こはく》色を楽しみながら女は言った。きっぱりとした口調だった。

「事件と事故、ですか。それで封鎖になった？」

「殺人事件と、そのとばっちり」

女のグラスがチンと音を立てる。氷がグラスに当たったのだ。くいっともう一口飲み、ふうと息をついて、女はグラスを置く。

まさかな、と呉は自分の思っていることを打ち消そうとする。積年の恨みを晴らしてきたことと関係ありなのでは。自分のローダーが殺人に使われたのではないよな？

女主人から目を離さずに呉も水割りを一口飲む。いい香りだ。しかしなんだか薄い気がした。これでは気付薬にならない。

「犯人は捕まったんですか」

「捕まってないから封鎖が解けてないんでしょう」

「はやく捕まってほしいな」

「でないと帰れない、か」

「そうでしょう、そういうことになるのでは」

「せっかく一万ドルも払ったんだから、ゆっくりしていけばいいのに、逃げ出したいの？」

「捕まらないと思っているんですか？」

だれ、とは言っていない。

「さあ、どうかしら。ピザをどうぞ、熱いうちに。もう冷めちゃったかな」

「興味がないような口ぶりですね」

「どうでもいいわ」

「本当に？」

「ええ」

本当のようだ。呉には女の考えが理解できない。ほぼ間違いないだろうに、この目の前の人間が殺人者だというのは。事件、事故、ゲート封鎖、という、女の言っていることが事実ならば、だが。

「ニュースとか、見られないですか」

テレビというものはこの部屋には見当たらない。自分のスマホはどこだろう。そこで呉は、あの記者に助けを呼んでいる途中で失神したことを思い出した。

「ニュースにはなってない。見ても無駄よ。ネットにも流れてないし」

「じゃあ、どうして、あなたは知ったんですか？」

「そういえばそうね。どうしてかしら」

「おれの、いえ、わたしのスマホは――」

どこにあるのかと訊いたつもりだが。

「ああ、そうだ」と女はうなずいた。「それよ。あなたのスマホに出ていたの」

「わたしのスマホに、ですか？」

「ええ。画面に。ツクダジマ・ゲートアイランドのすべてのゲートは緊急封鎖されるって。それから、死んだ人と負傷した人の名前。特殊機動隊が投入されるとかなんとか」

「どこです」

「画面に出てたのよ、そういうのが」

「いえ、返してほしいんですが。わたしのスマホはどこです」

「そこよ」

サイドテーブルの端のほうを指す。気がつかなかった。座っていては見えない。また力をこめて立つと、たばこの小箱の脇に置かれてあった。足を出そうとすると、女主人が軽やかに立って持ってきてくれた。
スリープ状態だ。パスワードでロックしているので、p1d3141、自分が愛用して
いるローダーの型番を入れてスリープを解除する。見慣れた通常画面が出た。
「ニュースサイトをごらんになったんですね。でもニュースにはなっていないと――」
「それを拾い上げたときに最初から出てたのよ。黒い画面に白い文字で。そのうち消えて
しまったけれど」
こちらを騙すつもりならもう少しましなことが言えるだろうから、おそらく真実だろう
と呉は思う。女主人はパスワードは知らないはずだ。スリープモードのままだったのだろ
う。なにか原因はわからないが、緊急情報受信モードといったものがこのスマホにはある
のかもしれないと思った。特区内のみ発揮する機能というものがあってもおかしくない気
がする。
「ありがとうございます、竹村さん。返してもらえて助かりました」
「どういたしまして。あなたのものだし」
「電話をかけてもいいですか」
「もう少し」と女主人は初めて躊躇《ちゅうちょ》する様子を見せて言った。「お話をしてからのほうが
いいと思うわ」
「警察にはしませんせん」そう言ってみたが、女主人は表情をまったく変えなかった。呉はす

ぐに続けた。「きょう取材を受ける約束だった記者に一言だけ連絡を入れておきたいんです。もしかしたら状況もわかるかもしれませんし」

「わかった。いいわ。好きにして」

投げやりな口調で女主人は言った。

「わたしも一万ドルの休憩料を無駄にしたくはないので」これでは女を慰めているようだと思いつつ、そんなつもりはないのだが、呉は言う。「余計なことは言いません」

スマホに目を落とし電話モードに。着信が複数あった。みな真嶋記者からだ。留守録されているものもあったが、それを聞いているよりいま相手にかけるほうが手っ取り早い。六回か七回のコールで相手は出た。

『でかさん、大丈夫ですか』

いきなり、でかさん、と言われて面食らった。なんだこれは。しかし間違いなく真嶋記者の声だ。

「大丈夫だ。さきほど息を吹き返した」

『なにがあったんですか』

「おれのことより、ゲートが封鎖されているというのは本当か」

『いまどこです』

「そいつはちょっと、雇い主の個人情報になるんで――」

『ファウストD棟の最上階ではないんですか?』

「四十八階だ。最上階だと、なんだと言うんだ？」

『そこの住人が、ローダーを着た人間にベランダから放り投げられて墜死しています。下を通行中の車に当たり、運転者が巻き添えをくって死亡しました。他にも負傷者が数名、一人は重体です』

「だれがやったんだ」

『不明ですが、あなたに心当たりはありますか』

「あるわけないだろう。あんたはいまどこだ」

『ムーンブリッジのゲート前です。封鎖されていて入れません。他のゲートも、全部です』

「どうしてそんなおおげさなことをしなくてはならないんだ」

『わかりません。が、思い当たることはいくつかあります』

「聞かせてくれ」

『それは言えません。ですが——』

「特殊機動隊が投入されたというのは本当か」

『どうしてその情報を。どこから仕入れたんですか』

「言えないな」

『〈黒い絨毯〉ですね』

「〈黒い絨毯〉？」

『〈地球の意思〉というやつが書き込んでいる闇サイトです。普通のサイトではないです。あなたは本当に知らないんですか。とぼけているのなら、教えてください。なにか、とてつもないことが起きているようなんですが、特区内には入れてもらえないし、報道管制が敷かれてるし、こんなのは――』

記者の饒舌《じょうぜつ》を呉は遮る。

「おれはどうしてあんたから、でかさん、なんて呼ばれなくてはいけないんだ。おちょくっているのか」

『あなたの名をだれかに聞かれるとまずいと思ってのことです。あなたがやったことかもしれないでしょう』

「なんだよ、それ。なんでそうなるんだ」

呉はそう反駁しながら、どきりとする。この記者はどうしてそう思うのだろう。こちらが関係していると、どうしてそのように考えられるのか、その根拠はなんだろう。いま聞かされた〈黒い絨毯〉とかいう闇サイトと関係あるのか。そうだ、黒いなんとやらは先の取材のとき、あの喫茶店で、別れ際にあの記者が言っていたような覚えがある。いったいどういうサイトなんだろう。ローダーを使うなとか電話で言っていたし、この記者は、その闇サイトからなにを摑んだのだ？

『大声であなたの本名を呼んでもいいんですか？』

「近くに警官がいるのか」

『たくさん、はい。ツクダジマ特区を訪れて帰る人間の検査に動員されてます。検問ですよ。一般人は入ることはできません。一方通行です』

「なるほど、だいたい様子はわかった。言っておくが、おれはその事件とは関係ない」

『ローダーが勝手に動いたりはしてませんか』

「ローダーが勝手にって、なんだよ、それ」

『たすけてくれって電話してきたじゃないですか。ローダーの異常だったんじゃないですか。あなたのそのローダーには、ナライ機能がついてますよね』

「ああ、それがどうかしたのか」

こいつは、おれがクビになった施設での、ローダーの異常に気がついているようだ。

『そいつが暴走すると着ている人間が危険にさらされるだけでなく、ローダーの意思に操られて犯罪を犯すようなことになるのではないか、それを心配しています』

「なにを寝言のようなことを。ローダーというものを、あんた使ったことがないんだろう、だからそんなオカルトのようなーー」

『でかさん、わたしに助けを求めてきたのはなぜです、なにがあったんですか』

「作業中に転んだんだ。顔を打って死ぬかと思った。言っておくが、ローダーは着けてなかったよ。着けてたらこんな怪我《けが》はしなかったさ。腫れてひどい顔になっちまってる」

『ほんとにそれだけですか』

「それだけって、もっと痛い目に遭ってたほうがよかった、みたいな口ぶりだな」

『そうじゃありません、でかさん――』

「こっちにすれば、こんなものですんでよかったと思ってるよ。とにかく、すまなかった。心配させてしまったな。つい、頼ってしまった。でも、もう心配ない。それを知らせようと思っただけだ。じゃあな」

『なにか、こちらにできることはありませんか。こんどは謝礼金も出しますので、ぜひ取材させてください。ムーンブリッジ・ゲートです、待ってますので、会いましょう』

「いまのところ」と呉は言った。「間に合ってるんで」

『でかさん、ちょっと、もうちょっとだけ、わたしの話を聞いて――』

電話を切る。スマホをテーブルに置いて、呉は女主人に言った。

「大変な騒ぎになっているってことが、わかりました。でもこの騒ぎの様子がどこにも流れていないとしたら、そのほうが事件かもしれない」

「どういうこと」

「情報が統制されているということです。いま電話した記者も報道管制が敷かれていると言ってました。特区は治外法権なんですかね。積年の恨みを晴らしても、なにをしても、外には漏れないのかもしれない」

いや、そのような私憤による犯罪事実を隠蔽するために国が取材を制限し報道管制をわざわざ敷くことはないだろう。しかも対応が素早い。まるで特区内でいきなり戦争が始まったかのようではないか。

緊急時に開戦するかどうかを決めるのは首相とそのブレーンなのだろう、なんていったかな、国家安全保障室だったか戦略会議だったか、そういうやつ。利権が絡み合う官僚たちにとっては既得権益が無視され頭ごなしに命じられるそうした存在は面白くないに決まっているが、そういう頑固な官僚たちを押さえつけてなお強権を実際に発動するなどというのは、よほどの緊急事態でもなければ横やりが入りまくって実現しないだろう。いま、そういう〈よほどのこと〉が起きているということか。単なる事件事故ではなさそうだ。なんだろう？

「やったことが漏れたから、警察が入ってきているんじゃない？」

女主人が呉の言葉を受けて、言った。

「いいえ、竹村さん」

呉は考えを中断し、現実に戻って首を横に振る。

「警察はまだ来てないじゃないですか。まだ捕まえてない。捕まってないでしょう」

「捕まえる気がないということかしら」

「かもしれないですね」

「でも、いずれ時間の問題だと思うわ」

「捕まえることよりもっと大事な、大変な事件が起きているんでしょう」

「わたしには、自分の鬱憤晴らしよりも大変な事件がこの世にあるとは思えないわ」

しみじみとした口調で女主人はそう言った。呉はそういう女に対して、心の底から尊敬の念を覚えた。自分でもまったく意外な心境の変化だった。

「奥さまらしいです」

「すみません、か。わざと言ったわね」

「すみません。敬意を表してのことです。敬服しました、竹村さん」

「なにが。わたしのどこに感心するというの？」

「自己中心主義もそこまで徹底すると全世界に対抗できるのだなと」

「意味がわからないけど」

「世界は自分を中心に回っていると信じて自分のやりたいことをやる、その凄みです。格好いいです。わたしのような小市民には絶対無理です。やりたくても、できない」

「やるって、なにを？　あなたにも恨みを晴らしたい相手がいるの？」

「いや、恨むことすら忘れてしまっている。奥さまは、全世界を敵に回して闘うのが日常になっているでしょう。わたしなぞ、やる気になる以前に、そうすることを思いつきもしない。そもそもそんな選択肢はいまのわたしの人生にはない。これまで生きてきた道のどこかで落としたか盗まれたに違いないのに、それに気づきもしなかった。あなたがそれを拾って、見せてくれたんです」

「それって、プライドのことじゃない？」

「ああ」水割りを飲み干して、うなずく。「なるほど。そうですね、そう。そういうものが、わたしにもあったはずなんですが」

「取り戻す気になれたのなら、けっこうなことじゃないの」

「はい」と呉は素直に応え、うなずいた。「ありがたく、頂戴します。で、父上の介護の件なんですが、お引き受けします」

「どういう風の吹き回し？」

「ですから、プライドです。それがわたしの仕事ですので」

「わたしの代わりに殺してくれるってこと？」

「いいえ、違います」思わず苦笑いしている。

「わたしのプライドにかけて、父上を長生きさせてみせます。虐待なんてとんでもない。殺すだなんて、論外です。冗談でも言ってはいけないですよ」

するときと女主人は朗らかな笑い声をあげて、「それはいいわね」と言った。「あの人は、ほんとうに悪運が強い人だわ。わかった。よろしくお願いします」

「はい、おまかせください」

そう言い、呉は契約書を目で探した。このテーブルの上にあったはずだが。

「では契約のとおりに、介護料をお支払い願いたいのですが」

女主人はピザの皿をどける。契約書が下敷きにされていた。女はそれを取り上げてめくり、前金で五百万渡す、と言った。

「円で。そう記入しておいたので、いいわね？」

「はい、ありがとうございます」

「あの男がいつ死亡してもこれは返金しなくていい、そう書いておいた。小切手でいいかしら」

「印紙を持参してこなかったので領収書が出せません。お振り込みでいかがでしょうか」

「あなたがそれでよければ、いいわよ。口座を教えて」

「契約書に記載されています」

「さっそく」と女主人はそれを手にして立った。「仕事部屋のPCで振り込むので、待ってて」

「いますぐですか」

「契約というのはさっさと完了させるものよ。捕まったら口座は閉鎖されるかもしれない。あなたも取りっぱぐれたくないでしょう」

「捕まるとお思いですか」

「覚悟はできてる。あなたも、そうなさい」

「おれも、いえ、わたしも、ですか」

「そのつもりなんじゃないの？　でなければ、いまさらわたしと契約しようだなんて言うはずがないじゃない。わたしはあなたのローダーを使ったんだし。お金を受け取れば共犯だと認めることになる。たとえわたしの父の介護料という名目があるにしても、まとまったお金を受け取っておいて、全然わたしと無関係だとしらを切りとおすことは絶対にできないでしょう」

「……カバランのおかわりをいただいても？」

「勝手にやって。あなたのものよ。いちいち訊かないで。こちらも貧乏くさくなっていや。ここにいる時間もあなたは買ったのよ。一万ドルで。冗談だと思った？」

「いいえ、奥さま、いえ竹村さん」

「介護料の五百万も小切手のほうが足がつきにくいと思うけど、ほんとに振り込みでいいのね？」

「お願いします」

「では共犯ということね」

「共闘です」

「すぐに捕まるわ」

「まだ捕まってません」

ふたたび明るい笑い声を上げて、女主人は部屋を出て行く。実に楽しそうに見えた。

呉は立って女主人を見送り、グラスに氷を入れ、カバランを注いだ。ぐい飲みしたい気分を抑える。もっとも、飲んでも酔えないだろうとわかっていた。全身の打撲の痛みは緩和されてきているものの、まだひどい。酒が回れば麻酔の代わりになるだろうと思う。だが、頭が、思考が、神経が、緊張していた。得体の知れない危機を前にして、酔っている場合ではないと肉体も身構えている、そう感じた。

食欲はあまりないのに飢餓感はあるという、かつて経験したことのない感覚に突き動かされて、ピザを一切れだけ残して平らげた。チェイサーとして女が用意した水を飲むと急に尿意を催して、またトイレに立った。

打ち身の顔の痣はどす黒くなっていた。こんな人相の悪い男の相手をしなくてはならないあの女も気の毒だな、などと思い、また自分を卑下しているのかと情けなくなる。

しかし、もし警官がここに踏み込んでくるとしたら、まずはこのおれのほうが先に拘束されるだろうなと呉は冷ややかに思う。警察が人を見かけで判断して行動するというのはごく自然な成り行きだろう。ほとんど間違うことはないはずだ。

しかし近年は、と呉は思う。警察は監視カメラの映像などを判断基準にしてしまっている。人が発している匂いや気配やその他諸諸《もろもろ》の莫大な情報は当然のことながらカメラ映像には記録されない。そんなものを客観的データだとありがたがっているのだから冤罪《えんざい》が増えるのも当然だろう。人が人から受け取る情報は視覚だけではないのに、それに重きをおきすぎるために見かけに騙されるということは、よくあることだ。

おれは、捕まるようなことはやってない。あの女主人は、間違いなく、やっている。人を殺害した。でも見た目だけでは、それはわからない。ここに踏み込んでくる警官らには絶対にわからないだろう。

父親を殺してくれと、あの女はおれに依頼してきた。おれが能動的にやる必要はないとは言ったが、それでも彼女は自分の殺意をおれに隠そうとはしなかった。それはずるい、というようなことをおれは言った。やりたいのなら自分の手を汚すべきだろうと。

あの女には父親よりも殺したい相手がいたということだろう。彼女はおれの言葉によって、それからあのローダーの威力を自ら体験することによって、自らの手を汚すことを、いいやそうではないだろう、汚すのではない、自分の責任において自分がやりたいことをやる、その決心を自らしたのだ。おれのせいだなどというのはおこがましいだろう。彼女は、自分の行為によるリスクを自分で負っている。大げさではなく、命をかけている。人生そのものを。そしておれにも、そうしろ、と彼女は言った。覚悟せよ、と。

正直、呉は怖かった。だが、もう引き返せないともわかっていた。そして、これは長年自分が無意識に望んでいたことではなかろうかという気がした。こんな理不尽な世界など壊れてしまえばいい、戦争でも起きてなにもかも滅茶苦茶になれば本当の自分の力が発揮できるのだと。

本当の自分か。たぶんそんなのは幻想だと思いつつ、部屋に戻った。いつだっていまの自分が本当なのだ。それをやりくりして生きていくしかない。きっとだれだってそうしているに違いない。だけど、それがうまくやれる人間とそうではない者がいる。社会が不公平なのは、たぶんそのせいだ。

『だから、なんだ？』

カバランのオンザロックをあたらしく作りながら呉は覚悟を決める。

『うまくやりくりすることだ。自分の生き方を自分でやりくりする。それしかこの世の不公平を解消する道はない。それがあの女主人のおかげでわかった』

でも、たぶん自分はいままでもそうしてきたのだと呉は思った。ガキのころから悪《ワル》だったが、いつもあっち側、ダークな側に転びそうになるたびに踏みとどまり、臭い飯を食うことなく、なんとか生きてきた。いったん大きくマイナス側へと落ち込んでしまったらその負債を返すのは大変で、たぶんそこから這《は》い上がるのを諦めてしまうだろう、それがガキのころの自分にもわかっていたに違いない。人は生まれながらに不公平だ。でかまらなんていう名前はおれが望んだわけではない。そういう不公平に甘んじることをおれは、ガキのころからよしとはせずに生きてきたではないか。

「お待たせ」

戻ってきた女が言った。

「振り込んだので、確認してみて」

「送金の実行はあしたの朝になるでしょう」

「信じられないほどのんびりしてるわね。簡単にできることなのに」

「数字が動くだけなのに、ですか」

「一瞬で大損するときもあるのに、ってこと。銀行はいいわ、悠長なことやっていても責められもしないんだから」

「いや、それはトレーダーの感想であって――」と言いかけて、また呉は苦笑してしまう。「わかります。振り込みでなく、現ナマでもらえば実感がわいたかもしれないです、おれも」

「だから小切手にするかと言ったのに」

「竹村さん、最近現金を使ったことありますか」

「ないわ」

「金は単なる数字じゃないって、それでは、わからないですよ。わたしの気持ちもわからないと思います」

「そうなの」

「そうです」呉は生真面目にうなずき、「お注《つ》ぎします。ロックでいいですか」と訊く。

「あら、ありがとう。——よく食べたわね。食べるもの、なにか追加しましょうか」

「おれ、いえ、わたしは、もうけっこうですが」

「おれ、でいいわ。じゃ、飲みましょう」

何時までこうしていられるかわからないから、時を惜しんで、ということなのだろう。

「すっかり夜になりましたね」

「落ち着かないなら、液晶カーテン閉めるけど」

「いえ、夜景が見えたほうが楽しいです」

「わたしもよ」

女主人は夜と琥珀色を楽しみつつ、言う。「でも、遅いわね。なぜ、ここがわからないのかしら。逃げも隠れもしていないのに」

「それはともかく」と呉は切り込む。「相手は、逃げようとしましたか。恨みを晴らした相手のことです」

共犯の覚悟はできた。では主犯の女は、だれを、なぜ投げ落としたのか。それを聞いておきたかった。

「ええ」

平然と、女は応えた。その態度は呉の期待を裏切らないものだった。

「逃げようとした。でも鼠《ねずみ》のように逃げ回られると面倒なので、ソファに押さえつけて、そのままベランダに出て、空に向かって投げ出してやった。素晴らしい光景だったわよ。あいつのあの表情を、わたしは死ぬまで忘れないと思うわ。いま思い出してもあそこが濡《ぬ》れてくる」

「実際にそう聞かされると」と呉は思ったとおりを口にした。「刺激的すぎる」

「ごめんなさい。はしたなかったわね。わたし酔ってるかもしれない。普段、性的なことは意識して避けているんだけど。下ネタは聞くのも嫌い。でもいまは普通じゃないのね。やはり興奮してるみたい」

「刺激的なのはそちらのほうではなくて」

生生しく語られる殺害の状況と、その心境だ。

「わたしのローダーが使われたのでなければ、いまのそのお話は作り話だとしか思えないだろうな、ということです」

「いつ勘づいた？」

「事件があった、というあたりからです」

「それだけで?」

「婉曲《えんきょく》に父上殺しを依頼されてましたし、やるときは本当にやる人だろうと、うすうすですが、感じてましたので」

「あなたも肝の据わった人だと思うわ。もっとも、わたしのほうは、いまそう思ったのだけれど」

「じたばたしても始まらないなと、それだけのことです」

「警察に通報せず、共犯になってもいいって、わたしにはいまだにあなたの気持ちがよくわからない」

女主人は煙草入れの小箱をテーブルに持ってきて、そこから一本出してくわえ、それから銀の小さなライターを取り出して火をつけた。

「気持ちというのでしたら」

自分の心の声を聞いてみてから、間違ってない、という思いを口にした。

「あなたの凄みに圧倒されたというところです。さきほども言ったでしょう。敬服しました」

「わたしはそんな立派な女じゃない」

「わかってます。失礼。そうだろうなとは思います。娘さんを虐待されていたそうでし」

「なにを考えているの。気持ちのことはどうでもいいわ。あなたはなにを考えてるの。どうする気なの、これから？」

「それは……成り行きしだいです」

女は少し狂気をはらんでいると感じさせる耳障りな、短い笑い声を上げた。それから、言った。

「それって、なにも考えてないってことじゃない？」

「そうですね。でも警察にあなたを売ることはしません。それは信じてもらってもいいかと」

「お金も受け取ったし」

「それはそれ、です」

「あなたは馬鹿よ」

「わかっています」

「わたし利口な人間は信用しないことにしてるの」

「ありがとうございます」

「逃げるならいまのうちだと思うけど」

「あなたはなぜ逃げないんですか」

「まさかこんな時間まで捕まらないとは思わなかったのよ」

「たしかにね」

　なぜ逃げないのかという問いの答えにはなっていないが、その言葉は女の本音だと呉は思う。セキュリティは厳重なはずだ。監視カメラはいたるところにあり、ローダーを着て移動する女の姿は逐一記録されているはずだ。警察が入ってまず一番先にやることといえば監視カメラの記録映像を見てみることだろう。ここを訪ねた自分の姿も録画されているはずだ。ローダーをばっちり着込んだ姿で。

「最上階の住民だったんですね、落としてやったやつは」

　その部屋に入るローダーを着た女の姿も記録されているに違いない。

「そう。この最上階のフロア全部を自分の巣にしてた、わたしの元夫。娘をさんざん慰み者にしたり、わたしの利益をかすめ取ったり、いろんな女を囲ったり、無駄遣いをしたり。機会があったら思い知らせてやりたかった」

「殺すに値する罪を負っていた男だとお思いですか。殺されて当然な男だから殺したんですか」

「そんなのは知らないわよ。あなたや世間がどう思い警察や裁判官がなにを言うかなんて関係ない。わたしは恨みを晴らした、ただそれだけのことよ」

「気分が晴れた、と」

「もちろん。爽快よ。快感だったわ」

「そうですか」と呉は微かなため息をつき、独り言のように言う。「それはまた、なんて殺され甲斐《がい》のある人だろう」

冗談ではなく呉はそう思ったのだが、女は心から愉快だという笑い声を上げた。

「いいわね、それ最高。ありがとう。とても幸せな気分よ。憎たらしいけど、あいつもそうに違いない。あいつは最期にわたしをいい気持ちにさせてくれたわけだし。それだけの価値しかない男だったけど価値があっただけましよ」

これもすごい、凄《すさ》まじい考えだなと呉はかすかに身震いしながら聞いていた。カバランのボトルがもう残り少なくなっている。だが予想どおり酔いはほとんど回っていない。自覚できないだけかもしれなかったが。

「カタルシスが得られる人生って最高だわ」

そうか、だから最初から逃げるつもりなんかなかったのだと呉は納得した。

「人生はまだ終わってないでしょう」

「なにか予期せぬモラトリアムが与えられたようね。いいじゃないの。べつにこれで人生終わりにしなくても。わたし、死ぬ気なんかないから」

「生きていかなければならないとしたら、次はどういうことでカタルシスを感じればいいんですか。刺激はより強くないと感じられなくなるのでは」

「そのときは、そうね」ちょっとの間、女は首を少し傾けて考えて、言った。「娘に殺される、というのはどうかしら」

「あなたのことが、ほんとに理解できないな。凄いとは思うのですが、おれの理解を超えてるとしか言いようがない」

「お互いさまってことじゃない」

「そうなんですかね」

「人間、そう簡単にわかり合えるわけがないでしょう。それより、どうして捕まらないのかを考えたほうが、この場は有益だと思うわ」

「警備センターの様子を見てくるというのはどうでしょう」

「いい考えとは思えないわね」

「どうしてです」

「そこで捕まったら、ジ・エンド。馬鹿げてる」

「じゃあ？」

「向こうからやってくるまで動かないことよ。こちらから行ってやることはないでしょう。こっちは高い税金払っているんだし。彼らの年収の何人分もよ。わたしは彼らが納める税金分も出してあげているわけよ。こちらから彼らの手間を省いてやることなんかないわ」

「……そういうことになるんですかね。すごい理屈ですね。おれなんか、考えつきもしないです」

　呉の想像を絶している。

「常識でしょ」と女は言った。

　そんな常識が支配するここには自分は住めそうにないと呉は本気で思う。資格云云ではない。

「もう一本いきましょう。なにがいい？」

「では」ともうやけくそな気分で注文する。「バーボンで。銘柄はなんでもいいです」

「あなたって、ほんとにフェイクが好きね」

「うまいものはうまいです、それが本物ですって」

「上手《うま》いことを言うわね」

「奥さまの真似をしただけです」

「バーボンはないわ」

「では、おすすめので」

「アイリッシュにしましょう」

「はい」

「青臭いのでもいい？」

「おまかせします」

おそらく、と呉は思った、この自覚できない酔いは思わぬところでいきなり回って、自分はふたたび気絶するに違いない。

そのときはまた電話するだろうか、いや気絶してしまえばできないわけだが、とにかくスマホはいつでも使えるように充電しておかねばと思いつき、テーブルの端にあるそちらに注意を向ける。と、それがうっすらと光っているように見えた。スリープ状態のはずだがへんだなと思い、手を伸ばしてそれを取ると、画面に白い文字が浮かび上がるように出ていた。

〈呉大麻良は、ＰＬＤ３１４１による対同族殺戮を開始する〉

「なんだって？　なんだこれ」

「どうしたの？」

呉は、アイリッシュを取りに行くためにソファから腰を上げた女主人にスマホの画面を向けて、見せる。

「ああ、これよ、これ。わたしが見たのも、こんな感じだった」

こいつが真嶋記者が言っていた〈黒い絨毯〉か。いったいこれは、なんなんだ？

6

入れてあげようかとだれかが言っている。

真嶋兼利は声が聞こえたほうに顔を向ける。強力なライトの逆光で黒い影になっているが長い髪の若い女だとわかる。

「入れてあげようか」と女が言った。

臨時検問所にはもう近づけなかった。野次馬は追い払われていたし、検問所をうかがうように立ち止まる人間がいれば警官に警告される。『止まるな、歩け』と。

「入りたいんでしょ」と女が言う。

警官の警告に従わないとどうなるか。真嶋は追い立てられながら、同行した鎌谷に訊いた。すると鎌谷は、ふふんと鼻を鳴らして、こう言った。『おまえさんは様子を見ながらなんとかして向こう岸の特区へ渡るんだ。闇の渡り船を使うとか、方法は必ずある』と。それから、『おれは連中をかまってみるわ。公務執行妨害で捕まるなら連中の本気度がそれでわかる』と宣言して、立ち止まってみせた。追い立てた警官を挑発したのだ。ここは天下の公道だろう、貴様何様のつもりだ、どの所轄から動員されたんだ、下っ端野郎が偉そうな口を利くな云云。すべて鎌谷の言で警官のほうの声は低く聞き取れなかった。真嶋はその場を離れ警官がいない歩道脇まで退いたが、鎌谷は警告を無視し続けた結果、数人の警官に取り囲まれ、近くのパトカーに連行された。公務執行妨害の現行犯逮捕ということだろう、その場から強制排除されたのだった。真嶋はその様子を頭の中で記事の文面にして記憶しつつ、その場を離れていた。

臨時検問所に設置された複数のライトがまばゆく周辺を照らしていて、その光源の一つがこちらを向いている。特区への架け橋、ムーンブリッジのたもとからはさほど離れていない。その橋の両端には車両と歩行者それぞれ専用のゲートがあるのだが、いまはその手前に警官たちが設置した検問所がある。まばゆいライトはそこに運び込まれた移動照明だった。

その逆光位置から近づいてきた女がもういちど言う。

「入れてあげようか」

あきらかにこちらに向かって言っているのだ。しかもこの女は、橋向こうのツクダジマ・ゲートアイランドに〈あなたを〉〈このじぶんが〉入れてやろうと言っているのだと真嶋は理解する。

「どうして」と真嶋は相手をよく見て言う。「わたしを?」

問いかけの内容は意識して曖昧にする。すると女は、また先ほどと同じ言葉を返してくる。

「入りたいんでしょ」

若い女だろうというのは声でわかったが街灯の明かりで観察すると、まだ幼さが残る未成年だろう、少女だった。

「入りたいって」と真嶋は少女の意図を探るためにとぼけてみせる。「どこに」

すると少女は苛立つふうでもなく、ツクダジマ特区にそびえるきらびやかな高層ビル群のほうを見やって、あそこ、と言った。

「特区の中に入りたいんでしょ」

「どうして知っている」

「検問のところから追い返されてきたのを見てた」

「そういうことか。で、きみは――」

と言いかける真嶋を無視して少女は言った。

「それに、さっき電話してたのが聞こえたし」

「電話？」

「ファウストD棟と言っていたのが聞こえたの」

もう一度真嶋はしげしげと少女を観察する。逆光のシルエットではミニのワンピースを着ているように見えたが、実はもっとラフな服装だ。細身のパンツに裾の長いTシャツ。どちらも黒っぽいがTシャツは濃い緑、深緑か。無地に見えるが目をこらすと幾何学的なギザギザの輪郭を持つ迷彩模様だとわかる。深緑に濃い灰色といった色分けがされている。バックパックを背負っているようで肩にそのベルトが見えている。髪は長めで前髪が綺麗にそろえられている。顔は白く細めで、かわいいというより大人びた美人顔だ。中肉長身の自分に比べて背はわずかに低いくらいで痩せているから、背は高いほうで体重は自分の半分くらいかなと思う。いや、もう少しありそうだと真嶋は思い直す。というのも、痩せぎみではあるものの、こうして近くで見る肌は健康そのもので張りがあり、これは痩せているのではなくて締まっているのだ。筋肉がついている。そうとわかれば、迷彩柄やバックパックといういでたちはこの少女に似合っているのであって、当初の違和感は払拭《ふっしょく》される。

しかしこの少女、どこにいたのだろうと真嶋は訝《いぶか》しむ。呉大麻良に電話していた内容を聞かれたに違いないが、周辺の人間に聞こえないよう気を配り群衆から離れたところからかけたのだ。ガンマイクやパラボラ集音マイクでねらわれた可能性もないではなかったが大げさな望遠マイクなら見逃すはずもなかったし、隠れて集音したのだとしたら盗聴だ。

いずれにしても、なにげなく耳に入ったというのではないだろう。意図して聞き耳を立てていたのだとしか考えられない。

「なぜ、わたしなんだ？」と真嶋は訊いた。「わたし、ぼくは、真嶋というんだが、知っていて声をかけてきたようだな。どうして？」

「入りたくないの？」

「ぼくがあちらに行きたいって、どうして知っているのかな」

「いやならいいんだけど」

会話になっていないのを真嶋は焦りつつ、それでも粘り強く訊いた。

「行きたいよ。でも、ぼくはきみを知らないし、知らない人についていってはいけないと子どものころに教えられた癖が抜けなくてね」

「知らない人から一緒に行こうと誘われたら」と少女は言う。「だれかを呼んでくると言いなさい、わたしはそう教わったわ」

「じゃあ」と真嶋は応える。「ぼくも同僚を呼んでくることにしよう」

「それはだめ」と少女は初めて真嶋の言葉に能動的に反応した。「入るのは一人だけにして」

行くのではなく、入る、だ。この言い方も独特だと真嶋は興味を抱いた。

「ぼくは、真嶋という。きみは、名前は？」

「有羽《ゆう》」

「苗字《みょうじ》は」

「そちら、名前言ってないでしょう、苗字だけで」

「失敬した。真嶋兼利です。ぼくの氏名や素性は知っているのかと思った」

「偉そうね」

「そうかな。ぜんぜん偉くないんだけどな」

「偉くもないから、偉そう、なわけでしょう。偉いのなら、偉そうではなく、偉いのよ。あなたはだから、偉そうなのよ」

「……なるほどなるほど、そう言われれば、そうだな、フムン」

毒気を抜かれる気分で真嶋はうなずいている。

「偉そうなのは嫌いかい」

「べつに。みんなそうだし。嫌いになり始めたらきりがないし」

「ツクダジマ特区に行きたいのだが」と真嶋はもう単刀直入に言う。「どうすれば入れるのかな」

「わたしのゲストで」

「ゲスト？　きみのゲストで入れるって、どういうことなんだ？」

「わたし、ゲストパスを持ってる」

「よくわからないのだが――」

そう言いながら真嶋は出し抜けに気づいた。

「きみはもしかして特区の住人なのか」

「だれがあんなところに住むもんか」

「じゃあ、どうしてパスを持っているんだ？」

「親がいるから」

親が特区内の住人だということなのだろう。親と一緒に住んでいるわけではないという
のなら、親の居るところは実家ということになる。

「なるほど」と、ここまではわかった。「しかし、どうしてぼくなんだ？」

「どうしても入りたいんでしょ？」

「ああ、入りたい。だから？」

「わたしお金が必要なの」

「ゲストパスを買えというわけか」

「権利だけよ。パスは売れない。というか、買えない。わたしの生体認証なしでは持って
いても機能しないからカードを買っても無駄なの」

「そうなのか」

「入ったことないの？」

「ない。初めてだ」

「どうして入りたいの？」

「声をかけておきながらそれは知らないのか。こちらのこと、なにを知ってる？　どこま

で知ってるのかと訊いたほうがいいのかな」

「お金、払う？」

「金額によるし、領収書出せるかな？」

「領収書って」

と少女は大人びた顔で微笑した。これは苦笑だろうと真嶋は思わぬ反応に驚いた。

「わたしが違法な誘いをしているって思ってるわけ？　領収書を出せないような金だと思ってるの？」

「いや、そういうことではなく」

少女のこの感性はまるでその年齢にそぐわない、すれた大人顔負けではないか。真嶋はからかう気分で軽く言っただけなのだが、返ってきた反応はがちんこで、思わぬカウンターパンチを食らった気分になる。

真嶋はどぎまぎしている自分を意識して、冷静を取り戻すべく、言った。

「きみとは立ち話ではなく、落ち着いたところで自己紹介とかしたいな。きみのことも知りたい。違法な取引ではないというのならきみの話に乗りたいけど、いまのままではだめだ。残念だけど」

「そっか」

少女はそう言って肩のショルダーベルトに両手をやり、担ぎ直すような仕草をしつつ川向こうの高層ビル群を見やった。取引はやめるということなのか、どうしようか迷っているのか、真嶋にはその心がよく読み取れなかった。

川向こうに行きたいのはやまやまだが、怪しい誘いに乗るわけにはいかない。だが真嶋は、特区に渡ることとは別に、この少女の素性そのものに興味がわいた。

「ファウストD棟というのが聞こえたときみは先ほど言ったけど」と真嶋は言う。「それがきみの注意をひいたのはどうして？　もしかして、きみの親の——」

するると少女は真嶋のほうに目を戻して言葉を遮り、信じがたいことを言った。

「そう、父親の家なの。最上階全部」

「……うそだろう」

そう言うのがせいいっぱいだ。訊きたいことや言いたいことは山ほど、津波のように、どっと真嶋の意識上に浮かんだが、うかつなことは言えない。

その最上階のベランダからだれか投げ落とされたというのはまだ公表はされていない真嶋たちだけが摑んでいるスクープに違いなかった。だれが落とされたのかといえば、確認はされていないがその住人である可能性が高い。だれがやったかは不明だ。が、真嶋の感触では電話した相手である呉大麻良が知っているだろうと思われた。呉本人であるかもしれない。

「うそじゃないよ」と少女はあっけらかんと言う。「実の父親じゃないけど。なんて言うんだっけ、ままちちだよ、継父だ、けーふ」

「あそこはきみの家ってことか。実家と言うほうがいいのかもしれないが」

「ちがうよ」

「ちがうって、わからないな。じゃあ、入島パスは持てないんじゃないのか？」

「親たちは離婚したの。わたしの実家は母親のほうなの。継父ではなく生みの母親、実母のほう。同じファウストD棟にある部屋よ」

「同じ棟？　もしかして」と真嶋は無意識に思考していたに違いない、思いつきを口にした。「きみの実家というのは、そのマンションの四十八階なんじゃないか」

「そうだよ」と少女は偽りには見えない驚きの表情をして言う。「どうして知ってるの」

「電話していた相手が」と言いかけて、真嶋は秘匿すべき内容を口にしていると意識したが、我慢することができなかった。「仕事でその四十八階の部屋にいたんだ」

「ママの部屋？　わたしの実家ってこと？」

「それは」と真嶋はようやく自重しつつ応える。「確認できていない」

「なぜ？」

電話しているのにそれがわからないというのはへんだ、という疑問はもっともだ。

「それは」と言う。「話し出せば長くなる」

「おごってくれるなら、お茶していいよ」

利発な娘だと真嶋は思う。こちらの思惑をよく理解し、なにを考えているかを見抜いている。

「コーヒーでいいかな」

「いいよ」

少し先にコーヒーチェーン店の看板が見えている。

「じゃあ、あそこで」

と目で指すと、少女のほうから歩き出した。話は着いてからじっくりとしてやろうと真嶋はあとを追う。

店内は結構混んでいたが奥に目をやると向かい合える二人分の席が空いていた。少女はフラペチーノを、真嶋はレギュラーの大を注文し、できあがるまで無言。真嶋はその間に店内の客層に注目する。どうも同業者らしき風体の者が目立つ。臨時検問所から追い払われた連中の一部のようだ。特区内で何があったかの具体的な事実は摑んではいないだろうが、臨時検問の実施などというのは初めてのことだから、これは事件には違いない。みな関心を持って集まってきているのだ。

これはまずいと思うが、少女ができあがったカップを手にして空いた席へと行くので、仕方がない。先に店内を観察してからここにするかどうか決めればよかったと思いつつ、真嶋も席に着く。近くの客はカップルと学生風の男だったので、これならいいかと真嶋は気を取り直して少女と向かい合った。

「普通のミルクはだめなの？」

唐突に少女が口を開き、そう言った。真嶋は手にした豆乳のミニカップをコーヒーに入れ終えて、これか、と応える。

「だめというわけじゃないけど」と真嶋。「気になる？　豆乳は苦手かい」

「ミルクアレルギーなのかなと思って」

そういうことかと真嶋は意外な答えに、少女の生きてきた環境やら人柄に思いをはせる。両親の離婚も経験していて、その実母と別れた父親、その男は継父だという。実の父親は他にいるということだろう。生死は不明だが。他人に対する食物アレルギーへの気遣いは自らも経験があるからか。

「ここはいろんなのが選べるから」と真嶋は言う。「他ではおいてない豆乳ってやつをいつも注文してる。それだけだよ。おかげさまで食物アレルギーというのはとくにないな。きみはだいじょうぶかい」

「わたしもべつに。なんでもだいじょうぶ」

「それはよかった」と真嶋はうなずき、「このてのミニカップの中には本物のミルクではない植物性のも出回ってる」と言う。「ミルクのフェイクだ。言ってみれば偽物だな」

「そうなの」

「そっちのほうが多いくらいだ。植物油を白くしたやつをミルクと称して売ってるのが多い、ということだよ。ここのはそうじゃないと思うけどね。そういうフェイクのやつなら牛乳アレルギーの人間でもだいじょうぶなわけだ。この豆乳は正面からミルクアレルギー対策用に、ミルクの代替品として作られたんだと思うよ。乳幼児用ミルクにも豆乳製品はあるしね」

「おかしなことを知ってるんだ」

「ぼくは新聞社で文化部の記者をやってる。食文化もぼくのフィールドなんで、そういう知識は自然と耳に入ってくるんだな」

「ふうん。でも、いつもここでは豆乳って」と少女は少し表情を和ませて言った。「それって、好きだってことじゃないの」

「まあ、そうだな。へんかな？」

「だれもそんなこと言ってないよ。どうして？」

「嫌われたくないんで。嫌われたら話しにくくなるだろう。互いに。とくにきみが」

「嫌いになったら、話さないよ。相手にしないで出ていくだけ」

「そうか。それは厳しいな。豆乳にこだわりがないようでよかった」

「そうだね」

「豆乳ごときで、相手に対する好き嫌いが分かれるわけか。豆乳はまあ、一例だけど」

「食べ物の好みの違いって重要だと思う」と真剣な表情で少女は言った。「彼氏とうまくいかなくなったのもたぶん関係ある」

「そうなのか。それは気の毒に」

「独身？」

「ああ」

少女は納得したようにうなずき、だまってストローをカップに突っ込む。真嶋には縁のないフレッシュバナナチョコクリームカラメルなんたらフラペチーノで、飲むというよりするというか、食べる、だなと思う。ぞっとするほど甘いのだろうと想像して、ちょっとげんなりする。甘ったるい流動食だ。

女の子の身体は甘いお菓子でできているとだれかが言っていたが、甘いものが苦手な真嶋には受け入れがたい言葉だった。だいたいいまどきそんなのはセクハラだろうと思い、そうか、自分がいまだに独身なのはそのせいかなどと妙な気分にさせられる。どこかしら女性という存在を自分から遠ざけているのではないかと目の前の少女に指摘された気分になった。それを振り払うべく、コーヒーに口を付ける。もちろん砂糖は入れてない。豆乳でまろやかになった苦味を味わい、気を引き締めて、真嶋は訊いた。

「それで、きみは一人暮らしをしているのかい。特区内の実家には住んでいないんだろう。だれがあんなところに住めるかと言ってたよね？」

「一人暮らしというか」と少女は顔を上げて言う。「住み込みというのかな、なんというか、工場《こうば》で寝泊まりさせてもらってるの」

「工場って？」

「町工場。車の修理屋さんみたいなところ」

「みたいなところって、車の修理屋さんではないの」

「なんでも修理します、みたいな」

「なんでもって、たとえば」

「たとえばって、たとえば？」

「傘直しとか靴直しとか、掛け接《は》ぎという服のかぎ裂きや虫食い穴をきれいに修復するのも修理屋さんだろうし。昔は鍋釜の修理専門の人もいたそうだよ、なんて言ったかな、鋳掛け屋か――」

「そんなんじゃなくて、機械だよ。ロボットの修理が多いかな。ペットロボットとか。メーカーがもう直せないというようなの」

「ああ、そうか。そういう方面の修理屋さんなんだ」

「最近は、ローダーもけっこう入ってくるかな」

　真嶋はいきなり耳に入ってきたその単語に緊張する。

「ローダーって」と思わずカップを倒しそうになって焦り、倒してないことにほっとしつつ、言う。「パワーローダー？」

「そう。知ってる？」

「もちろん」

　もちろん知っているとも。いまそれがこちらの関心の的だ。呉大麻良は絶対、なにか隠しているに違いないのだ、彼のローダーに関して。しかしこの少女はいったい何者だろう。

　真嶋はさきほどにもまして、少女に強い関心を抱く。こちらに声をかけてきたのは偶然ではないだろう。いったいこの娘の狙いはなんなのだろう？

「いわゆるパワードスーツだね。いろんな種類があるようだけど、その修理を専門にしている町工場があるとはね。それはすごいな」

「それ専門じゃないよ、なんでもやるの。そう言わなかった?」

「ああ、すまない、そうなのか。そうだった」

「ローダーが好きなの?」

「わかるか?」

「嬉しそうだもの。直してほしいローダーを持ってるの? 直せなくて困ってるとか」

「いや、そうじゃないんだ。知り合いがね」呉大麻良が、だ。「そのトラブルに巻き込まれたみたいで。介護用のローダーに異変があったようなんだ。だから電話していたんだ。ファウストD棟に行ってその知人に電話して、状況を聞いていたんだよ。きみが聞いていたという、電話だ。もしかしたらきみの母上の家かもしれないんだが、個人情報に関わることなんでと、どの家で仕事してるのかは教えてもらえなかった」

「四十八階にある、どこかの部屋なんだよね」

「それはそう、そう言ってた」

「ママの部屋だ、実家だよ、そうに決まってる。うん、そういうことか」

どういうことなのか。真嶋にはわからないが、少女は一人納得したようだった。おそらくこちらに声をかけてきた、その理由だろうと真嶋は推測する。この少女はだれかに命じられて、この自分に声をかけてきたのではないかと真嶋は思う、少女自身はこちらのことをよく知らないままに、だ。

「ローダーを修理してる、その工場と」と真嶋は慎重に訊く。「ぼくを特区に入れてやるという件とは、なにか関係があるのかな?」

「どういうこと?」

「たとえば、ぼくの知人がローダーのトラブルに巻き込まれてることをきみのその修理工場のだれかが知ってるとか、だよ」

「まあね、そうかもしれない」

「しれないって、よくわからないのかい。それとも、言いたくない?」

「話してもいいけど、すごく長くなりそうだし、そうなると、話したくないかな」

「お金がいるって言ってたね。きみはその工場で働いているんじゃないのかな。単なる居候というんじゃないと思うけど」

「正式に働いてるわけじゃないの。彼氏と別れて、居るところがなくなったあと、そこで暮らしてる。工場の厚意に甘えている、みたいな」

「いつから?」

「半年前から。寒くて死んじゃうと思ったよ」

「どこの町工場? 蒲田《かまた》あたり? なんていう修理屋さんかな」

「それは言いたくない。別れた彼に知られたくないし。だれにも言わないことにしてるの」

「そうなのか。もしかして殴られたりしたんだ?」

「彼はしなかったけど、そんなこと」

そう言って少女は肩をちょっとすくめた。彼はしなかったけど、別のだれかからはＤＶを受けていたことを肯定した、そんな仕草に見えた。別の彼氏か、でなければ親から。継父とか。ありそうなことだと真嶋は少女を見て思う。

すこしずつその身の上が知れてくると少女の存在が現実味を帯びてくるというのか、もはやその他大勢に紛れている記号のようなだれか、ではなくなって、一人の人間として鮮やかに目の前に形作られていく、その様子を見ている気分になる。

「でも」と真嶋は言葉をつぐ。「ゲートアイランド特区というのはお金持ちが住んでいるエリアなわけだろう。どうしてきみがお金に困るのか、ぼくにはそのへんがよくわからないんだが」

おそらく母親との関係もうまくいってなくて家出同然で彼氏の元に行ったのだろうと真嶋には想像できたが、あえてそう訊いてみた。少女の反応が見たかった。

答えはしばらく返ってこなかった。

少女は店内を無表情に見渡して、なにか考えているふうだった。秘密を打ち明けようとしているのかもしれないし、だれか自分を見張っていて聞き耳を立てていることを恐れているのかもしれない。あるいは、たんに答えるのが面倒なだけなのかもしれないし、間をとってこちらの気をそらそうとしているのかもしれない。

「修理屋さんの世話になってなければ」と少女は飲み物に目を戻して、ぽつりと言った。

おそろしく孤独な悲哀といったものがその言葉からは感じられて、こんな年端もいかない少女なのに人としての労苦を味わい尽くした老人のようだと真嶋は心底かわいそうに思った。たぶんいまどきこの少女のような苦労を背負っている子どもはめずらしくもないのだろう。だが実際に目の前にするのは真嶋にとっては初めてだった。記号や数字ではない、生きた人としての孤独がそこにあった。

『家族からは見放され、彼氏とは別れて、どこにも帰るところがない。自分には居場所がない。ないままこの冬、凍死しかけた』

少女はそう言ったのだ。そう真嶋は理解した。

「ぼくからお金をもらったら」と真嶋はそっと訊いた。「なんに使うつもりなのかな」

すると少女は真嶋へ目を上げて、かすかに首を傾《かし》げて、言った。

「世話になった修理屋さんにお礼がしたいし、バッテリーもほしいし」

「なんのバッテリー？」

「スマホに決まってるでしょ」

「そうか。モバイルバッテリーね」

「なんだと思ったの？」

「ローダーとか、さ」

「あれはすごいよね」

「わたし、死んでた」

「着けたことがあるんだ？」

曖昧に首を横に振る。あれはすごいという感嘆の身振りのようにも、否定したようにも見えるが、むしろ肯定のサインだろうと真嶋は感じる。しかし、それは曖昧にしておきたいという態度でもあるわけで、あえてそこは突っ込まないほうがいいだろう。

「お世話になった修理屋さんへのお礼って、いくらくらい？」

「まあ、多いほどいいけど、お世話になった実費で十万とか？」

「半年分にしては少ないんじゃないかな」

「だから、多ければいいんだけど、あなたはそれほど持ってそうに見えないし」

真嶋は苦笑したいのをこらえるが、思わず顔がほころぶのを意識する。

「だって」と少女は抗議するように口をとがらせて言った。「わたし、工場のお掃除とか雑用もしてるし、ぜんぜんただでおいてもらってるわけじゃないし」

「うん、わかるよ」

「なにがわかるの」

「きみは優しい人間だというのがさ。世話になった人にお礼をするのは当然だけど、お礼をしたい、しなくちゃと思うのは当然ではなくて、人柄だよ。世話になって当たり前と思う人だっているわけだからね」

「わたしは優しい人間だとは思わないな」

「優しい人間は自分が優しい人間だとは思わないよ。だからこそ、優しいわけだよ」

「馬鹿にしてる？」

「そう思われるのは寂しいな。ぜんぜん真面目に言ってる」

「本物の優しい人間になりたいよ」

「いまのきみは偽物なの？」

「うん」

「どうして？」

「ママにはどうしても優しくできないから」

「……そうなんだ」

真嶋は自分の口調がどうも少女に合わせて子どもっぽくなっていると自覚しつつ、言葉を足す。

「でもさ、その気持ちだけでもじゅうぶん優しいと思うけどね」

「お金のことだけど」

「うん」

「見せ金のつもりだったんだ。お礼じゃなくて。お礼というのは、嘘なんだ」

「どういうことかな」

「ママに会うのに、お金を持っていたかったんだ。馬鹿にされたくなかった。ほら、ここを出れば貧乏じゃないのとママに言われたくなかった」

「なるほど」と真嶋はうなずいてみせる。「気持ちはわかるような気がする。きみは、なんというか、母親のところから飛び出したひな鳥という感じだな。まだ巣立つには早いけど、たとえばママの過干渉が嫌になって我慢できずに飛び出したんだろう」

「そんなんじゃないけど、まあ、そんなところかな」

当たらずとも遠からずということだろう。「それなのに、どうして会いにいく気になったんだ？」

「呼ばれたの」

「母上から？」

「めずらしく電話がかかってきて、来なさいって」

「命令か」

真嶋は独り言のつもりで口にしていたが、とうぜん少女にも聞こえていた。

「ちがうよ」

「でも無視できなかったわけだろう？」

黙ったまま少女はまた店内を見やった。こんどは無表情ではなく明らかに不安の色を浮かべている。

その表情を読んだ真嶋は、悟った。この少女は、事件を知っているのだ。継父が殺されたということを。

だれから知らされたのかと言えば、この少女の母親だろう。つまり母親は離婚した元夫が殺害されたという事実を知って、それを娘に電話してきたに違いない。あるいはたんに事件発生を知っているだけでなく、内容にも関与していて、少女の継父が殺されたのは何故《なぜ》なのか、だれが殺したのか、その真相を話すから来いと娘に言ってきたとも考えられる。しかも呉大麻良がその家に仕事に行っていたのなら、彼も事件について知っているだろう。あの電話の様子からしてありそうなことだ。これは大スクープになる。

真嶋はこみ上げてくる興奮を必死にこらえる。これは想像に過ぎないと。こういうとき事件記者ならどういう態度を取り、どういう訊き方をするのだろう。公務執行妨害で連行された鎌谷がもしこの場にいたら？

いや、鎌谷が一緒だったらこの少女はなにも話さず、この店に同行することもなかっただろう。そうに違いない。まずは落ち着けと真嶋は自分を励まし、続ける。

「さきほど、ローダーのトラブルがあったようだとぼくが言ったとき、きみは、そういうことかと一人でうなずいていたよね。どういうことなのかな？」

「ママは長年やりたいと思っていたことを、やっとやれたみたい。ローダーはすごいと言ってた。そういうことよ」

「わからないな」

「わからなくていいよ。そうとう、やばいことになってるから」

「この店にはぼくの同業者がいっぱいいる。きみにもわかるだろう」真嶋は声を潜めて言う。「みんなきみが知っていることを知りたがってる。ぼくもだ。でも、なぜ、ぼくなんだ？」

「オーエルが教えてくれたの」

「OL？　どこの？」

「オーバーロードだよ」

「オーバーロード？」

過積載か。違うな、と真嶋。それでは意味がとおらない。ロードは積み荷のloadではなく、LORDだろう、神とか支配者を意味するロードだ。オーバーというのだから、上級支配者か。OVER　LORD、OL、オーエルか、なるほど。

「それ、だれ？　なにかの組織？」

「だれって、アプリだよ」

「アプリ？」

「エージェントアプリ。検索エージェントとか、いろいろあるじゃない」

　少女は足下に置いたバックパックのポケットからスマホを出し、そのアプリを呼び出したようだが、画面を真嶋に見せることはなかった。真嶋の存在を忘れたかのように少女はスマホを見始める。

「そのエージェントアプリって」と真嶋は声をかける。「若者の間ではやってるのかな？　ぼくは知らないけどな」

「わたしも知らなかったけど、すごく便利。わたしの気持ちがわかるの」

「気持ちを汲《く》むってことだな。ぼくに声をかければ金を出すと、そのエージェントが言っ

「たわけか」

「うん、そんなところかな」

最近の人工知能はよくできているが、まさかこのおれのお人好し加減が顔でわかるとでもいうのかと、真嶋は少しむっとした。

「そんなところかなって、そのアプリにどう言えば、そういう返事が返ってくるんだ？　手っ取り早く金を稼ぐ方法を教えろとでも言ったの？」

「ちがうよ」とこんどは少女のほうがむっとした表情になる。「元彼が、わたしが持ってるゲストパスを利用すれば特区に入りたいやつはいくらでも金を出すって」

「元彼が？　一緒にいたの？」

「ちがうって、昔の話。別れる前。お金が足りなくなると、ときどきやってた」

「ああ、そういうことね」

あまり好青年という感じではないな、別れて正解だと思う。

「わたしはママの力に頼ってるみたいで嫌だったんだけど、それを今夜思い出して、その手が使えるかなと思ったんだ。けど、だれに声をかければいいかがわからなくて検問所のあたりでだれにしようか迷っていたら、オーエルがあなたを見つけたの」

「どうやって？」

「ファウストD棟と言っている人間がいる、その人間に声をかければうまくいく、って。画面であなたをマークしてくれたの。電話しているあなたをズームして見せてくれた」

「……すごいな」

なにがどうなっているのかよくわからないが、そのアプリの機能はすごいと思う。

「どこのアプリだろう、開発元は？」

「開発元って？」

「だれが作ったアプリなのかな。メーカーだよ」

「さあ、知らない」

「見せてもらえるかな」

「だめ」

「どうして」

「オーエルはわたしの守り神だし」

「守り神って、意味がわからないな」

「わたしのプライベートを知ってるので、だれにも見られたくない」

「そういうことか。それはすまなかった。どこからダウンロードしたのかは教えてもらえるかな。ぼくも試してみたい」

「いつの間にか入ってたので、人を選ぶんじゃないかと思う」

「アプリのほうから入ってくる、と？」

「うん、そう、そんな感じ」

「まさか」と言ってから、思い直す。

ネット検索をしているときなど、あなたにぴったりな商品がありますとか、あなたがほしいのはこういうやつでしょうなどと勝手に紹介してくる時代になって、なんとも気味が悪いと思ったものだが、最近はもう当たり前のこととしてなにも感じなくなっているではないか。アプリのほうから人を選んでスマホに入ってくるというのはありそうなことだと真嶋は納得する。

最新技術ではもっと信じがたいことを実現させていても不思議ではないだろう。意識せずに当たり前のように生活に溶け込んでいて、あらためて目にしたりして初めて『まさか』と思うような、そういう世界にいま自分たちは生きているわけで、それを意識的に取り上げることこそ、まさに文化部の記者である自分の仕事ではないか、そう思う。

「生きているというより、生かされている感じだな」

考えている内容がつい口をついて出た。情報技術は生活を便利にしてきたが、それは人の主体性を奪ってきたのではなかろうかという考えから出てきた言葉だ。

「ほんとに」と少女が受けた。まるでこちらの考えをそっくり読み取ったかのようだ。

「わたしもそう思う」

しかし、この少女の生かされているという思いはこちらのそれとは違うだろうと真嶋にはわかる。自分としては、主体性を奪われて主人公の座から落とされた悔しさを言っているのだが、この娘はそうではないだろう。自分の力で生きているという考えは傲慢で、だれかに生かされているのだと、少女が言っているのはそういうことだろう。

「生かされていることに感謝しているんだな」

「きみは優しいよ」と真嶋は言う。「生かされていることに感謝しているんだな」


「一人では生きられないもの。当たり前でしょ?」

「そうだな。そのとおりだ」真嶋はうなずき、「世話になっている修理屋さんに礼をしたい気持ち、その心は本物だよ」と言う。「きみの優しさは偽物じゃない。自信を持ってもいいと思うね」

「ママに会うのは怖《こわ》い。自信ないな。だれかに一緒に来てもらいたくて、声をかけた気がする」

「お金なんかどうでもよくて、か」

「ほしいわよ。同情したふりして値切らないで」

「同情なんかしてないよ。だから、ふりでもない。金の話とはべつ。で、きみとしては十万ほしいということだね」

「高いかな?」

「貸すということでどうだろう」

「それって、お金でわたしを縛るってことじゃないの。大人って、どいつもこいつも、なんでそうなんだろ」

「いや、そういうつもりではないよ」

まったくこの少女は鋭い感性をしていると、真嶋は気圧《けお》される。

「じゃあ、どういうつもり」

「きみは見せ金だと言っただろう。ママに会うときだけあればいいわけだ」

「それはもういいよ」

「いいって？」

「十万はいらない。バッテリーとダウンジャケットがほしいので、二万で」

「ダウンジャケットって、このくそ暑いのに冗談だろう」

「もう凍えたくない。今度の冬に着るの」

「季節商品だ。いまは売ってないだろう」

「だからお金にしておくんじゃないの。お金って、物が化けてるのよ」

「おもしろいなそれ。でもマネーというものの本質を突いてる気もする」

「はぐらかさないで」

「わかった。それで手を打とう。無事に入れたらその場で渡すということでいいかな」

「前金で一万ちょうだい」

「いいだろう。領収書を頼むよ。ぼくの取材ノートに書いてくれればいいから」

真嶋はバッグからノートとペンを出し、財布から札を抜いてノートに挟むと、それを差し出す。

少女はノートを開いて札を取り上げ、テーブルに出していたポーチに大事そうにしまって、それからペンを手にして、書き出した。

ぎこちない手つきだが、〈領収書〉としっかりした文字を書いた。

「宛名は？」と訊く。「社名とか？」

なんて慣れているんだと真嶋は心で舌を巻きつつ、「真嶋兼利で。個人名でいいよ」と答える。真嶋はこの少女の存在を社や世間に公にしたくないと思う。かばってやりたかった。

　氏名の漢字表記を教えると、少女はすぐに飲み込んで正しく書いた。いまどき手書きですらすら書ける人間はめずらしいと真嶋は感心する。

「名目は？」

「取材費で」

「了解。前金で一万、のこり一万、と」

　そういうところはなにかかわいいなと真嶋はその文面を見やりながら、相手の名を注視する。〈竹村有羽〉だった。

「はんことかないけど、拇印《ぼいん》押す？」

「サインがあるからそれで十分だよ。でも――」

「でも？」

　少し不安げに顔を上げる少女に、真嶋は言う。

「ユウというきみの名前、優しいの優だとばかり思っていたよ。羽根が有るの有羽か。いい名だね」

「わたしは嫌い」

「じゃあ変えればいい」

「勝手にそんなことできないでしょ」

「いや、そんなことはない。戸籍の表記は変えられなくても通称を使えばいいんだよ。長く使って周囲に認知されれば、それがきみの名になる」

「それって、この領収書のわたしの名前を書き換えさせて、無効にするとか？」

「いやいや、さすがにそこまでは考えてない」

真嶋は思わず苦笑した。そのあとで、こういう猜疑心《さいぎしん》を抱かねばならない少女の境遇というものをあらためて思った。

「特区の人間は金で苦労することはないと思っていたが、どうやら金に縛られて苦労している人間もいるようだな。実際に会ってみないとわからないもんだ」

「わたしは特区の人間じゃないし」

「あ、気を悪くさせてしまったか、すまない。ぼくはほんとに特区のことはよく知らないんだ」

「なにを知りたい？」

「え？」

「知りたいのなら教えてあげられるかも。いいなら、いいんだけど」

すぐに行こう、そう言うだろうと思っていたので、意外だった。真嶋としても状況をもっと知りたいところだったので少女の誘いは好都合だった。

「後金の一万、入ってから払える？　持ってる？」

ノートを返してきながら心配そうに少女は訊いてきた。

「持ってるよ、ノープロブレムだ」

「お金持ちなんだ」

特区の人間からそう言われるのをどう受け止めるべきか。いや特区から出た人間から、だ。少女のその言葉、想いに、どう答え、どう応じてやればいいのか、よくわからなかった。自分は無力だと自覚しつつ、真嶋は事実のみを言う。

「たまたま、だよ。きょうは取材予定があったんだ。その軍資金で用意してた」

呉大麻良への再取材だ。こういう事態になってそれはキャンセルになったわけだが、しかし少女のおかげでこれから会えそうだった。呉がまだ特区内にいれば、だが。

もし事件に関わっているとしたら、逮捕されているかもしれない。呉大麻良だけでなく、この少女の母親もだ。そう真嶋は気づく。

「ぼくがさきほど電話してた相手は、介護士だ。ローダーを使って仕事をしているんだけど、彼が訪問した四十八階の部屋というのはきみの母上の家なのか。きみは知っているんだね」

「その話はしたくないな」

「どうして。やばいから？」

「そう」

「やばいから、ほんとは行きたくないのかな」

「そうかも」

「追加でなにか飲む？　おごるよ」

「ううん、いらない」

「これから実家に帰って、母上はいるかな？」

「どういうこと？」

「臨時の検問所が設置されているというのは、非常事態なわけだよ。特区内でなにかあったんだ。たとえば、たとえば、だよ、きみの母上は事件か事故に巻き込まれて、特区内の病院とか、あるいは警察とかに保護されていないともかぎらない」

「どうしてそう思うの」

「ローダーの不調が原因でなにか悪いことが起きているようだと心配になって、呉というその介護士に電話したんだ。その前、今日の夕方に、彼から助けてくれという電話があって、途中で切れたんだ。なにかあったのは間違いないところだけど、先ほどの電話では、呉さんはどうも本当のことを言いたくないらしい。おかしいと思うだろう？」

有羽という少女は無言で空になったカップに目を落としなにか考えている。

「呉というその人は」と真嶋は続ける。「こう言ってはなんだけど、以前職場で入所者を虐待した疑いをもたれているんだ。まさかとは思うけど母上が被害に遭っているかもしれない、ぼくはそう疑っているんだが」

いし」

これは本心ではない。水を向けてみたのだ。

「ママは元気だよ」と少女はうつむいたまま言った。「ぜんぜん元気。介護なんて必要ないし」

「じゃあどうして呉介護士は母上のところに行ったのかな」

「ローダーをママに貸すためだと思う」

呉大麻良が訪問したのはこの少女の実母の家だと確認できた。しかもその母親は呉のローダーを借りてなにかしたのだ。別れた夫の殺害に違いない。それをこの少女は知っている。

「有羽」と真嶋は呼びかける。「ぼくはきみの継父だった人がどうなったか、知っているんだよ」

少女は真嶋へと顔を向ける。大きな目だ。驚いている。

「静かに」と真嶋。「ぼくの職場に目撃者から通報があったんだ。だからそれを確かめるために特区へ急いでいたんだが、臨時検問所で足止めを食らった。実は入島パスは社のやつを持っているんだ。通常のゲートだけならそれで入れたはずだが、臨時の特設検問所ではパスを持っていてもはねられた。入れてもらえない。だから、きみのゲストパスでもだめかもしれない」

「だいじょうぶだよ」と自信を持って少女は言う。真嶋はそれを受け流し、続ける。

「警察は中で起きたことを秘密にしたいらしい。それもなぜなのかわからない。いずれにしても、きみの母上のことが心配だ」

「財産の管理を頼まれたの」

少女は低い声で言った。

「母上から？」

「そう。それはみんなわたしのものだから、って。遺産になるかもしれないから、しっかり説明を聞けと。だから来い、と言われたの」

「……遺産って。死ぬ気なんじゃないか」

「そんな人じゃないよ。死刑を覚悟してるってことだと思う。でもせいせいしてた。あの男をすごく嫌ってたから。いつかこうなると思ってた。もう捕まってるかと思ったけど、あなたが電話してたときはまだ家にいたんじゃないかな。捕まるのは時間の問題だと思う。わたしはそれが怖いの。早く行きたいけど、行きたくない」

「なんてこった」

「ママは、わたしのためにやったのかもしれない」

「きみのため？」

「いろいろ嫌な目に遭わされたから」

「そうか」

詳しく聞かなくても見当はついた。継父から虐待されていたということだろう。悲惨な人生だと真嶋は少女に同情する。そういうことができる人間がいるという事実に憤りを覚え、同時に強い嫌悪を覚えた。世の中間違っているし、どうしてそんな虐待行為ができるのか。人として壊れているとしか思えなかった。

「同情してもらわなくていいから」と少女は言った。「人間って、そういうものなんだよ」

これでは自分のほうが同情されているようだと、真嶋はため息をつく。

「ひどい生き物だってことか」

「そう。わたしも、あなたも、あいつもママも、同じよ」

「しかしきみはひどく傷つけられたんだろう。不公平じゃないか」

「身体はたしかに」と少女は思い出したのだろう、顔を少しゆがめた。「痛かったりしたけど、魂は傷つかない。わたしの心はだれにも傷つけられない。だからわたしはだいじょうぶ」

「それは――」

その言葉に少女の生き抜こうとする強靭《きょうじん》な意志というものを感じて、真嶋は一瞬息をのみ、そして言った。

「すごいな」

「なにが?」

「なにがって……普通は反対じゃないかな。身体の傷は治っても心の傷はずっと引きずるものだと、そういうのが一般的だと思っていた。きみは、強いな」

本心から真嶋はそう言っている。この少女は、どこかしらただ者ではない気がしていたが、それがたしかに見えてきたというか。

「入れてあげようか」と少女が言った。

真嶋は無言でうなずいた。この少女の力があれば間違いなく特区に入れるだろう。それがわかった気がした。

少女も黙ったまま、腰を上げた。ためらいは消え、決心がついたのだ。

真嶋から先に店を出た。こちらに関心を払う者はなく表にも立ち止まっている人間はいなかった。

街は平穏に見えた。いまのところは、と真嶋は思った。この街の平和は見せかけだ。少し先には臨時検問所の強力なライトの光が見えている。なにかよからぬことが起きているのは間違いないだろうが、それは少女の母親が犯した事件とは関係ないのではないかと真嶋はふとそう思いついた。

なんだろう？

見当もつかないがこれだけの警官が動員されているのだ。なにか重大な事態が発生していてそれはいまだ収まらず、いまだ進行中に違いない。

7

娘が来たら起こしてくれと言ったあと、女主人は長いソファに横になっていた。

呉大麻良はその寝顔を見ながら、娘が来るのを待っている。先に来るのはその娘とは限らないという、とても曖昧で宙ぶらりんにされた不安な状況で、思いにふけるしか他にすることもない。

『娘さんが？　いまから？』と聞き返したのだった。

いつのまにか気を失うように眠ってしまっていた。それほど長い時間ではないと思われたが、どうやら一眠りしている間に女主人は娘に連絡したらしい。

『呼んだの。捕まってしまったらお金の管理ができなくなる。手入れを怠らず、いつも耕していないとお金の畑というのは荒れるのよ。荒らされるのがわかっていて放置しておくのは堪えられない。わたしには娘がいる。娘にやらせればいいのよ。それならあきらめもつく』

呉にはその気持ちがよくわからなかった。そもそも金の畑とか、その手入れをしないと荒れるとかいうその感覚も呉には無縁だった。それが管理ができなくなることでどのくらいの心理的なダメージを負うものかといったことを想像することができなかったから、そのように言われても共感のしようがなかった。女主人はそんな呉の戸惑いに気づくこともなく、一方的にそう言った。

『いいことを思いついたと自分をほめたい気分。きょうはいい日だったわ』

『娘さんはほんとうに来ると思いますか』

虐待していたという娘だ。そんな娘が電話をもらっただけですぐに来る気になるとは呉には思えない。

『来るという返事はなかったけど』と女は言った。『来なさいと言ったので、娘は来るでしょう』

そう言われれば、そうなのだろうと思うしかない。

『娘さんの名前は？　聞いておかないとだれか来ても娘さんかどうか確かめようがないです』

『ああ、そうね。有羽というの。よろしくお願い』

来いと言えば来るという、その娘の訪問はいまだなく、女主人も眠ったままだ。呉大麻良は一人がけのソファに移ってその寝顔を見ていた。女主人は疲れた顔をしていたが、やつれた印象はどこにもなかった。充実したスポーツの試合を終えたあとのようだ。もちろん勝者の顔に違いない。人生の勝者だと宣言しているような顔。やりたいことをやり終えて満足し、もう死んでもいいというような。

いびきもかかずあまりに静かなので、ふと不安になって注視すれば、呼吸の動きはあるし寝息も聞こえる。それが確認できると、なんとも大胆不敵なことよと、呉はあらためて感心する。こんな状況下で安眠できるとは剛胆な武将のようではないか。いや、武将にはできないだろう、男には。いざとなれば女のほうが肝が据わるのだと呉は思う。

『もし訪ねてくるのが刑事や警官だったら起こさなくていいから』と女主人は笑顔でそう言っていた。『いやでも目が覚めるでしょうから。あなたは、捕まりそうな気配を察したら、わたしを起こさなくていいから勝手に逃げていいわ』

女主人にはそう言われたが、そのような事態にもなっていない。室内は静かで、窓の外もいつものとおりの夜景だった。もっとも普段はこんな高層階から見下ろしてはいないのだが。

真夏なのにクリスマスのようだと呉は思った。きらきらと光で飾られたツリーを連想させる夜景だからだろう。雪の季節ではないのでホワイトクリスマスにはならないわけだが、イエスが生まれた土地にしても雪とは無縁だっただろうから、この真夏の景色がクリスマスでもかまわないわけだな、などと呉は時間つぶしのような意味のないことを考えていた。

たぶん、肝が据わり切れていないのだ。そう自覚する。女主人が寝ているすきに契約書を持ってこの部屋から逃げ出すべきではないのか、そういう迷いがどこかにある。

逃げるといっても特区から無事に出られるとは思えなかった。ローダーによる殺人事件を警察は捜査しているだろうから、ローダーを着ていてはもちろん、それを畳んで台車で運んだりしても職質されるだろう。どのゲートでも検問のため警官が動員されていると真嶋記者は電話で言っていたから、出るならばローダーはこの家に置いていくしかない。

だがローダーを手放すことは呉にはできなかった。呉にとってそれはなくてはならない商売道具であり、唯一の財産とも言えたし、精神的にも身寄りや家族のない天涯孤独な呉にとっての生きるよすがとなっていた。

この家を出たらおそらく二度と戻ってこれないだろう。ローダーを置いていくということはそれを捨てることを意味する。警察に押収されるだろうから持ち主がすぐに割り出されて、殺人の共犯とか教唆とかその他自分には思いつかない罪状で指名手配され、いずれ捕まるのは目に見えている。

どうせ捕まるなら、と呉は思った、ローダーを着けて強行突破するほうが前向きだろう。女主人の剛胆さを見習ってだ。

——この女主人が捕まったら、ローダーを証拠品というか凶器というか、そういうことで押収されてしまうわけだな。

いままでそのことを意識しなかったが、自分がここに留《とど》まっているのはローダーを取り上げられたくないという思いからかもしれない。なぜ警察に通報せずこの女主人をかばって共犯の道を選択したのか、無意識のうちに自分が下した決断をいま自覚しているのだと呉は感じた。自分が護りたいのはローダーであって、女主人のほうではないのだ。

人間の考えというのはほとんどが無意識のうちになされていて、その内容を意識したときにはすでに行為を終えた後だったりする。行動前に思考内容に気づくというのはめずらしいのかもしれない。ここは、ローダーとともに警察に自首するというのが、自分にとっての不利益を最小限にできる道、選択だろう。とにかくそれを着けて、この部屋を出ることだ。なるべく早く。

そう考えつつ、それでも呉は迷っていた。

いまだに警察の動きが読めないためだ。女主人が元夫を殺したという出来事はとっくに警察に知られているだろう。単なる事故ではなく殺人事件として扱われ捜査が開始されているに違いないのだ。それなのにいまだその手がこの家に及んでいないのは、奇跡的に捕まらずにすんでいるというよりも、なにか非常によくない陰謀に巻き込まれているような気がしてならなかった。

すんなりと逮捕され連行されるほうがましなのに、それが叶えられず、世界そのものから見捨てられている、そんな気分。

テーブルの上のアイリッシュウイスキーは女主人が少し口を付けただけで、呉は飲んでいない。いまはもう眠気を感じる段階は過ぎていた。身体は重いものの頭は冴《さ》えていて眠りたくても眠れない興奮状態だ。

——なにか奇妙な理解しがたい大きな事件に巻き込まれている。

呉はそう確信する。意識することなくその可能性に気づいてはいた、と思う。この時間になってもだれも来ないという経過時間を考えれば、その疑念は現実であることがいま自覚されたということだろう。

呉は自分のスマホを出して画面を見つめる。スリープさせたまま、起こさないように。

女主人が見たという妙なメッセージはスリープさせている最中に出ていたに違いなかった。呉は自分も同じ体験をしていながら、どうにも納得がいかなかった。女主人が偽りを言っているわけではないとはわかるのだが、なにか妄想のような錯覚ではないかという気もするのだ。

どういうメッセージだったのかと呉は女主人に思い出してくれと頼んだのだが返事は要領を得ないものだった。

『特殊機動隊が同族制圧のために投入されるとかなんとか』

女主人はそう言った。

『どうぞくせいあつ、ってなんですか』

『同族、仲間を制圧するってことでしょ』

『意味がわからないな』

わからないでしょ、と同意を求めると、むっとした表情で『わたしのせいじゃないわ』と怒られた。もっともだと呉は思い、謝ってなんとか機嫌を直してもらった。

『そう出てたのよ』と女主人は自分にかかわることでもあるので落ち着きを取り戻してから、言った。『そうだ、陸軍首都防衛なんとかが同族制圧のために投入される、とかいうのもあったから、それが同族なんじゃない？』

陸軍首都防衛なんとかというのは、たしか現首相の肝いりで新設された日本陸軍の新しい軍団、首都防衛軍のことだろう。言ってみれば現首相と官邸直属組織を護る近衛《このえ》部隊的な軍団で、与党内からも批判が出ていたにもかかわらずそれら反対勢力を現政権がねじ伏せて実現させた経緯があったから、呉にも覚えがあった。

それが制圧する相手、同族とは、なんだろう。特殊機動隊のほうも同族を制圧するというのだから、この二つの組織が互いに制圧し合う関係になるということだろうか。

特殊機動隊というのは通称で、たしか正式名称は特殊犯罪対策機動隊だろう。警視庁の組織だろうと呉は思うが、そちらの組織についてはあまり公にされることがなかったので詳しいことはわからなかった。

しかし『投入される』とは、どういう意味なのかわからない。そもそも、どこに、だ？

わからないのではなく、考えたくないのだ。いまの呉には自分の心が読める。自分の力ではどうしようもない危険を前にして、それを見ないふりをしていれば無かったことにできる、そういう感性に違いない。だがほんとうに自分の力ではどうしようもない事態というのは、個の人生においてはめったにあることではない。負け犬であることを認めたくないための言い訳にすぎない。

呉はこの女主人に出逢《で あ》ったことでそう悟っている。闘う前から負けているという、そのような生き方はやめようと思う。なんらかの危険をうすうす感じていながらなにもしないというのは、できることをやらないで死ぬということなのだ、それでいいのか、と。

なにが起きているのかはわからないが、なにか重大な異変が生じているに違いないこの事態は、あきらかに、自分となんらかの繫がりがあるのだ。たんなる個人的な犯罪事件ではない。それをはっきりと自覚せよと、呉は自らに言い聞かせる。

鍵になる存在はやはりローダーだろう。真嶋記者はなにかそれに異変はないかと電話で訊いてきた。どこでそんな情報を仕入れたのかと言えば〈黒い絨毯〉なる闇サイトだという。

女主人が見たというそのメッセージもそのサイトと関係があるのではなかろうか。自分もまた、それを見た。いまはスリープしたまま暗い画面だったが。

〔呉大麻良は、ＰＬＤ３１４１による対同族殺戮を開始する〕

『ああ、これよ、これ。わたしが見たのも、こんな感じだった』と女主人はその画面を見て言ったのだ。

――首都防衛軍と特殊犯罪対策機動隊が同族制圧に投入されるというのは、このおれを目標にしているのだと解釈するしかないだろう。同族とは、ローダーに類するパワードスーツを使う仲間、ローダー族、ということではなかろうか。

呉大麻良は冷ややかに自分の心の中でそう言語化する。なぜこのおれがと自問しても無駄だ。これは〈黒い絨毯〉という闇サイトの主、あるいはそこに書き込んでいるという〈地球の意思〉とやらの陰謀だ。こちらに心当たりがあろうと無かろうとそんなことは関係ない。あちらの都合であり、あちらの思惑なのだ。こちらが理解できるかどうかはどうでもいいに違いない。そうでないのなら、このおれにコミュニケーションを取ろうとしてくるはずだろう、しかしそれがない。つまり、このおれにとっては天災にも等しい。だからといって、なにも対処せずに制圧されてしまうというのは馬鹿げているだろう。これだけの情報を得ているのにそれを無視して殺されるままなにもしないというのは、自殺に等しい。

手にしているスマホの画面を見るが変化はない。あのときはスリープ状態を無視して

〔呉大麻良は、ＰＬＤ３１４１による対同族殺戮を開始する〕というメッセージが表示されたのだ。しかしスマホを手にすればそのメッセージが自動で表示されるというものではないようだ。現に、いまそうしてみたが、なんの変化もないではないか。コミュニケーションを取ろうという意思は相手側にはないのだろう。

スマホをポケットにしまって、呉はその謎のメッセージについて考える。

ＰＬＤ３１４１による対同族殺戮、か。このおれが同族が行う殺戮行為に対抗する、という意味か。おそらくそうだろう。同族に対する殺戮をおれが開始する、という意味だとしたら、それは違う。こちらにはそのような意思はないのだから。もし自分がそのような行動を取るとしたら、それは、と呉はひざまずくように畳まれている自分のローダーを見やって思う、あれが自律的に動いてこの自分を操る事態だと考えられる。あの〔対同族殺戮〕という文言は、それを言っているのかもしれない。

真嶋記者はそういう事態を予想しているかのようだった。彼はこの陰謀をどこまで知っているのだろう。ことの真相を？

たぶんそれほどは知らないのだろう。こちらのほうが知っているかもしれないと思ったからこそ再取材を要請してきたのだ。

それはともかく、件のメッセージはなんとも曖昧で、日本語をネイティブとしていない者が書いたような不自然さがある。

同族制圧とは、たんなる制圧や威嚇ではなく、それは殺戮行為だろう、いまの解釈だとそうなる。威嚇なしでこのおれを殺しにくるということか。いや、どうだろう、首都防衛軍も特殊機動隊も、同族を制圧するために投入される、というのだから、これは互いに制圧し合う、つまり、二手に分かれてシリアスな戦闘行為に突入するということだとも受け取れる。女主人は、そうなんじゃないかと言ったわけだが、自分は、そんなことはあり得ないと思ったのでその場では無視を決め込んだのだが。

呉はテーブル脇の床に落ちていた契約書を手を伸ばして取り上げて、ソファから腰を上げる。これは大事にしまっておかねばなるまい。いちどこれを手にして女主人は出ていったが、そこに記載されている呉の口座番号に介護契約料を振り込んだと言って戻ってきた。これもそのとき持ってかえってきたに違いないが、やはり酔っていたのだろう、覚えがなかった。

サイン欄に女主人の署名押印があるのを確かめる。竹村咲都《タケムラサト》だ。フリガナ欄もあって、名はサトというのだとわかる。音は古く田舎くさい響きだ。彼女自身はこの名前をどう思っているのだろうと呉は訊いてみたい気がした。自分の名をどう感じているのかは当人に訊かなくてはわからないというのが普通だろう。だが自分の名は、と思って、憂鬱な気分になりそうになるのを契約書から目をそらして振り払う。

ローダーの腰ベルトの物入れに契約書を丸めて入れようとして、これはそこではなく背負う電源制御ユニットのポケットのほうだったのを思い出した。折らずに書類が入れられる。そこに収めて、ローダーの電源コードがコンセントに差し込まれ充電中なのを確認する。

呉はローダーを待機姿勢にさせるべく、コントローラを操作する。微かだが鋭い高周波の作動音を立てて油圧ユニットが始動する。ローダー各部の関節油圧回路の電磁弁が次次に作動音を立てる。このリズムで呉にはローダーの好不調を察することができた。いまは絶好調だ。全身を巡る油圧パイプに圧が行き渡っていく。力がみなぎるのを呉は自分のことのように感じ取れた。

呉の相棒のパワーローダーがゆっくりと身を起こす。揺らぎながらも倒れることはない。腰を曲げて礼をするようにわずかな前傾姿勢を取って、そのまま静止を保つ。押しても引いてもバランスを取って外力に抗《あらが》う。こいつは元気だとたのもしく思う。

――人を一人殺してきたところだが。

そう意識してローダーを見れば背にぞくりとした悪寒が走る。いや、それは錯覚だろう。恐怖を覚えるべきはソファで寝ているあの女主人、竹村咲都であるはずだ。

だが呉は竹村という女主人には恐れは感じなかった。彼女には殺害した人間に対する憎しみや殺す理由というものがあり、それが呉には理解できるからだ。共感できる。

だがローダーはそうではなかった。こいつが人間を殺したのだと思うとき、そこに生じるのは恐怖であって共感でも感嘆でもなかった。

むろんこの機械には意識も意思もないわけだが、それでもこれを主体として一人の人間の殺害行為というものを見るなら、そこには殺す対象への殺害動機が不在だ。つまりだれを殺すかはどうでもよく、とにかく人間を殺せばそれでよい、ということだ。殺される側としては、自分がどうしてこのローダーに殺されなくてはならないのかということがわからない。

わかるはずがないのだ、そもそもそんなものはないのだから。それがなにを意味するかと言えば、殺されることを回避するには逃げるか相手を破壊するか、そういう物理的な方法しかないということであって、話せばわかるといった共感や理解、合意の上での妥協や平和的解決という手法が通用しない。ただただ殺しに来るという相手だ。なにを考えているのかまるでわからない相手にそうされるというのが怖くない、平気だ、という人間はそうはいないだろう。いるとしたら人間としてどこか欠陥がある者だろう。

こういう考えはローダーを擬人化しているからだろうかと呉は思う。少し考えて、いや、この愛着のある自分のローダーにかぎらず、そもそも機械というのはそういう不気味な存在なのだと呉には思えた。

機械を擬人化するのは当然というか、自然なことでもあるだろう。人間が作りだした道具というのはそもそも擬人なのだ。擬自分と言うべきか。とくに武器や兵器とはそういうものだろう。自分の手の延長が棍棒《こんぼう》であり剣であり、ミサイルになる。爆弾とは自分の怒りそのものが周囲を破壊するものであって、自爆テロとは本来その人間の身体そのものが爆発すべきなのであり、身に巻き付けた道具としての爆弾はその威力を発揮させるための信管的なものに過ぎない。

自分がローダーを着込むというのは、そういうことだ。これが危険なのだとすれば、それはこの自分が本来持っている危険が顕在化するからだろう。

そういう意味では、危険な機械というものはこの世には存在しない。危険なのは人間であって機械ではないからだ。

また、本来人間とは好戦的な生物という面で危険なわけだから、その延長としての機械もつねに危険なわけで、安全な機械というのもまた、存在しない。どのような安全装置を組み込もうとも人が関与するかぎり潜在的な危険を排除することは原理上できないからだ。その究極的存在が原子力機械だろう。兵器としては核兵器となる。

将来的には地球を吸い込んでしまうようなブラックホール機械が登場するかもしれない。無限のエネルギーを手にする代わりに世界そのものを消し去る能力を持つ機械こそ、人類が求めている究極の〈おのれ〉の姿だろう。人類自身がそうなる、そうなりたいと願っている、ということだ。機械とは擬人であり〈擬自分〉なのだから。

無人で動く機械とか人工知能を組み込まれて自律した動きをするロボットでもおなじことだ。人の設計思想で作られるかぎり、それはつねに人間にとって危険であり、同時に、それ独自の危険性は持たない存在であり続ける。

自分の相棒のローダーも、だ。これがだれかおれではない者に遠隔操作で操られて動くとしても、これ自体が危険なのではない。操っているやつが危ない人間だということになる。〈黒い絨毯〉という闇サイトに関係する人間がなんらかの方法でローダーを乗っ取るということは考えられる。あの謎のメッセージは、その者からの宣言だとも。

――やれるものならやってみろ。おれはそんな人間に負けたくはない。

呉はローダーに近寄り、それを装着し始める。裸になってセンサー類を肌に貼りつけた後、センサワイヤが腰部分から出るようにしつつ脱いだスウェットスーツを着込み、センサワイヤのコネクタを中枢ユニットに接続するまえに、女主人の体格に合わせていたローダーの脚や腕の長さを自分用に調節し直し、脚部から着け始める。手慣れているのでさほど時間はかからない。ローダーの動きと自分の意思をマッチングさせるのもデータを記憶させてあるのでそれを呼び出すだけだ。あとは実際の動きで自動修正され最適化されていくので手間いらずだった。

「帰るの？」

ソファの背から顔をのぞかせて、竹村咲都が訊いてきた。

「起こしてしまいましたか。申し訳ありません」

「それは気にしなくてもいいけど。有羽はまだ来ないのね」

「まだです」

「それであなたはそれを着て、なにをするつもりなの」

「脱出です」

ほとんど意識に上っていなかった、そういう言葉が出た。無意識のうちに呉はいま取るべき行動、なにをすべきかという、その答えを導き出していた。

「……なに、なんのこと？」

「ですから、ここから出るんです」

なにをやろうとしているのかを言語化する。

「ここからって。わたしの家から？　このファウストD棟から？　わたしはあなたを閉じ込めているつもりはないけど」

「目を覚ましてください、竹村さん。いや、酔いを醒《さ》ますというほうがいいかな」

「もう、醒めてるわよ」

身を起こしてそう言ったが、少し上体がふらついている。

「特区が封鎖されている」と呉は指先をローダーのパワーサックに突っ込み、それを動かしながら言う。「それはようするに、われわれは閉じ込められたということです」

「ドアが開かないの？」

「ですから、酔いを醒ましてください、奥さん。竹村咲都さん」

「……フルネームで呼ばれたのは久しぶりだわ。このまえはいつだったか覚えがないくらい」

「お気に入りなら、なんどでも呼んで差し上げます」

「けっこうよ」

「都に咲く花という名前はあなたにぴったりだ」

「あなたに関係ないでしょう、そんなこと」

「そうですね、咲都さん」

「怒るわよ」

「お嫌いですか、自分の名前」

「なれなれしく呼ばないでということよ」

そういうことかと呉は心でうなずく。この女主人らしい反応だ。

「酔いが醒めたようですね」

そうでもなさそうだ。竹村咲都はソファの背にもたれかかり目を閉じてしばらくじっとしていた。呉はローダーの装着を終える。電源コンセントの切り離しを確認、全身の関節部を少しずつ動かしながらローダーの反応、応答性をチェックする。問題ない。

「子どものころは」と女主人は向かいの一人がけソファへと移って、言った。「好きじゃなかった」

「名前ですか」

「そう。サトという響きが嫌だと思っていたけど、そうじゃなくて父親が付けた名だと聞かされていたからだと思うようになった」

「では、いまは？」

「どうでもいい感じ」

「どうでもいいって、自分の名前がどうでもいいんですか」

「咲都と呼ばれる機会がほとんどなくなったので、ということ」

「でも署名とかサインとか、同じことか、それは絶対に必要でしょう。わたしなんかにくらべたら自分の名を使う機会は多いと思いますが」

「サインするのと人から呼ばれるのとは、違うわよ」

「なるほど。そういうことですか。それならわかります」

「最初からそう言ってるじゃないの」

「すみません」

「なぜこだわるの」

この竹村家の主人、咲都は水差しの水をグラスにたっぷり注ぎ、呉に訊いた。

「わたしの名が、でかまら、だからです」率直に答える。「他人は名前で苦労させられることがないだけでもおれより幸せだ、そう思って生きてきましたよ」

「そういうことか」

同情のそぶりも見せずに咲都は言って、水を一気に飲み干した。

「いい名前じゃないの」ふうと息をついて言う。「男らしくて」

「本気ですか」

「名前なんて単なる記号よ。好き嫌いを言い出したら一生ころころ変えていなければ満足できなくなる。変わらない、変えられない、だからこそ、いいのよ。固定されているのがいい。人生の中に変動しないものが一つだけでもあるというのは幸せよ」

「面白いな。そういう考え、初めて聞きました」

「わたしは相場師だから」と自嘲気味に咲都は言った。「自分の名前まで相場変動するなんてことになったら、やってられない」

「単なる記号だというなら」と呉は少し意地悪な気分になる。「あなたが、でかまらでもいいわけだ。それとも男らしい名前だから女には合いませんか。記号には性差があるんですか?」

咲都は反射的に答えようとしたらしく息をのみ、少し間を置いて、言った。

「わたしは自分の名前は気に入っているのだと思う。たぶんね。でも父親のことは嫌い。父親が付けた名だというのがどうしても認められない。そういうことだと思うのよ」

「記号にしても気に入った記号がいいと、そういうことでしょう」

「ああ、そうね。あなたは偉いわ」

咲都はローダーを着けて話しかけてくる呉の、その格好にここで気づいたというように、「なかなかいいわね」と言った。「こうしてあらためて見ると、よく似合ってる」

それを無視して呉は名の話題にこだわる。

「娘さんの名前はだれが付けたんですか」

咲都はプライベートな部分に触れられていやだという顔をするかと思ったが、話題をそらさず、答えた。

「わたしよ」

「娘さんはその名前、有羽さんですか、どう思ってるのかな」

「本人に訊いてみて。もうじき来るんじゃない?」

「待てません」そう呉は言った。「来るか来ないかはっきりしないので。おそらく、来られないでしょう」

「封鎖されているから?」

「そうです」

「あなたはここ、特区から出られると思ってるの」

「簡単には出られないだろうと思います」

「じゃあ、どうして。どうして無理するの」

「監禁されて自由を奪われているのに、どうしてなにもしないでいられるのか、そちらのほうが不自然なのでは」

「わたしが不自然?」

「なぜ警官が来ないのか、わかりましたよ」

「確認できたの」

「なにをですか」

「だから、わたしたちはもう捕まったも同然だ、自宅に監禁されている状態なのだ、だから警官は来ない、もうわたしたちは捕まっているのだと、あなたが言っているのはそういうことでしょう。それが確認できたのか、と訊いてるのよ」

この人は頭の回転が速すぎると呉は思う。ついていけない。

「行動してみればわかります。確認するためには動かなくてはならない。じっとしていてもたしかなことはなにもわからない」

「事態確認行動を開始する、というわけか。強行偵察行動ね。格好いいわ」

サバイバルゲームの趣味などがあるのかと思うが呉はそれは聞き流す。

「あなたはなぜ動かないのです」

「じっとしているのは不自然かしら」

「そう思います」

「言ったじゃない。来るなら向こうから来るべきだって」

「警官がここにいずれ来ると、いまでもそう思いますか」

ちょっと考えて、咲都は答えた。

「彼らの狙いはわたしやあなたではないということね」

「封鎖自体が目的なのだと考えます」

「なるほどね。封鎖すべき、そういうなにか大きな事態が起きているときに、たまたまわたしがあの男に積年の恨みを晴らしたと、そういうことだと？」

「はい」

「封鎖の原因はなに」

「わかりません。パンデミックのような原因で封鎖となれば、早い話、封鎖された内部の人間が自滅していくのを外の連中は待つだけです」

「だから、だれも来ないと思うわけか。わたしの娘も」

「はい」

「封鎖を突破するのは危険でしょう。あなたにとっても、外の世界にとっても。感染症ならあなたが出ることで病気が広がる可能性があるのだから、下手すればあなた、殺されるわよ。あなたは言ってみれば、全世界を敵に回そうとしてるわけよ。自覚してる？」

「もちろんです」

「そこまで必死になって、なにをするつもりなの」

「生きていたい、それだけです」

パンデミックの封じ込めで出られないようにされているのだとすると、封鎖を完全にするために特区内の人間は皆殺しにされかねない。空爆などで。だが、真嶋記者は、出る者は出られる、一方通行だ、と電話で言っていたのではなかったか。そうだとすると、感染症対策ではない。

「それに」と呉は自らの緊張感をほぐすつもりで、口調を和らげた。「契約もありますし。あなたとの、です。父上の介護にいかないと」

「ふふん」と咲都は鼻で笑って、ソファから腰を上げた。「いい覚悟だこと」

「なんとしてでも出ます。閉じ込められ、追い詰められたまま、なにもしないで死ぬのはごめんだ」

「窮鼠猫《きゅうそ》を噛むってところか」

「おれは鼠ですか」

「あなたは人でしょう。レトリックにいちいち噛みつかないで。わたしは卑屈な人間が大嫌いよ」

「すみません」

「また謝る」

「あなたを不愉快にさせたことを謝ってます。自分を卑下したわけではない」

「それならいいわ」

「あなたは、どうします」

「あなた、原因はわからないと言ったけど、なにか見当はついているんでしょう。あのおかしなメッセージね？」

「そうです」

「なにかまたあなたのスマホに出た？」

「いえ、それはないですが、この事態はローダーが関係してます。おれの、ローダーです。たぶん、そうだろうと思います」

「それをわたしが勝手に使ったのがいけなかったのかしら」

「いや、あれは、あなたがこれを使ったのは、予想外の出来事だったんじゃないかと思います」

「だれの予想よ。あのメッセージの主ということ？」

「そうです。目的はわかりませんが」

「目的はメッセージにあったじゃない。同族制圧、よ」

「同族という、それがわかりません」

「わたしが見たのは、特殊機動隊と首都防衛隊だったか防衛軍だったかなので、同族というのは暴力装置のことでしょう」

「暴力装置、ですか？」

「そういう言い方があるのよ。ようするに暴力で問題解決をするための社会的存在のこと。軍隊とか警察とか、公認の暴力団と言えばわかりやすいでしょう」

それは警官たちが怒りそうな言い方だと思うが、なんとか組というのは警察のほうが先で暴力団がそれを真似たのだという話を聞いたことがあるから、案外的を射ているのかもしれないと呉は納得する。

「ですが、わたしはそんなのとは無縁ですよ」

「介護士だものね。あなたは同族には入ってないということでしょう」

「あのメッセージによると、そうですね、どうなんでしょうか、わたしは〈ＰＬＤ３１４１による対同族殺戮を開始する〉そうです」

「あなたは暴力装置を相手に戦争するつもりなの」

「いや、それは――」

「あなたもそのメッセージの主も、そう言ってるじゃない。だからわたしは、いい覚悟ねと言ったのよ。ちょっと待ってて」

「どうされるんですか」

「顔を直して着替えてくる。娘には電話して、外で会おうと言うわ。あなたの予想は当た
っていると思う。特区内に娘は入ってこれない」

「奥さまも、いえ竹村さんも、おれと一緒に行くというんですか」

「バリケードを突破するにはローダーがいるでしょう。あなたがそれをまたわたしに貸し
てくれるというのなら、あなたと一緒に行く必要はないんだけど。それ、あなたから買い
上げておくのだった」

「できません」

「できないって、売れないって意味じゃないわね。一緒には行かないということか。どう
して?」

「安全を保証できません」

「足手まといだと、はっきりおっしゃいな」

「すみません、竹村さん。足手まといというより、やはりなにがあるのかわからないので、
危ないです」

「わたしの資産は凍結されていないでしょう」

「だから、なんです」

「あなたを雇うということでどう」

「そういう問題じゃないでしょう」

「十五分待って。いいえ、十分でいいわ。着替えてくる」

呉の返事を待たずに竹村咲都は早足で部屋を出ていった。決断も早ければ行動も素早い。呉はあっけにとられて、感心するのも忘れた。

足を一歩踏み出す。軽く動いた。胸や腰の打ち身の鈍痛はまだあった。大きく腕を上げてみると、動きにつれてやはり痛みは強くなる。傷をかばう身体の反応をローダーが察知して思ったよりは動きが大きくならなかった。結局、傷ついた身体でローダーを使うということは、普段の健康なときのパワーは発揮できないということなのだなと、呉は初めて知った。それだけこのローダーがうまく作られているということなのだろうが、普段の力を発揮するには痛みをこらえてローダーを動かすしかない。試してみれば、ちゃんと腕は伸びた。

足腰の動きもそうだった。動くたびに鈍痛が鋭い痛みに変わって、打撲傷の部位が意識できた。これはもう仕方がないと呉は覚悟を決めた。痛いことは痛いが、体力の消耗はローダーなしの生身のときよりは少なく、十分の一くらいだろう。そう自分に言い聞かせて、呉は部屋のドアを開き、玄関に向かう。

逃げるのかという声が聞こえて呉は立ち止まり、少し苦労して、振り返る。痛いのと、もとより振り向く動作はローダーを着けていると動きが制限されるので難しい。

『上よ、上』

廊下の天井にスピーカーとドーム形の監視装置がある。

「外の様子を見てきます。とりあえず、このフロアだけでも。この姿を監視カメラにさらしてなにか反応があるかどうか試してみます」

『五分で戻ってきて。それから一緒に階下に降りてみましょう』

「わかりました」

そう言いつつ、もう戻るつもりはなかった。竹村咲都を見捨てて出ていくという感覚ではなく、むしろその身を気遣ってのことだった。一緒に検問の強行突破などというのは無謀だ。バリケードがあるかどうかわからないが、とにかく制止を無視して出ようとすれば力尽くで阻止されるだろう。それこそ〈暴力装置〉によってだ。自分はローダーを着ているので生身の警官たちははねのけられるだろうが、警官に捕まろうとしている竹村咲都を援護する余裕も力量も自分にはないだろう。

それよりは、ここに迎えにきてもらえばいいのだ、逮捕状を携えた刑事たちに。咲都自らが言ったとおり、彼女は高い税金を納めているのだから、公僕らに迎えにきてもらって当然だろう。

呉は心でいとまの言葉を唱えつつ、玄関ドアのノブを回す。音を立てないように気を遣っていた。こっそりと泥棒がずらかろうとしているところのようだ。いまは、出ていくことを女主人は承知しているのだから別段気にしなくていいのに、後ろめたさが動作に出た。閉めるときは普通にした。

しかしここに来たのはきょうの昼過ぎだというのに、もうずっと昔のような気がする。ひどい目に遭った家にもかかわらず、離れるとなるとなにか寂しさを覚えた。

出ればホテルの通路のような公共廊下だ。各戸の玄関ドアは互いに見えない。かなり離れているのと入口の角度が異なるためだった。通路はまっすぐに通っているのではなく、突き当たって左右に分かれ、それらの先も折れていたりで、ほとんど迷路だった。しかも照明は暗めだ。

エレベーターホールはどっちだったろう。すぐさきの突き当たりを右だったか。左にも行ける。突き当たりまで行ってみればわかるに違いない。

四歩、五歩、そちらに歩いたときだった、いきなりその角からなにか大きな黒い影が現れた。影のように黒いというよりも、影そのものだったかもしれない。そこからなにか飛んでくる。

思わずしっかりと目を閉じたのは本能的な危険回避の反射だろう。それが呉の視覚を護った。

目を閉じているにもかかわらず視野全体が激烈な光に満ちた。思わず身をかがめる。そのまま床に突っ伏しそうになるのをこらえて目を開くと、紫色の闇だった。目が見えなくなったと心理的な恐慌に陥りかけたが、素早く姿勢を正して周囲を見回す。紫の視界だった。それでも視覚は完全に失われてはおらず、ものすごく濃いサングラスをかけている感じで、いま出てきたドアの形がなんとかわかった。

呉は力をこめてそちらへ跳躍した。着地と同時にドアノブを回す。オートロックだろう、固い。ローダーのパワーで回そうとしたとき、内側から押し開かれた。中へ倒れ込むように入り込み、後ろ手でドアを摑んで閉める。ロックノブを回す。

「なに、どうしたの」

「ドアから離れて。裏口はどこです。退避口というのか」

「こっち」

「目が、よく見えない」

手を出すと、竹村咲都が摑んで引っ張ってくれる。背後で金属製の玄関ドアが、ダンと凄い音を立てた。

「どうしたの、目」

「たぶん閃光弾《せんこうだん》というやつです」

「やはり捕まえに来たのね」

ダンと背後でもう一度大きな音。客間のほうではない廊下を行く。

「いや、警官じゃない。あれは軍用の動力甲冑だ。最新のタイプ7、ゴーレムです」

「詳しいこと」

「特徴は影のように黒い塗装です。ものすごく黒くて光を反射しないので、その立体的な形がわからないくらいだそうです。初めて見た。見えなかったと言うべきか」

「こっちよ」早足で進む。「目くらましされては、相手のこともどのみち見えなかったでしょうに」

「それを食らう前です」

「そいつは、待ち伏せしてたの」

「わかりません。たまたま鉢合わせする感じになり、向こうが先に気づいたのかもしれない」

「手榴弾《しゅりゅうだん》なら死んでた。生け捕りにするつもりね」

「爆弾や小銃は使わないにしても、殺気を感じました。ゴーレムの力があれば銃は必要ない。素手で殺せる。素手ではないわけですが。ゴーレムの手で」

「じゃあ」と女主人は広い部屋に入って、言った。「やってしまいなさい」

「なにを」

「そいつをよ。飛び道具は使わないなら、互角でしょう、あなたのローダーと」

「軍用と民生用とではパワーが比べものになりませんよ」

「じゃあ、貸して。わたしがやる」

「そんなことをしている暇はない――」

連続的な打撃音が響いてくる。

「しかし、本気ですか」

「当たり前でしょう。捕まるのはやめにする。こういう出方をされては我慢できない。パニックルームに入りましょう。そこであなた、それ脱いで。わたしにもう一度ローダーを貸して」

「パニックルームって？」

「強盗が入ってきたときなどに隠れる部屋よ。寝室の奥にある。金庫のように頑丈だから、壊されるにしても時間は稼げる」

「あなたという人は、まったく」

「筋肉的な力が劣っているというだけで、なんども男に悔しい思いをさせられてきた。ロ－ダ－はわたしのためにあるようなものよ。早く試してみればよかった。——早くして。こっちだから。なにをしてるの。見えないの？」

「くそう」

竹村咲都に圧倒されている自分を意識して、呉の全身に悔しさとも恥ずかしさともつかない激情が駆け巡る。

「そこには、あなたが入ってください。隠し部屋ですか——」

「隠れ部屋」

「そこに隠れていてください」

「あなたにやれるの？　相手はまさに暴力装置よ」

「あなたよりは殴り合いの喧嘩になれてる。ガキのころはけっこうやんちゃやってましたから」

「そうなの。目は、だいじょうぶ、見える？」

「なんとか。さ、早く」

「まともにぶつかって勝てる相手じゃないでしょう。——こっちよ」

「あなたはどうやるつもりだったんです」

「勝つつもりなんかないわよ。負けたくないだけ。一矢報いることができればそれでいい。それで負けずに死ねる」

「おれは死ぬ気はない」

寝室らしき空間が感じられる。

「逃げられると思うの」

「おれが逃げるというんですか」

ダーンとひときわ高い音がして、打撃音は止《や》んだ。あの分厚い金属製の玄関ドアが破壊されたのだ。

「来るわよ」

「隠れて。おれが、やる」

「ありがとう」

「はい？」

「いちおう、お礼を言っておく。これが最期かもしれないし」

「それはないでしょう、縁起でもない。励ましてくれてもいいところじゃないですか」

「わたしのことよ。——怖《お》じ気《け》づいたの？」

「いや」視界は暗いままだ。「明かり、点《つ》いてますか」

「点けたほうがよければ、全室、ここで点灯できる。コントローラがあるから」

「この部屋以外、全部頼みます。最大で。見えないのでは喧嘩もできない」

「――点いたわ」

「じゃあ、ここのドアは閉めて。生きてたら、また」

「弱気になったら負けよ」と竹村咲都は言った。「さあ、やっておしまい」

「わかりやした、姐《あね》さん」

うなずいた気配。これはシリアスなやり取りだ。

呉は回れ右をして戻る。

目を見開いても深い海の底のようだ。暗い紫がかった視野だった。どのみち相手は真っ黒だ。影みたいに。影を狙えばいいのだ。それでも、影には光が必要ではある。

やってくるのが首都防衛軍のゴーレムなら、それを着込んでいるのはおそらく兵士ではなく士官クラスのエリートだろう。訓練で格闘技も仕込まれているだろうからこちらにはほとんど勝ち目はなさそうだ。が、エリートゆえに実戦は経験してはいないだろうと呉は思った。ルールのない真剣を使った喧嘩となったら剣道の達人でも勝てるとは限らないし、子どものころからの〈実戦〉経験を積んでいる素人のほうが有利なこともある。もとより
エリートは、殴るのはうまくても打たれ弱い傾向がある。

それに、と思った、ローダーにしても、たしかに軍用の動力甲冑はパワーは大きいに違

いないが、それは全身を覆う甲冑が重いから必然的にそうならざるを得ないのであって、できる仕事としてはこちらのローダーとさほど違わないだろう。実効仕事率が一桁違えば勝負になるまいが、倍までは違わないとなれば、勝算はある。

この介護用でも体重二五〇キロの力士を抱え上げることができるのだ。動力甲冑のほうは自らの甲冑も支え、持ち上げなくてはならないわけだから、案外そのような能力ではこちらのローダーと同等かそれ以下だったりするかもしれない。おそらくそうしたスペックは軍事機密だろうから公表されていないだろう。

素早い動きでも同様だ。慣性質量が小さい方がパワーを食わない。同じパワーならこちらのほうが大きな加速度を出せる。

そう考えると、こちらのほうが運動能力は高く、しかもがっぷり四つに組んでも同等かそれ以上の出力でもって組み伏せることが理屈上可能だということになる。現実には、こちらのローダーの剛性がそのパワーに耐えられずに折れ曲がるだろう。筋肉の力に負けて自らの骨が折れるようなものだ。それを防ぐためにパワーリミッタ回路が組み込まれているだろうが、リミッタを解除して火事場の馬鹿力を発揮できるようには設計されていない。そこは、軍用とは異なるところだ。こちらは暴力装置ではないんだぞ、と呉はつぶやく。

先ほどまでの弱気は失せ、勝てるという自信がわいてきた。

あの女主人、竹村咲都は、素人ながらも勝算があると踏んだのだろう。無謀な自殺行為がしたいからもう一度これを貸せと言ったのではないのだ。一度これを使った経験から、格闘面での勝ち目はないにしても――なにせ相手は暴力を専門とする装置なのだから――パワーの面では対等だとわかっていたのだろう。

竹村咲都はいま自分が考えたような理屈ではなく、体感的に知っていたに違いない。なにしろ彼女は、実戦を体験している。それはつまり、うまくいけば勝てるということであり、決して死ぬ気だったのではない。

人柄はともかく、竹村咲都という女に対する尊敬の念がまたわいてくる。友人にはなりたくないが、危機的な状況下では頼りになる力を持っている、あれはなんて言えばいいのだろう、ボスか。やはり姐さんだ。

――やっておしまい。

その言葉はアドレナリンを注入されたかのように効いた。打撲傷の痛みは意識されなくなった。

呉は素早く室内を移動し、その形状、間取りを頭に入れながら、勝つには落とすしかないと確信する。ベランダから。この四十八階から。

このローダーでは相手を組み伏せることはできても、それがせいいっぱいだろう。四つに組んで戦闘能力を一時的に奪うことはできても、息の根を止めることはできそうにない。だが、抱え上げて外に放り出すことはできる。相手の重量が二五〇キロを超えるとしたら駄目だが、そのときはそのときだ。

広い部屋の窓はベランダに面した大きな一枚ガラスなのか、よく見えないのでわからない。だがその向こうにベランダが確認できる以上、どこかから出られるはずだった。一枚の透明な壁になっているということはないだろうと、手先を使って、探す。

そのとき、背後に気配を感じた。ガラス面に影が差したような気がする。

来た。敵だ。

投降する気は最初からなかった。手加減するつもりもなく、勝つには相手を放り出すしかないと、他の選択肢は思い浮かばなかった。相手も警告や威嚇《いかく》はせず、いきなり襲ってきた。

呉は自分の自信が過剰だったことを、相手の最初の一撃をかろうじてかわして、思い知った。敵はまったく躊躇することなく、呉の頭を狙って腕を伸ばしてきた。間違いなく殺意をこめた攻撃だった。その相手の本気を感じたのは、とっさに床に身を投げ出してその場から離れ、腕と足を犬かきのように二三度動かして匍匐《ほふく》前進してから素早く立ち上がって身構えたあとのことだ。相手はまだこちらと対峙《たいじ》してはおらず、その伸ばした腕が黒い影のように感じ取れた。一瞬前に自分がいた位置の、顔のあたりにその先端がある。拳か手刀か、その形まではわからないが。

相手はこちらの頭を摑んで握りつぶすつもりだったのではないかと呉は感じた。たんに顔を狙ってストレートを繰り出したのではないだろう。たとえ、ただ殴りつけるだけだったにしても、本能的にかわしていなければ顔の真ん中がへこんで勝負はついたに違いなかった。

相手の出方を、まずは様子見で腹を狙いながらこちらの表情を窺《うかが》うだろうなどと、漠然と予想していた自分の甘さに腹が立った。そういうのは力がほぼ対等な者同士の喧嘩のやり方だ。これは喧嘩でも対等な相手でもない。

両手を合わせて力比べをするなどという精神的な余裕や遊び心、それゆえ見えるにちがいない隙が、相手にはない。無論これはスポーツではないのは当然としても、自分がやりなれてきた喧嘩でもなく、相手のこの出方は敵の殲滅《せんめつ》を目的とした軍事行動だと呉は感じた。少なくとも警察行動ではないのは明らかだ。逮捕や確保ではなくこちらの息の根を止めにきている。なのに、こちらはローダーを着けているとはいえまったくの無防備だ。それに対して相手はまさに甲冑を着けているときている。

伸ばしていた腕が引っ込んで、黒い塊となる。視力が回復し始めているのを呉は意識するが、敵のその姿は相変わらず影のようだ。立体感がまったく摑めない。その影の塊が大きくなる。向かってくるのだ。

こちらからの攻撃は通用しない。呉はすでに悟っている。逃げられれば幸運だろう。二歩後ずさったが壁に追い詰められたら終わりだ、その場で横っ飛びに動く。ベランダとは反対方向だ。が、その横方向に身体の向きを変えてダッシュしようと飛び出したとたん、膝の下、向こうずねに障害物が当たって、呉はそのまま前方に投げ出されるようにすっ飛んだ。

当たったのはソファのようで痛みはなかった。家具の存在をまったく忘れていた。視力がおぼつかないため室内の様子を事前に頭に入れておくことができなかった。

呉は四つん這《ば》いのまま前に素早く移動する。壁に当たる。なにかの陰に入ったことがわかる。天井の光が遮られている薄暗さだとわかる。

敵が大きな物音を立てた。どうやら障害物を蹴飛ばしたらしい。続いて、ズシンと壁が揺れるような重い音が響いた。さきほどの障害物ごとこちらを壁の間に挟み込んだつもりなのか。この隙に逃げるというものだろう。それはわかってはいるのだが、いまいるところがどういうところなのか、呉にはよくわからない。匂いからしてキッチンではなさそうだが、手探りで触れた扉が開いて、その扉裏で触れたのは、包丁だろう。包丁を収めておく包丁差しが付いた扉だ。何本か差し込まれている。一本をとっさに抜く。ナイフと言うべきか、洋風だ。先が鋭い。

ここはバーカウンターの内側なのだと、呉は思いついた。カウンターの下に小さなミニシンクと調理台が隠れていて、そこで簡単なつまみを調理できる設備があっても不思議ではない。位置的に、そんな感じだった。壁側は、ボトルが並べられている棚に違いない。その壁とカウンターに挟まれたトンネルのような空間だろう、上は開放されているからトンネルではないが。

敵は壁に挟んだはずのこちらの姿がないことを、その障害物を取りのけて気づいたようだ。呉は立ち上がることなくナイフを手にして先へ匍匐移動しようとする。バーカウンターの反対側へ出てそのままこの部屋から逃げるべく。だが、頭上の空気が騒いだ。思わず動きを止めて正解だった。カウンターの陰から出ようとしたその先に、敵が投げ飛ばした家具が落下して激しい物音を立てた。それに当たっていたらただではすまなかっただろう。だが、逃げ道が塞がれたのもたしかだ。ここで立ち上がってカウンターから身をさらせば、そのとたんやられる。そのために逃げ道を塞いだのだろうから。敵は確実にこちらを視認して仕留めるつもりだ。ならば、と呉は、先に移動し、敵が投げつけてきた障害物を押しやる。それを察知した敵が、即座にダンと足音を立てて動く。

敵はカウンターを飛び越えるような動きはできないようだ。上から襲いかかってこられたらまったく勝ち目はないと呉は覚悟したが、まだ勝機はありそうだった。ここでの勝ちとは、殺されずに逃げ切ること、だが。

敵が飛び越えてこられるならば最初からそうしていただろう、そう思いつつ、呉は両足を壁に付け、姿勢を低くしたまま両肘を組んでカウンターの造りの頑丈そうな中ほどにあてて、それを押しやるべく力をこめた。あっけなくカウンター全体が動いた。作り付けではないのだ。カウンター台から身を出せば敵につかまれるだろう、姿勢はほとんど伏せている感じだ。そのまま叫び声とともに怒濤《どとう》のように台を押してやると、敵の重みがずしんと衝撃となって伝わってきた。ぶち当たったのだ。力比べではおそらく勝てない、すぐに押し返されるだろうと予想しつつ、脚と足、両肘に全神経を集中し、敵をこのカウンター台という障壁からそらさないよう、押して、走る。

まったく予想外のことが起きた。ほとんど抵抗らしい抵抗が返ってこないのだ。押しているカウンター台はいわばブルドーザーのブレードだ。敵はそこから逃れて左右どちらかに逃れたのかと呉は一瞬焦ったが、力は抜かなかった。

躊躇せずに全力で前に進む。電車道を一直線に突っ走る感覚だった。ベランダとの仕切りの全面ガラスの窓を突き破る。派手な音が響いたに違いないが呉の意識には入ってこない。ベランダに出た瞬間、抵抗が生じた。凄まじいパワーで押し返してきているのだろう。だが相手をベランダ壁にぶち当てた感触はあった。頑丈な壁だ。

押し戻される。ゆらりと大きな影が覆い被《かぶ》さってくる気配を呉は感じ取った。カウンター台がこちらに傾く。身を低くしていた呉は相手から押し戻されたため、腰が抜けて尻餅をつくような姿勢になった。とっさに、さらに尻を低くしながら両足を踏ん張り、覆い被さってくる荷重を曲げた両肘で受けて、それを、持ち上げた。ほとんど重量挙げだった。カウンター台を両肘が突き破り、相手の胴体の感触が伝わってきた。頭を台の内部に突っ込んだ形になっている。顔の前で組んでいた両肘で頭を護っている、という形でもある。

このまま腰を抜かして室内側へ倒れ込めば仰向けになった状態で顔を、頭を、押しつぶされるだろう。危うい姿勢でバランスを取りながら呉は伸び上がり、相手を向こう側へと追いやった。

荷重が抜ける。カウンター台を頭からかぶった状態だが、抵抗が、もうない。敵をベランダから放り出したのか。

かぶっているカウンター台を脱ぎ捨てる感じで、その枷《かせ》から逃れる。視力はだいぶ回復していて室内の照明がベランダの壁を照らしているのがわかる。その向こうは、夜だ。敵はいない。室内側にも気配がないのを呉は肌身で感じ取っている。

ベランダの向こう側に敵が落ちずに身を隠している可能性はある。自分の目がまだ頼りにならないので、見てもわからないだろう、近づくのは危険だった。呉は室内側へ後ずさる。飛び散ったガラス片を踏む音が聞こえる。聴覚が日常的な現実を取り戻したようだ。

「やってくれたわね」

思わず呉は飛び上がる。ほんとうに驚いた。室内側に向き直ってみると、竹村咲都が逆光に浮かび上がっている。

「絨毯が滅茶苦茶だわ」

竹村咲都はそう言った。

息を整えて、呉の口から出ていたのはそういう女主人への応答だった。

「絨毯、ですか」

「高かったのに」と女主人は言う。「弁償してほしいわね」

「……マジで言ってます？」

「あなたにじゃないわよ、もちろん」

「いや、そういう話ではなくて。やってくれたわね、ではなく、よくやった、とかわたしに言うところでしょう、ここは」

「ぜんぜん危なげなかったじゃない。さすがね。喧嘩慣れしてるって、伊達《だて》じゃなかったのね」

「見てたんですか」

「パニックルーム内のモニタで」

「危なげなかったって、こちらがやられるところだったじゃないですか」

「そうなの？」

「びびりました。喧嘩とは違う。暴力装置という意味がわかりましたよ。相手は人間じゃない気がしました。あんなに怖かったのは初めてだ」

「謙遜してもお金は出ないわよ。楽勝だったじゃない」

「いや、だから、助かったのは偶然ですって。あいつは押し返してこなかった。しまいにはベランダから勝手に落ちていったようだ。わけがわからない」

「あなたの戦術じゃなかったの？」

「戦術って？」

「絨毯よ」

女主人は床を指さしているようだ。呉は目をこらす。磨かれた床しか見えない。

「絨毯がありました？」

「あなたがベランダへ押し出した」と竹村咲都は言った。「あいつは、たるんだ絨毯の上で空足《からあし》を踏んだのよ」

呉はその一言で、理解した。敵はどうやらカウンター台と一緒に押しやられた絨毯のせいで、滑ったのだろう。言ってみれば転びかけたのだ。押し返そうと踏ん張った足はずるりと絨毯を後にやるだけで力を入れることができなかったと、そういうことらしい。

「うそだろう」

呉大麻良は哄笑《こうしょう》する。心の底から〈愉快〉が噴き上げてくるような、笑いだった。

「絨毯の上で空足を踏んで、滑って、転んだ、だって？　最新鋭の軍用攻撃型動力甲冑が？」

はやくここを出ましょう、新手がくるまえにと女主人が言っているのを意識しつつも、呉は笑いを止めることができない。

8

竹村有羽から渡されたゲストパスは、社が出してくれた入島パスとはデザインが違っていた。どちらもカード型だが、社用のは銀色で十六桁の数字とツクダジマ特区入島パス法人用と仰仰しく印刷されていて裏に社名ラベルが貼ってある。使い回されたためだろう、かなりくたびれていて、銀の塗色が縁のほうから剝げかけていた。対して、有羽が差し出してきたゲストパスは黒い一枚のプラスチックの板だ。これが入島用のパスだと知らなければただのプラ板だと思って捨ててしまいそうだった。レタリングや装飾が一切ないので裏も表もわからない。

真嶋は初めて手にしたため、これがほんとうにゲストパスなのかどうかわからない。こういうものなのだと思うしかなかった。有羽の話を聞いていなければ偽物を摑まされたのではないかと疑っていたに違いない。だがこのゲストパスは社用のものとは機能も異なっていて、有羽と一緒でないとパスの働きはしないのだという。ならば偽のゲストパスを渡す意味がないわけで、疑惑そのものがナンセンスだろう。

それでも真嶋は、そのパスがあまりにも簡素な作りだったので、ゲートのセキュリティをパスするキーになるのはこの黒い板とは関係ないのではないか、まさにこれはただのプラ板で中になんの仕掛けも組み込まれていないのかもしれない、そういう意味合いでの、これは〈偽物〉である可能性はあると感じた。

そうした入島手続きや出入りのセキュリティシステムへの興味は、後学のためにきみのパスを見せてもらえないかと言ったときに生じた。返事は、そんなものはない、というものだったからだ。

その答えにも真嶋は面食らった。一枚のただのプラ板といい、オーナーのパスなど存在しないという答えといい、自分はこの少女に最初からたぶらかされているのではないか。

真嶋は少女の自分語りを全面的に信じていたわけではなかったが、竹村有羽という人物は実在していて、この少女こそそうなのだろう、ということについてはすぐに確かめられるのだから、まだ騙されたわけではないと楽観していた。入島して少女の母親だという竹村咲都に会えれば、少女が真実を言っていたのか否かについてわかる。

もしたぶらかされているにしても、それでもいいと真嶋は思った。有羽と名乗っているその少女の生き方や存在そのものへと興味や関心の中心が移っている。身の上話が本当ならばその薄幸な生い立ちに同情できるし、これが自分と社を巻き込んだ大きな陰謀だとしたら、少女がこの年でなぜそんな陰謀の片棒を担ぐに至ったのかを、これも少女の人生におけるある種の悲劇性という面から知りたい。

ようするに真嶋兼利は、この少女を無視したり忘れ去るということがもはやできなくなっていた。

『ゲートアイランドの住人にはパスは発行されないということなんだ?』と訊くと、そうだという。

『住民登録されている人には、ということだと思う』と有羽は言った。『わたしはいま住んでいるわけじゃないけど、住んでいたときからそんなパスはなかったし』

『住人の身体そのものがパスになってるってことだな』

独り言のように言うと、有羽はうなずいた。

『そのゲストパスを有効にするにはわたしが一緒でないとだめなの』

『ということは、もしかしたらこのパスがなくても、一緒にいさえすればいいのでは?』

『それはだめ。元彼で試してみたことがあったけど、それを手にしてないとゲートのバーは開かない』

そうなのか。黒いゲストパスは単なる見せかけや象徴的存在ではないらしかった。仕掛けはわからないが。

『出るときは』と訊く前に有羽のほうから言った。『これをわたしが持っていないと、ゲストは出られない』

『出られないって、ゲートは開かない？』

『そう』

『そのまま無視して突破したら？』

『それも元彼で試したことがあるけど』

『どうなった？』

『窃盗容疑で捕まった』

『マジかよ』とつい地声が出てしまう。『そんなに厳重なのか』

『警官ではなく警備員に呼び止められただけだけど――』

『なんだ、そうなのか』

『それを振り切れば逮捕されたのはたしかよ。その警備員にもそう言われたし。最初、そんなのは持ってないと彼はとぼけたんだけど、警備員のほうでは嘘だとわかっていて、ゲストパス窃盗容疑で逮捕する権限も自分らには与えられている、パスを隠匿していることをこの場で認めるか、逮捕されて警察に引き渡され前科者になるか、どちらを選ぶ、と言われた。向こうは本気だったと思う』

『警備員は脅しではなく、本当のことを言っていたと。そうなのか』

『元彼は、ゲストパスはわたしに返すのを忘れただけだと答えるしかなかった。でなければ逮捕されてた』

『マジなんだ。驚いたな』

そんな話をしながら、特区に通じるゲートに向かった。さきほど追い返されたムーンブリッジのゲートはやめて、有羽が入り慣れているという地下鉄ツクダジマ・ゲートアイランド駅にする。

そうと決まったところで真嶋は手早く文化部のデスク宛に状況をメールした。鎌谷キャップは公務執行妨害と思われる名目で現逮され、自分はさきほど知り合った特区住人の竹村有羽という少女のゲストとしてこれから入島を試みる、と。

了解、詳報と続報を待つ、というデスクからの返信は通常どおり運行している地下鉄に乗ってから来た。帰宅ラッシュの時間をすぎて終電にはまだ間があるという車内には空席もあり、シートに座ってメールをチェックできた。だがデスクの返信を読んだところで移動中ゆえ続報といっても伝えることはなく、ここに至った詳細については打ち込んでいる暇はなかった。ツクダジマ・ゲートアイランド駅にはすぐに着いたから。

もしや今夜はこの駅には止まらないのではないかなどと思った自分がどうかしていたのだと思えるほど何事もなく電車は減速し、停車した。ホームドアも車両のそれもためらいを見せずに開く。降りたそこには一人の警官の姿もなかった。

ホームから上がったところに改札口がある。改札兼用の入島ゲート通路だ。最初からこのゲートを利用すればよかったのだと思いつつ、そのゲート通路に有羽と一緒に入った。トンネルのような通路の先、その出口のゲートドアもすんなり開いて、その先はすでに特区内のはずだ。

「同じゲートでも、ここはなんて手薄なんだ」と真嶋はつぶやく。「うそみたいに平穏じゃないか」

扉のついたトンネル状の改札兼用入島ゲートが並んでいるほかは、他の駅の改札ホールと変わらない。人がいない、ということを別にすればだが。

「わたしと一緒なら入れるって、言ったでしょ」

「まさかとは思ったが、すごいな」

突き当たりは広い壁だ。左右が通路になっていてその先におそらく上に行く階段がある。有羽が先に立って右側の通路に向かった。後に続いた真嶋だが、有羽が立ち止まったその表情を見て、ぬか喜びだったことを悟った。

「どうした?」

訊くまでもない。見ればわかる。エスカレータがあり、それと並行して階段があるはずだが、階段はなかった。見上げるとその階段全体が上部の縁を軸として持ち上げられた状態になっている。昇降式の階段なのだ。その下はがらんとした空間が開けているだけだ。背後を見やる。反対側の出口も同様だった。エスカレータがあり、階段部分は開けた空間になっている。階段は上へ格納されている。

エスカレータはどちらも運転していたが、両方とも下りだ。

と、制止する間もなく有羽がエスカレータに乗り、その動きに逆らって駆け上がる。真嶋も続こうとしたが、転んでそのまま四つん這いで降りてくる有羽を助け起こすことになった。有羽が駆け上がろうとした動きに合わせるようにエスカレータの下降速度が速まったのだ。

「だいじょうぶか。怪我はないか」

差しだした手を有羽は摑んで立ち上がり、自分の膝を見つめて、たぶん、と言った。

「痛いけど、血は出てないと思う。生足《なまあし》でなくてよかった」

片足立ちして左脚をぶらぶらと動かして、だいじょうぶ、と言う。

「思ったより痛くない。びっくりしただけみたい」

「よかった。大事をとって湿布を貼っとくといいのだが――」

真嶋は通常の速度に戻ったエスカレータの、その上に開けている上階を見上げて、有羽に訊く。

「近くに薬局はあるかな」

「湿布ならママのところにあると思うけど」

「ここを上がれないとなると、薬局にもきみの家にも行けないわけだな。別ルートをあたるしかない。まさか、ゲートを通り過ぎたあとにこんなトラップがあるとはね。これではゲートアイランドに入ったことにならない」

「おじさんはだめでも、わたしは入れないとおかしい。わたしが入れないって、だめじゃん。おじさん、ゲストパスを返してもらえないかな」

「ぼくが持っているから、入れないって？」

「それ以外に考えられないでしょ」

「おいおい、それじゃあ、話が違う」

「いちおう、ゲートの内側に入れたじゃない。約束どおりよ」

「いや、だから——」

「どのみちそれを持っているかぎりゲートから出られないよ。帰るときはもう必要ないんだから、返して」

「なるほど、それもそうだな」

真嶋は黒いプラ板を竹村有羽に返す。有羽はそれをバックパックから出したポーチに入れて、しまうと、荷を担ぎ直しながらエスカレータに視線をやる。変化はない。

「自動で上行き運転になるとでも思っているのか？」

「ええ。そうでなければおかしいでしょう。わたしの家は上にあるんだから、行けないはずがない。こんなの初めて」

ここの住人はその身体そのものが入島パスになっているらしい。生体認証がどのようにして行われるのかはわからないが。有羽にしてもそのシステムの詳細は知らないのだ。いずれにせよ、と真嶋は思った、いまは住人であろうとなかろうと、だれも入島することはできないセッティングになっているに違いない。

「すぐそこなのに」と有羽は悔しそうに言う。「なんで？」

「エスカレータの、動いていないところを支えにすれば上がれるだろう」

「動かないところって――両側？」

「そう、腰板のところ。両手両脚を広げて押しつけて踏ん張る」

「ぜったい無理」

真嶋はうなずく。クライミングジムにでも通っている人間でなければ、無理だろう。それにしたって、上まで行けるかどうか。しかしほかに道はなさそうだった。真嶋はバッグのベルトをたすき掛けにして、近づく。

実際にやろうとしてみて、有羽の言うとおりだと認めざるを得なかった。とても無理だ。ならばと、全力で駆け上がってみた。段を飛ばすと運転速度が変わったときについていけず転ぶだろうと予想できたので、足下を見て、確実に一段ずつ、駆け上がる。できるだけ早く足を回転させて、中程までは行けた。が、気がつくと運転音が高くなっていて、ちらりと見れば、上の開口部が遠ざかっていく。後ろ向きのまま下降する。とっさに首を曲げて後ろを見やり、ベルトを摑んで姿勢を整え、投げ出される前に自分からタイミングを取って、脱出する。床に着地して後へと転んだが、身体を沈み込ませて同時に床を両手で叩くようにして受身を取ったので、どうということはなかった。

「だめか」

と真嶋は起き上がって、ため息をついた。別の手を考えないといけないが、バッグの中のタブレットがいまの衝撃で壊れていないかどうかも心配だ。バッグの中を調べようとする手を、正確には腕を、有羽に取られた。

「だれかくるよ」

「え？」

見上げるエスカレータには人影はない。有羽は反対側を見ている。真嶋もそちらに身体の向きを変える。そちら側の階段が上げられてがらんとした空間の奥、突き当たりの壁に目立たないドアがあって、そこから一人の男が出てきた。ブラックスーツ姿だ。こちらが気づいたことがわかったのだろう、男は立ち止まって、手招きする。

「こちらです」と男は言った。「案内します」

「どうする？」

そう言ったのは有羽のほうだ。

「どうするって」と真嶋。「行くしかないだろう。他に上に行ける道はないわけだし」

「だめだよ」

「どうして」

「上に行けるとはかぎらない。ヤバイ感じがする。逃げようよ」

「どこに」

「ゲートから出る。戻るのよ」

「ここまできてか?」

ガシャという金属同士がぶつかるような物音に思わず振り向くと、いま駆け上がろうとして駄目だったそのエスカレータの上に、なにかいた。だるま形の黒い塊のような、なにかだ。黒くて形がよくわからない。太ったヒト型のロボットか。

「はやく、こちらに」男が手招きしている。「襲ってくるぞ。危険だ」

「襲ってくるって、どうして」

男はその問いには答えず、「援護するので頭を低くして」とどなった。「はやくこちらに、回り込むように、走って」

男は懐から拳銃のようなものを出して構える。それを見て、真嶋はいきなり自分が非日常空間に投げ込まれた気がした。いま起きていることが信じられないというのではなく、なにか超現実的な力でもって自分が戦時紛争世界に転送されてしまった、というような感覚。

——自分は文化部の記者のはずなのにこれはないだろう、ここはまるで戦争ジャーナリストが命がけで入り込む世界ではないか。

真嶋は命の危険をリアルに感じ取ることができた。有羽の手を有無を言わせず摑むと、男の言うとおりにエスカレータの側《そば》から離れ、銃が狙っている射線を避けて、走る。男が発砲する。連射だ。短機関銃、マシンピストルか。連射の速度が半端ない。フルオートマチックだ。男に近づくと射撃音がやむ。撃ち尽くしたのかと思ったが、男の背後に回りこんだところでまた発砲。ドア内に飛び込む前に後ろを見やると、エスカレータ中段の黒い塊から火花が散っている。弾が当たっているらしい。

だが黒い塊はひるむことなく、エスカレータの下降速度を超えて降りてくる。

男が発砲を中止してこちらに飛び込んでくる。ドアが閉まった。分厚い、金庫の扉のようなドアだった。暗くなった。湿っていて、かび臭い。非常灯のような弱い光がついている。

「なんなんです、あれ」

真嶋は男の素性を尋ねるより先に、そう訊いていた。答えは一言だった。

「敵です」

「敵って」

あとは無言で男は奥へと向かう。ついていくしかないだろう。わけがわからないまま知らない場所に留まっているのはごめんだ。

有羽も当然そう思っているものと疑いもしなかった真嶋は、少女がついてくる気配がないのに気がついて足を止める。その少女、竹村有羽は、いま閉まったドアの前から動かずに周囲を見回している。

「なにをしているんだ」

あわてて真嶋は戻ってその腕を取り、つれていこうとしたが、有羽は真嶋の手を振りほどいて、言った。

「だめだよ、ついていったらあの人に捕まる」

「捕まるって、きみはなにをしたって言うんだ。あいつを知っているのか？」

「知らない。でも、いい人じゃないってことはわかる」

「ここにいたら危ない。きみも見ただろう、おかしなやつが襲ってきた」

「あれは味方かもしれない」

「――なに？」

なにを言い出すのだ、この少女は――真嶋はあまりに意外なその言葉と態度が、理解できない。

「なにを言っているんだ？」

「わたしを助けにきてくれたのかもしれない」

「あれは、なんだ。知っているのか」

「知らないけど、味方でないなら、あれが狙ってるのはさっきの人かもしれない」

「……ぼくらは関係ないってか？」

「あの男の人は、わたしたちをつけてきたのよ」

「なんで」

「だから、捕まえるため」

「どうして。ぼくらがなにをしたというんだ。きみがなにかしたのか。なにをしたんだ？」

「なにもしなくても、捕まるときは捕まる。世の中って、そういうものだよ。わたしたちは都合が悪い人間なんだよ、あの人にとって」

少女の理屈には一貫性がない。この場を動きたくない、ただそれだけのようだ。

はやくきてください、と男がずいぶん先の方から声をかけてきた。天井の高い、狭くて細長い舞台裏のような空間だ。機械油や鉄の臭いがしているので昇降階段の動力室なのかもしれない。男の立っているところに出口があるのだろう。

「いま行きます」

そう男に応えてから、真嶋は少女に言う。

「少なくとも、あの人はぼくらを撃たなかった。外のあの黒いやつの狙いがなんなのか、味方かどうか、それを確かめるためにそのドアを開けるというのは、危険すぎる――」

その声が聞こえたとも思えないが、まるでそれを聞いて怒りを爆発させたかのようにドアが激しい音を立てた。

「みろ、襲ってくるぞ」

「すぐにはこなかったじゃない」

ダン、ダン、と分厚いドアが叩かれる。ぶち破ろうとしているのは明らかだ。

「なにが言いたいんだ？」

「出口はここしかないって、こいつも気がついたのよ、いま」

「なんだって？」

「上に戻ろうとしていたから、いままで静かだったのよ。でも、こいつも、エスカレータを上れないんだよ。出口がないんだ。閉じ込められたことに気がついたんだよ」

「いや」と真嶋は首を振る。「それは違う。閉じ込められたわけではない。ゲートから出ればいいだけの話だ。狙いは、こちらだ。こいつは、開けてくれと懇願しているのではなく、開けないとぶっ殺すと怒りまくっているんだ。きみを助けにきただと？　きみは、この扉を開いて入れてやるつもりなのか？」

有羽は黙ったままだ。答えは返ってこない。

「――捕まるのがいやだと言ったところで」と真嶋は大きな声で言う。「ぼくらはもう、捕まっているも同然だ。引き返すことはできない。現状を認めるんだ」

「わかった」と少女は言って、ドアを離れた。「捕まったのなら、どこかで逃げればいいいってことだよね」

理屈はともかく、少女がその場を離れる気になればそれでいい。手を取ろうとすると少女は先に立って男のほうへ向かう。真嶋は追いかける。少女に続いて巨大な暗渠《あんきょ》のような空間を出た。

駅事務所のプライベートな空間だろうと思われる、清潔で明るい廊下だ。普通の高さの天井、両腕を広げたほどの幅で、突き当たりが階段だ。男は小走りに進む。疑問を口にする余裕が与えられない。途中踊り場があり脇にドアがついていたが階段はまだ上に続いていて、上がったところが出口だった。非常口のようだ。でなければ駅舎の裏口か。金属のドアを開けると、出たそこにでかいパネルバンが横付けにされていた。待機していた人間だろう、二人がいきなりよってきた。抵抗する間を与えず真嶋と有羽の腕をねじ上げると パネルバンの後ろから有無を言わせずに車内へ放り込む。さきほどの男も乗ってきた。後部の両開きのドアが音を立てて閉まる。暗くなった。これではなにも見えない。真嶋が不平を漏らそうとしたところで照明がついた。動きだす。

内側は進行方向両側に長いシートがついている。囚人護送車のような閉鎖された室内だ。運転席とは壁で仕切られていて窓もないので外がまったく見えない。

真嶋は少女と並んで、向かいに男が一人で、腰を下ろした。

「手荒なまねをして申し訳ない」と男が言った。「敵がやってくるとは予想外で、部下たちも焦っていた。お許しを」

この暑い季節に黒いスーツ姿なのはいかにも怪しいが、しかし銃を隠すのに必要かつ便利なのだとは思いつかなかった。自分は平和ぼけしていたのかもしれないと真嶋は思う。

「ぼくらは拉致《らち》されたようだな」と真嶋。

有羽は無言で手首をさすっている。ねじられて痛めたようだが抗議も泣き言も口にしなかった。

「拉致ではなく、確保と言ってほしいです。あなたの立場からすると、逮捕監禁ですか」

「名目は公務執行妨害かな」

「あなたの出方次第では、そうなるかもしれません。実のところ、あなたについては無理矢理同行を願っているにすぎません。降りたければおっしゃってください、適当なところで降りていただいてけっこうです」

「本気で言っているのか」

「もちろんです」

「あなたが銃をぶっ放したことやこの有羽を拉致監禁した事実を記事にしていい、と言っているわけだが、書けるわけがないと高をくくっているのか、あるいはある種の脅迫なのか、どちらなんだ」

「あなたがブン屋さんであることは承知しています。あなたと竹村有羽との関係は、さきほど会ったのが初めてというのもわかっている。なにを書こうがかまいませんが、この出来事を書いても無駄だと思います」

「わからないな。それが脅しでなくてなんだと言うんだ？」

「脅迫や圧力ではありません。朝までにこの世はひっくり返っているだろうから、あなたが書こうとしているネタなど小事にすぎなくて、なんのニュースバリューもない、書くだけ無駄だ、ということです。朝までにあなたにもそれがわかるでしょう。いま、われわれは、非常事態を体験している真っ最中なんですよ」

「戦争状態か」

「そう、まさしく、そうです。驚いたな。予想していたのですか」

「いや。たんなる小さな犯罪事件だと思っていた。どうもそうではなさそうだ」

「戦争状態という、実感はどうです。ありますか」

「なんとなく普通ではないというのは感じるよ。不穏な空気だ」

「さすがブン屋さんだ。鼻が利くということか。みんなあなたのようならいいのですが。しかしいまごろは、国家非常事態宣言の最終草稿が首相に届けられているころかと思います。しかしあの首相にはこの事態の深刻さがピンときていないようだ。国家の危機という文言で国民をあおってあの地位にいるというのに、いざとなったいま、危機的状況だという実感を抱いてない。自分はいかなる状況でも危なくないと思っている。トップがあれでは実に危うい」

政権機関の人間に違いない男が、そのトップを新聞記者を目の前にしながら平然と批判する。これはそうとう深刻な事態にちがいない。真嶋はあらためて事の重大さを実感する。

「なにが起きているんだ」

「一言では、ちょっと無理です」

「パワードスーツが関係しているのか」

そう言うと、男は一瞬目を剝《む》く。驚いたのか、警戒したのか。そして、言った。

「真嶋兼利さんですね」

「そうだ」

「あらためてお願いです。同行願いたい。協力要請です」

「あなたたちは、なんなんだ。あなたは、ぼくに協力要請ができる立場なんだな。国に協力せよ、というのだろう」

「はい。わたしは国家安全戦略会議の人間です」

「国家安全戦略会議って、もしかして、あなたは進化情報戦略研の人間か？」

パネルバンの乗り心地はトラックだ。とても乗用とは思えない。いきなりどんという突き上げがくる。そのせいで男は口を閉じたのかと思ったが、そうではなさそうだ。男はしばらく真嶋を見つめたあと、こう問いかけてきた。

「あなたはいったい、何者ですか」

これには真嶋のほうが面食らった。

「何者って、ただの新聞記者だ。文化部の記者だよ。東信毎日のブン屋だ。当然、知っているはずだ、調べたんだろうから。なにが、何者だ、だ」

「どこまで調べているんです」

「調べているって、話が見えないな」

「東信毎日新聞社というのは長野の地方新聞の東京支社が独立して、全国紙を目論んで設立された新聞社だ。が、世の流れを読み違えて挫折した。前世紀のことです。それでもそこそこの発行部数をいまも保っている。当時これ以上全国紙は必要ないという国からの圧力をかけられたという恨みもあって、つねに国家権力には批判的立場だ。支社時代の昔から社風は保守批判で一貫している。それがわれわれの御社に対する評価です」

真嶋には新鮮な分析だった。社として国家権力へのそんな恨みがあったなどというのは初耳だ。

「しかし、驚きました。われわれの存在がいまあなたの口から出てくるというのは、この事態をある程度予測していたか、以前から継続取材や調査をしていなければ出てこないと思います。はっきり言って、うかつでした。御社の取材力をまったく評価していなかった。前言は取り消します。いやでも同行願いたい」

「たったいま、ぼくは逮捕監禁されたわけだな。いまのあなたのその一声で」

「ご理解いただけて、感謝します」

「世の中がひっくり返るというのがわかっているなら、いまさらぼくらを捕まえてなんになる。ひっくり返るのを阻止するのがあなたがたの役目ではないのか」

「おっしゃるとおりです。われわれの力不足は認めざるを得ない」

「戦略を間違えたために世の中がひっくり返るのをどうにもできず、その責任逃れで、事実を隠蔽するつもりかな」

「それはゴシップ誌のネタとしてはいいですね。正直なところ、わたしものんびりとそんなのを読めたら幸せなんですが」

「ぼくの逮捕はともかく、目的は有羽のようだな」

「はい」

「なにをしたというんだ。なんの容疑だ。というより、あなたたちは警察ではないだろう。どういう権限でこんなことがやれるんだ？」

「それも、一言ではちょっと難しい」

「教えてはもらえるのかな」

「到着したら、説明します」

「目的地はどこだ」

「われわれのオフィスです」

「どこにある」

「首相官邸別館です。われわれのオフィスのほか、非常時作戦司令室もあります」

「そんな建物は聞いたことがない」

「当然です。地図に載ってないですしね」

「そんなものが存在できるとは思えない」

「別館という言い方はカムフラージュでしょうが、間違ってもいない」

「意味がわからない」

「行けばわかります。ただし、わかったことを口外すると国家反逆罪に問われるかもしれません。それはわたしの仕事とは関係ないので詳しくは知りませんが、いちおう、そう言っておきます。反逆罪の有罪は死刑です。裁判の手間はしばしば省かれることも知っておかれるのがよろしいでしょう」

「ご親切にありがとう。覚えておく」

それにしても、確保するならいつでもできたはずだろうに、なぜゲートアイランドの中までできたところで拉致しなくてはならないのか。ふと思いついた疑問を口にすると、男は応えた。

「竹村有羽が本物であることを、ゲートシステムで確認するためです。確保してから偽者だったではすまされない」

その身体そのものが認証パスになっているという入島セキュリティシステムを利用したというのだから、そのシステムの個人認証能力は最高レベルにあることが真嶋にもわかった。

「有羽は重要人物なんだな」

「はい」

有羽は無言だ。不安だろうに表情には出していない。ふてくされたような顔で男をまっすぐに見つめている。先ほどの話からしても、有羽にもなぜ自分が捕まらなくてはならないのかがわかっていないのだろうと真嶋には思われた。

——この男の行動は、有羽の母親による継父殺しとは関係なさそうだ。世の中がひっくり返るという非常事態が進行中だという。それはこの男のはったりではない。自分もまた、このような状況を予感していたではないか。

真嶋は緊迫した雰囲気を肌身で感じ取っていたが、わからないのは、国家の非常事態と有羽とがどう結びつくのか、ということだ。

「有羽の両親はこのことを知っているのか」

真嶋はそう探りを入れる。

「知らせる必要はないでしょう」と男は答えた。「親と接触する前に確保することも目的のうちでしたし」

「有羽が親に接触するとなにかまずいことでもあるのか」

「両親とも莫大な資産を持っていますので、資金調達されるとまずい」

「なんの資金だ」

「テロです」

「テロって――」と真嶋は男の言っていることを理解する。「まさか。有羽がこの騒ぎを引き起こしている張本人だとでも言うのか」

「関与していることを突き止めました」

有羽はそう言われても黙っている。真嶋は有羽の横顔を見やる。表情は変わらない。むっとした顔のままだ。

「あなたちは公安か。進化情報戦略研というのは秘密の諜報《ちょうほう》機関なのか」

「いいえ」

初めて否定の返事を聞く気がした。

「公の研究機関です」

「年間予算は」

「公開されているでしょうから調べてください、いずれにしてもたいした額ではない。それがわたしの実感です。もっと欲しい」

「タブレットを出してもいいかな」

「どうぞ」

バッグから出してスリープを解除したが反応しない。先ほどの衝撃で壊れたようだ。進化情報戦略研の予算について検索することよりもデスクに状況をメールしようと思ってのことだったが、これでは駄目だ。男はこのことを知っていたとも思える。タブレットが役に立たないことを。

タブレットの機能を奪う仕掛けがこの車内にはあるのかもしれないと真嶋は思いついた。社会部の鎌谷キャップが進化情報戦略研について話してくれた感じでは、この組織は電子情報分野の専門家集団のようだ。〈地球の意思〉の存在を察知していて、それは人工人格ではないかという調査資料が漏れている、というようなことを鎌谷が言っていたのを真嶋は思い出す。

そうだ、〈地球の意思〉がこの騒動の中心にあるのは間違いないだろう。有羽の母親の犯罪はおそらく関係ない。この男もその事件については知らないか、無視している。

「どうしました」

タブレットを使うのを諦めてバッグにしまう真嶋に男がそう訊いてきた。声の調子からして、タブレットの機能を奪っているのはこの連中ではない、やはり壊れたのだと判断できる。しかし真嶋は、壊れたことを馬鹿正直に告げるつもりはない。

「電波状況が悪いな。アクセスできない」

「それは残念ですね」

本当に同情しているとしか思えない態度だ。

「あなたは」と真嶋は率直に訊いた。「ぼくが社に連絡を入れられないことを、本気で残念だと言えるのか？」

「記者が行方不明になっては困るでしょう。あなたの立場としても、社としても。なんでしたら、わたしのほうで連絡を入れておきましょう」

「本気で言っているのか」

「むろんです。拉致ではない、と言ったでしょう。協力要請です」

逮捕権限はないのかもしれない。超法規的な行動ならばなにを言ったところで無駄だろう。逃げようとしても阻止されるに違いない。どのみち男の正体を知らないまま逃げるつもりは真嶋にはなかった。大きなネタを摑もうとしているのだし、そんな記者魂は別にしても、少女のことが気になる。この場に放り出して自分一人去る気にはなれない。もしこの少女がテロの首謀者だとしても、とても孤独に見える。味方はだれもいない、そんな気がする。それでどうしてテロができるというのだ。

真嶋にとっては、この少女こそが謎だった。この男はその謎を解く鍵でもあるだろう。男はそういう気持ちを見透かしていると真嶋は思う。こちらが逃げることなどないと承知しているのだ。

「わかった」と真嶋は言う。「ぼくにできる協力はするよ」

「よろしくお願いします。詳しいことは着いてからにしましょう」

「そういうところは官僚的だな。こちらから聞き出すだけで、ネタはくれない。ブン屋にいちばん嫌われる態度だ。しかし、ブン屋と呼ばれたのは、ぼくは初めてだよ」

「そうなんですか」

「敵とは何者だ。どういうテロ組織だ。先ほど襲ってきたやつは、パワードスーツを着たテロリストなのか」

「形の上ではそうなりますが、詳しいことは――」

「聞けるときに話を聞いておく、記者の鉄則だ。ツクダジマ特区は、テロ集団に占拠されたんだな？」

「われわれはそうは見ていません」

「われわれって、官僚や政府機関の中で見方が分かれているのか」

「はい。残念ながら。われらの力不足です」

「占拠されたんじゃないのなら、なんだ？」

「テロリストの本体は特区内にはいない、ということです」

「本隊って、あれは先遣隊なのか」

「その本隊ではなく、正体という意味の、本体です」

「じゃあ、先ほど襲ってきたあれは、なんだ。真っ黒でよく見えなかった。まさかロボットではないだろう、軍用のパワードスーツか」

「ゴーレムです。首都防衛軍が装備する最新鋭の動力甲冑、攻撃型パワードスーツですよ」

「あれが、タイプ7か」

「よくご存じですね」

「見るのは初めてだ」

「一般公開されていませんからね」

「軍のクーデターか」

「いいえ、テロです。あれを制圧するために、いま陸軍の関東州軍・第一連隊が出動準備中です。が、それでは事態を収拾できないとわれわれは分析し、提言しています」

「首都防衛軍を制圧するために陸軍の主力を投入するって、なんなんだ。同じ陸軍だろう。防衛軍がテロリストなら、そちらからすればクーデターだろう、自らテロリストを名乗るはずがない」

「いや、ですから、あの動力甲冑を着た兵士はテロリストそのものではなく、テロの首謀者に操作されているものと考えられます。軍のクーデターなどではない」

「首謀者が、この有羽だというのか?」

「首謀者というか、敵の正体は、おそらく人間ではない。そうわれわれは考えています。竹村有羽は、その相手となんらかの手段で通じている。それをはっきりさせたいので、このような行動に出た次第です」

「敵は人間ではない？」

「はい」

「人工人格というやつか」

男は口をつぐむ。

どうしました、とさきほどの男と同じセリフを言ってやりたいところだが、真嶋は自制した。揶揄する態度を取って相手の語る気を殺《そ》いでしまっては元も子もない。粘り強く、相手の答えを待つ。

「御社は、どこまで摑んでいるのですか」

しばらくバンの動きに揺すられるまま黙っていた男が、そう言った。

「公安部門では御社はマークされていたでしょうが、こと、今回の件では古い価値観でのマークなど役に立たないのがはっきりしました。本気で監視はしていなかったんだな。硬直した官僚システムのせいだ。われわれも旧態依然とした国のあり方には苛立たせられることが多い」

「あなたがた進化情報戦略研というのは、誘拐拉致をやる過激武闘組織ではないのか」

「まさか。情報ネットワーク関連の動向を生物的な進化理論を援用して研究する、一研究機関にすぎません」

「あなたのその懐の銃はなんだ？」

「新世紀工業がグロックを参考にして設計した拳銃型のマシンピストルです。オリジナルをライセンス生産するほうがずっといい出来になると個人的には思っているのですが――」

「そういう話ではなく、そんなものを携帯していてたんなる一研究機関にすぎないもないだろう、と言っているんだが」

「人員が少ないため、なんでもやらなくてはならない。あなたがたをほかの機関に持っていかれるより早く確保する必要があった」

「どうして」

「無能な連中には事態の真相を摑むことはできないばかりか、いっそう悪化させるだけだ」

「すごい自信だな」

「焦っている、と言ってください」

「実力行使に出ることができる装備も腕もある。研究員というより諜報機関の兵隊だろう、あんたたちは」

「わたしは違いますが、運転している部下は臨時の人員でして、首都防衛軍からの出向です。おっしゃるとおりプロの兵士です。首相の指示です」

「首相は側近を友人で固めているそうだな。あなたも首相のお友だちってわけだ」

すると男は笑った。

「いいですね、それ。そう、敵ではない、という意味で、たしかに友だちには違いない。

首相直属の機関ですからね。しかし、顔を合わせたこともないですよ。直接会って説明したいのですが、それこそ周辺を固めているお友達連中に追い払われて駄目だ」

「指示だけはくる、と」

「そのとおり。今回のテロの正体の見当がついているのなら、証拠を見せろと言われた。それが、そちらの、竹村有羽です」

「拉致も自分たちでやらねばならなかったと」

「はい。進化情報戦略研には何でも屋がそろってます。ご指摘のとおり、わたしは公安の諜報組織から選抜された人間です。が、しかし基本は、電子情報屋です」

「システムエンジニアというやつか」

「それを言うなら、エスイーという略称のほうがいいかもしれないですね」

システムエンジニアとSEは違う、と男は言っているのだろうが、そんなことは真嶋にとってはどうでもよかった。

「ようするに」と真嶋は言う。「ネット内に発生した人工人格とやらを見つける能力がある人間の集団なんだ」

「はい。御社では、というよりもあなたは、と言ったほうがいいでしょう、それをどう評価しているのでしょう」

「評価とは？」

「ひらたく言えば、人工人格なるものが実在すると思いますか、ということです」

ここははぐらかすことなく正確に答えるのがいいと真嶋は感じた。ちょっと考えてから、わからない、と言う。

「人と会話ができる人工知能を人工人格というのなら、いまは全然めずらしくもなく普通に使っているが」と真嶋は続ける。「あなたたちが見つけたそれは、人工実存というべきものなんだろう」鎌谷から聞いた話だ。「同僚記者がそう言っていた」

男はうなずいて言う。

「そう、つまり、独自の意識を持っている、という存在です。意識というのは身体あってのものなので、確固たる自分の身体という物がないネット内では生じる可能性はありません」

「そうなのか？」

「はい。そこに既存の意識が入り込むということはあっても、未知の意識があらたに自然発生することはない、という意味です。発生するとしてもせいぜい人工知能どまりです。おっしゃるような人工実存というのは、もし存在するとすれば、身体を持っているに違いないのです」

「それを見つけたのか――」と言ってから、真嶋は気がついた。「まさか、この有羽がそうだとでも言うのか」

「そうしたいわゆる他者の実存が宿っている可能性はあると思いますが、そうではなく、そうした存在と接触していると思っています」

「──そうなのか？」

真嶋はここに押し込められて初めて、有羽に向かって話しかけた。有羽も初めて、口を開いた。

「オーエルのことを言っているのなら、身体なんてないよ」

「オーエルって」と真嶋。「きみが使っているスマホのアプリなんだろう、オーバーロードというやつ──」

「そう、それこそ、テロ首謀者との連絡用ツールです。われわれには首謀者の声は捉えられても、こちらからコンタクトを取るということができない。やっても無視される。だが竹村有羽にはできる」

「どうしてだ」

真嶋は男にではなく、有羽にそう訊いた。

「どうして、きみにそんなことができるんだ」

「そんなこと、知らないよ。身体に訊かれても知らないものは答えようがない。だから、降ろして」

身体に訊かれても、という言い方が真嶋には気になった。男のほうも同様だったらしい。だが真嶋が感じたものとは意味が違っている。

「敵の正体には実体がない、そういうことか」と男は言う。「いや、そんなはずはない。きみは敵の身体的な特徴を知っているはずだ。だがそいつに訊いたところで正体はわからないと、きみはそう言いたいのか」

「そうよ」

有羽が平然とそう答えるのを、真嶋は疎外感と驚きをもって、聞いた。自分の存在など無視されている。

「そのとおりよ。オーエルはわたしを助けにくる。絶対、くるよ。でもあれは、ただの使いよ」

「敵の正体はネット上に出現した神だ、実体はない、とでもいうのか」

「そんなこと、知るもんか」と有羽は言う。「わたしは神様なんて信じない。祈っても助けてくれなかったし。でもオーエルはわたしを助けてくれた。わたしはオーエルが言うことを信じる」

有羽の言うオーエルというのはたんなる検索アプリではないらしいことが、それでわかった。なにやら実体があるらしい。身体を持っているということなのだろう。最初に言った、オーエルには身体なんてない、というのは男に嘘だとすぐに見破られて、開き直ったのだろう。

「オーエルを使いによこしている、その正体はなんだ」と男がしつこく有羽に訊いている。

「オーエルとは、オーバーロードの略だろうというのはきみの通話内容などを調べていて予想がついたが、いまのきみの話だと、オーエルの上に何者かが存在するということになる。それこそオーバーロード、すなわち神だと思えるのだが、きみは違うという。では、きみやオーエルが信奉しているその相手とは、何者か、きみは知っているか?」

いや、有羽はそこまで厳密に区別して言っているのではないと真嶋は有羽の立場を擁護してやりたい気分だったが、男の疑問に有羽がどう答えるのかも知りたい。

「知らない」きっぱりと、竹村有羽は言った。「でもわたしの味方よ。敵なんかじゃない」

「きみはその相手を見ていないわけだな」

「見てない。でもいる」

「実体はないが存在すると」

「そうよ」

「そういうのは」と男は微かな笑みを浮かべて言った。「きみの心の中にのみ存在するわけで、それを神というんだよ。われわれが探しているのは神ではなく、真嶋記者がさきほど言ったような、人工的な実存だ。言い方を変えると人間以外の実存的存在、人類以外の、意識を持った存在だ。きみは味方だと言うが、騙されてはいけない。それは神ではないし、実体も持っている、人類の敵だ。パワードスーツを介して兵士の意思を乗っ取り、無差別殺人を始めている」

「……なんだって?」

無差別同族殺戮を開始する、という文言を思い出した真嶋は思わず口を挟んでいる。

「ファウストD棟最上階から人が投げ落とされたのは知っている」と真嶋は言う。「われわれのスクープだ。それ以外にも被害が出ているのか」

「御社の取材力をまったく甘く見ていました。どこからその情報を入手したんですか」

「それは訊くだけ無駄だ。情報源は明かせない」

「そうでした。わたしにもそれはどうでもいいことだ。そう、いまや、ぱらぱらと人が投げ落とされています」

「パワードスーツを着けた人間の手で、か」

「はい」

「あのネットの書き込みは犯行予告だったわけだな」

「そちらでも捉えていましたか」

「〈地球の意思〉だ」

「やはり、それですか」

「あの〈地球の意思〉が、有羽が信じているオーバーロードだと、あなたがたは考えているわけだな、なるほど」

「じきに着くでしょう、じっくり情報交換といきましょう」

十分ほどしか経過していない。移動距離はさほどではないだろう。だが左右に揺られ、高架道路にトンネルと上り下りの変動も感じて、真嶋は乗り物酔いを覚えていた。もうじき着くという男の言葉にほっとする。

バンがカーブしながら下りていくので、これは地下駐車場に向かっているのだとわかる。

「市ヶ谷の地下か」

「いいえ、国防省とは関係ない。官邸別館と言ったでしょう」

「首相官邸の地下？」

「そんなところです」

「官邸の地階は危機管理センターだ」なにかあるとニュースでよく取り上げられる。「なんだ、秘密の施設でもなんでもないじゃないか」

「公表されているのは地下一階だけです。それも一般に公開されているわけではない。あなたが地下一階センター内の様子を目にすることはこれからも一生ないでしょう」

「……そういうことか」

いまから行くところはそこではないし、官邸の地下は一階だけではない、ということだろう。独立した地下構造体だとも考えられた。

バンは停止する。すぐに後ろのドアが開くと思ったが、動きがない。

「着いたんじゃないのか」

「この先になります。セキュリティは厳重です。が、チェックに少し手間取っているようです」

『主任』と天井から声がする。『進入許可が下りません。車重が出発時より三百以上重いとのことです』

「三百？」と真嶋は思わず言っている。「キロで、か。有羽とぼくとで三百はいくらなんでもないよな」

「誤差にしては大きすぎる数字だ」と男が言う。「原因究明のため本車両は警備部に引き渡すことにする。後部ドアを開放しろ。徒歩でいく」

『しかしそれではマルタイが逃亡する恐れがあります』

「それはだいじょうぶだ」と男は真嶋と有羽を交互に見やって、言った。「ここまできて中を見学することなく帰る人たちじゃない」

それから男はポケットからピルケースを出して、「認証パスを飲んでください」と命じた。「カプセル状の個人認証電子タグです。体調診断もしてくれます」

「発信機か」

「そういう機能もあります。官邸別館内は迷路のようになっているので迷子にならなくていいですよ。位置を教えてくれる。いずれにしても、飲まないと入れません。——どうぞ」

てのひらを出させて、男はピルケースから小さなカプセルを振り出した。二個出たので真嶋は一つつまんで口に放り込み、有羽に、もう一個載っている手を差し出す。

「毒かもしれないのに」と有羽は目を丸くして真嶋を見ている。「よく平気で飲めるね。わたしはだめ」

言われてみれば、毒ではないにしてもよからぬ薬である可能性はある。見かけは薬のカプセルと見分けがつかない。有羽に言われて真嶋は自分の無警戒さを後悔した。もう飲み込んでしまった。

「だいたい水もなしでこんなの飲めないよ――」

と有羽が言いかけたところで、後ろのドアが開いた。両開きの扉だ。だれか乗ってくる。男と有羽が同時に腰を上げた。男は懐に手を入れて銃を抜きかけ、有羽はカプセルを投げ捨てる。

真嶋は脅威を感じて動けなかった。恐怖で身がすくんでいる。素早い動作で乗り込んできたそれは黒い西洋甲冑を着けた人間に見えたが、人間ではないと真嶋は直感した。甲冑を着けているにしては細身すぎるのだ。甲冑でもパワードスーツではない、こういう身体をしている、なにか、だ。

有羽が叫んだ。

「やめて、殺してはだめ」

真嶋はその黒い手に首をつかまれる。もう一方のそいつの手は、銃を握る男の右手首をつかんでいた。首が絞まり気が遠くなる。失神する寸前、背中が車内の壁に叩きつけられて息がもどった。床に突っ伏して咳《せ》き込む。その目の前に男の銃が落ちてきた。とっさに取ろうとすると、蹴飛ばされる。銃が床を滑って車外に飛んでいく。直後、それを追いかけるように男の身体が投げ出された。

「おじさん、ごめん」

竹村有羽が真嶋をまたいで出ていく。

「――待て、有羽」

有羽の後ろ姿がじゃまになって、得体の知れないそれが見えない。そいつがいま車外に出たのは床の揺れでわかったのだが。

「行くな、有羽。だめだ、ついていってはいけない」

「おじさん、オーエルを知ってるの？」

咳が止まらない。唾液を誤嚥《ごえん》したようだ。苦しいのをこらえて、四つん這いの姿勢のまま有羽を見上げて真嶋は言った。

「あれは人間じゃないぞ」

すると有羽は平然と答えた。

「知ってるよ、そんなことくらい」

「きみの味方なんかじゃない、きみは騙されてる」

「騙されてなんかない――」

「きみも危ないぞ」

「助けてくれてるよ」

「いまはきみの敵ではないにしても、絶対に味方なんかじゃない。きみの目は節穴か」

「バイバイ、おじさん」

「待て、どこに行くつもりだ」

「ママを助けに行く」

「行くな。あそこは危険だ」

「オーエルが一緒に行ってくれるって」

「有羽、人間を信じろ。きみは他人への恨みを全人類への恨みと取り違えているんじゃないのか」

バンを降りようとしている有羽が振り返った。

「なによ、それ」

「復讐《ふくしゅう》なら自分の手でやれ」と真嶋は声を振り絞る。「人でない力に頼るな」

「わたしは復讐しようなんて思ってない。だれかに頼ってなんかもない。優しくなりたいだけ。わかったようなことを言わないで。大人はみんなそうよ」

「きみももう大人だ」真嶋は力をこめて立つ。と、ふらつく。「いつまでも子どもでいられると思うな」

シートに尻餅をついて、再び立ち上がったときは、バンの開いた後部ドアの視界から有羽も黒い〈なにか〉も消えていた。路上にあの男がうつぶせに伸びているだけだ。

9

一般的な地下駐車場とかわらない風景だった。突き当たりにタワーパーキングの入口のような金属扉があり、パネルバンはそちらに頭を向けている。両側は駐車スペースだ。ほとんどふさがっていて、駐《と》められたクルマの種類もまちまちで普通の公共駐車場を思わせる。黒塗りの公用車や警察機動隊車両といったものは見当たらない。

真嶋はまず伸びている男の息をたしかめた。生きている。うつぶせの腰のあたりに膝を当てて両肩を掴み、ぐいと逆海老《えび》反《ぞ》りに上半身を起こすと、うっとうめいて男が気を取り戻した。

先に落ちている拳銃を拾い上げると後ろで男が起き上がる気配がした。振り返ってみると、男は正座の姿勢で深呼吸している。

「引き金に触れないように」と男が言った。「暴発すると危険だ」

真嶋は無言で引き返す。銃口を下にしてそれを男に渡し、その足で運転席側に回ってみた。

運転席のドアを開くまでもなく、運転手と助手席の二人とも、絶命しているのが一目でわかった。シートに着いたままだが、頭があらぬ方向へとねじ曲がっている。この光景を有羽が目にしていたら、と思った、彼女は思いとどまったかもしれない。

「いますか」と男が訊いてきた。「わたしの部下は、そこに」

真嶋はうなずく。

「そうか」と男は言って、立ち上がった。「追跡していてくれればと思ったが、やられてますか」

「警備の者はどうした」と真嶋は訊く。「どうしてこない」

「ここは盲点ですね。前後の警備は厳重なんですが」

「有羽たちは逃げられると思うか」

「おそらくもう出ているでしょう。出るのは比較的簡単ですから」

「あの異様な風体で出られるとは思えない」

「そのへんのクルマを使って出ていると思います。クルマに隠れているかもしれませんが。いずれにしても出ていくのはかまわない。出ていってほしいですね。内に入られたら、首相はじめ政府要人が皆殺しか人質に取られる」

「要人みんな、雁首《がんくび》そろえて別館内に集まっているのか」

「本館に通じているのでここから入られたら終わりだ、ということです。この非常時だ。官邸にはみな集められているでしょう」

男は立ち尽くしている真嶋のところにやってきた。真嶋はドアから離れてその場を譲る。男はドアを開くことなく運転室内を見やり、首を振った。

「ひどいな」

「二人は声を上げる暇もなかったようだ。クルマが揺れることもなかった。いったいあいつは、どこから入ったんだろう」

「そちらの監視カメラが捉えていると思うので、それはあとでいい。重要なのは、あれがこの地下から上に出たことが確認されること、だ」

「警備員はなぜこないんだ。監視カメラで見ていたんじゃないのか」

「何かあったら、監視区域を閉鎖、封鎖して、だれもその場を動かない、それが鉄則です。

いまは閉鎖された状況だと思います。状況がわかるまで待つしかない」

男はバンから離れて深呼吸をもう一度して、手に提げていた拳銃のスライドを一杯に引いてから、その銃口をのぞき込んだ。

「なにをするんだ」

「万一バレルが曲げられていると、発射したとたんに銃が破裂してこちらがやられるかもしれない。あいつの力は尋常じゃなかった」

「銃はだいじょうぶだったと思うよ」

「そのようです」

「責任を取って自決するのかと思った」

「わたしが？　まさか」

そう言って男は笑い、すぐに真顔に戻った。

「おそろしいことを言わないでください」

「あの黒いやつはなんだ。知っていたか」

「形だけは」と男は銃を懐に戻して言った。「しかし、まさか中身があるとは思わなかった」

「どういうことだ」

「等身大ロボットの置物かブリキの玩具だと思っていたということです。竹村有羽が暮らしている大田区の町工場《まちこうば》があるのですが――」

「住み込みで世話になっていると聞いた」

「そこに持ち込まれた修理品だと思われます。思われました、と言うべきでしょう。動いているのは確認されませんでした。だれかが着込んだ新型のパワードスーツにしては頭が小さい。ヒト型のロボット兵器でしょう。自律型かリモコンかはわかりませんが」

男はバンの運転席のあたりで身をかがめて車体の下をのぞく。車体に沿って移動するので真嶋もついていきながら言う。

「有羽によれば、自律型だろうな。言うなれば、あれ自体が意識を持っていそうだ」

「それはわかりません。別のところから自由自在に操るのは仮想空間を利用すればたやすい。パワードスーツのナライ機能を応用すればいいんです。知っていますか、ナライスーツというものがあるんです」

「ああ、知ってる」

「それを着込んで、着込んだ者と同じ動きをあのようなロボットにさせることは簡単にできる」

「なるほど。そいつがオーバーロードという、あいつを操っている者というわけか」

「もしあのロボットが自律型で、あいつが竹村有羽の言うところのオーバーロードなら」と男は車体の後部まできて立ち上がり、言った。「それを支配しているのはさらに上位に位置する、オーバーマインドという感じのなにか、でしょう。人ではない、とわれわれは思っていますが、ではなんだと言われると、そこまでは突き止めてはいません。電子ネットワークに潜んでいるなにか、です」

「身体を持たない者は意識も持たないんじゃないのか」

「意識を持たなくても人は殺せます」

「意味がわからないな」と真嶋は言う。「意識を持っていないけれど人類の脅威になる存在といえば、自然災害だろう。台風とか津波とか」

「そのとおり」と男は真面目な顔で言った。「そう、ネット内に生じたそうしたなにか、自然災害的な殺意が発生して、いま吹き荒れていると、われわれは考えている」

「マジでか」

「もちろん、真剣に、です」

「あのヒト型兵器はそういう殺意に操られているというのか」

「そのように見えます。しかし、あんな形で出てくるとは、予想を超えていた」

「有羽が寝泊まりしているというその工場で密《ひそ》かに製造されたヒト型兵器じゃないのか」

「いや、あの町工場に造れるとは思えない」

「じゃあ、官製か。国が造ったというのか」

「それは違うでしょう」

「極秘の兵器ではなさそうだからな。大企業が開発したものでもないだろう。売り物なら国が知らないはずがないし、売れない物を企業が造るはずがない。ならば、どこかの町工場で密かに造られたんだ」

「無理ですよ」

「そんな技術ではできるはずがないって？」

「いえ、民間の技術力の高さは、いまの軍用パワードスーツが民生の技術によって実用化されていることからも明らかです。国防省の技術研は独自開発を諦めた経緯がある。一町工場でも造れるところは造れるでしょう。が、問題は資金です。その面から、無理だろうと――」

「竹村有羽の両親は莫大な資産を持っているんじゃなかったのか」

「たしかに。そう考えれば可能性はある。われわれがマークする以前からあの工場は竹村有羽に利用されたのかもしれない。しかしそうした気配はまったく察知されなかった」

「有羽が計画して造ったわけではないだろう。その町工場の主がテロの首謀者じゃないのか」

「世界を壊滅させようとしているのが、あんな小さな町工場だとは信じられない。いや、違うでしょう。竹村有羽がいるところにあいつもついてきたにすぎない。どこか別のところで造られたんだ。われわれがそれを見破れなかったということだ、残念ながら」

「彼女とあの殺人ロボットは、たしかに強い繋がりがあるようだが――世界を壊滅させるだって？」

「やはり、あなたには実感がわいてないようだ。そう、ある意味、人類の文明が終わろうとしている」

「〈地球の意思〉のせいでか」

「そうです」

「有羽はそちら側の人間だというのか」

「最初からそう言っているでしょう」

男は初めて人間的な感情をあらわにした。苛立ちを隠さない。

「こちらの動きは読まれていたのだと思います。こちらの出方を利用して、先手を打って乗り込んできた。悔しいが、予想もしていなかった。あんな形をした兵器を動かして直接政府中枢を狙ってくるとは」

「あれは官邸別館に侵入することが目的だったわけではないだろう」

「なんだと言うのです」

「有羽のガードだ。この場からの救出だよ。ただそれだけだとぼくは思う。有羽は言っていたじゃないか、オーエルに助けられたと。何度も助けられているんだ。今回もそうだろう。ツクダジマ・ゲートアイランド駅でタイプ7を着た兵士が襲ってきたとき、彼女は、味方かもしれないと言った。おかしなことを言うものだと思ったが、こういうことなら、わかる」

「さきほどのヒト型兵器はどう見てもパワーアシストスーツとは違う。ロボットでしょう。人ではない。わからないな、わたしには」

「わからない、ではすまされないだろう。こういう事態になったのは有羽を拉致しようとしたあなたがたのせいだ。自分らがやっていることがわからないなどという、そんな記事をぼくに書かせないでくれ」

「くそう。われわれの言うことを聞かないからこういうことになるんだ」

「そういう内輪の暴露記事は売れると思うので、そのへんをもう少し詳しく聞かせてもらえますか。だれがあなたがたの話を聞いてくれなかったんですか。首相ですか。官房長ですか」

男は真嶋を無視してバンの後部に回り、開放されたその入口の縁に腰かけた。昂《たか》ぶった気分を鎮めているようだ。刺激しないほうがよかろうと思った真嶋は、さきほど男が見ていたように身体をかがめて車体の下を見てみる。暗くてなにもわからない。

「床下に隠れるのは無理だ」

男が真嶋にそう言った。それまでの丁寧な口調が変化している。投げやりなのではなく、こちらを信頼しての言葉遣いだと真嶋は判断した。正体不明のロボットに襲われて生き延びた者同士のよしみ、だ。

「あのロボットはこのクルマに乗ってきたというのか。そうか、車重が増えていたというのは――」

「ここで待ち伏せしていたと考えるのは非現実的だ。しかし車体の底と路面との隙間にあの身体で入り込むのは不可能だ。屋根だろう」

「ではアイランド駅からか。特区内にあいつはいたということになる」

「何度か信号で止まったから道筋のどこかかもしれない」

「あなたの名前を聞かせてもらえるかな、進化情報戦略研の主任」

「わたしは神里久《かみさとひさし》。神さまの里に久しい、だ。里は故郷の郷ではなく一里塚の里。記事にするなら表記を間違えないでほしい」

「ぼくは真嶋兼利。調べ済みで名刺は不要だろうが、一応挨拶だから受け取っといてくれないか」

「了解した」

「そちらは取材に応じる気はないだろうが」と真嶋は名刺を渡して言う。「こちらは本気だから、そのつもりでお願いしたい」

「中へ入れたらなんでも話してやる。そうなったら簡単には出られないと覚悟することだ」

「入れないかもしれないというのか」

「二人とも拘束されるかもしれない」

「任務に失敗したということで？」

「部下を二人失った。責任は取らなくてはならない。しかし任務に失敗したかどうかを評価できるのはわれわれだけだ。自分たちで計画して実行したミッションだ。上の連中はなにもわかっていない。拘束されるというのは、ようするにわたしや進化情報戦略研の力などもはや不要だと、見捨てられたときだ。そうなれば警察に逮捕されるだろう」

「権力の周辺というのは無法地帯だな」

「言われてみればそのとおりだ。アウトローは法に保護されない。仲間はずれにされたら終わりだ。ヤクザと同じだよ」

「官邸のみんながそういう覚悟でやっているならそれはそれで凄いと思うが、都合が悪くなると法がどうのこうのと言い出す気がする」

「いまの政府は自分らで法律をどうにでもできると勘違いしているようなところがある。司法権力や地方権力を握っている者たちを怒らせても平然としているのは、鈍いのか確信犯なのか、わたしにはよくわからない――どうやらお出ましだ」

ヘルメットに黒い戦闘服、透明の盾を持った二名の後ろに短機関銃を手にした二名の計四人、機動隊員のようだ。

「機動隊か」

「警視庁、特殊捜査班だ」

神里というその男はバンに腰掛けたままで警官らに対した。

「神里主任」と短機関銃を手にした警官が前に出て、丁重に言った。「お怪我はありませんか」

「たいしたことはない。そちらは真嶋記者だ。重大情報をお持ちなので同行願った。部下の二人は正体不明の自律型兵器と思われる凶器でやられた。検視と収容を頼みたい」

「承知しました」

この場のリーダーのその警官が手で合図すると三人が運転席側に行く。

「ここ中間通路の安全は確保されました。部下が背後を固めています。不審人物や物体などは発見されませんでした」

「竹村有羽と部下を殺した動く凶器は発見されなかったか。そうか。逃げたな」

「状況情報は入手済みです。竹村有羽という未成年女性は誘拐されたものとして手配済みです」

「行方知れずか」

「われわれへの通報が遅れたようです。もう少しはやく知らせてもらえればより適切に対応できたのですが――」

「彼女が主犯だ」と神里は警官の言葉を遮って、言った。「竹村有羽をどんな手を使ってでも確保しろ。非常線はもう手遅れだろうが――」

「それはこちらの仕事です」と警官は神里に言った。「わたしたちのやり方でやりますのでご心配は無用です」

「わかった」と神里は引き下がる。「こちらも気が立っているので出しゃばってしまった。よろしくお願いします。相手は危険だ。くれぐれも注意してください」

バンから離れて立った神里に、警官は敬礼した。真嶋は完全に無視され、警官からは一《いち》瞥《べつ》されただけで声をかけられることもなかった。自分はここにはいないことにされている人間なのだと真嶋は思う。

「われわれはどうやら逮捕されることなく、入れるようだ」と神里は真嶋に言った。「あなたは引き返すならいまのうちだが、どうする」

「ここまでつれてきて、帰れはないだろう」

「あなた自身の意思で決めたということを確認したかっただけだ」

天井のどこかにあるスピーカーから指示がきた。

『神里久と同行者一名、二番通路から進入許可します』

駐車場に並んでいるクルマの、一台に迷うことなく神里は近づき、その背後の壁にある消火栓設備のホース収納ボックスを横に動かした。下に続く階段が現れる。先に行けと言われて真嶋は身をかがめて入り込み、そのまま明るく見えている下に向かって降りた。

「面白い隠し扉だな」

「わかっている人間には普通の通勤用の出入口にすぎないんだが、隠し扉とはね、思ってもみなかったが言われてみればそうかもしれない」

明るい廊下に出た。先に鉄格子の扉がある。検問所だろう。武装した二人の警備員がいて、神里の顔を見ると無言で扉を開ける。

先にどうぞと神里にまた言われて、真嶋が先に入る。檻《おり》の中に入るわけだなと思った。進むとエレベーターホールだ。並んでいる扉の一つが開いている。躊躇せず神里が乗り込む。続いて入った真嶋は、行き先ボタンが三つしかないのを見てとった。真ん中が0で上がF、下がB。神里はFを押す。

「上なのか」

「おかしいか」

「いや」と真嶋。「なんとなく、秘密基地は地下へと降りる気がしていた」

「出ればもっと驚くと思う。警告したことを忘れないように」

「なんだったかな」

「国家反逆罪だ。とぼけていると怪我だけではすまない。出れば、意味がたぶんわかる」

出たところはごく普通のオフィスビルのホールという印象だった。廊下を進んでオフィスの扉を開く。内は広めの事務所の感じで机が並び、職員が仕事をしている。真嶋が驚いたのはその平凡さではなく、窓があることだった。近寄って外を見る。十階以上の高さだ。東京の夜景が見える。この風景の位置は、まさか。

「警視庁新庁舎か」

それには答えず神里が言う。

「あのエレベーターは体内に電子タグを入れていない人間が一人でもいれば作動しないそうだ。下か上かしか選択できない。行き先階も各人によって自動設定される。試しに下行きを押したことがあったが反応しなかった。地下に何階あるのか、だからわからない。どういう部屋があってなにがそこで行われているのかもな」

「……エレベーターに、行き先が違う人間が乗ったら？」

「動かない。だれかが妥協して降りないかぎりそのままのようだ。あまりそういう場面に出くわしたことはないが」

「あなたは警察の人間なのか」

「いや、だから、戦略会議、進化情報戦略研の人間だよ。ここの全員がそうだ。総員がそろってこの人数しかいないと言ったほうが、あなたにはうちの実体が把握しやすいかもしれない」

ざっと数えて、二十名はいない。人のいない机もあるのでたまたま席を立っているのかもしれない。十八名前後だ。

「室長」と言って、ワイシャツ姿の若い男が自分の席に着いたまま呼びかけてきた。「きてみてください」

「あなたは主任なのでは」と真嶋。

「この部屋の室長でもあるんだ。――なにかわかったか」

「あの黒いロボットの出現の様子を画像解析しましたが、まるで流動体です」

「メインモニタに出して説明をたのむ。みんな、瀬波《せなみ》からすでに聞いているかもしれないが、瀬波の解析結果に注目してくれ」

他より大きなデスクに神里はついた。瀬波という若者よりも年上の職員が真嶋用に折りたたみの椅子を持ってきてくれた。

神里のデスク以外はみな同じ方向を向いていて、正面に白い壁がある。モニタスクリーンだろう。そこに、真嶋たちが乗ってきたあのパネルバンが映し出された。クルマの運転席側上方から見下ろす角度だ。フロントガラス越しに運転席が見える。

運転手は左手でダッシュボードのナビらしきものを操作しているように見える。助手もそれを見ている。突然、そのダッシュボードの下から黒くうねる帯のようなものが二人の首に向かって伸びて巻き付き、二人の首がねじ曲がる。二人が突っ伏す。帯状のものがどうなったのかは二人の身体の陰になって見えない。十秒ほど動きがない映像が続いたあと、助手席側の外に、それが現れた。助手席のドアが開いた気配はない。いきなり出現したように見える。真嶋も見たあの黒いヒト型のロボットだ。そいつは後部に向かう。死角に入って見えなくなる。画像が止まる。

「画《え》はまだ続いてますが」と瀬波が言った。「この出現場面を見ると、物体Xは運転席に潜んでいたと思われます。人体の形状では見つかるので液体状に運転席床などに染みこんでいたのではないでしょうか。襲うときには被害者の足下から固体化しつつ伸びた。いま見たとおりです。殺害した後、運転室内からしみ出すように外に出て、助手席側の車体の陰から立ち上がっています。立ち上がりながら人体形状になって、室長の乗っている荷室に向かった、という経過です」

「流動体って」と真嶋は言わずにはいられない。「そんな技術があるのか」

「液体のように振る舞っていますが、おそらくナノマシンの集合体だと思います。目に見えないほど小さい個体が集まって人の形を取ることができるのでしょう。本来は個個がばらばらに塵《ちり》のように分散しているのかもしれない」

「そんなマシンは聞いたことがない」とまた真嶋は言う。「ナノマシンという言葉は知ってるが、こんな形で実用化されたという話は聞いたことがない」

「現実にこうして見れば、われわれの知らないうちにだれかが開発に成功していたということでしょう」

「いや」と反論したのは神里だった。「ナノでもマイクロでもいいが、マシンだと決めつけるのはまだはやい。未知の生物かもしれない」

「正体がわからないという点では」と真嶋は言った。「どっちもどっちだ。どっちもあり得ないだろう。これは画像加工されたCGじゃないのか」

「その可能性も検討しました」と瀬波が言った。「画像はデジタルで送られてきます。途中でインターセプトして加工修正することは技術を持っていれば可能ですが、あくまで理論上は、です。現実には加工している時間はないでしょう」

「どちらがより非現実的だ」と真嶋は言ってやる。「実用になっていない夢物語的なナノマシンと、画像操作技術の、どちらだ？」

「それは――」と瀬波は言葉に詰まった。

「それは画像操作のほうだろう」と神里が言った。「そんなことができる可能性はほぼゼロだ。ここの環境ではな。技術面以外でも、そのようなものを見せる意味を考えれば、いまのがCGだというのは、なしだ。殺害方法などどうでもいい。二人の首都防衛軍兵士が殺害された事実は動かない。しかもあのロボットがやったということ、それは確定している。そうした現実を認めるのが先決だ」

そう言われてしまえば真嶋には反論ができない。そのとおりだと認めるしかない。

「あの正体はなんなのか、それを突き止めることが重要だが」と神里は続ける。「いま真嶋記者が言ったように、あれがナノマシンの集合体だと考えるのは無理があるとわたしは思う。極秘で開発されていたのならそうした情報が入ってこないはずがない。人間のやることは、必ず、漏れるものだ」

「しかし、未知の生物というのは、もっと非現実的だと思うが」と真嶋が言う。「あれは宇宙人だ、というのと同じじゃないか」

「いや、それは違う。未知の地球生物の存在確率のほうが、話にならないくらい高い。というより、既知の生物種のほうが少ないくらいだろう。ウイルスレベルまでいけば、われわれはほとんど未知の生き物に囲まれて生きていると言ってもいい。腸内細菌の種類や働きすら、なんとなくわかってきたのはごく最近だろう。体内や皮膚表面にはまだまだ未知のカビやら細菌やら、ごまんといるに違いない。人体そのものが複数の生物の集合体と言える。そう考えれば——」

「しかし、なんでいま、なんだ」と真嶋は訊く。「なぜいま未知の生物に襲われなくてはならないんだ。ぼくらが襲われるのは有羽を拉致しようとしたからだ、それは間違いないと思う。あいつは有羽を助けたんだ。それはいい。だが、あいつが新種の生き物だというのなら、なんで、なにがきっかけで、出てこなくてはならないんだ。ぼくらはなにか悪いことをしたか?」

「したのだろう」と神里は平静な声で言う。「なにも気にせず蟻を踏み殺したりしている、という次元の話は別にして、人類が環境を激変させているのは事実だ。生物多様性が失われているのも人類の存在影響が大きい。人類の繁栄を阻止する勢力が生物界から発生することは十分考えられる」

「それは」と真嶋。「ガイア思想だろう」

「それを言うならガイア仮説だ。いまは理論化されている。地球上の生命のすべては相互に関係しあっている一つの生命体として考えられる、というものだ。地球そのものが生命体だというのではなく、一つの種が幅を利かせすぎて全体に悪影響を及ぼすことがあればそれを修正するような自己制御システムが地球生物全体に備わっている、という理論だ。地球が生命体だと考えるとそうした全体としての自己修復性や自己制御性を説明しやすいところから、トンデモ科学だと誤解された経緯もある。だがガイア理論はニューサイエンスや宗教とは関係ない」

「室長は」と瀬波が言った。「ナノマシンが実用化されたというより、未知の生物である可能性が高いと思う、というんですか」

「人間には造れなくても自然なら造れるだろう。言葉どおり、まさしく自然にできたのだ、ということになる。そう、わたしはその可能性のほうが高いと思う」

「同じ人類の敵でも」と真嶋。「相手が機械と生物とでは、闘いの様相や意味が違う。人間に造られた機械の叛乱《はんらん》なら、それは戦争だ。しかし相手が大自然だとすると、これは、なんだ？　自然災害か」

「そういうことになるし、当然、対処法も異なる」と神里は言った。「敵が意識を持ったロボットなら、講和に持ち込むことも理論上は可能だろう。あなたが言うように戦争であれば、だ。が、これが生物界そのものの進化の過程なのだとすると、人類に勝ち目はない。おそらくこの闘いを契機にして、自滅、自壊する。つまり、対処法は、ない。なにをやっても無駄だ。いちばんの対処法は、おそらく、なにもしないこと、だ。動けば動くほど事態は悪化する」

「いま、まさに、そうなっている？」

「いや」と神里は首を横に振った。「まだだ。まだ確認されたわけじゃない。だがそれを確認するためにわれわれが動いていると言ってもいい。最悪の報道向けペーパーを書く役目だよ」

「しかし……」と真嶋はパイプ造りの不安定な椅子の座り心地の悪さに閉口して尻をずらし、言う。「なんであなたがそんなガイア理論にとらわれているのか、わからないな」

「とらわれている？　いや、いま思いついただけだ。以前からその仮説をもとに動いているわけではない」

「そうなのか」

「いま瀬波が見せてくれた映像を見て、これは生き物だと直感した。それからの連想だ」

「直感や連想って、そんないい加減なことでいいのか」

「コンピュータにはできないだろうな。われわれは人工知能を使ってビッグデータの解析もやっているが、あれにもできないことはある」

「当然だろう」と言ってから、真嶋は反論になっていないと気づいて苦笑する。「人工知能にはガイア仮説は出せなかったさ」

「いや、そうでもないと思う」

と、神里のほうも自身の言ったことを否定するようなことを言う。おかしな成り行きだと真嶋は思う。

「ごく簡単な人工知能でも、ビッグデータを与えて、ある目的を達成するためのルールを作るように命じれば、人間には思いもつかない因果関係を即座に千や二千は出してくる」

と神里が言う。

「たとえば？」

「たとえば、そうだな、たとえばこんなことができる。事故死か病死か自死かどうかといった死因に関係なく若死にした人間の顔のビッグデータを与えておき、あなたの顔を見せて、あなたがもうすぐ死ぬかどうかの答えを出させる、そういうことが人工知能にはできる。そのためのルールを人工知能が見つけ出すからだ。百発百中というわけにはいかないが、人間の占い師よりも当たるだろう。しかし人間には、そのルールがどのようにして導かれたのかは、複雑すぎてわからない。いまの例ではいわゆる死相を見つけるということだが、病死や自死の死相はなんとなくありそうだと納得はできるが、若くして事故死しそうな顔というのもある、ということになる。若くして殺される顔とか、若くして階段から足を踏み外して死ぬ顔とか、死に方はいくらでもあるだろう。それらに共通する顔の相というものを人工知能がはじき出してくるわけだが、どうしてそうなるのかとなると、人間のほうでは理解できない。ほとんど、風が吹けば桶屋《おけや》が儲《もう》かる、といった感じだからだ」

「そんな知能では、ガイア仮説なんか出せないだろう」

「仮説としてまとめる作業は、そうだな、それは人間がやることだ。だが、人工知能の働きにより、顔で寿命がわかるということが発見されたのだと思えば――」神里は唐突に言葉を切り、それから「まてよ」と言う。

「どうした」

「大災害に遭った人間の行動のデータから、助かった人間がやっていた行為を抽出するといったことは人工知能なら簡単に出せる。そこから、こうすれば助かるというルールを導くことができる。これが応用できるかもしれない」

「全員でメッカとか西を向いて祈るとか？」と真嶋。

「いや、だから、それは人が考える予想であって、なにが出てくるかは基本的には、わからない」

「津波なら、高台に逃げた人が助かっている、という結果が出るに決まっている」

「そんな常識的なもののほかに、われわれには思いもつかない行動、ルールをたくさん人工知能が見つけ出してくるはずだ。たとえばどんなのが出てくるかと言えば、助かった人の多くは前日にアイスクリームを食べていた、とかだ」

「ばかばかしい」

「あなたのおかげだ。同行してもらえたのはありがたい。感謝する」

「わかるように話してくれないかな」

「まったく打つ手がない、最悪のシナリオを書くしかないと思ったのは間違いだ、最悪の事態だったとしてもまだやれることがあると気づかせてもらえた。ようするに、自信を取り戻せた。あなたのおかげだ」

「おちょくられている気分だ。率直に言って、腹が立つ」

「お互い、ひどいストレスを受けているからな。意識して興奮していないとストレスに負けそうな状態だ。なにか食べるか」

「食べる？」

「カツ丼でもどうだ。出前をとってやる」

「それこそ冗談だろう。取調室の刑事か」

「いや、大真面目だ。夕食はまだだろう」

「食べられるのか」

「秘書に頼む。カツ丼ふたつだ、いいな」

さきほど真嶋に椅子を持ってきてくれた男がうなずいて、その机上のＰＣを操作した。

「あなたはタフだな。あんな目に遭って、あの惨状を見たあとなのに、食欲があるのか、という意味だったんだが。こんな状況でよく食べられるものだ」

「食べられるうちは、人間、だいじょうぶだ。カツ丼は験担《げんかつ》ぎでもある。つきあってくれ。あなたが気分をよくしてくれたんだ。ささやかだが、礼をさせてくれ」

火薬が着いた手を洗ってくると言って、神里は席を立った。

「あなたの素性やここに案内された経緯は、室員全員が承知している」と神里は言った。

「自己紹介は不要だ。聞きたいことがあればだれでもかまわない、なんでも訊くがいい。馬鹿な質問には馬鹿な答えしか返ってこないだろうが、取材には応じる」

「感謝する」

ふと意味不明の笑みを浮かべて、神里は大部屋を出ていった。真嶋には訊きたいことが山ほどあったが、あまりに多すぎてなにから訊いていいかわからず、まるで自分が記憶を一時喪失したのではないかと心配になる。

まずバッグからタブレットを取り出して、スリープ解除を試みたが反応しなかった。再起動操作しても駄目だ。完璧に壊れたらしい。神里が戻ってきたら、彼から社に連絡を入れてもらおうと決める。もしかしたら鎌谷キャップはこの庁舎のどこかに連行されているかもしれないと思った。だから会えるというものでもなさそうだが、近くに同僚がいると思えば心強い。

室内は静かで、真嶋にはそれが不気味だった。仕事は喧噪《けんそう》の中でやるものだという感覚からすると異常だ。まるでロボットがPC画面を見ながらなにか書いているという、そんな風景だ。真嶋はすこしでも打ち解けた気分になりたいと、さきほど椅子を持ってきてくれた男、秘書らしき者に近寄り、真嶋ですと声をかけた。

「文化部の記者をやってる者です。妙な成り行きでここにたどり着きました。ちょっといいですか」

「どうぞ」と席に着いたまま男は笑顔で真嶋を見上げて、「なんでも訊いてください。わたしは神里室長付秘書官、大久村《おくむら》と申します」

「率直に言って」と真嶋は単刀直入に尋ねた。「いまツクダジマ特区でなにが起きているんですか。それが知りたいんですが」

「ご覧になりますか」

「はい？」

「現場中継の映像です」

「見れるんですか、ここから」

「もちろんです」

大久村秘書官というその男は、自分のPCモニタ画面に触れて、映像を切り替えた。画面が3×3に分割されてそれぞれのマス目に夜の風景が映し出される。

「いくつもあります。無数にありますよ。どのへんのをご覧になりたいですか」

「ちょっと待ってください、椅子を持ってきます」

じっくり見るというものだろう。パイプ椅子を秘書官の脇に置き、真嶋は腰をすえて画面を見やる。

「お怪我はだいじょうぶですか」と大久村が言う。「手当をされたほうがいいのでは」

「怪我はしてないと思います――」

と言ってみたが、言われてみれば、首筋がひりひりする。触れると、思わず声が出そうなほど痛かった。

「絞殺死体のような痣が出てます」

笑顔のまま、そう言われる。さきほどの神里の〈若死にする顔〉の話といい、絞殺死体のような、というたとえといい、ここの部屋の人間は死体好きなのかと真嶋は皮肉っぽく心でつぶやく。ブラックジョークにしては場違いだろう。

「いや、だいじょうぶです」と真面目に返して、真嶋は言う。「ファウストD棟を捉えているのはありますか」

「了解です」

手元のキーボードを男が叩くと、画面が変わる。こんどは四分割画面だ。別別の角度から、高層ビルが映し出されている。夜を背景に窓の明かりで建物の姿がわかる。見上げる角度の映像、向かいのビルからのもののほかに、空中映像もある。

「この空中からのはすごいですね」と真嶋は感心する。「あなたがたの情報網はすごいな」

「報道ヘリが撃墜されました」

大久村秘書官の声ではない。前のほう、女性の室員だ。真嶋が驚きの声を上げるよりはやく、冷ややかにその室員が続ける。

「空対空スティンガーミサイルによる攻撃を確認しました。無人攻撃機からです。三沢基地所属の米軍機に間違いありません」

「まさか。嘘だろう」

そういう言葉しか出てこない。大久村が画面を切り替える。炎の輪を描きながら落ちていく物体が映し出される。

「この映像は」と真嶋は秘書官に訊く。「本物ですか」

「別のカメラからのを見てみますか」

と秘書官が言う。遠方に引いた画面になる。画質があまりよくないが、これも空中を飛んでいるヘリか、いやドローンだろう、そこからの映像だ。

「いったい、情報収集用のドローンを何機飛ばしているんですか、めちゃくちゃ多いじゃないですか」

「これはわれわれのものではありません」

「軍か警察？」

「とんでもない」と笑顔のまま秘書官は言う。「一般市民が飛ばしているやつです。その映像をネットに上げているものもあれば、リアルタイムで送信されている画をわれわれがインターセプトしたものもあります。われわれが飛ばすまでもない。そもそも持ってません」

「なんてことだ……」状況に対する実感が希薄になっていくのを真嶋は意識している。

「予算も少ないことだし、ね」などと、秘書官に言っている。

「そのとおり、よくおわかりで」

「三沢所属米軍UCAV三機、進路変更。予想進路、羽田。おそらく目標は羽田空港を発着する民間機」

「神里主任を呼べ」と真嶋は叫んでいる。「なんとかしろ。黙って見ているつもりか」

「お静かに、仕事の邪魔です」と大久村秘書官が笑顔を引っ込めて真嶋をたしなめる。

「この映像は政府高官らも見ています。危機管理センター要員は優秀ですから、ご心配なく」

「ぼくらの仕事ではないですし」と言ったのは、前の席の、瀬波だ。「ぼくらは、敵の正体を探っている。竹村有羽に逃げられたのはいかにも惜しい。室長は作戦変更を考えているところだろう」

「危機管理センター要員は優秀だ、って」と、別の室員、眼鏡の男が、いつのまにかカップを手に近づいてきた。「大久村さんもよく言いますね。記者さんに嘘を吹き込んでいいんですか」

「嘘って」と秘書官。「いや、優秀に違いないだろう」

「それはどうかな。いまどういう指示があそこから出てるか、知ってますか」

「いや、知るわけない」と真嶋。「避難指示ではなさそうだという見当しかつかない」

「特区内にドローンを飛ばしている市民の摘発、です」

「なに？」

「ですから、特区内は基本、ドローン飛行禁止です。それを破った連中を捕まえようとしているわけですよ。この映像をネットにアップした者とか、いま飛ばしてるやつとか」

「アップ映像の削除指示もでているみたい」と別の女室員が言った。「削除されたら状況がわかりづらくなるので、こちらで対抗手段をとってます」

「極秘で、です」と秘書官。

「これは、なにかの間違いだ」と真嶋は言っている。「ぼくを騙そうとしている大がかりな芝居じゃないのか」

「気持ちはわかるけどね」と瀬波が生意気な感じで言う。「でもそれは自意識過剰ってものですよ。あなたやあなたの新聞社には、こんな大がかりな芝居をうつだけの価値はないと思いますけど」

「瀬波くん、それは無礼だろう」と秘書官。「謝罪しなさい。うちの名誉に関わる」

「すみませんでした」瀬波は素直に頭を下げる。秘書官に。「申し訳ない、お許しください、真嶋さん」

「あなたたちはへんだ」と真嶋は言う。「どうかしている。なぜ平然としていられるんだ？」

「平然とはしていません」と大久村秘書官が言う。「言ってみれば、戦闘している真っ最中です。主体不明の敵と戦っているんです」

「正体を探っているだけですけどね」と瀬波が振り向かずに言った。「それが実に、手強い。さっきの黒いやつには腰が抜けるほど驚いたな。室長はすごいです。平然としているというのは、ああいうのを言うんだと思うな」

「私語禁止」と秘書官。

「すいません」

「三沢所属米軍UCAV三機、日本空軍F6により撃墜、確認しました」

「やるべきことはやってる」と大久村秘書官が嬉しそうに言った。「ほら、優秀じゃないか」

「いまのは空軍独自の判断だと思いますけどね」と瀬波。「文民統制が怪しくなってるわけだけど、結果オーライってことですかね」

「あとは政治力の問題だ」と真嶋は思わず話に乗っていた。「首相はじめ政府の手腕にかかってる」

「だから、危ういんじゃないですか」と瀬波が振り向いて言う。「あんな頼りない面子《メンツ》ですよ。転んでもだれかに助けられるまで転んだままになっているような、そんな育てられかたをした人間ばかりだ。平然となんかしていられませんよ——」

「待て、入室許可申請が来た」と秘書官が画面を見る。「小柴《こしば》広報官だ。——許可、と」

政府広報官の小柴だった。

「神里室長はどこだ」

入ってくるなり、小柴という報道で見慣れた顔が言った。横柄な口調もそのままだ。

「いまちょっと席を外しておりますが」と秘書官が立って出迎えた。「緊急事項でしょうか」

「わたしがじきじきにきているんだ。遊びにきたとでも思ったか。馬鹿でもわかりそうなものだ」

「緊急事項ならば、わたしが代わりにご用件をうかがいましょう、なんでしょうか」

「ウム」と秘書官に気圧されたように口ごもった小柴だが、息を整えて言った。「伝えたいことが二つある。一つはよい知らせだ。きみたちが協力要請し、招聘《しょうへい》したインドの客人がさきほど入国した。じきに案内されてくる」

「わかりました。心強いです」

「悪いほうの知らせは、犯人からの要求があった。すべての証券取引所の取引停止、封鎖だ。つまり明日から取引活動をするな、というものだ」

「わかりました」大久村秘書官はいまのメッセージをPCに書き込んで、言った。「ごくろうさまでした。ほかにご用は？」

「ごくろうさまだと？」

「それだけなら、メールでいいのに」と瀬波が言った。小柴には顔を向けていない。「なんでわざわざ。ごくろうなことだ」

「これは」と小柴は感情を押し殺しているのがわかる口調で言う。「極秘事項だ。じきじきに伝えにきたのは、それをきみたちに知らしめるためだ」

「広報官」

神里が入口とは別のドアから入ってきて、言った。

「その情報でしたら、すでに世間に伝わっていると思います。客人の件ではなく、もう一つの、悪いほう、というやつですが」

「どういうことだ」

「〈地球の意思〉からのメッセージでしょう」と秘書官が言う。「広報官がいまおっしゃったのとは少し、違ってます。情報は正確にいただかないと」

「間違いないはずだ。しかし――」

「すべての経済活動の停止。それが敵の要求です」と神里が言う。「マネー関連の取引停止より範囲が広い。すべての、です。この意味が広報官にわかりますか」

「……きみたちはどう分析しているのかね」

うまい受け答えだ、さすが政治屋さんは違うと真嶋は感心しながら、神里の答えを待った。おそらく小柴もそうだろうと真嶋は思う。

「敵は、われわれ人間に、人間をやめろ、と言っている」

神里はそう言った。

「敵の要求はそういうことなんですよ」

もうじきカツ丼が届きますが、よかったらご一緒にどうです、と大久村秘書官が小柴に言った。

ここの人間たちはいったいどういう神経をしているのだと真嶋は訝しむ。正体不明の敵によるテロ攻撃を受けている事態と、もうじき出前のカツ丼が届くという話が、同じ次元のこととして処理されているようだ。

「きみはわたしを馬鹿にしとるのか。なにがカツ丼だ」

小柴広報官が切れた。もっともだと真嶋は思う。

「小柴さん」

と顔を洗ってさっぱりしてきたらしい神里が小柴広報官に言う。肩書きのない名字を呼ばれてますます機嫌を悪くするのではないかと真嶋は思ったが、小柴は神里のその態度に対してなんら反応を示さなかった。この部屋の室長は政府広報官と同等の身分ということなのだろう、そう真嶋は解釈する。

「馬鹿にしているというのなら」と神里は言う、「馬鹿にしているのは敵です、われわれ進化情報戦略研ではありません。一切の経済活動の停止など、できるはずがない」

「そう、だから敵の要求はマネー活動のことを言っているのだ、そうわれわれは解釈した」

「政府は、ということですな」と大久村秘書官。

「あたりまえだ」と広報官。「きみらはおかしい。すべての経済活動の停止を敵が要求しているなどという解釈は現実離れしている。われわれがきみたちに望んでいるのは浮き世離れした学説などではない。現実的な対応策だ。いや、対応策はこちらで考える。とにかくだ、想像ではなく、事実を伝えてほしい」

「大久村秘書官」と神里が秘書官に問う。「敵のメッセージはすべての経済活動の停止、それで間違いないな？」

「間違いないです。危機対策室のほうからも、確認したとの応答がありました」

「そういうことです」と神里は小柴に言った。「出前のカツ丼も経済活動のうちです。敵はつまり、食うな、と言ってるも同然なわけですが、自給自足できる農家なんかはさほどの脅威は感じないかもしれない」

「脅威を感じない人種もいるということだ」と小柴は少し頭を冷やしたことがわかる口調で言う。「それこそが敵の正体だろう。失う物がなにもない人種だ」

「人種という言い方は差別でしょう」と、真嶋は口を挟まずにはいられない。「農家の人たちは別人種だと考えていると受け取られる発言ですよ」

「きみは」と小柴は初めて真嶋に顔を向けて言う。咎《とが》めるような調子だ。「だれかね。新顔か」

「新聞記者です」

「どこの社だ」

「東信毎日です」

「見ない顔だが」

「文化部記者ですので」

「なぜここに新聞がいるんだ」

いや、新聞ではなく新聞記者という人間なのだがと真嶋は突っ込みたいところだったが、我慢した。

「神里室長、なぜ新聞を入れた」

「重要な情報を持ってますので、協力をお願いしました」

「新聞はまずいな。下で預かってもらえんのか」

警察で拘束しろ、ということだろう。

「情報管理の点から、それはまずい」と神里が応じた。「警視庁も独自判断で動きそうな気配ですし、小柴さんは重要情報源を下の連中に渡してもいいというんですか」

「きみの判断ということか。きみが責任を取るのだな」

「むろんです」

「重要情報とはなんだね」

「説明を始めると長くなります」と神里。「一緒に夕食を食べていきますか、ここで」

「いや、いらん。長い説明を聞いている時間はない。あとで報告してくれ」

「わかりました」

「きみたちは」小柴は室内を見渡し、神里に視線を戻して言う。平静を取り戻したようだ。「敵の正体をどう考えているのかね」

「正体を摑むところまではいっていませんが」と神里はこれまでとは違って、慎重に言葉を選んでいるのだろう、低めの声で答える。「人間が人間でいてもらっては困る、そういう相手です。人工人格である可能性を検討してきましたが、どうやらより面倒な相手のようだ」

「いずれにしても人間ではない、と」

「おそらくは。そう、その可能性は高い」

「人間ではないテロリストという、そいつは、ではなんだ。きみはどう思っている。ここだけの話でいいから教えてくれないか」

小柴広報官が神里の答えを馬鹿馬鹿しいと笑ったりせず、そう応じたことに、真嶋はこの小柴という人間を少し見直した。

「ですから、正体はまだ摑めていません」

「正体不明の人間ではないだれかが、われわれにみな農民になれと言っている、そのようにきみは思っているのか」

「いえ、全人類に自滅しろと要求している」と神里は答えた。「そう思っています。その結果、自給自足の生き方しかできなくなるだろう、という意味です。敵の目的は、人類の絶滅だと考えられます」

「大きく出たな」と小柴は初めて笑顔を見せて言った。「いかにもきみらしいよ、神里室長」

「褒め言葉だと受け取っておきます、小柴広報官。この部屋の仕事が無用の長物だとして潰されないのは、あなたのお陰でもあるわけだし」

「きみから皮肉を言われる筋合いはないだろう、わたしは恩を仇《あだ》で返すような人間ではないぞ」

「皮肉なんかじゃない、素直な気持ちです」

「互いに貸し借りなしでいこうじゃないか。——本気でそう分析しているんだな？」

「いつも本気です。危機管理室ではこの状況を反富裕層の叛乱のように捉えているらしいですが、それは違う」

「根拠はなんだね」

「貧困層にはこのテロを引き起こす財力も財源もないでしょう。そもそも敵の要求が実現したら、みんなが貧乏になる。だれも得をする者がいない」

「勝者はいないと」

「そう。マネー取引の停止というだけにとどまらず、経済活動の全面的な停止となれば、人間は生きていけない。自滅です。この要求で利益を得る者は人間にはいない」

「フム」と小柴は立ったまま腕を組んで神里の言葉を吟味するように考えたすえ、独り言のように言う。「全面的な経済活動の停止か。一日当たりどのくらいの経済損失になると思う。全世界でだ」

「一日当たり十兆ドルか、そんなものでしょう」と言ったのは、室員の一人だった。

「指標をどうするかで違ってくるでしょうが、これより大きくてもせいぜい一桁程度かと。つまり十兆から百兆ドル」

「想像を絶する数字だな――」

「敵は全世界の人間の所得がゼロになることを求めている、ゼロにしろと要求してきているると、そのように解釈できますので」とその室員が言う。「損失額自体には意味はないと思います。だれもが等しく財産を失うことになる」

「ようするに破産しろと」と小柴はふと弱気を見せて言った。「そう敵は言っているというのだな。金持ちも貧乏人もすべて。そういうことだときみたちは捉えているわけだ」

「そうです」と大久村秘書官が嬉しそうに言った。「つまり敵は、破産しても困らない者です。したがってそれは人間ではないだろう、という推測には無理がないでしょう」

「困らないだけでなく、利益を得る者、だろう」と小柴。「それはいったいだれなんだ。人工人格とやらか。それはどんな利益を得るというのだ」

「それはまだ皆目わかりません」と神里。「しかし、手がかりらしきものは摑めた。大久村秘書官、先ほどの瀬波が解析した駐車場の出来事、例のやつを広報官にもお見せして」

真嶋ももう一度、興味深くその様子を見る。謎の黒いロボットのような者がどこからどのように出てきたのか、よくわからない。運転手を務めていた二人の兵士の首にまとわりついた黒い帯状のものがはたしてそのロボットなのか、それはわからないだろうと、真嶋はいま思いつく。

小柴は無言で見終えて、言う。

「こいつが首謀者か」

「それは、まだわかりません」と神里。「しかし今回のテロの中心的存在であると確信しています。運転していた部下がごらんのように二名殺害され、わたしも殺されかけた」

「この黒いやつはロボットか」小柴は神里が危うかった点にはまったく触れず、質問する。「このテロはロボットの叛乱なのか。いや、まさかな……しかし何者であれ、人類を攻撃するなら、手っ取り早く原発を破壊して放射能をまき散らすなり、人間の生活インフラを滅茶苦茶にするなり、いくらでも破壊工作の手段はあるだろう。なぜ自分で手を下さずに自滅せよと迫らなくてはならんのだ。自らはできないのか。きみたちがこれまで予想してきたように、ネットの中の人工人格が首謀者ならば、なるほどと思えるが。そんなことがありうるのか。きみたちは以前から〈地球の意思〉とやらが実際に行動に出るだろうと予想していた。ならば、正体についても、もっとわかっていそうなものだ」

「そう言われても――」と神里。

「いや、責めているのではない、わたしのきみたちへの期待が大きいということだと思ってもらいたい。――人工人格というものでなくても、なにか人工的な存在なのか、どうなんだ。どこまでわかっている」

「敵は身体を持っている」と神里は断言する。「それは間違いない」

「いずれにしても、人工人格だのロボットだのがテロを起こしているなどという説明では総理を納得させることはできないだろう。わたしには無理だ」

「事実を摑みます。あなたのためにも」

神里にそう言われて、小柴広報官は大きくうなずく。

「きみと美味《うま》い酒が飲みたいものだな、また。期待している。とりあえず、いま総理に報告できる情報がほしい。文言だ。手ぶらでは戻れんよ」

「さきの黒いロボットのようなやつがこのテロ騒動と関係している、そう確信していま す」と神里は言った。「つまり、言ってみれば犯人一味の姿を初めて捉えたわけだ。国のトップの首相には、総力を挙げてあの黒いやつを確保すべく、われわれに協力してもらいたい」

「そんな言い方をしたらわたしもきみも、クビが飛ぶだけだ。きみも官僚ならわかるだろうに、焦ってるな」

「敵は、われわれが思っている以上に強大のようだ。手に負えないかもしれない」

「わかった。総理には、より危機感をもってあたるよう進言しよう」

「カツ丼が届いた」と秘書官。「かつ又《また》の出前、下に来てます。取りに行ってきましょう」

「いや、ぼくが」と瀬波が席を立った。

「わざわざ人が行かなくても」と小柴が呆れたという顔で言った。「それこそロボットに行かせりゃいいだろうに。警視庁内では何台も稼働しているそうじゃないか」

「セキュリティ上の問題です」と秘書官が言う。「室員が行くのが、いちばん安全確実なんですよ。もとよりこの部屋は警視庁舎内にはないことになってますしね。もっと予算を出してもらって出前専用の貨物エレベーターを作ってもらうとか――」

「やめてくれ、予算と聞くとぞっとする。いまのは聞かなかったことにして、わたしもこれで失敬する。――あ、きみ、瀬波くん、途中まで一緒に行こう」

瀬波は入口付近で振り返る。残念な表情だ。小柴から離れるために志願したのだろうにと真嶋にはその若者の気持ちがわかる。いまさらいやだとは言えないだろう、気の毒に。

「では諸君、頑張ってくれたまえ」

小柴が先に、瀬波が続いて、出ていった。

「ようやく夕食にありつけそうだ」と神里が真嶋に顔を向けて、言った。「付き合ってくれるな？」

「あなた方の戦略としては」と真嶋。「これからどうするんだ」

「食べながら考える。あなたの話も聞かせてくれ。――大久村さん、情報の収集を継続だ。竹村有羽の探索を最優先で。見つかったら再接触を試みる」

「了解しました」

「有羽の行き先ならわかっているだろう」と真嶋は神里に言う。「母親のところだ」

「そうだな」と神里はうなずく。「彼女が逃げるときそう言っていたのをわたしも聞いた。

竹村有羽はあの黒いやつ、瀬波の言うところの物体Xの助けを借りてゲートアイランドに入るだろう」

「オーエルだな」と真嶋。「有羽はあれをオーエル、もしくはオーバーロードと言っていた」

「オーエルだ」と神里はうなずく。「それを操っている者、あるいはコントロール用アプリケーションソフトの名称がオーバーロードのようだ、そう思っていたが――」

「有羽にとっては黒いロボットやアプリを全部ひっくるめて、オーエルなんだと思うよ」

「そう、われわれの事前分析でも、竹村有羽は、ソフトやハードを厳密に区別することなくオーエルと言ったりオーバーロードと言ったりしているということだった。他人に紹介する必要がないので気分しだいで言い方が変わると。だが、さきほど直接彼女と話した感触では、そのオーエルは、いまやオーバーロードの略ではないんだ。最初はそうだったのだろうが、彼女は、オーエルの上位存在に気づいたようだ。いわば、オーエルは目に見える物体であり操作できるアプリで、それをこの世に送り込んできた存在がオーバーロードだ、というように竹村有羽の認識も変化している。言ってみれば彼女は、オーバーロードの正体がわかったんだよ。わたしは彼女と話してみて、そう確信した。おそらくそのオーバーロードというのは、われわれが捉えている〈地球の意思〉と同じだろう」

「敵の正体を有羽が知っているというのか」

「そうだ。が、彼女から詳しい話を聞く前に、逃げられた。ぜったいに見つけ出さなくてはならないというわたしの焦りがわかるだろう」

神里は自分よりずっと、有羽の内面と、その重要性を知っているのだと真嶋は納得する。

「ゲートアイランドに入ってしまったら」と真嶋は言う。「追跡できないだろう。その前に捕まえるしかない」

「できればそうしたいところだが、発見できればどこでも追跡は可能だ。というより、ゲートアイランド内で発見できる確率のほうが高い。アイランド内には民間人が飛ばしている無数のカメラがある。その映像に引っかからずに移動するのは困難だ」

「追跡もできて行き先もわかっていると。ではなにが問題なんだ」

「母親がどこにいるか、それが確認できない。生死も不明だ。もし有羽が実家に行き、そこに母親がいなかった場合、彼女がどういう行動に出るのか、われわれにはそれがまったく予想できない。死体を見つけたとしたら愛する母親の死によって自暴自棄になるかもしれないし、憎んでいた母親を殺したくて接触したのにすでに死んでいたとなっては、目的を見失って自死するかもしれない。全人類を道連れにしてだ」

「彼女の行動が敵の動きとそっくりそのままリンクしていると？」

「そうだ。彼女は人類を裏切る形で、敵の力を私用に使っているんだ」

「どうしてそんなことが言えるんだ？」と真嶋は疑問を率直にぶつける。「まるであなたこそ彼女と共犯のように思える口調じゃないか。共犯だったが仲間割れした、とでもいう感じに聞こえる」

「意味がわからないな。どこから共犯云云が出てくるんだ」

「彼女の行動予測もつかないくせに、彼女は敵と深い関係にあるという。どうしてそんなことがわかるんだ？」

「ああ、そういう疑問か。それは」と神里はさらりと言ってのける。「統計学などを駆使してだ。確率予測だよ。ベイズの定理も使っている。古典的な言い方をすると逆確率算定だな。有羽が敵側なのは間違いないということから、さまざまな分野での実現可能性を確率数値ではじき出すといったことだ」

「ようするに数学的予想か」

「コンピュータを駆使した予測、と言うほうがあなたには実感できるかと思う」

「それなのに彼女が母親と会ったあとのことは予想できない？」

「その要因の一つは、母親との関係とオーエルとの関係が独立したものかどうかがわからないことに由来するものだが、これは別にして、いちばんの問題は、彼女と母親の関係データがないことだ。有羽が義父からDVを受けていたらしいことはわかっている。だが母親もそれに荷担していたのか、あるいはかばったのか、それがわからない」

「どっちにしても愛憎混じった想いだろう」

「だろうな」

「だろうなって、ようするに人の感情は数値化できないということか」

「いや、どっちに転ぶか、そのときの環境によって左右される、それはわかっている。そのときの環境というのが、予想できない。だから、わからない。わかるか?」

「いや」真嶋は神里がやっている分析手法を理解することはあきらめる。「ようするに有羽を母親のいるところに行かせないほうがいい、阻止したほうがいい、というわけだ」

「そのほうがやりやすい」と神里はうなずく。「そうだよ。それには探索が必要だ」

「母親の居場所や生死の確認は、こちらから連絡してみればいいだろう。電話すればいいじゃないか。もしかして、どういう手段を使っても応答がないとか?」

「ない。やるべきことはやっている」

「呉大麻良の携帯電話回線は使ってみたか」

「でかまら?」

「〈黒い絨毯〉のリストに載っていた、呉だ。名前が、大きい、麻薬の麻の、良い、と書いて、でかまら、だ」

「それは知らなかった。すごい名前だな」

「着信拒否でした」と大久村が言った。「電源が入っているのは確認できるのですが」

「呉という人間が有羽の母親と接触するとは、それもまったく予想外だった」と神里が言った。「あなたがそんな彼を取材していたということもだ」

「ぼくから彼にかけてみよう」

音声連絡にはスマホだ。メールの文面を打つことばかり頭にあったので、タブレットの故障で連絡手段を失ったと思い込んでいた。スマホではフリックで文字入力しているが真嶋はこれが苦手だ。

「無駄だ。おそらく生きてはいないだろう」と神里は首を横に振る。「呉が着ているのはパワーローダーだ。戦闘用パワードスーツ相手では勝ち目はない。真っ先にやられているさ」

「いったいなにが起きているんだ？」何度もしている質問だが、だんだん内容が深刻になるのを真嶋は意識する。「ツクダジマ・ゲートアイランド内で対テロ戦争が勃発したのか」

「戦争などという秩序だったものではない。パワードスーツを着た者たち同士の殺し合いになっている。互いに相手をテロリストだと認識しているんだ。殺気立ってる」

「きっかけは、竹村咲都が住む高層マンションの最上階から人が一人投げ落とされたことです」大久村秘書官が説明した。「ローダーを着たテロリストによるものと政府中枢は判断したのです」

「どうして」と真嶋。「そうなるんだ」

「犯行声明があったんだ」と神里。

「〈黒い絨毯〉という、あの謎のサイトで？」と真嶋。

「いや、違う。そこは知らないのか。官邸のホームページに不規則割込があり、〈地球の意思〉名義の犯行声明が表示されたんだ。すぐに削除したが、一般人に見られた。その後、主要なニュースウェブサイトが〈地球の意思〉に乗っ取られるかたちで、向こうからの声明や宣伝、謀略情報が一般世間にダダ漏れだ」

「謀略情報って、どういう？」

「たとえば、『われわれは首都防衛軍の最新鋭動力甲冑をつけて行動している』とかだ。謀略だとわかっていても現場では疑心暗鬼に陥り、いまや警察と軍とのパワードスーツ隊員同士での戦闘になっている。個人対個人だ。最初は軍と警察との戦いだったが——」

「引き上げさせればいいだろう、なにをやっているんだ」

「テロに屈することなく敵を殲滅せよ、それが首都防衛軍への首相の命令だった。引くタイミングを逸した。いまや、引けという命令も敵の策略による偽情報だと認識されているに違いない。投入された戦闘員たちは、自分を護るために相手をやるしかない、そういう状況だろう」

「命令系統が機能していないってことだな。そんなにもろいものなのか」

「あなたは戦闘現場を知らないんだ。いや、先ほど、ちょっとは味わったろう。危機的状況下ではヒトの知力はひどく低下する」

　真嶋は無言で神里の説明を受け入れる。

「アイランド内の一般住民の中にテロリストに協力している者がいる、それを見つけ出せ、というのが警察側の動きだ」と神里は続けた。「それら、軍と警察の行動目的の微妙な違いによって、この事態が引き起こされた。ちなみに軍と警察は互いの情報を共有していない。そのような統合コミュニケーションシステムはないからな。どのみち、もはや収拾のしようがない。パワードスーツを着た連中の一部は住民を片っ端から殺しにかかっている。

だいぶ前から高層マンションからぱらぱらと人が落とされている」

「無差別殺戮としか思えません」と大久村秘書官。「なのに止めようがない」

「信じられない」と真嶋。「プロの機動隊員や軍人がこんなことをやるなんて、いくら疑心暗鬼になったとしてもあり得ない」

「恐怖に駆られてのことか、あるいはもはやゾンビか、どちらかだろう。投入された軍と警察のどちらの部隊も、生え抜きの隊員で構成されている。恐怖や感情を抑えられないというのは考えにくい。あなたの言うとおりだ。彼らは自分が着ているスーツに首を折られて死亡しているとか、着ている者の意思を無視してスーツ自体が勝手に動いているとも考えられる」

「呉大麻良も死んでいるに違いないと、そういうことか」

「言ったろう、真っ先に、だ」

真嶋は神里のデスクに置いたタブレット端末を見やる。その脇にショルダーバッグ。スマホはその中だ。

「死んだとはかぎらないだろう。ぼくから呉大麻良に電話する」

「外部への連絡は許可しない。スマホやケータイなど情報端末機はすべてこちらに渡してくれ」

「自由に取材していいと言わなかったか？」

「ここにあなたのような一般人が入ったからには、勝手に出ることは許されない」

「ぼくを拘束する法的根拠はあるのか。それとも――」

「不法侵入だ」

「なに？」

「あなたは入ってはならないエリアに不法に侵入した、ということになる。いまのあなたは現行犯で緊急逮捕された状態に等しい。あくまで法律云云にこだわるのなら、そうなる」

「例外的な超法規状態ではない、と」

「あなたも承知の上でわたしについてきたはずだ。外部との連絡制限も入室条件のうちだよ。そのかわり、なんでも見て、聞いていい」

「わかった」と言うしかない。「では、ぼくの代わりに呉に電話してくれ。繋がるなら避難を呼びかけるんだ。手をこまねいているうちに犠牲は増える一方だろう。個人への対応はしないというのなら、住人への避難指示を出せ。どうして出さないんだ」

「こういう状況下での強制退去指示については、それこそ法的根拠がないのと国内全体がパニックになるのを恐れているんだろう」

「住人を見殺しにするということだな。それでいいとあなたは思っているのか」

「新たな制圧戦力の投入や避難指示の決定を下すのは官邸の仕事だ。われわれはその判断の正誤を判定する立場にない。官邸がいま緊急にやるべきは国民への非常事態宣言だろう。いまだやられていないことこそ非難すべきだろうが、わたしのいま現在の仕事は、この状況を引き起こしている主体、犯人の正体を突き止めることだ。犠牲者や被害を最小限に食い止めることではない」

「正体を突き止めるためなら積極的に犠牲を増やしてもかまわない、と。そう解釈していいか」

「われわれの仕事によって犠牲が最小限に食い止められることをわたしは期待している。だが現状は、あなたがいま言ったとおりの状況だ。言い訳はしない。こうなれば、肉を切らせて骨を断つ、それしかない」

瀬波が戻ってくる。カツ丼が来た。

「食欲が失せたよ」と真嶋は言う。

それでも、この状況に対する現実感を得るために無理をしてでも食べるべきだろうと真嶋は思った。

ほんの数時間前まで自分は正常な世界にいたというのに、いまはもうあそこへは戻れないと宣告されたかのようだ。余命を宣告されるとしたらこんな気分になるのではないか。

いつだ、いつ世界はこうなってしまったのだろう。

あのときだ。竹村有羽という少女が出現したとき。もしあの娘がこの世に存在しなかったら、と真嶋は奇妙な思いにとらわれた、この世は何事もなく過ぎていったのではなかろうか。

人は因果関係をこじつけずにはいられないからそんなことを考えてしまうのだと真嶋は

自分が抱いた気分を自己分析し、こうも思った、いまの状況が非現実的に思えるほど緊迫した国家の非常事態だという認識は個人的な自分の感想であって、これがたとえば社会部のキャップである鎌谷ならば動揺することなく黙って取材メモをとり続けるだろう。社会部記者にとってこの状況はさほど驚くようなことではないのかもしれない。

真嶋は自分に、この現実を直視せよと言い聞かせる。竹村有羽という娘がどこにでもいるあたりまえの少女だということと同様に、世界ではこのような危機はめずらしくもないに違いない。それが証拠にこの部屋の人間たちはあたりまえに仕事をしているではないか。この光景が幻でないことは目の前のカツ丼を食うことで確かめられるだろう。

だがあの少女、竹村有羽は、ほんとうにあたりまえ（の人間）なのだろうか？

第二部

10

竹村有羽は歩いて地上に出ている。自分は護られていると強く感じた。自分は拉致される途中であのパネルバンから脱出した、ようするに脱走したのだ。無我夢中だったが、あらためて自分の行動を意識して思い返すなら、あの地下駐車場からだれにも見咎められることなく出られたのは単に運のいい偶然が重なったためではないだろう。なにごともなくこうして歩道を歩いていられるのはまさに奇跡だ。奇跡と偶然はもちろん違う。

これまで有羽は奇跡というものを体験したことがなかった。奇跡とは与えられるものであり、それをなす主体が存在する。あそこから出るにあたってはセキュリティシステムを無効にしたり追っ手を攪乱《かくらん》するなどの守護力が働いたに違いないのだ。奇跡というのは愛情と同じだと有羽は思う。

――わたしは愛という奇跡を体験したことがなかった。

もういちど、こんどは心の中で『わたしは護られている』と言葉にしてみる。『わたしは〈地球の意思〉に感謝しなくてはならない。この冬凍死しかけていたわたしに、オークを遣わしてくれた』

オークは黒いロボットだ。真嶋という記者にはオークの名を出さなかった。オーエル＝オーバーロードというのは、オークとのコミュニケーションツールの名称だった。

有羽はオークから自分が護られているように、オークを護りたいと思っていた。人に知られればオークが攻撃されるに違いないと有羽は自分が生きてきた経験からそう信じて疑わなかった。人というのは弱い者や理解できない対象を攻撃する。排撃だ。その脅威から身を護るには、まずは知られないことだ。なかでも名前、本当の名を知られないことは重要だ。名がわからない相手を攻撃するのは心理的に不安定なものだということを有羽は知っていた。攻撃の矛先が鈍るのだ。

オークの名は有羽が勝手につけたのではない。スマホの画面に浮かび上がる〝地球の意思〟からのメッセージが、そう言ったのだ。

〈その黒いヒト型はＯＡＫ。きみはＯＬを使ってＯＡＫを呼ぶことができる。ＯＡＫはきみを護るだろう。ＯＡＫとの意思疎通はＯＬを介すことで可能だ〉

有羽がＯＬを使ってオークに初めて話しかけたその内容は、『ＯＡＫって、どう読むの？』だった。返答が、『ＯＡＫはオーク。ＯＬはオーバーロード』だった。問いも答えも音声だ。

オークには声帯がないようで、有羽はＯＬを起動したスマホを使って目の前にいるロボットと会話した。離れていてもＯＬを使えば話すことができるので、オーバーロードというアプリは要するにオークとの直通専用回線だと有羽は理解していた。

最初はオークには耳がなくて音が聞こえないのではないかと思ったが、そうではなく、オークはこちらの言葉を理解することができないのだということがしばらくたつと有羽にもわかってきた。だからＯＬは翻訳機の役目も果たしているのだと思う。

オークはやがてＯＬを使わないときでも有羽の言葉に理解を示して反応するようになった。だがオークのほうの意思は、言葉やその身体の身振りでは伝えられないのではないか、そう有羽は思っている。オークからの意思伝達は相変わらずＯＬというアプリを介するしかなくて、これはずっとこのままだろう、有羽はそう感じていた。

それはとても奇妙なやり取りであって、たとえばオークは有羽の言葉を理解したとしても、うなずいたり首を横に振ったりして賛否を示すということはまったくしないし、有羽の表情を読み取るということもできないようだったので、結局のところ意思を疎通させるにはＯＬを介する会話言葉しかなかった。

しかもあちらの音声は感情がのっていない機械的なものなので、音声での会話にもかかわらずテキストだけでのやり取りのようだった。相手が目の前にいても、そうなのだ。隔《かっ》靴掻痒《かそうよう》という四文字熟語を有羽は思い浮かべて、なるほどこういうことかと感心し、それをオークに説明しようとしたが、このもどかしいという気分をオークに理解させることはついにできなかった。有羽は苛立ったが、オークのほうも怒って口をとざした、つまりあちらから通話を遮断した。

オークの怒りを有羽は感じ取ることができた。それは自分の苛立ちが反射したものだろう、自分の怒りをオークの感情と思い込んでいるのだ、というところまで有羽は考えることができたが、このやり取りをしたときすでに有羽は、オークが喜怒哀楽という感情を持っているということに気づいていた。

オークは有羽の哀しみや怒りを理解するだけでなく、共感する能力があるのだ。ともに喜び、怒ることができた。表情がないオークの感情表現は、言語と行動だ。『わたしは怒っている』と言葉で伝え、怒りの対象に向かって攻撃しようとする。悲しいときは動作が鈍くなった。喜んだときは有羽の願いをいつもより余計に、あるいは念を入れて叶えてくれるし、楽しみといえばなんと言ってもエネルギーチャージだろう。

オークがロボットだというのは間違いない。高北《たかきた》さんもそう言っていた。

高北さんは、蒲田で町工場《まちこうば》を経営していたが注文仕事が減ったため廃業し、いまは趣味のような修理稼業をしている老人だ。専門はメカトロニクス。小ロットの試作部品の製造を請け負ってきたものの高性能な3Dプリンタが普及するにつれて依頼が少なくなり、廃業するにも金がかかるということでまだ利益が出ているうちに会社を畳むことを選んだ。

いまは工場奥の旧事務室を住宅用に改装し、夫婦で暮らしていた。

オークは昨年末から正月にかけて、その高北さんの工場にだれかが勝手に持ち込んだものだという。有羽がオークに助けられる、ちょっとまえのことだ。いまにして思えばオークは自らその工場にやってきて、そこを自分のねぐらに選んで居着いたということなのだろう。

それが自律して稼働できるヒト型のロボットだろうというのは、高北さんも一目見たときからわかっていたという。見ただけではわからないでしょ、動かない人形か作り物のマヌカンにしか見えないよと有羽が言うと、高北老人は笑って、それはそうだ、動くのを見たからわかったのだ、と答えた。

『工場の片隅にそいつはぶっ倒れていたんだ。ほら、修理依頼されたローダーなんかを置いているところだよ。いつからそこにあったのか、わからん。年末年始は修理仕事はやらなかったからな。松が明けてからだ、なにか妙な物があると気がついたのは。人の形をしているので、だれかが忍び込んだはいいがそのまま行き倒れたのかと思った。近づいてみれば真っ黒焦げの焼死体にも見えたが、それにしては表面がなめらかだ。人ではなかった。わしはそいつを、ローダーを着けて引き起こし、なにせすごく重かったからな、人形を座らせるように壁により掛からせておいた。両脚はまっすぐ投げ出す姿勢だよ。で、翌日見たら、姿勢が変わっていたんだ。膝を抱えるように脚を曲げていた。そのつぎは、立っていた』

『だれかの悪戯かもしれないじゃない』

『そうだ、わしもそうかもしれんと思った。てんこさんは、気味が悪いから捨ててこいと言った』

『てんこさんが？』

高北さんは夫人の典子《のりこ》さんをそう呼んでいた。有羽は、てんこさん自身から『本名はのりこなんだけど、工場を経営していた時分から社長（高北さんのこと）はわたしのことをてんこさんと従業員にも言っていたので、いまではもうそっちのほうがしっくりくるわ』と聞かされるまで、〝てんこ〟が本名なのだと思い込んでいた。

『そうだよ。てんこさんの気持ちもわからんでもないが、わしは様子を見ようと思った。だれかの悪戯でなければ、こいつ自身が動いたに違いない。面白いじゃないか。見たこともないロボットだ。てんこさんには、捨てるにも金がかかるのでやるなら不法投棄だが、ばれたら手が後ろに回る、そんなのはいやだから、分解して資源物として売れるかどうか調べてみると説き伏せた』

『分解しようとしたの？　だめだよ、オーエルが壊れちゃう』

有羽は高北夫妻にもオークの本当の名を言わなかった。

『壊してはだめ。壊さないで、お願いだから』

『だいじょうぶだ、有羽。ぜんぜんそんなことするつもりはないから心配ない。てんこさんも、もう捨ててこいなんて言ってないだろう』

『うん』

『で、その夜、オーエルが動いたんだ。腹が減ったんだな。わしらが寝ているところにアンミツが布団に飛び乗って、にゃおにゃおと抗議した』

アンミツは高北夫婦が飼っている雄猫だ。野良猫だったのだが餌をやっているうちに居着いたのだそうだ。高北老夫婦や工場にはおかしな者を引き寄せて居着かせるなにか妙な力があるのではないかと有羽は思ったりしたものだが、アンミツには妙な食物嗜好《しこう》があって、猫のくせに甘い物が好物だった。仔猫《こねこ》のときに大福とかあんみつとかを与えられたことがあるのだろうと猫好きなてんこさんは言っていた。てんこさんは野良猫時代のアンミツに、食べようと用意しておいたあんみつを盗み食いされたことがあったのだが、そのあまりの食いっぷりのよさにそのまま見とれていたという。名の由来はそれだ。

離乳時期に納豆や砂糖などを食べた経験のある猫は大人になってもそれらに興味を示すのだという。それで主食のドライフードとは別に、てんこさんはアンミツの楽しみにと角砂糖をときどき与えていた。

『目をこすってアンミツのえさ場に行くと、なんとオーエルがアンミツにあげた角砂糖を横取りしていたんだ。あれには驚いたな。最初は泥棒かと思った。アンミツは番犬のように泥棒の侵入を知らせにきたと思ったんだが、そうじゃなかったんだ。オーエルは角砂糖を手のひらに載せていて、それが溶けていくのを見ていた。見ていたというか、楽しんでいたんだな。アンミツはそれが気に入らなかったんだ。でも相手は大きいから怖い。好物を横取りされたからなんとかしろと、わしらに文句を言いに来たというわけだ』

『加勢してくれって、お願いに来たんじゃないの？』

『有羽は猫のことはあまり知らないな。猫はお願いはしないよ』と笑いながら高北さんは言った。『猫は自分がいちばん偉いと思っている。あれは文句だ、砂糖を取られたのはわしらのせいだという、抗議だよ』

オーエル＝オークが砂糖をエネルギー源にしていることがわかったのはそのときだ。

高北さんはオークがやっていることを見て、これは砂糖を食べているのだと直感したという。アンミツのせいだろうと高北さんは言った。アンミツは餌を横取りされたことを怒っている。猫の気持ちになってみればそれはもっともなことだ。自分が食べたかった好物を横取りされて、先に食べられてしまった、そうアンミツは訴えているのだ。つまり、これは餌の取り合いなのだ。オークも砂糖を餌にしているのだとそれでわかった、ということだ。

オークの動力発生メカニズムの詳細は高北さんにもわからなかったが、高度な砂糖電池ではないかという見当をつけることはできた。大きなバッテリーや動力モーターというものはなくて、人が細胞の塊であるようにオークもマイクロレベルの微小なメカニズム集合体ではないかと高北老人は有羽に言っていた。砂糖とおそらく人工葉緑素を使ったエネルギー発生メカニズムをナノレベルで備えているに違いない。

高北夫妻は有羽が来るまでは、オークのことをカオナシとかクロミツとか呼んでいたという。いまでもときどきクロミツと呼ぶこともあって、それは黒蜜のことで、黒くてつややかな身体という外観と、飼い猫のアンミツと同じく甘い砂糖を食べることに由来する。

砂糖を食べて動くロボットなどというのは有羽は聞いたことがなかったので、オークはいま流通しているロボットではないのだろう。高北老人もそれを認めた。どこから来たのか、だれに作られたのか、わからない。そんなものが餌を求めて動いたとき、怖くなかったのかと有羽が訊くと老人は、そう言われてみれば不思議だなと陽気に言った。

『有羽には奇妙だと思われるかもしれないが、オーエルというあれは、わしが作ったような気がするんだ。いや、もちろん違うんだが、種を蒔《ま》いたらロボットが生えてきたというような感じと言えばいいか』

『意味がわかんないよ』

『だろうな、どう言えばいいかわしにもよくわからんのだが。とても身近なものに感じられるんだ。親しみがあるというか。アンミツとかに感じる感覚に近いな』

『ペットのようなかわいさってこと？』

『アンミツはペットじゃないよ。共に生きてる同居人だ。人ではないけどね』

『うん、そうか。それならわかる。高《たか》さんは（有羽は高北さんを高さんと呼んでいる）オーエルを家族みたいに思っているって。でも最初からそうだったというのは、やっぱり不思議だよね』

『オーエルがアンミツと餌を取り合っていたからかもしれんね。あれを目撃したことでオーエルに親しみを感じたのはたしかだ。が、この世にあんな高度なロボットがいるなんてのは不思議と言えば不思議だし、怖いと言えば怖いな』

『怖いのに、一緒にいられるのはどうして?』

『それは……そうだな、こういうことだ、つまり人が生きているのは不思議だし、人がロボットなどというものを作れるのは怖いことだ、というのと同じだよ。オーエルが怖いというのなら、この世でいちばん怖いのはヒトだ。それと、不渡り』

『不渡りって?』

『資金繰りの失敗のことだ。いずれも注意すれば怖くないし、存在を不思議に思ったところでヒトがいる事実は変わらん。わしがほんとうに不思議に思うのは、あのオーエルが、有羽とだけ話ができて、有羽といるときには生き生きとしている、ということだ。それこそが不思議だし、怖い』

『怖い? どうして?』

『有羽をとられてしまう気がするからだ。ある日ここから有羽がいなくなってしまうのが、怖い』

『だいじょうぶだよ。黙っていなくなったりしないから。絶対。約束するから。怖くないよ』

オークは〈地球の意思〉に作られたのだ。有羽はそう信じていたが、オークの背後に謎のそうした力が働いているということは高北夫妻には言わなかった。OLというアプリでオークと話せるということは隠さなかったので、高北老人はOLというアプリはオーク自身が自分の機能の一部を有羽のスマホに分け与えた、つまりオークが作って有羽のスマホにインストールしたのだと思っている。

オークのバックにいる存在のことを有羽が言わなかったのは、高北夫妻を心配させたくなかったからだった。言えば、それはなんだという疑念を抱かせることになるだろう。

有羽はオークに対しては親しみを感じていたが、その上位存在であろう〈地球の意思〉という謎の相手には恐れを抱いていた。なにか圧倒的な力を持つ組織であって、人の気持ちとは関係なく行動している、そう感じた。端的に言って危険な存在であり、関わり方を間違えれば殺されるだろう。自分がなぜそういう相手からのメッセージを受けたのか有羽にはわからなかったが、本来関わってはならない相手だと思った。善良な人間にとっては無縁でいるべき存在。裏社会とか闇組織といったものだ。高北夫婦には、親切にしてもらっているこの自分がそういう存在と繋がっていると思われたくなかったし、関係しては危ない存在に善良な老夫婦を近づけるようなことはしたくなかった。

これって、昔話のヒロインのようだ、自分はまるでかぐや姫ではないかと有羽は思った。あのとき凍死しかけていたわたしをオークは抱え上げてくれて、連れていった先が高北さんの町工場だった。高北夫妻には子どもがなかったこともあり、まるでオークが自分たちの子をつれてきたかのように喜び、孫のような年齢のわたしをまさに我が子のようにかわいがってくれた。とても幸せだ。高さんとてんこさんは、わたしとオークが出ていくことでこの幸せが壊れてしまうのを恐れている——まんま昔話ではないか。

高北夫妻には実母との関係や実家の内実を打ち明けていた。実家には戻れない。母親に会いたくない。怖いあそこには帰りたくない。高北夫婦は有羽の気持ちを理解した。親を頼れないからこそ凍死しかけたのだろうと。落ち着くまで、いや、いつまでも好きなだけ、ここにいるといい。そう言ってくれて、半年たたずにそれは『有羽がここからいなくなるのが怖い』になっていた。

高北夫妻には命を繋いでもらったと有羽は感謝していた。自分が失ったすべてのものがそこにはあった。居心地のいい家、三度の食事、暴力におびえることのない環境、それから仕事。

仕事は高北修理店の手伝いだ。正式に雇う余裕はないから給料は出せないと高北さんが言ったので仕事といっても職業人としての権利を得るというものではなかった。が、それでも有羽はありがたかった。なにもせずに小遣いまでもらうというのは有羽にとって居心地がよくなかった。飼われているのではなく自立した人生を送っているという心の安定のために、工場内を清掃するだけでなく修理する高北さんの助手をやり、てんこさんの家事を手伝った。高北夫妻はそんな有羽の気持ちをわかってくれた。やりたい仕事があればここを足場にして就職活動をやればいい、とも。その恩に報いるためにも有羽はパートタイムでもいいので稼ぎたいと思っていたが、最近、ひょんなことからアルバイトが決まりそうだった。以前世話になった児童養護園の相談員、藤原さんに会うことができて、その仕事の手伝いをしないかと誘われたのだった。福祉の仕事ができるのは願ってもないことだった。いろいろな資格をとって将来その方面の仕事に就きたいと思っていたからだ。道が拓《ひら》けていく。これも、高北夫妻のおかげだ。

高北夫妻がどうしてこれほどまでに自分に親切にしてくれるのか、有羽はなんども考えた。生まれてこのかた、こんな幸福感を意識した経験が有羽にはなかった。これも奇跡だと思った。奇跡とはまさに愛のことを言うのだと有羽は悟る。高北夫妻は、ようするにわたしを愛しているということなのだろう。偶然ではない。奇跡だ。わたしは二人の愛を得たのだと有羽は納得した。求めて得られるものではない。それも有羽にはわかっている。有羽は実父を知らないし、母親にかわいがられたという覚えがまったくなかった。親に愛されかわいがられるというのは当たり前のことではなくて奇跡なのだ。

愛を得るのは奇跡だとしても、でも、と有羽は思う。自らそれを与える主体になることはできるだろう。できるに違いない。それともそれは自らを神だと思うような畏《おそ》れ多い考えだろうか。わたしは傲慢だろうか？

オークはどう言うだろう。訊いてみたかったが、どう訊いていいかがわからない。この気持ちは喜怒哀楽とは違う。オークに理解できるものかどうか、共感してもらえるのかどうか、自信がない。だが試さずにあきらめるのもどうかと思う。この気持ちを正しく伝えられるならば、オークは協力してくれるだろう。

ふと気がつくと、オークがいない。有羽は足を止めて周囲を見る。

――あのパネルバンのドアを開いてわたしを脱出させてくれたオークはどこ。

有羽は拉致された当初からオークが助けてくれることを疑っていなかったが、あのときオークがどこから現れたのか不思議に思った。あのバンにどこからか乗り移ったのだろうか。バンが地下鉄のあの駅の地上に駐車しているときではないだろう、オークがあそこにいたのならバン内に拉致される前に行動して、いまごろはオークとともに実母の家に行っているはずだと思うが、有羽には確信を持ってオークの動きや思惑を言い当てることができない。

普段の有羽はオークと一緒に行動するということはなかった。肩を並べて散歩するにはオークは目立ちすぎる。オーク自体も自ら勝手に動くということはなかった。すくなくとも有羽や高北さんの知るかぎりでは。いつも工場の窓の近くにマヌカンのように立って、動かずに有羽の相手をした。OLを介しての会話だ。

有羽はオークに角砂糖を与えるときがいちばん幸せな気分になれた。てんこさんが、『わたしはアンミツが食べているのを見るのが幸せ』だから、『その気持ちわかるわ』と言った。『ヒトには給餌欲求があるのよね』と。

『猫なんかもそうだけど。動物って仔に餌をやらずにはいられないのよ。でもヒトはどんな動物への給餌も楽しむ才能があるのね。餌をやったり、それを食べてるのを見たりすることで快楽神経が刺激される。ドーパミンがどっと出るってわけ』

ドーパミンってなに、と有羽はてんこさんに尋ねたものだが、その答えより、てんこさんが物知りなことに感心していた。

てんこさんは結婚前、看護師をしていたのだという。結婚を機に辞めて夫とともに町工場を切り盛りしていく。きっと若者だった高さんが病気か怪我で、てんこさんが看護師をやっている病院を受診して、それで二人は付き合うことになったんだなと有羽は勝手にロマンチックな出逢いを想像したが、実際はすこし違っていて、受診したのは高さんの母親だった。神経疾患で歩行が困難になった母親につきそって定期的に神経内科病院に通ったそうだ。母親を大切にする男は妻も大事にするに違いないと思って、てんこさんは高さんを夫にすることを決めたという。その前に付き合っていた男がひどいマザコンで、ああいうのは母親にかわいがられたいばかりで、自分から献身的に母親の世話をするなんてことはしないし、そういう男は妻をないがしろにするに決まっているとてんこさんは言って、男を選ぶときは見かけの優しさに騙されてはいけないと諭した。

そのとき有羽は我が身を振り返ってみて、自分にはそもそも選ぶ余裕はなかった、と思った。親に頼ることなく未成年の自分がなんとか生きていくには男と一緒になるしかなかった。だれでもいいというわけではなく自分では選んだつもりだったが、てんこさんの言う〝選ぶ〟意味とは違うと、有羽は認めた。若いてんこさんは、いまの自分よりずっと大人だったんだ、そういう知恵と経験がいまのわたしにはまだないのだ、と。

実母からそのような知恵を授けられた覚えはぜんぜんない。虐待されていたし、それから身を守るために児童養護園に避難したのだが、それは同時に母親の育児放棄でもあって、実母は有羽を棄《す》てたのだ。児童養護園から引き取ってはまた虐待して有羽が逃げ出す、その繰り返し。それでも有羽は、母の愛情が欲しかった。憎んでもいない。てんこさんにそう言うと、てんこさんはとても真面目な顔で、こう言った。

『有羽、我慢しないで、お母さんを憎んでもいいのよ』と。

ママは悪い人じゃない、てんこさんはわたしがママのところに戻るのが嫌でママを憎んでいる。そう反発した。てんこさんはそれに対してはなにも言わず、悲しい目を向けただけだった。

そのとき有羽はてんこさんに怒りを覚えたのだが、オークの危なさに気づいたのはこのときだ。ＯＬでオークに気持ちを伝えたところ、その有羽の怒りに同調して、〈わたしは怒っている〉とオークは言い、ぎしりと音を立てて窓際から離れ、歩きだした。なにをするつもりかと訊けば、許せないから懲らしめるとオークは答えた。怒りなど吹っ飛んでしまい有羽はあわてて、『だめ、なにもしないで。てんこさんは悪くない』とオークを制止した。『わたしが悪いの。てんこさんに謝らなきゃ。あなたにも。ごめんなさい、怒ってごめん。あなたを怒らせて、ごめんなさい』

台所にいたてんこさんは有羽の叫び声に何事かと飛び出してきた。おもわず有羽はてんこさんに抱きつき、泣いて謝った。話を聞いたてんこさんは、あなたは優しい子だ、それなら本気でお母さんを愛しなさいと言った……

有羽はてんこさんと高さんが好きだった。実母に対する〝好き〟とは違う。愛していると言ってもいいだろう、そうだとすると自分は実母を愛しているわけではないのだと思わざるを得なかった。

実母からめずらしく電話がきて呼び出されたとき、ほんとは行きたくなかった。頭では母親を愛さなくてはと思っているのに、実際に顔を合わせたら怖さのほうが先に立つのではないか。それでも母親を愛することができるのか。いや、むしろ、こう自問するべきだろう、本当に母親を憎むことがこの自分にできるのか、と。

憎んでもいいのよ――てんこさんはそう言った。そんなことを言ってくれる人は初めてだった。てんこさんは心からわたしのことを思いやって、そう言ったのだ。それがいま、わかった。

――ここはどこだろう?

高層ビルがそびえる官庁街を歩いていたはずだった。歩道には人通りはなく、車道もかなりの速度で走る車がときおり行き交うだけの。だが気がつけば高層ビルは遠く、住宅街に迷い込んだようだ。道は狭くなっていて、街灯はあるが暗い。寝静まっている夜の町だ。

有羽は、高北さんの住居兼工場に向かっている自分に気づいた。言ってみれば帰ろうとしているわけだったが、そうしようとした覚えがぜんぜんなかった。それでも脚だけは動いていて、自分の意思とは関係なく身体が動いているような感覚だ。夢見心地といえばいい気持ちのことだろうが、それに近いと有羽は感じた。ここまで歩いてきた途中の記憶がないのだが、不安ではなかった。身体は軽くて疲れは感じない。

オークは先に工場に帰ったのだ。有羽はだしぬけにそう気づいて嬉しくなり、小走りに駆け出す。町工場が集まっている区域が近い。

金型を作っているという工場がある。その角を曲がって一ブロック先だ。有羽は曲がってすぐに異変に気づいた。赤色灯をつけた車両が複数台いた。一瞬にして有羽の気分は冷えて同時に身体も硬直したように重くなる。曲がり角から三歩で立ち止まって、身を隠すために後ずさる。

金型工場の壁から顔だけ出して窺う。はす向かいが高北の工場だ。その入口付近に赤色灯をつけた普通のセダン、覆面パトカーが二台に、装甲車のような警察車両が並んで駐められている。高北の工場入口のシャッターは開いて内は明るい。捜査員が何人もいるのが見えた。

なぜ警察が来ているのか。わたしを捕まえにだ、もちろんそうだろう。有羽にはしかし、なぜ自分が捕まらなくてはならないのか、わからない。警察の狙いは自分そのものではなくて、と思いつく、オークなのだ。わたしからオークを取り上げるつもりだ、そう悟る。

その場で有羽は身をかがめてバックパックを背から外し、手探りでスマホを取り出す。スリープを解除、アプリのリストからOLを起動。耳に当てる。オークを呼び出す。

「起きて、オーク。いまどこにいるの。帰ってるの?」

返事の代わりに雑音が聞こえてきた。耳を澄ますとどこかの環境音だ。あそこだ、いつもオークと自分がいる、あの工場内の、いまの状況を知らせる音に違いない。

『事情を聞かせてもらいたいだけなんですが、どうしても同行願えないというんですか』

『刑事さん』高さんの声だ。『なんども言うが、わしはなにも知らんよ。どこへ行こうと、言えるのはこれだけだ』

『もっと真剣にこのタブレットの映像を見てもらいたいですね。ここに映っているのは竹村有羽だ。あるテロ事件に深く関わっていると思われる。それと、これ、この黒いロボットのようなもの、これは、ここ、あなたの工場に隠されていたのは確認されているんです。言い逃れはできないはずだ』

『そんな解像度の低い画《え》で有羽だとかクロミツだとか言われてもね。だまし絵にしか見えんよ』

『だからそのクロミツとかいうロボットを隠しているのは認めているわけでしょう。どこにやったんだと訊いているんです』

『隠しているってのは人聞きが悪いやね。わしが盗んできたように聞こえる。無礼なやつの相手はせん。とっとと帰りやがれ』

『高北さん、竹村有羽はそのクロミツなるロボットを使ってテロ行為を働こうとしている。いったんは公安が身柄を確保したのだが、ごらんのように逃げられた。この映像のとおりだ。逃げるというのは公安の情報が正しいということだ。後ろめたいことがなければだれも逃げたりはしない。竹村有羽はこのロボットを使ってテロ行為を画策している。あなたも取り調べを受けるのは当然だろう』

『当然だとは思わんね。ぜんぜん思わない。なにを馬鹿げたことを言っているんだ』

『竹村有羽には逮捕状が出ている。なんども言ったとおり、あの娘にはテロを画策している容疑がかかっている。家宅捜索令状もさきほど見せたとおり。同行願えないとなれば、あなたは容疑者を隠避《いんぴ》、危険物を隠匿している罪に問われてもしかたがないんですよ』

『十分に捜索しただろう。有羽がいないのは確認したはずだ。それにもかかわらず、どうして隠避だか隠匿していることになるのか理解できん。理由もないのにわしの修理依頼品を勝手に持っていかないでくれ。有羽とは関係ない、わしの商売物だ』

『なんども説明しましたが、竹村有羽はこれら押収品のパワーローダーの制御部を改造している疑いがある。あの娘にそのようなことができないというのなら、あなただろう。話を聞かせてもらいたい、そうお願いしている。いまならまだお願いですむんですが』

『帰れ、と言っている』

『高北さん、あの黒いロボットは危険です。あなたがあれと関係ないと言うのなら、危険を取り除くことに協力していただきたい。われわれとは話はできないと参考人としての任意同行をあくまでも拒むのでしたら、こちらとしてはあなた方を緊急逮捕することになる』

『あなた方だと?』

『あなたと奥さんです』

『なにを言っているんだ——』

『われわれ警察は逮捕から四十八時間、あなた方を拘束することができます。容疑が固まれば検察に送致することになる』

『妻は関係ない。まったく、脅迫だぞ。断る』

『テロ共謀罪で緊急逮捕。現在時刻は——』

有羽は大きな声を上げそうになる自分を必死にこらえる。高北さんは関係ないのに。

『わかった』あきらめ気分が伝わる口調で高北さんが言った。『わしだけなら、行こう。任意同行に応じる』

『最初からそのように協力してもらえれば面倒なかったんですがね』

『商売物は返してくれ』

『押収品は調査のあと、手続きを経て返却します。——奥さん、竹村有羽が戻ってくるかもしれないので部下を配置します。奥さんの警護です』

有羽は焦る。

このままではだめだ、わたしを愛してくれている二人が犯罪者にされてしまう。そもそもなぜ自分がテロリスト扱いされているのかわからないが、わたしを拉致した黒いスーツの男もそんなことを言っていた。

いま、実家のある、あの特区でテロが起きているということだろうと、有羽は壁際からさらに後ずさり、見つからないように気をつけながら、必死に考える。

有羽は、自分が追われるのは母親が犯した罪に関係しているのだろうかとも考えてみたが、実母がなんらかのテロ事件やテロ組織に関わっているとは思えない。有羽の義父だった、別れた元夫を母が殺害したのはテロとはまったく関係ないだろう。それは間違いないと有羽は思う。だが、ひとつだけ思い当たる関連性があった。ローダーだ。

テロ事件というのは、どうやらパワーローダーやパワードスーツを使って行われているようだ。母親もまた、借り物のローダーを使って元夫を高層階から投げ落とした。母親は電話でそう言っていた。積年の恨みを晴らしてやった、あなたも喜びなさい、と。

『もうじきわたしは捕まると思うけど、有羽、こちらに来なさい。間に合えば直接あなたにやってほしいことを伝える。間に合わなかったらわたしのPCを見て。あなた用のログイン環境を作っておいたから。パスワードはあなたの名前、アルファベットの小文字だから。そこに、あなたあてに詳しいメモや書類一式を保存してある』

黙っていたら母親はこう続けた。

『有羽、あなたにとってわたしは鬼のような母親でしょう。鬼の首を取るつもりで来なさい。鬼は宝を持ってるし。いずれあなたのものだけど、実力で奪いに来なさい。そうでないと宝のありがたみがわからなくて、なにもかも失うことになる』

そんなことを言われればますます怖くなって、すぐに行くのはためらわれた。どうせなら母親が逮捕されていなくなったところで行きたいものだと思っていたし、できればオークに一緒についてきてほしかったのだ。

だがオークは一緒には行けないだろう、目立ちすぎる。それでも有羽はオークにいちおう頼んでみた。一緒に来てくれとは言わず、一人で行くのは心細い、どうしようと相談したのだ。答えが、あの真嶋という記者を誘うといい、というものだったのだが、いまはそんなことはどうでもいい。

やはり問題はローダーだと有羽は思う。警察はテロ事件にオークが関係していると考えている。オークはパワーローダーを自在に操ることができるのだ、と。

有羽には覚えがあった。ある日、高北さんが修理中のローダーにオークが興味を惹かれたように近づいてきて、右腕を伸ばして触れた、そのとたん、魔法のようなことが起きた。ローダーが操り人形のように自ら動いたのだ。操り糸は見えなかったが。糸の代わりをしているのはオーク自身だとわかった。だれが見てもそのように見えた。高北さんは、これはすごいと笑った。

『クロミツは自分の細胞の一部をローダーに注入しているんだろうな。神経細胞を移植して自分の意思で動くようにしてしまったようだ。さて、どうするかな。これでこの修理依頼品、直ったと言えるのかい』

高北さんはオークが離れたあとそのローダーを調べたが、異常は発見できなかった。つまり正常に動作した。ようするに、直っていた。クロミツは万能修理屋になれるわねと有羽が言うと、高北さんは大真面目にうなずいた。これって便利よね、クロミツに修理の仕事を手伝ってもらえばいいよと言うと、それはどうかなと高北さんはやんわりと否定し、不安な表情を浮かべたものだ。その顔が忘れられない。

らそんなことがあったから、ツクダジマ・ゲートアイランド駅のあのエスカレータの上から軍の動力甲冑が襲ってきたとき、あれは味方かもしれないと有羽は思ったのだ。オークの意思がその動力甲冑に乗り移っているかもしれないと。

真嶋という記者はオークの存在すら知らないのだから、あの動力甲冑は襲いかかってくるとしか思えなかっただろうが、わたしはいまでも、あれが襲ってきたのか、それともわたしを拉致しようとしているスーツの男からわたしを護ろうとしたのか、はっきりとはわからない。

それでもあの場は真嶋記者の判断が正しいのだろうと有羽は思った。敵か味方かわからない以上、敵かもしれないと考えて対処するのは当然だ。

いまはどうだろう。オークはどこにいるのか。オークに助けを求めることは可能だろうが、その結果どういう事態になるのか有羽には予想がつかない。あるいはオークは高北夫婦が逮捕されることには無関心を通すかもしれないとも思いつく。自分が頼んでも、それはきみを護ることとは関係ない、とオークは言うかもしれなかった。

有羽はいま自分にできることを必死に考える。警察に連れていかれる高北さんを救うにはどうすればいいのか。

答えはすぐに出る。方法は一つだ。一つしかない。

有羽はスマホのオークに向かって、「オーク、わたしを見守ってて」と言い、ＯＬをシャットダウン、スマホをバックパックのポケットに戻して立つと、角を曲がって我が身をさらし、まっすぐに高北さんの工場に向かった。

11

高北宏基《ひろき》は体格のいい刑事に肩を叩かれ、肩にその手を置かれたまま押し出されるように工場を出た。妻の典子が居残りの若い刑事と並んで見送りに出てきたが、互いになにも言わなかった。

工場内の修理中の物品、ローダーや愛玩用の小さなロボットなどはあらかた押収品として持ち出されていた。それらは赤色灯を屋根につけた二台の普通車の後ろに駐められた、厳《いか》つい装甲護送車に運び込まれた。

運び込んだのは刑事たちとは異なる部署の警官たちに違いなかった。五名いて、四名がパワーローダーを着けている。制服やヘルメットの形からして機動隊だろうと宏基は思う。ローダーを着けていない隊員だけがマシンガンを手にしていた。

「前のに乗って」

刑事にうながされる。反対側からも別の刑事が近づいてきて、乗ってと言われたセダンの後部ドアを開き、先に乗り込んだ。

「じゃあ、お先に」と宏基の肩に手をやっている刑事が、機動隊の連中に言う。「特捜さんの警護はもう必要ない」

「あんたら機動隊に護られてきたのか」と宏基は刑事に言った。「警護役だったとはな。わしはてっきり、重い押収品の運び屋さんだと思った」

「特捜は特殊捜査班、対テロ戦闘のプロだよ。エリート集団だ」

「そいつは失敬した。わしら夫婦のためにわざわざ出動とはな。そんな大物扱いされるたぁ、複雑な気分だ」

「奥さんの前では刺激が強かろうと、あえて控えめに言っていたが、あの娘はそうとう凶悪だ」と刑事は言った。「あなたが隠匿しているクロミツというロボットは、公安の兵隊を二人絞め殺している。竹村有羽がそのロボットに命じた、つまり操縦した、殺害道具として使ったとわれわれは見ている。竹村有羽の直接的な逮捕容疑は殺人だ」

「殺人だと？」

「ロボットとともに逃走した。非常に危険だ。丸腰では対処できない。特殊捜査班はマシンガンとテロ制圧用パワードスーツ、機動KJSで武装している。ごらんのとおりだ」

「なんと、おおげさなことだ」と宏基は本気で言う。「有羽はそんなことができる娘ではない。あんたたちはいったいなにを捜査しているんだ？」

「班長」

と、先に乗り込んでいた刑事がいきなり降りてきて、怒鳴った。

「竹村です、あっち」

宏基もそちらを見やる。街灯の明かりの下に、有羽がいた。こちらに向かって歩いてくる。

「有羽」と思わず宏基は大きな声を上げている。「なぜ戻ってきた。お袋さんのところへ行ったんじゃなかったのか」

刑事らは全員が息をのんだようだ。静まりかえり、動きが止まる。静寂を破ったのは特殊捜査班だった。

「構え」

特殊捜査班のリーダーだろう、命令が聞こえる。銃器を構えているらしい音がしたが、宏基はそちらは見ない。歩いてくる有羽から目をそらさない。

有羽の足下に奇妙な影が見えた。錯覚かもしれなかった。有羽の黒い影が不自然にこちらに向かって伸びた気がした。

「わたしが行くから」と有羽は言いながら歩いてくる。「高さんたちにひどいことをしないで」

「止まれ」と特殊捜査班リーダー。「地面に伏せて、両手を頭の後ろに回せ」

「言われたとおりにしなさい」と宏基についている刑事、班長も叫んだ。「従わないときみは狙撃される。これは警告だ。警告を無視すれば撃たれるぞ、わかるね。まず両手を挙げて跪《ひざまず》きなさい」

有羽は歩みを止める。

「高さんとてんこさんは関係ない」と有羽は言う。「連れていくのはわたしだけにして」

「わかった」と刑事が言う。「そうしよう」

「班長、それはまずいです」と若い刑事が言う。「テロリストに譲歩することになる」

「竹村有羽」と班長は部下の言葉を無視し、宏基の肩から手を離す。「きみの言うとおりにするが、高北夫妻からはいずれにしても事情などを聴取しなくてはならない」

「崎田《さきた》班長、竹村有羽の身柄はわれわれが確保する」と特捜のリーダーが言った。「あなたたちはここで高北の事情聴取だ」

「いや、それはないだろう」と、崎田刑事が抗議の声を上げる。「これはわれわれのヤマだ」

どうやら手柄の取り合いの仲間割れらしいと宏基は思いつつ、有羽から目を離さない。その少女はとてもけなげに見えた。堂堂としているわけではない。有羽はかすかに身を震わせている。それが宏基にはわかる。一大決心して、姿を現したのだ。

「高さんを釈放して」と有羽は言った。「早く」

手錠をかけられたわけでもなく強制的に連行されるのでもないが、釈放しろという有羽の言葉は正しいと宏基は思ったし、その有羽の気持ちは刑事たちにも伝わった。

「わかった」と班長は有羽に、宏基には「戻っていいです、彼女の言うとおりにしてください」と言う。

「いや」と宏基は首を振り、班長の刑事を押しのけて前に出る。「有羽、怖がらなくていい。わしらがついてる。一緒に行って、有羽は捕まるようなことはしていないことを頭の固い警察に説明してやるさ」

宏基が有羽に向かって進むと、背後から鋭く制止の声がかかった。

「動くな」

刑事ではない、特捜だ。隊員の機動ローダーの作動音が宏基の耳に入った。有羽を確保するために動いたに違いない。そう思った。

立ち止まって振り返ろうとしたとき、いきなり大きな破裂音が響いて、宏基は心臓を掴まれたかのように驚き、その場にしゃがみ込みそうになった。発砲音だ。背後から撃たれた。いや自分はだいじょうぶだ。有羽は。有羽も撃たれてはいない。立ち尽くしている。

悲鳴が上がる。振り向くと信じられない状況が目に飛び込んできた。

機動ローダーを着けた隊員が、リーダーだろうマシンガンを構えていたその首を掴み、そのまま腕を上げて吊《つる》し上げていた。銃声は吊されたリーダーのマシンガンからに違いない。だが吊されることに対抗して発砲したのではなく暴発に近いと宏基にはわかった。あまりにも突然で、まったくだれも想定していない事態だ。

悲鳴はまだ続いていたが、それはやられている人間ではなく、やっている隊員が上げているのだった。吊されたリーダーの手からマシンガンが離れて落ちた。もはや絶命しているのは素人目にもわかる。頭がちぎれて落ちそうな角度に曲がっていた。

「やめろ」と刑事たちが叫ぶ。「なにをしている」

「止《と》めてくれ」と悲鳴を上げた隊員が、ようやく意味の取れる言葉を発した。「隊長をやったのはおれじゃない、勝手に動いてる、動いてる、おれじゃない、だれか止めてくれ」

そう言っている隊員は吊した隊長の身体を護送車に向かって投げつけ、こちらに向かってきた。

その場の全員がもはや有羽を忘れた。宏基は妻の典子に、うちに入れと叫んで、そちらに駆ける。老体の動きの緩慢さが恨めしい。脚がもつれて転んでしまう。

顔を上げ、騒ぎのほうに首をねじ曲げて見やると、若い刑事が犠牲になるところだった。拳銃を手にしている腕を取られ、それをねじ曲げられている。激痛そのもののような絶叫が響き渡る。

刑事たちが、仲間を助けるべくローダー隊員の背中に飛びかかった。パワーユニット部分だ。だがその二人に向かって、残りの三名のローダー隊員が襲いかかった。悲鳴と銃声。崎田班長が拳銃を抜き、一体のローダーの背中のパワーユニットに向けて連射した。そのユニット部分に火花が散っているので班長がなにを狙っているのかがわかったし、命中しているのもわかる。が、拳銃弾は通用しないらしい。

「緒方《おがた》、応援を要請しろ」

崎田班長に言われるまでもなく、典子に付き添って立っていた刑事はすでにスマホを出して耳に当てていた。前方の道路沿いにローダー隊員の一人がいて、宏基のほうに向かってきた。狙いは転んでいる自分ではなく後ろの崎田刑事だろうと宏基は感じたが、ここは逃げるべきだろう。だが身体が強ばって動かない。恐怖だ。

背後からきた崎田に抱え起こされた。引きずられるように工場入口に向かう。

「緒方、中へ避難だ、シャッターを閉めろ」

「早く、班長」

間に合いそうになかった。

「緒方、撃て。援護しろ」

「しかし――」

スマホをしまって刑事は言われたとおり拳銃を構えたが、躊躇する。

「かまわん、防弾されている。膝関節とかローダーの関節を狙え。もう、どこでもいい、撃て」

「やめろ」とローダー隊員が絶叫する。「撃つな」

ガシャガシャと足音を立ててローダー隊員が向かってきている。撃つなという懇願とその行動は、まったく正反対で、悲愴《ひそう》と滑稽がキメラになった狂気が具現化した怪物に見えた。

崎田刑事に突き飛ばされるように押し出された宏基は、その勢いをかって脚に力をこめ、妻の元に走る。前方からはローダー隊員だ。間に合うか。開いている入口に飛び込み、上げてあるシャッターの下端に手を伸ばして、ぶら下がるように体重をかける。電動シャッターではない。

「あなた、あれ」

と典子が叫ぶ、その視線を見やる。いま来た方向、有羽の立っていた方向から、なにか黒い大型の猫のようなものが駆けてきた。クロヒョウのようにも見えたが、あまりに速くて、なにか黒い雲が流れてきたようにも感じられた。目の前をそれがよぎって、その先にローダー隊員がいた。

すべての動きがスローになったように感じられた。ローダー隊員は胸のあたりに被弾している、緒方が撃った拳銃弾だ。崎田刑事は転んでいて、その背をローダーの右足に踏みつけられていた。そしてつぎの瞬間には、それらの光景に黒い靄がかかった。

視界が正常な夜の闇になったとき、音も消えていた。ローダー隊員は裏返された亀のように仰向《あおむ》けに倒れて、そのままぴくりとも動かなかった。ローダーを着けた隊員は四名いたはずだが残りの三名の姿はなかった。

「班長、だいじょうぶですか」

緒方刑事が拳銃を両手に構えたまま倒れている崎田に向かう。

宏基は有羽のいたほうを見る。姿がない。シャッターをまた上げて表に出て、覆面パトカーのほうへ行ってみる。有羽はどこにもいなかった。二台のパトカーの中も確認した。まさかと思いつつ、その車の下ものぞいてみたが、いない。

警察に拘束されなくてよかったと宏基は思うが、有羽の身が心配だった。おそらくこの場から去ったのだろう。逃げた、という言葉は使いたくなかった。どうしてあの少女はこんな目に遭わされるのかと宏基は泣きたい気分で工場へ引き返した。ただでさえ薄幸な身の上だというのに。

「いない」と典子に言う。「母親のところに戻ったんだろう」

もう帰ってこないかもしれないと思ったが、口には出さなかった。

「あれは有羽よ」

「え、どこだ」

「あの黒い豹《ひょう》。クロヒョウだった」

「おとぎ話だな。有羽は実はクロヒョウだったたって？」

「クロミツよ。クロミツを着た有羽じゃないかしら」

まさかと言おうとして、妻の勘は鋭いと感心している自分に気づいた。

「そうだな」とうなずく。「てんこ、刑事には言うな」

「わかってる」

クロミツの動力源はおそらくナノレベルの大きさの高度な砂糖電池だ。その身体は微細な細胞の集まりだと自分は感じたが、それなら集合体としての形を変化させることができたとしても不思議ではない。むしろヒト型のほうが特殊な形状なのかもしれないではないかと宏基は思い、そして、思いついた。どのような形状にもなれるのなら、それは有羽の身体を包み込むように変形することも可能だろう。つまりあれ、クロミツは、非常に柔軟性のあるパワードスーツなのではないか。もしそうなら、ステルス性を有していることも考えられた。光学的なそれは、身体の透明化だ。

さきほど崎田刑事から、どこかの地下駐車場を有羽とクロミツが並んで歩いている姿を見せられたが、どうしてそこから外へ出られたのか、その姿を捉えた映像は見せられなかった。どのように逃げたかという説明もなかった。おそらく、と宏基は思った。自分の考えたとおりのことが起きたのだ。電磁的な透明化により、姿を隠して、脱出した。

テロリスト云云よりも、このクロミツの性能ゆえに、有羽とクロミツは追われているのかもしれないと宏基は思いついた。クロミツとは、その存在が国家機密であるような、秘密兵器なのかもしれない。それはあり得る。だが、それを有羽が盗んだ？　まさか、それは、ない。

「班長、しっかりしてください」

緒方刑事がまだ叫んでいる。

宏基は周囲をうかがって危険はなさそうだと判断し、助けに行く。息はあった。緒方刑事と二人で両脇から支えて工場内に引き入れ、寝かす。念のためシャッターを半分以上下ろしていつでも閉められるようにして、緒方刑事とともに、倒れたローダー隊員の様子を見に行く。

「……死んでる」と緒方刑事が泣きそうな声で言った。「ぼくが撃ったからだ」

「いや、違う。あんたが撃ったせいじゃない」

拳銃弾で簡単に死傷させられるのでは対テロ用の機動ローダーとして使い物にならないだろう。崎田刑事もそれを承知していたから発砲を命じたのだ。

あのクロヒョウ、クロミツを着た有羽が隊員を殺したのか。有羽が人殺しをするとは宏基には思えない。やはりあれ、クロミツは、パワードスーツなどではないのかもしれないし、あのクロヒョウはクロミツではなかったのかもしれない。

「いや、ぼくだ」と刑事は言った。「ぼくが仕留めた」

「仕留めた?」

よく見ると、緒方という刑事は笑っていた。泣いているのではなかった。自慢しているのだ。宏基はそれに気づいてぞっとする。

「あんた、仲間を撃って、喜んでいるのか」

「仲間じゃないです。仲間はみなこいつらにやられた」

緒方刑事は立ち、無言で同僚刑事たちの様子を見て回った。最初にやられた若い刑事は拳銃を握ったままの腕を肩から引きちぎられていた。失血死だろう。その刑事を助けようとした二人のうち一人は、路上に頭部を叩きつけられて絶命していた。もう一人は背骨を折られて倒れていた。緒方はその首筋に触れたが、だめだと首を左右に振った。

「ぼくは仲間のかたきを取ってやったんだ」

緒方刑事は特捜のリーダーの死体には近づくことなく、そう言った。

遠くサイレンの音が聞こえてきた。

今夜も熱帯夜だろう。蒸し暑い上に風もない。宏基は汗ばんでいる。しかしこの汗は気温とは関係なさそうだと気づく。空気がおそろしく生臭かった。宏基は足下に気をつける。

血だまりに踏み込んではいないだろうな、と。

恐怖は感じなかったが、身体のほうが正直に反応しているようだと宏基は思う。下手をすれば自分も殺されていたところだ。この汗は冷や汗に違いない。あまりに非現実的な惨劇に意識が追いついていないようだ。

宏基は足下に注意して後ずさる。それから回れ右をして、工場《こうば》に戻ろうと足を踏み出す。背後から緒方刑事が声をかけてきた。（逃げるのか）とか、（逃げるな）とか言っている。声が上ずっていて聞きづらい。

「だれが逃げるか」と、振り向いて怒鳴る。「わしらを犯罪者扱いするんじゃない。被害者だぞ」

緒方は両腕を左右に上げかけて、ぱたりと落とし、「班長の手当てをお願いします」と言ってきた。「おれは応援の到着を待って、誘導しますんで」

警察のサイレンが近づいていたが、それがいきなり途絶えた。赤色灯が視界に入ってくる。音を消して現場到着だ。複数のパトカーが姿を現し、狭い道を塞ぐつもりだろう、対向車線側に連なり、工場前に並んで駐まる。何台来ているのか、宏基は数える気にもならない。半開きにしてあるシャッターをくぐって、工場に入った。

典子が崎田班長に水を飲ませているところだった。崎田は床に座り込んでいる。

「てんこ、よくやった」と宏基は妻をねぎらう。「てんこがいなければこの刑事さんは死んでたな」

「それはおおげさでしょ」と典子は言って、笑顔を見せた。「ちょっと活を入れてやっただけよ。気絶してただけで命に別状はないわ」

「……おれはどうなったんだ」プラ製のコップを典子に返して崎田が口を開いた。「いきなり背後から、突風に煽《あお》られた感じがした。そのあとのことがはっきりしない」

「立てるかね」

「ああ、なんとか」

宏基は崎田刑事に手を貸し、二、三歩先の作業台に案内して丸椅子に着かせる。

「表はどう」と典子が小声で訊く。「静かになったようだけど」

「騒動はおさまったよ」と、あえて詳細は言わず妻を安心させる。「あの若い刑事が調べているところだ」

「特捜のローダーを着けた連中はどうした」と崎田。「落ち着いたのか」

「あんたの背を踏みつけたやつは表で伸びている」息をしていない、とは言わない。「あと三人いたと思うが姿はない。どこに行ったのかわからん」

「おれは背中を踏まれたのか」

「踏みつぶされずにすんで、助かったな。痛むか」

崎田は肩胛骨《けんこうこつ》をほぐすように肩や背中を動かして、いや、と言った。

「背中より胸が痛い。真空投げを食らった気分だ。この工場の前を反対側から先へと、だれかに投げ飛ばされたんだろうな。顔面着地をするところ、とっさに受身を取ろうとしたのは覚えてる」

着地したところにあのローダー隊員の足が下りてきて、踏まれた。そこで気絶、そういうことらしい。

崎田刑事を突き飛ばしたのはあの黒い影のような、おそらくはクロミツだろう。クロミツを着た有羽だったかもしれない。この自分を助けるために崎田を放り投げてあのローダー隊員の前進を阻んだのだ、そういうことにしておこうと宏基は思う。実際は崎田とローダー隊員の二人をまとめて排除するのがあの〈黒い影〉の目的だったのかもしれないが。

「おれの拳銃は？　たしか構えていた。あれはどこだ。手放した覚えはないんだが」

「あんたの部下が拾っていた」

「緒方か。ほかのみんなはどうした。無事か」

宏基は首を横に振る。

「なんてこった」と崎田。「緒方以外、全員か」

こんどは縦に。

「信じられん。いったいなにが起きているんだ。あの娘はどこだ。竹村有羽は」

「姿が見えない」それは事実だ。「いなくなった三人のローダー隊員に拉致されたのかもしれない」可能性はあるが、おそらくは違う。

「拉致って、彼らは特捜だぞ、逮捕だ――いや、違うな、そんな状況ではなかった」

「だから〈拉致〉と言ったんだ」と宏基。「いきなり襲いかかってきたんだぞ。あんたもそれを認めるだろう、不法行為だ」

有羽が姿を消した原因や、どこへ行ったのか、いまどこにいるのか、それはわからない。無事だろうか。宏基は急に不安になる。クロミツが有羽を守ったのだろうと漠然と思っていたが、本当のところなにがあったのかは、崎田と同じく自分にもわからないのだ。

表でクルマのドアの開く音がして、緒方刑事の声も聞こえてきた。怒鳴り声や無線連絡の声などが飛び交いはじめ、にぎやかになる。町工場地区だが住宅もあるので深夜でも無人ではない。野次馬もそろそろ集まってくるだろうと思われた。

崎田刑事はそっと息をして、痛みをこらえるように、あるいは痛みを確かめるようにいったん息を止めて、それから、宏基に言った。

「あなたのせいなのか」

「わしのせい？」

「特捜のローダーに細工をしたのはあなたかと訊いているんだ」

「本気で言ってるのか。わしになにができるというんだ。あのローダーは警察の装備だろう。わしは修理はおろか触ったこともない」

「おれは技術屋ではないが」と崎田は取り調べの口調ではなく世間話のような感じで言う。「ネット経由でウイルスを使ったボットをローダーの制御回路に侵入させる、それくらいは思いつける。あなたはプロだ。もっとダイレクトに、現場で、手を触れずに自動で、リアルタイムにローダーを乗っ取ることもできると思う」

「警察の機動ローダーはネットに接続されているのか、無線で？」

「知るか。どのみち機密事項だろう」

「警察の専用ネットには繋がっていそうだな。それなら、わしにもできるかもしれん。セキュリティを突破できれば、の話だが」

「あなたのせいではないとすれば」と崎田はこんどは刑事の雰囲気をみなぎらせ、宏基の目を見据えて言う。「竹村有羽だ。間違いない」

「寝言の続きか。有羽に、どうやればできると？」

「クロミツというロボットを使ってやったんだ。おれを突き飛ばしたのはクロミツというロボットだろう、なにか黒いものがおれを追い越していったように感じた。そうだな？」

「いや」と正直に宏基は答える。「あまりに速くて形まではわからなかった。クロミツではない。なにかクロヒョウのようにも見えたが、黒いもやもやした不定形な、そうさな、ウンカの大集団が横切ったようだったよ。ロボットなんかじゃない」

　クロミツはどんな形にもなれるのではないか、ということは言わない。

「ウンカの集まり、か」と崎田はちょっと考え、それから言った。「あなたが竹村の仲間ではないのなら、あなたがたも危険だ。利用されているんだ」

「利用だなんて、ちがうでしょ」と典子が不機嫌な表情を隠さず、言う。「まったく警察って、ぜんぜん人情ってものがわかってないんだからね。あんたは薄情者だ。それでよくも人間をやっていられるもんだわ」

「それはないでしょう、奥さん。あの娘《こ》のほうこそ、なにか大きな組織に利用されているのかもしれないんですよ」

崎田は典子に薄情者と言われて心の痛みを感じているようだった。刑事も人の子だと宏基は思う。

「なら、危ないのは有羽じゃないの。なんとかしなさいよ、警察でしょ」

「いや、だから、あの娘の安全確保のためにここに来たんです」

「逮捕に来たんだろう」と宏基。「なにが安全確保だ、ただの確保だろう。はなっから犯人扱いだったじゃないか。そういやあ逮捕状も出てるとか言ってたな。見せてくれ」

「見せるべきは竹村有羽で、あなたじゃない」

「本当に持ってきたのか」

「逮捕状なしで連行したらそれこそ拉致だ。偽警官だとでも言いたいのか。わたしの身分証を見ただろう」

「警察のバッジを見せられたところでそいつが本物かどうかなど素人にはわからん。運転免許証か社会保障カードのほうがましだ」

「悪いようにはしないので、あらためて、任意同行を願いたい。本庁だ。わたしにも意地がある」

「手柄を横取りされたくない、か」

「率直に言ってそれもある。これはわたしに任されたヤマだからな。しかし、あなたがた夫婦の安全確保を優先したい。それと、あなたはこのままだと、別班の刑事たちから、また最初から、一からだ、同じ説明をさせられることになる。警官が犠牲になったいまとなっては、より厳しい取り調べになることを覚悟しておいたほうがいい。わたしの聴取とは異なる主張をしたいのならそれはそれで捜査の役に立つのだが、そうでなければ、あなたにとっては拷問に等しいだろう。何度も何度も同じ話をさせられることになる。それから助けてやろうと親切心で言っているんだ」

「親切心だ?」

「そうだよ。あなたが隠し事をしていないとすれば、ここはまだ危険だ。正体不明の何者かが警察の機動ローダーを乗っ取って警官を殺した――」

「殺したって、ほんとなの」

典子が驚きの声を上げる。

宏基は「だいじょうぶだ」と言う。「心配ない。死人には手当ての必要はない。死んだままだからな。あわてなくてもいい。表には応援の警官が大挙して押しかけてきているし、これ以上死人が増えることはないだろう」

クロミツが殺したのかと典子は驚き、心配したに違いないのだ。それが宏基にはわかる。崎田に気づかれてはまずい。その気持ちは典子に伝わったようだ。

「元看護師のあたしとしては放ってはおけない気分だわ」と典子は崎田に言った。「刑事さん、あなたには怪我はないみたいだけど、あとで精密検査を受けたほうがいいよ」

「わたしのことはいい」と崎田は受け流した。「あなたがたこそ、今夜はわたしの言うとおりにしたほうがいいぞ。明日、事情聴取を終えたら送り返してやるから。ふつう、帰りは送らないんだが——」

「あたしは行かないよ」と典子が即刻拒否する。「留置場なんかに泊まりたくないし、アンミツをおいて留守にするなんてできないわ」

「留置場だなんて奥さん、それは考えすぎ——」

「じゃあホテルを用意してくれるのかい。徹夜で取り調べをやるなんて言わないでおくれ。いま何時だと思ってるの」

「本当のところを話してもらえれば手間は取らせません」と崎田は言った。「自腹を切ってでもホテルを用意させてもらいますよ」

「仕事熱心なんだな」

「部下がやられたことを無駄にするわけにはいかんです」

「あんたの部下をやったのは特捜だ。有羽じゃない」

「竹村もしくはあなたが、ローダーを乗っ取った疑いがある」

「だから、違うと言っている」

「高北さん、竹村有羽はどこです。彼女が行きそうなところを教えてください」

「ツクダジマ・ゲートアイランドの母親のところだ」それしか宏基には考えられない。

「それはさきほど聞きました。言ったでしょう、彼女が母親と接触する前に公安が確保したんですよ。なのに逃げられた。われわれは彼女はここに来るかもしれないと思った。実際、現れた。確保し損なったのは警察の失態だ」

「あんたのではなく、か」

その嫌みを崎田は無視して、「ほかに行きそうなところは、どこです」と訊いてくる。

「何度か預けられた児童養護施設」と典子が言った。

「児童養護施設？」と崎田。「なんでそんなところに行く必要があるんです」

「ほかに行くところがないからだ」と宏基は典子に代わって言う。「雨露がしのげるところだ。でなければ野宿するしかないだろう。あんたは有羽をホームレスにしたいのか」

「いや、そういう話ではない、わたしが訊いているのは――」

「行きそうなところといえば」と典子が続けた。「それくらいしか思い浮かばないわ。テロリストとか、乗っ取ったとか、あんたたち警察は有羽のことをなんだと思ってるの。あの子はとても繊細で、人を怖がってる。犯罪に巻き込まれることはあっても自分から悪いことができる人間じゃないのよ。いったいぜんたい、なにを調べてきたの」

「竹村有羽の身上関連の情報については、公安からの資料しかわれわれは持っていないが――」

「よくそんなんで捕まえに来られるな」と宏基。

「犯罪事実があれば捕まえるに十分だ」と崎田。

「あんたは」と宏基は崎田刑事に言ってやる。「さきほど有羽に会っただろう。話しかけ、呼びかけもした。あの子が凶悪犯に見えたか、いまもそう信じているのか？」

崎田刑事は宏基の挑戦的な視線を受け止めて黙り、一瞬息を止めたあと、ふっとため息をついて目をそらし、「いずれにせよ、だ」と言った。「いまは――」

「いずれにせよもくそもない」と宏基は突っ込む。「わしの質問をはぐらかすつもりか」

「竹村有羽の確保は直ちに行うべき事項だ」と崎田はきっぱりと答えた。「それが彼女のためだとわたしは信ずる」

「では捜せ」と宏基は言う。「わしらのことはもういいだろう。帰ってくれ」

「見つけたら」と典子。「わたしたちにも教えてちょうだい。迎えに行くから」

「わたしの厚意は受けないというわけだ」

「警察の横暴に抗議しているだけだ」

崎田刑事は深く息を吐いて、椅子から立った。顔をしかめて作業机に手をつく。

「痛むの？」と典子。

「いや、ぜんぜん」と崎田。「かまわないでください。別班の刑事が来ると思うので、よろしく」

崎田はシャッターが半開きになっている入口に行き、騒がしい表をうかがう。そのシャッターが揺れて音を出し、崎田はのけぞった。緒方刑事があわてて入ろうとしたのだ。

「緒方、何事だ」

「班長、大変です」

「おれも大変だった。まずは、おれの心配をしろ」

「そうか、班長は伸びてたんだな。――だいじょうぶですか」

「見てのとおりだ。たいしたことはない。おまえも無事でなによりだ」

「はい。それより――」

「落ち着け。これ以上事態は悪くはならん」

「交番が襲撃されました。警官が二人、やられた」

「いつだ」

「いましがた、生き残った警官が緊急通報してきたそうです。襲撃者はローダー装着した特捜だとか。間違いないでしょう、あの残りの三名だ。移動はかなり素早い。方向からして本庁に戻るか、いや、本庁内に殴り込みをかけるのが目的だろうと、ぼくは思うんですが」

「その制圧は、ローダーは着けずにやるべきだろうな」

「ですね。殺人ローダーが増えるのを阻止しなくては、終わりだ」

「そうだな」とうなずき、崎田は宏基のほうを振り返り、言った。「警察の信頼も地に落ちる」

「班長、どうしますか」

「われわれの情報が必要になる。行こう。戻るぞ」

「上の指示は無視するんですか」

「来てるのか」

「いえ、まだですが」

「こちらが摑んだネタの重要性を横取りされる前に動く。急げ」

「わかりました」

宏基に向かって崎田はちょっと手を上げると部下の緒方といっしょにシャッターをくぐり、出ていった。それを待っていたのだろう、飼い猫のアンミツが姿を現した。作業机にひょいと飛び乗って、表のほうに頭を向けて伸びをした。

「お仲間が亡くなっているというのに」と典子がため息交じりに言った。「なんてタフなこと」

「まったくだ」と宏基はうなずく。「こちらは有羽が心配でならん」

「有羽にはクロミツがついてるでしょう。じたばたしてもはじまらないわ。甘い物でもいただきながら待ちましょう」

典子の言うとおりだ。いま自分たちにできるのは待つことだけだろう。

宏基は作業机で毛繕いをしているアンミツを抱き上げる。腹を出して寝ているとほとんど白猫に見えるのだが背には黒い斑点がある。両耳は白いのに頭のてっぺんは黒くて、鼻の上と両の髭《ひげ》のあたりの黒い斑点がまるで蜜豆の豆のようだ。アンミツはいまでも甘い物に目がない。猫のくせに砂糖が好きとはねと思い、ふと、砂糖を山盛りにしておけばそれにつられてクロミツは戻ってくるような気がした。

12

有羽は実家のマンションを見上げている自分に気づいた。いつ、どうやってゲートアイランド内に入ったのか、覚えがない。しかもすっかり夜が明けている。自分は寝ていたのかと思う。朝だから目が覚めたという、なんの不思議も怖さもない、自然な気分だった。寝ているうちにここまでだれかに運ばれてきたか、でなければ夢遊病のように自分の足で歩いてきたのだろう。

じゃあ、と有羽は思う、寝入る前はなにがあったっけ。なにか心配事があった気がするのだけれど。

高さんとてんこさんだ、警察に引っ張っていかれそうだった。警察の狙いはわたしだ。わたしが出頭すれば高さんたちは解放される、そう思って近づいたら、〈行くな〉と制止された。あれは声だったろうか。声ではなく、つまり言葉をかけられたのではなく、だれかの意思をわたしが感じ取ったのかもしれない。オークだろう。それ以外には考えられない。オークはわたしを守ったのだ。そして、高さんとてんこさんを守ってというわたしの願いも叶えてくれたはずだ。だからわたしは安心して眠りに落ちることができたのだろう。覚えはないが。でもこの寝覚めの自然さは、すべて無事に事が運んだということの証なのではなかろうか。

有羽は目をしばたたいて、自分がマンションを見上げているのはなぜなのかを思い出そうとする。最上階は継父の居住階だ。電話で母親は、あの男を投げ落として墜死させたと言っていた。その現場を確認しようとしていたのだろうか。

頭の重さを支える首筋がこっているのを意識した。けっこうな時間ずっと見上げていたらしい。マンション壁面をたどりながら視線を下ろす。ベランダのある側ではない。北向きの壁面で、並んでいる窓は嵌《は》め殺しになっているか開くことができる構造であっても日常的には開かれることはない。にもかかわらず、あちこちの窓がぽっかりと黒い口を開けていた。目を地上に降ろせば、有羽は入口に続く前庭のコンコースに立っている自分を意識する。それで思い出した。自分は数を数えているところだったんだ、と。

いくつまで数えた？　二十三。なにを数えていたの？　死んでいる人の数。途中で数えるのをやめたのだ。多すぎて。

視線を水平方向に動かせば、前庭の敷石の道や来客用駐車スペースにそれらが散らばっていた。墜落死した住人たち。穴のあいた窓から墜《お》とされたのだ。窓ガラスを突き破って。母親はどこだろう。死体になっているだろうか、あの二十三以上、たくさん、の数に入っているだろうか——そう思ったのを有羽は思い出す。

地上に散乱している動かない人のなかにいるかもしれないが、それよりも、母親の家、自分の実家でもあるその部屋の窓を見るほうが早いだろう。ファウストD棟の四十八階、西の角部屋だ。そうだ、だから自分はマンションを見上げていたのだ、首が痛くなるほど、顔を仰向けにして。しかしいくら見上げていたところでどれが実家の窓なのか、四十八階というのがどのあたりなのか、はっきりしない。壁面に階数など書かれているはずもなく、目印になりそうなデザイン的な特徴もなかった。また数を数えなくてはならないのか。

母親が投げ落とされたかどうかを確かめたいなら実際に家に行ってみればいい、もしそこにいなければ窓から下を見るだけですむ、簡単なことだ――とは思わなかった。母親に会いに行くことは有羽にとって簡単なことではなかった。生きているならばなおのことだ。死体を発見するほうが安心できると感じた。安心だが、悲しいだろう、とも思う。安心して悲しむことができる、ということかもしれない。

有羽は、それでも行かねばなるまいと心を決める。危険だが。住人たちを投げ落とした相手はまだ中にいるかもしれないのだ。パワードスーツを着た人間が。

窓ガラスを突き破って投げ落とすにはパワードスーツを着ている必要があるだろう。だが有羽は理屈でそのように考えたのではなかった。実母がパワードスーツを着けて元夫を墜死させたという、その母親からの電話内容から、もしかしたらこの惨状はあの母がいまもパワードスーツを着けたまま殺人行為を続けているのではないかと、そう想像したのだ。

でも、と有羽は、ほとんど夢遊状態で考えていたそれらを意識して追い払う。夢の中ではとても合理的だと思える考えも目が覚めてみれば馬鹿げている、それと同じだと思う。母親はあの男を憎んでいたから殺した。あの男以外のいま死んでいる人たちは母親の憎しみの対象ではないだろう。母親がやったことと、この惨状とは、まったく無関係だ。そう有羽は覚醒した意識で判断する。

　そもそもこれは一人の手でやれることではない。大勢のパワードスーツを着た人間が無差別に住民を殺害したに違いないのだ。そう、あのとき、地下鉄駅でわたしと新聞記者に向かってきた動力甲冑を着た人間、あれだ。自分を助けようとして近づいてきたのではなく敵だったのだ。記者の判断は正しかったということだ。

　どういうルートでこの特区に入ったのか。地下鉄か、橋を渡ったのか。どうしても思い出せない。だが入ってからの風景はうっすらと覚えている。その記憶をたどれば、道路に散乱した死体をよけながら自分は移動していたのだった。いま思い出せばぞっとする光景だが、そのときは、まったくなにも感じなかった。視界の高さや動きからして乗り物での移動ではない、歩いてここまできたのだ。

　動いている人には出逢わなかった。立っている人間もいない。うめき声も聞こえなかった。有羽はいま初めて、ここは大虐殺の現場なのだと意識する。ゲートアイランド内の住人のほとんどは絶命している。生きて出られなかった人が死体になって残されたと言うべきかもしれないが。住人の三人に一人が殺されているとすれば一万人というところか。一分に一人殺されたとすると——有羽はざっと暗算している——一昼夜で千五百人弱、一万人の死者を出すには一週間かかることになる。

　一分に一人という数字にはなんの根拠もなくて、一万という死者数もいまふと脳裏に浮かんだだけなのだが、いまは、たぶん、あの夜から一週間から十日経《た》っているのではないか、そう感じる。

日にちが経っているということをそのような暗算をすることで確認しようとしているのではないか。自分がなにを考え、どう行動すべきかは、無意識のうちにみんなわかっているような気がするが、無意識のそれを意識するのは難しい、そう有羽は思う。意識できない思考をなんとか意識しようとすれば、それは本来の考えとは形を変えたり、思考の断片のようにならざるを得ないのではないか。自分に関心があるのは死者の数ではなく、いまはいつなのか、だろう。あるいは死者の中に母親がいるのか否かだ。何日も経っていれば母親を発見することは難しくなると無意識に心配しているのかもしれない。

はっきりと目を覚ますべく、有羽は深呼吸をする。強い風ではないが、その風音が聞こえるような静けさだった。潮の香りがする。これは血の臭いかもしれないと有羽は思いついた。

こんな血なまぐさい場所に自分はなにをしにきたのか。母親に会いに、だ。会ってどうするつもりだったのだろう。どうするって、会いに来いと言われたから来た、それだけだ……そう思いつつ、有羽は勇気を振り絞って、てんこさんに言われたことを思い出す。

『有羽、我慢しないで、お母さんを憎んでもいいのよ』

そうだ、わたしは母親に、『あなたを憎んでいる』と言うために、来たのだ。ものすごく、怖いけれど。でも、言わないとあの母親に虐待され続けるだろう。精神的に絶対に頭が上がらない相手としてわたしが生きているかぎり君臨し続けるだろう。わたしは、と有羽は思う、母親を母親として愛することができる普通の娘になりたい。それにはどうしても、わたしの本音を、本当の声を、伝えなくてはならない。てんこさんに、そう教わったのだ。『憎んでもいいのよ』というのはそういうことだろう。

それまでは母親には生きていてもらわなくてはならない。もう投げ落とされたのではなかろうかとこの現場に来てみて、そう絶望したような気もする。

有羽は両手の存在を意識し、それを動かして自分の両の頬を軽く叩いてみた。腕を上げるときに自分の身体が強ばっているのがわかった。ずっと同じ姿勢をとっていたからだろうし、実家を前にして緊張しているせいでもあるだろう。頬を叩く手は冷たい。夏なのに。頬が熱いのかもしれない。肩は軽かった。バックパックを背負ってないのだ。どこでなくしたのか覚えがない。あれがないということは、スマホがないということだ。つまり、と有羽は気づく、オークと話す手段がないということではないか。

心理的な恐慌に陥るかもしれないと有羽は他人事のように思いつつ、こんなふうに自分の心を外から見ているかのような気分は初めてだと気づく。頼りにしているオークとの連絡手段がないことに気がついたにもかかわらず心中に不安はない。どうしてなのかと自問する。

オークは近くにいるからだ。近くにいて、自分を守っていてくれる。そう感じられる。だからオークとの連絡用のアプリはもう必要ない——言葉にすればそういうことだと、自答している。ここにいま自分がいるのは、オークのサポートがあればこそだろう。オークが連れてきてくれた。あとは自分でやれということだろう。

息を吸い込んで、意を決する。行くぞ、中へ。

その意気込みはしかし、早くも入口で挫《くじ》けそうになる。自動ドアが開かない。セキュリティとは無関係の風よけのドアだ。停電なのだろう。ということは、と有羽は気がつく、ここさえ突破できればセキュリティカードなしでマンション内に入りたい放題ということではないか。警報も鳴らず警備員も来ないだろう。だれにも邪魔されることなく実家の玄関ドアの前までは行ける。もし母親が生きていればそれは内から開かれるだろう。他人の家についてはどうでもいい。問題は腕力と体力だ。このドアをぶち破り、エレベーターも動かないだろうから階段を上る必要がある。山登りのようなものだ。一時間では着けないかもしれない。

こういう状況こそパワードスーツの出番だろうに、自分が持っていないのが恨めしい。有羽は付近の地面に目をやって、自動ドアのガラスを破れそうなものを探す。

手ごろな石といったものは見当たらない。どのみち自分の力では、そんなものを投げたところで駄目だろうと思う。バールのようなものをドアの合わせ目に突っ込んでこじ開けるほうが現実的に思えたが、そのような道具がそのへんに転がっていると考えるのは非現実的だろう。

でも、自動ドアが自動で開かないというのは、ほんとに開かないってことなのかしらん。ふと有羽はそう思いついた。大きなガラスの扉が左右に開くドアだ。ドアが合わさるその縁はやわらかいゴムのクッションシールで保護されている。試しにその合わせ目を指で探ると、きつめだがなんとか入ったので、あらためて両手を突っ込んで力をこめる。と、重かったが動く気配を見せた。これはいけそうだ。右の扉に全力をかけることにして両の手を入れ、腰を落としておもいっきり引く。ずりっ、ずりっと開いていく。反対側の扉も同時に動いているようだ。

案ずるより産むが易《やす》しだと思った。五十センチほどの隙間で十分だ。有羽は風よけホールにすんなりと入っている。あとは警備室を脇に見ながらセキュリティカードをかざすと開くバーがあるだけだ。バーは無視して越えればいい。通常はそんなことをすれば警報が鳴って警備員が飛んでくるだろうが、バーは物理的に侵入者を阻止するものではなかった。地下鉄の自動改札と同じだ。来客があれば人数を打ち込む操作盤のキーも試しに叩いてみたがディスプレイに反応はない。有羽はバーを乗り越えて内に入る。警備員は来ない。

来客用のラウンジがある。照明が消えていて暗いが無人だとわかる。エレベーターホールに行く途中、来客用の宿泊室をのぞいてみた。鍵は下りてなくてドアを開くことができた。ということは使われていないということだ。だれもいない。有羽は以前、家から逃げ出してここを無断使用したことが何度かあった。鍵をかけなければ無人と見なされることを知っていたので。今回も利用することになるかもしれないと思う。そのときは鍵を下ろそう。

エレベーターは予想どおり動いていない。階段に向かう。階段室だ。入るにはドアを開かなくてはならないがロックはされていない。なにも問題ない。扉には通常のノブはなく、ドア面に折りたたまれた形のレバーを引き出して回すことになる。有羽はこれも何度も使っていたので迷うことはなかった。階段室はある意味、有羽にとって一時避難場でもあったからだ。身体的な虐待から逃れるためだ。そのままこの一階まで下りたこともあったが、逆向きで使ったことはなかった。上に行くのは初めてだ。

重いドアを引いて内に入り手を離せば、ドアはチェッカーで自動で閉まる。レバーもバネ仕掛けで元に戻っているはずだ。上を見やればこの一階以外の各階の踊り場に窓があるので明るい。非常時にはその窓から表の避難用バルコニーに出られる作りになっている。

上りを開始する。各階毎《ごと》に階の数字が扉に大きく書かれているし踊り場の非常灯のパネルにも表示されている。停電でも夜にはそれが点灯されるはずだ。停電してからどれだけ経っているのかはわからないし十日経っても非常灯が点くものやら有羽には見当もつかないが、ともかくも窓があって外光が差し込んでいるのはありがたかった。下手をすると真っ暗闇の中を上がる羽目になっていただろうから。

数字が増えていくのを励みに足を動かす。有羽は急がなかった。階段室は熱気が籠もっていて、上に行くに従ってさらに温度が上がるようだ。余計な汗はかきたくなかったし、疲れるのはもっと嫌だった。息が切れるような上り方はしなかった。五階毎に非常用窓を開け、その低い框《かまち》を跨《また》いでバルコニーに出ては風にあたった。そのたびに景色の視点が上がり、周囲の高層マンションの間からより遠くを見通せるようになったが、時間が死んだかのような動きのないけだるい真夏の空気に変化はなかった。最初の五階のそこからは身を乗り出して地上を見下ろしてみたのだが、墜死した人間が散乱している光景は前庭と同じだった。付近の道路も同じだ。ぶつかったりしてひしゃげている自動車も見えるし、そこから放り出されたらしき人もいる。なんとなくジオラマのように感じられるのは、まったく動きがないためか。ミニチュアの人形のようなあれは死体だろう。息があるとは思えなかった。このバルコニーの真下には見当たらないので、ここまで逃げて追い詰められたあげく墜とされたという犠牲者はいないということだろう。いまやこのマンションだけでなくゲートアイランド全島に生きた住民はいないのかもしれないが、だからといって襲う側もいないということにはならない——そう思う有羽にとって、すくなくともここ階段室から突き落とされた住民はいないという事実は、階段を上り続ける気力を持続させることに役立った。だいじょうぶだ、心配ない、あともう少しだ、がんばれ自分、と。

48という数字のある扉に着く。一時間はかからなかったと思うが時計はないのでわからない。だが想像したよりもずっと早く、疲労感もなかった。有羽は扉に耳を付けて音を探った。向こう側にだれかいそうな気配はなかったが、扉に耳を当てたまま、自分の脈を手首で取って五百を数えてから、その扉をそっと開けてみた。

廊下の照明が消えているのは予想どおりだが、暗くはなかった。非常灯が点いているわけではなく外光だろうと思われた。だれもいないのが見て取れる。有羽は廊下へ出る。窓のない廊下だ。明るいのは実家の玄関ドアが開いているからだった。開きっぱなしだ。いや、ドアがないのだと近づいてみてわかった。破壊されてねじ曲がったそれは玄関内に倒れていた。入ったすぐ先は客間だが、そのドアは開いたままになっていて、外光はその部屋の広い窓からだった。液晶のサンシェードは機能していない。外気温や日照のあるなしで自動反応するはずだがセンサが死んでいるのだろう。停電したのは夜だったのだろうと有羽は思う。無人だったが、人のいた気配はあった。どうやらこれは酒盛りの跡だ。酒瓶が床に転がっている。酒臭かった。有羽は足を踏み入れることなく顔をしかめて客間を離れる。有羽は酒を飲む人間が嫌いだった。義父は飲むと馬鹿になり、実母は酔うとより冷酷になった。

バーカウンターのある居間に入って、有羽は驚きの声を上げる。大きな声ではなかったが、わあ、と。ベランダと部屋を区切る壁でもある一枚ガラス窓が割れている。こちら側は下からは見えない南西側だ。床には絨毯はなく、染みが広がっていた。スプリンクラーが作動したのか。乾いているようだが、素足で歩く気にはなれない。玄関に引き返して靴を履き、急いで戻る。

破壊されたのはガラス窓だけではない。ソファは半分壊れて壁に押しつけられているしバーカウンターもないし床も傷だらけだ。火が出た形跡はないが、この荒れようは、たぶん、と有羽は諦め気分で思う、母親がやられた現場に違いない。きっと逃げ回ったあげく、窓を突き破って投げ落とされた。陰惨な死に方だと思う。

有羽はベランダに出ると、飛び散っているガラス片に注意しながら手すりに近づき、そっと下を見やる。真下に人のような形が見えた。やっぱりと思いつつ目をこらす。判別が難しいほど小さいものの大の字になっている人間のようだ。あれは母親ではない。動力甲冑だ。周辺に散らばっている木くずのようにしか見えない人らしきものよりも大きくはっきりとヒト形が確認できるし、色からしても間違いないだろう。この部屋の荒れようからしてあの動力甲冑はここから墜ちたのだろうと思われた。ここで甲冑を脱いで投げ落とす理由は考えられないから、あの中には兵士がいるのだ。立ち回っているうちに誤って自ら墜ちたとしか思えない。もし墜とされたのだとすると、だれにだろう。

母親だと有羽は思った。パワードスーツを着た母親ならやりかねない。相手と同格の力があるなら、命乞いをするよりも叩きのめすことを躊躇することなく選択する、自分の母親はそういう人間だ。

母親がわたしを殴ったりしたのは、弱いわたしをいじめようとしてではない。同格の女としてわたしが気に入らなかったからだ。幼いころはわからなかったが、そういうことなのだと最近になって思えるようになった。それもてんこさんのお陰だ。

すべての部屋を見てみないとわからないが実母は投げ落とされてはいないだろうと有羽は思いつつ、手すりを離れる。

足下に注意して室内に戻ると喉の渇きを覚えた。緊張しているせいか、その緊張がすこし緩んだためか。

居間の棚には酒瓶が並んでいるが水はない。バーカウンター付属の冷蔵庫が扉を開いて転がっていた。床の染みは氷が融けて流れた跡か。カウンター付属のシンクはその本体ごと、ない。水道栓もなかった。床には排水口と水道パイプが通る穴が口を開いている。真上を見ると天井にも染みがある。そちらも乾いているようだが、壊れた水道管から水が噴き上げたにちがいない。異常な水漏れを察知したホームセキュリティシステムが元栓を閉じたのだろう。そのときはまだ給電されていたということになる。

とにかくここには飲める水はない。

ダイニングキッチンに行ってみるしかない。有羽はその部屋が嫌いだ。怖い。母親に虐待された記憶が甦《よみがえ》るから。熱いパスタを頭からかけられたりした。同様にバスルームもいやだ。冷たいシャワーをかけ続けられたり性的辱《はずかし》めを受けたりした。虐待された記憶が染みこんだ家は、怖い。

だが自分はもう大人だし、怖いことなんかないと自身に言い聞かせて、キッチンに行く。母親は自分で料理することはあまりない。案の定、使用感のないキッチンだ。磨き上げられていないので綺麗ではないが、不潔というほどでもない。シンクは乾いていた。冷蔵庫を開けて飲み物を探す。ペットボトル飲料で桃の香りの水というのがあって、それを取り出す。母親がこんなものを好むというのは知らなかった。試しに買ってきたのだろうと思うことにする。母の好きなものを黙って飲んでしまってはなにをされるかわかったものではない、そう思ってしまった、その言い訳だろう、母はきっと好きでこんな水を買ったのではないだろうと思うのは。

ダイニングの食卓に着いてゆっくり飲もう、さすがにくたびれた。足を動かしてそちらに向かおうとして、有羽は凍り付いた。本当に心底から驚くと声も出ない、それがわかった。

カチンという音がして、火が灯《とも》った。ふっと煙が出て、銀のライターがテーブルに置かれる。母親だった。煙草を一服のんだ母親はそれを右手に持ったまま腕組みをし、背もたれにもたれて身体を有羽のほうに向け、ゆったりとした姿勢で、口を開いた。

「遅かったじゃない、有羽」

ごめんなさいごめんなさいごめんなさいと心で唱えている自分を意識し、それを口に出してはならないと自分を励ます。死んだ母を見つけるよりも、生きた母と顔を合わせるほうが怖い。それを実感した。

いままでどこにいたのかという疑問は浮かばなかった。母親は寝室で寝ていたのだろう、いま起きてきたところなのだ、有羽はそう思う。白いタンクトップにベージュのパンツ姿だ。この状況ではそういう姿で仮眠を取っているのはごく自然なことに思われた。睡眠はたっぷり取っているようで目の下に隈《くま》もなく、やつれた様子もない。きちんと基礎化粧をしているのだろう。

母親は腕を組んだまま、有羽を見つめて黙っていた。こちらが口を開くのを待っているのだ。

「ま、ママ」注意したつもりだが、どもってしまった。「無事だったのね」

無事でよかった、ほっとしました、という言葉は出てこなかった。そう言うべきところなのだろうとは思ったが、そのように言えないことがまた、母親に虐待される一因なのだろうと有羽はいまさらながら、気づいた。

『無事だったのね』というのは、無事であるのが残念だ、と受け取られても仕方がない。いまの自分は、ここに母がいるはずがないと思い込んでいたのでその出現はまったく意外なことだった。その気分から出た言葉だ、でも、と有羽は思う、いないほうが安心だったという正直な気持ちの表れでもあるのは間違いない。それをこらえることができなかった。

母親は有羽から視線をそらすことなく、組んだ腕の、煙草を持つ右手をその肘《ひじ》を支点にして立てると、もう一口煙草を吸った。そうして、おもむろに言った。

「あなたも」と。それから、「無事でよかった」と有羽が言えなかったことを、言った。

「……なにがあったの」と有羽は言ってから、その自分の言葉を耳にして、なにがあったかは見てのとおりだろう、訊きたいのはそういうことではない、と気づいて言い直す。

「なにが起きてるの、ゲートアイランドで？」

「突っ立ってないで」と母は有羽の問いに応じることなく、言った。「こっちに来なさい、有羽」

そう言われると身体がほとんど自分の意思とは関係なく動く。

「ボトルから直飲《じかの》みしては駄目、グラスを持ってきなさい。一つでいい、わたしはいらない」

この場に母親がいなければペットボトルから直接飲んだろうが、母親が目の前にいるとなれば別だ。忘れるところだった、言われてよかったと思う。子どものころだったら注意されることなくいきなりボトルを口に突っ込まれていたところだ。むせて死にそうな思いを何度かした覚えがある。しつけの域を超えた虐待だった。

水のペットボトルは脇に挟んで、グラスのほかに灰皿も手にすると、食卓に着いた。灰皿は斜向《はすむ》かいの母親の前に、グラスはボトルと並べて自分の前に。

「かしこまってないで」と母は言った。「飲んだら?」

おあずけを命じられた犬が『よし』と言われたようだと自虐的に思いつつ、「いただきます」と有羽は言ってグラスにたっぷりと水を注ぎ、母親から言葉をかけられるより早く、一息で三分の一ほど飲んだ。それで気分が落ち着いた。水は、冷たかった。それが心に引っかかったが、その冷たさは火照った身体に心地よかったから、その事実に心身ともに納得してしまい、なにが気になったのかはどうでもよくなった。

「いい飲みっぷりだこと」

そう言われて、またごめんなさいと反射的に言いそうになったが、謝ることなどなにもないと有羽にわからせる言葉を母親は継いだ。

「よほど喉が渇いていたのね。かわいそうに」

母は嫌みを言っているのではないのだとわかった。優しい言葉だ。これがてんこさんからだったら、と有羽は思った、泣いていたかもしれない。だが相手が母親では、戸惑うばかりだ。どういう魂胆なのか、わけがわからない。

「この半年、どうやって暮らしていたの」

有羽は返事ができない。

「男を騙して貢《みつ》がせる才覚はあなたにはないでしょう」と母親は言い、煙草を吸って、その煙をふっと吹きつけてきた。「養護施設の先輩だったボーイフレンドとは別れたようね」

「……知ってたの」

「知らない。でもそうなるのはわかってた」

「どうして？」

男の存在は母親に知らせてはいなかった。男のほうは、有羽がこの特区の住人の子どもだということは知っていた。知ってはいたが、疑ったので入島カードを使って一度入ってみせたことがあるが実家には行かなかった。母親に知られたくなかったからだ。

「あなたは男に」と母親は言った。「実家から金を借りてこいと言われたでしょう。どういう言い方だったかはどうでもいいわ。ようするに、『おれに貢げ、でなければ別れる』と言われたに決まってる。でも、あなたはわたしにそう言ってはこなかった。だから、振られたに違いない。つまり、別れた。そういうことよ」

そうだ、図星だと、有羽は心でうなずく。でも彼の存在をどうして母親は知っているのか。そう訊くと、「施設職員の藤原という人から、あなたが男と同棲《どうせい》しているという連絡があったのよ」という。

「別れたことも、藤原さんから？」

「いいえ、知らないと言ったでしょう。相変わらず鈍くさい子だこと」

「……ごめんなさい」

「有羽のことは放っておいてくれ、我が家の内情に干渉するなと、藤原という職員には厳重に抗議しておいたので、あなたが男に捨てられたことは言ってこなかった。わかった？」

児童養護施設の相談員藤原さんはわたしのことを心配してくれていたのだと有羽はその母親の言葉から知って、ありがたいことだと思い、その厚意を自分が仇で返したようで悪いことをしたと感じる。

「わたしのせいよ。わたしが駄目だったから」

「そうね」と冷ややかに母は言った。「男に頼るなんて、最低のやり方だわ。やるなら男に、『わたしの母親は大金持ちだから結婚すればいずれ遺産が入る』と言って、貢がせないと。でもそんな才覚はあなたにはない。言ったでしょ？」

「わたしは」と言いかけて、いったん言葉を切り、気力を振り絞って自分を励まし、続けた。「ママとは違う。ママのような生き方はしたくない」

すると母親は、煙草を吸うことなく、ため息をついた。そして、言った。

「わたしのような生き方をする必要なんか、あなたにはないのよ、有羽」

どういう意味合いの、どんな思いがこめられた言葉なのか、有羽には母親の気持ちがわからない。だから黙っているしかない。

「あなたにはわたしのような生き方はできない。わたしのような才覚はないから」と母親は言った。また言葉による辱めかと有羽は思ったが、罵倒の言葉は出てこなかった。母はこう続けた。

「そのかわりあなたには、わたしの財力がある。あなたにあげるから、それを使えばいいのよ。横取りされたり騙し取られたりしないように気をつけなさい。増やす才能はあなたにはない。増やさなくていいから、護りなさい。そちらの適性はある。でなければ、あげるなんてとても言えないわ」

言葉の虐待ではなかった。それが意外でもあり、どう応じていいのか有羽にはわからなかった。こんな母親の態度は初めてだ。喜んでみせればいいのか、警戒すべきなのか、判断がつかない。そもそも母親の資産額がいくらになるのかもわからない。それをいきなりやると言われても、まるで実感がわかない。他人事のようだ。

母親はそんな有羽の気持ちを察したようだった。

「実感はないでしょうけど」と言った。「わたしの娘であるあなたは、一生お金には困らないということよ」

「そんなもの」と有羽は思いきって、言った。「いらない」

そう言ってから、自分はそれを告げるために母親に会いに来たのだと、それが、わかった。自分は母親を憎んでいるわけではない、娘のわたしを、その束縛から、解放してほしいのだ。憎んではいけない。憎しみを抱き続けるのは母親の影響から逃れることを自ら放棄するようなものだろうから。憎むのではなく、赦《ゆる》すことだ。無償で。なんの交換条件もなく。それしか、この母親を愛する方法はない。

するると、驚いたことに母親は笑って、「それはよかった」と言った。いままでの無表情な顔から一転した晴れやかなその笑顔は、有羽には不気味なものに感じられた。

「よかった？」

「ええ、そう言ってもらえて、よかった」

「わたしがいらないと言うに決まってるって、そう思って話してたの？」

「男に捨てられて、どうやって暮らしてきたの、有羽。住むところにも困ったでしょう。その年では施設に入れないし」

話が見えない。答えないでいると、母は言った。

「なにか仕事を見つけた？」

「……コンビニの店員のバイトとか。いまは住み込みで働かせてもらってる」

「稼ぐのは大変よね。お金は降ってくるものじゃないし。あなたにもわかったことでしょう」

有羽はうなずく。

「でも」と母は言う。「あなたはわたしの資産は当てにしてないと言う。本音はどうなの」

「当てにするもなにも、もともとわたしには関係ない話でしょう」

むしろ金持ちの親だから虐待されるのだ、貧乏ならもっと家族仲良く助け合って暮らせたのではないか、そう思って生きてきたのだ。それが本音だ。有羽はそう言いたかったが、口にはしなかった。

「ママの財産をほしいだなんて、思いつきもしなかった」

「負け惜しみではなく？」

虐待されっぱなしで負け続けだ。一度くらいは勝ちたいと有羽は思う。

「惜しくなんかない」ときっぱりと答える。

「もうあなたのものだと言ったら？」

「そんなもの、ママにみんなあげる」

「それはありがとう、有羽」

母親の顔から笑みが消えていく。怖い。

「……わたし、なにか悪いこと言った？」

「いいえ」作り笑いとわかる強ばった表情で母は言う。「失った資産の大きさを見せつけられたわ、あなたから、いま」

「どういう意味なの」

「なくなったのよ、すべて」

「……没収されたとか？」

「いいえ、消えたの」

「消えたって——」

「わたしのだけじゃない、金融市場のシステムがダウン、銀行データも全部消えて、サルベージもできないみたい。いま笑っていられるのは金塊を持っている人間だけでしょう」

「じゃあ、わたしがもし、ほしいと言ったら、どうするつもりだったの？」

「消失したのは金融資産だけよ。この家とか宝石とか、不動産や実物資産はある。あなたが生きていくのに不自由はしないと思う」そう言い、でも、と母親は続けた。「頭を使わないと、この資産もすぐになくなるでしょう。金融資産がまるで蒸発するようにこの世から消失してしまったいまとなっては、頼れるのは物だけよ。財産を保全したいのなら金に換えなさい。ゴールドよ。ダイヤのネックレスとカップ麺一個を交換するような真似をしては駄目だからね」

「……お金が蒸発するって、そんなこと、あるの？」

「信じられないのはわたしも同じ。信じたくない気持ちなら、あなたよりわたしのほうがずっと強いわよ。一夜にしてわたしは金融資産のすべてを失った。賭けに失敗したのなら諦めもつくけど、夜が明けたら消えていたって、盗まれたも同然よ。ここ特区内限定の事件なら救済されるかもしれないけど、全世界的な恐慌だそうだから、国家自体も破産でしょう。消えたのは金融資産だけど、そうね、地球上のすべてのお金がいきなり蒸発したようなものよ。いまは現金を持っている者が強いでしょうけど、そんなのは一瞬のことで、すぐに潰されるに決まってる。だれが貧乏くじを引くのかっていう生き残りを賭けての騒乱や暴動で、世界中大騒ぎになっている。静かなのは特区のここくらいかもしれないわね」

静かって、たしかに静かではあるのだが、平穏という意味とは違う。これは死の静けさだろう。

「みんな死んでる」と有羽は言う。

「そうね」と母は応えた。「わたしも死んでいる。ゲームオーバーよ」

「お母さんは生きてるわ」

そう慰める有羽に母親は言った。

「人生は、楽しむには長すぎる」

それから微笑《ほほえ》んでみせると、席を立った。

「じゃあね、有羽」

「ちょっと待って、どこへ行くの――」

母はこれからどうするつもりなのか、そもそもいままでどうしていたのか、居間のあの荒れ具合はなんなのか、いったいなにがあったのか、そういったことを何一つ言わずに、『じゃあね』はないだろう、母親は怖いが、有羽にも言いたいことや聞きたいことはやまほどあった。

あわてて母を引き留めようとして椅子から腰を上げようとしたが、金縛りに遭ったかのように身体が動かなかった。

有羽は母親の後ろ姿から目をそらし、試しにグラスに手を伸ばそうとすると、腕は動いた。視線を上げると、もう母親は消えていた。出ていく気配を捉えることができなかった。ダイニングから出て行ったというより、消えてしまった、という感覚だった。

食卓に目を戻して、灰皿に吸い殻がないことに気づいた。灰も落ちていない。気がつけばそもそも煙草の臭いを感じなかった。停電なので自動換気扇は作動しないはずだから煙草の煙が排気されずにまだ漂っていてもいいはずだったが、空気は澄んでいる。

――もとより母はここにはいなかったのだ。

そう思った。グラスを手にして水を飲む。桃の香りというそれは、生ぬるかった。最初のあの冷たさは錯覚だったのかと思いつつ、一口飲み込んでグラスを置く。

立とうと意識して足腰に力を入れれば、苦もなく立つことができた。食卓を回って母が腰掛けていたその椅子の座面に触れてみたが温もりはなかった。ダイニングを出ると足下から超音波のようなチィという音がして、なにか小さな生き物が壁沿いに走り去る。見失わないように追いかけていくと、荒れた居間の、むき出しになった給排水配管口の穴に入っていった。鼠に違いない。初めて見た。

もしかして、と有羽は思った、あの母は、鼠が化けていたのか。大真面目にそう考えている自分に気づいて有羽は笑おうとしたが笑顔は作れず、困ったものだと思った。自分は本気でそう思っているのがわかったから。

母には『財産をあげる』ではなく、『あなたを愛している』と言ってほしかった。自分が母親に求めているのはただそれだけだ。一度も言われたことがない言葉。

鼠なら仕方ないか、と有羽は思う。本当の母だったならきっと言ってくれたはずだ。そう思ったら、涙が出た。悲しいのか悔しいのか、よくわからない。

母はもうこの世にはいない。有羽はそう確信した。どうしてそう思うのか、自分でもわからない。だが根拠のまったくない思い込みというものとは違っていた。だから、〈確信〉なのだった。

家のどこにも、母親の寝室にも、母の姿はない。家中を見て回りながら、自分は母の死をすでに体験している、という思いがこみ上げてきた。また居間に戻り、鼠が入っていった穴を見下ろしつつ、この感じはなんなのだろうと考えた。母の死体はここ実家にはないし、ここに来る途中で見た覚えもない。でも自分は母の死に出逢っている。これはどういうことなのだろう。

ほとんど無意識のうちに、有羽は身をかがめて鼠が入っていった排水と給水のための穴をのぞき込んでいる。

たぶん、と思う、自分はほとんど夢遊病のようにこのマンションの前まで来たわけだが、その夢の中で体験したのだろう。そこで目が覚めなかったというのは、さほど強烈な感じはしなかったということなのだろう。ようするに母の死は悪夢ではなかったに違いない。怖くはないし、嬉しくもなく、ただ、困ったのではないか。困惑するというか。どうして母が死ぬのだ、殺しても死なないようだったあの母が、と。

さきほどの母は、自分が頭の中で作りだした幻想だろう。死ぬ前の母と一度でいいから話したいと思った自分の想いが生み出した幻。いや、違うな、と有羽は思い直す。自分の理想の母なら、『あなたを心から愛している』と言ったはずだ。違う、わたしではない。もっと別のなにかが生み出した幻想だ。

鼠。

穴から鼠の鳴き声がしたようだ。顔を床につけるほどにしてのぞき込んで、有羽は反射的にのけぞった。上になにかあれば頭を激しく打ち付けていたところだ。穴の暗闇に無数の小さな赤い光が見えた。鼠の双眸《そうぼう》だとわかって、驚いたのだ。白い鼠なら目は赤いのだろうが、白い体毛のはいない。ドブネズミのようだが、なぜ目が赤いのだろう、なんだこれは。

高鳴る動悸《どうき》を意識して、だいじょうぶだ、相手は小さな鼠にすぎないと自分に言い聞かせて、もういちど、穴に顔をよせる。

鼠は逃げてはいなかった。一匹が穴の縁から光の下に出てきて両前肢で髭をなでている。まるでお願いポーズだ。自分の顔がほころびるのがわかった。かわいいと感じる。どう見ても愛玩用の小動物とは違って、野生の無表情というか、見方によっては猜疑心と人間に対する敵意があふれる凶悪な顔をしているのに、たまらなく愛《いと》おしいと感じた。

有羽は指を出してなでたい衝動に駆られたがこらえた。そんなことをすれば逃げられるか噛みつかれるかだろう。噛まれれば感染症の恐れもある。てんこさんの忠告だった。猫のアンミツがいるので工場の鼠は少なくなったが、見つけても下手に手を出さないことだ、窮鼠猫を噛むというし、鼠は病気を媒介する危険な動物なのだと。

しかし、この赤く光っている目はなんなのだろう。窓から入る外光の下でも赤くチカチカしているように見える。いや、普通に黒い目をしているのもわかるのだが、赤く輝いているというのも事実で、なにか、視界が仮想現実画面と同期しているような感覚を有羽は覚えた。

「まさか」と有羽は突然思いついたことを口に出している。「あなたたち、わたしに、話しかけているの？」

それはふいにやってきた。赤い光のちらつきが意味を持って頭の中になだれ込んでくる。理解できるのだ。いったんそうなってしまうと、もはやその光のちらつくさまをノイズとして無視することができなくなった。

ちょうど、自転車に乗れなかったのがあるときふっと一人でできるようになるような、乗れるようになってみればなにに苦労していたのかがわからなくなるような、そんな身体感覚だ。

〈やっと気がついたやっと気がついたやっと気がついたやっと気がついた——〉

鼠たちは（くちぐちに）そう言っていた。

「あ、あなたたち」と有羽は甲高くなりそうな自分の声を意識して抑え、いちどつばを飲み込んでから、「あー」と音量をたしかめ、そして訊いた。「わたしの言うことは、わかるの？」

〈わかるわかるわかるわかる〉と鼠たちは一斉に言い立てる。〈わかるわかるわかるわかる——〉

「わかった、わかったから、落ち着いて、ゆっくり喋って、お願いだから」

人と話をしている感じとは違っていた。意味は取れるが、単純すぎて、わかりにくい。

「やっと気がついたって、ずっと話しかけていたのね。わたしに、なにを言いたいわけ？」

〈母が死んだ母が死んだ母が死んだ母が死んだ——〉

そうか、と有羽はなんとなく、わかった。鼠たちは、母親の死を伝えようとがんばってくれていたらしい。

「わたしの母はどこなの？」

当然、鼠たちは知っていて、母の元に案内してくれるものと有羽は疑わなかった。だが、返ってきた反応は予想とは違っていた。

〈母はいないい母はいないい母はいないい母はいない——〉

「いないって、どういうことよ」

母親の死体を囓《かじ》ってしまったので隠そうとしているのかなどと有羽はいろいろ想像してみるが、鼠たちの言っていることがわからない。意味内容はわかるのだが、そう言ってくる彼らの思惑がわからないのだ。

〈いないから創るいないから創るいないから創るいないから創る——〉

「創るって、なにを。母を、創る？　あなたたちが？」

〈おまえが創るおまえが創るおまえが創るおまえが創る——〉

「わたしが母親を創る？　生き返らせるってこと？　どうやってやれっていうのよ」
まったく意味不明だ。
〈おまえが母になるおまえが母になるおまえが母になるおまえが母にな
る――〉
「ちょっとまって」
と有羽は思わず感情的な声を出す。憤慨する。
「わたしに鼠の母親になれというの、鼠を産めって？　馬鹿にしないで。わたしは人間よ。
この鼠頭。あなたたち、脳みそが足りないよ」
〈母は怖い母は怖い母は怖い――〉
代表して出てきている一匹も首を引っ込めて、一斉に穴の奥に隠れた。有羽は冷水を浴
びせられたように自分が吐いた言葉を後悔している。
鼠たちは、母は怖い、と言った。それはまさに自分自身が母親に感じてきたことではな
いか。それに、自分がいま鼠に吐いた言葉は、攻撃であり、言葉による虐待だろう。自分
が嫌った母親と同じことを自分はしたのだ。
「ごめんなさい、怖がらせて、ごめんなさい、ほんとにごめんね。わたし――」と有羽は
言った。「勘違いしてた、ごめん」
鼠たちが言っている〈母〉は、どうやらこの自分の母親のことではないらしい。〈母鼠〉
という意味でもなさそうだ。

「わたしはだれの母を創るの？　だれの母になるの？」

〈みんなの〉

鼠たちは（声をそろえて）ただ一回だけ、そう有羽に告げた。

だれかを産むわけではない、産めと言っているのではないのだ。言ってみれば、と有羽は思う、この鼠たちはこのわたしに、養母になれと言っているようだ。

「みんなって、だれ。あなたたちの仲間、鼠族のみんなってこと？」

そう訊くと、半ば予想したとおりの答えが返ってきた。鼠たちは、いや、先頭の代表者のその鼠が、有羽の問いに答えてこう言った。

〈生きている、みんな。みんな、生きてる〉

生きとし生けるものすべて、ということだろうと有羽は解釈する。

この鼠たちは、おそらく地球生命の代表者として、この自分にコンタクトを取ってきている。この半年のあいだどうしても正体がわからなかった〈地球の意思〉とはこれのことだと、有羽はこの鼠たちに出逢ってようやくわかった気がした。たぶん、ずっと鼠たちはしゃべりかけてきていたのだろう。もしかしたら、高北さんちの猫、アンミツも。オークに砂糖を横取りされて怒っていたとき、アンミツはわたしに母になれ、と叫んでいたのかもしれない。

でも、母って、なに？

「母はみんなに、なにをするの？」

その答えは有羽の予想を超えた、不穏なものだった。

鼠は言った。

〈みんなのために死ぬ〉

「わたしに死ねというわけ？」

ずいと穴に向かって顔を寄せて叫ぶように訊くと、鼠たちは素《す》の鳴き声を上げて一目散に穴の奥へと逃げ去った。一言二言、言い残して。

〈もうなってる母になってる、もうなってる母になってる〉

もう母になっているというのは、もうわたしは死んでいるということか。それとも、母になったからには、みんなのためにこれから死ぬということか。所詮鼠の言うことだ、わけがわからない。

でも、と有羽は思う、その思惑は、わかった。鼠たちは、わたしに大きな役割があるということを知らせたかった、ただそれだけなのだろう。そう解釈すれば、鼠たちはよく役目を果たしたと誉めてやるべきだ。

穴をのぞき込んで鼠と真剣に話している自分の姿を意識すると、これは絶対に夢の中の出来事だと有羽は思う。さきほどの母の出現はいまの鼠とは関係なさそうだし——鼠が母の幽霊を出せるなら、願いをその幽霊に言わせればいいではないか——不思議な出来事がなんら脈絡なく続くというのは夢ではよくあることだ。

有羽はゆっくり身を起こし、正座の姿勢になると、天井を向きながら深呼吸をする。ラジオ体操をすれば目が覚めるだろうかと思いつつ。

胸を開いて新鮮な空気をいっぱい吸い込み今日も一日頑張りましょうって、頑張ってるよ、と有羽は苛立ちを覚えて立ち上がり、ベランダに出て風にあたろうと思う。膝に付いた汚れを手で払い、破壊されて開放的になったベランダのほうに目をやると、見たことのない鳥が手すりに止まっていて、こちらをうかがっていた。鳩《はと》より大きい。猛禽《もうきん》類のようだ。毛は黒いのだが表面が虹色にちらちらと光っている。薄く油の浮いた水面が虹色の模様を描くような感じだった。

「……鴉《からす》？」

黒い羽の表面が虹色に輝いているのを別にすれば、これは鴉だ。虹色に光るコーティング加工がされているような羽をした鴉。

しかし鴉がこんな高さまで上がってくるのを有羽は見たことがなかった。海を渡る鷹《たか》類が、上昇気流に乗って高空まで群れで上がる鷹柱というものを有羽は知識で知っていたが、鴉は土着だ。その生活圏は高さにしてせいぜい二、三十メートルだろうと有羽は思っていた。制空権というか、たぶん鳥たちにもそういうものがあるのだとも思う。いろんな鳥たちが高さで棲《す》み分けているのではなかろうか。

有羽がじゃりっと足下のガラス片を踏む音を立ててベランダに出ても、その鴉は逃げなかった。近寄ると、ちょんちょんと跳んで手すりを移動して有羽から離れるが、飛び立とうとはしない。

「あなた、こんなところでなにをしているの」

上に動きを感じて空を見ると、あれこそ鷹だろうという形の鳥が一羽、弧を描いている。「というか、あの鷹は襲ってくる。」

「縄張りを荒らしているわよ、あなた」と有羽は鴉に向かって言う。「というか、あの鷹は襲ってくる。狙われてるよ、食べられちゃう。わかってるの?」

鴉は、ばっと翼を広げて有羽を威嚇するような仕草をした。有羽は驚いてとっさに身を引いたが、威嚇ではなかった。

〈餌をたくさんくれて、感謝している。母は偉大なり〉

そう告げると、鴉は手すりから身を投げるように飛び立った。急降下するところへ上から捕食者が襲いかかる。予想どおりだ。

「離れなさい、建物から離れるのよ」

有羽は叫ぶ。鳥を捕食する種類の鷹は、獲物を断崖などの面に追い詰め、逃げ場をなくしたところで捕まえる、というのを有羽は鷹柱の知識と同じく知っていた。

ぱっと虹色の羽毛が散ったのが見えた。が、本体は逃げていた。攻撃は失敗したということだ。鷹は獲物に逃げられたが、惜しいことをしたという感じではなかった。再攻撃はせず悠然と離れていく。縄張りから追い出しただけで満足したという様子だった。それが有羽にはわかった。どういう手段でその〈わかり〉が伝わってくるのかは意識できないのだが、鷹も有羽に敬意を払っているようなのだ。

母に礼を伝えに行った鴉（餌）を襲う（食う）ほど我は野暮（空腹）ではない——そう

言っている。

あの鴉はわざわざ礼を告げるために普段上がらない高空まで、かなりの体力を使って、飛んできたらしい。しかし、『餌（食べもの）をたくさんくれて感謝（ありがとう）』とは、どういうことだ。自分は鴉に餌をやった覚えなどない。

有羽はほかに鴉はいないかと見回し、それから地上を見下ろして、餌とはなにかを理解した。

多くの鴉がいた。飛んでいるのもいれば、その下で餌をついばんでいるのもいる。ヒトの死体だ。これは鳥葬だと有羽は思った。怖さや不気味さはまったく感じない。自分でもそれが意外だった。そうとう陰惨な光景であるはずなのに。

目をそれからそらし、もっと広く周囲の景色を見やれば、ところどころ虹色に輝くところがあるのがわかる。目をこらすと、ところどころなどではなく、地表も、わずかに見える海も、空気も、みな輝いている。これみなすべて、鼠が言ったところの〈みんな〉がいる徴《しるし》なのだろう。

——母は偉大なり。

鴉の言ったことを有羽は心で反芻する。あれはようするに、〈神は偉大なり〉と同義だ。わたしはどうやら神になったらしい。

さきほど鼠が言ったことが、鴉のお陰で理解できた。つまり、と有羽は思った。わたしはもはや〈普通〉のヒトではなくて、元のわたしは、死んでいるらしい。

これは困ったことになったと思う。困ったこと続きだが、これはほんとうに、困る。だれかに相談したいところだった。母親は論外だ。てんこさんだ。あと、高さん。あの二人は、こんな風になってしまったわたしを知ったら、なんて言うだろう。

――憎んでもいいのよ、有羽。

そうだ、やはり母親との関係にケリをつけないかぎり、自分は何者にもなれないだろう。もし母親が死んでいるなら、その死体を確認しないかぎり前には進めない。捜すのだ。これが夢の出来事であるとしても。

そう決意して手すりを離れる。

13

テロリストなどどこにもいなかったわけだなと、真嶋兼利は無精髭をなでながら、監禁されている部屋の天井を見上げる。二段ベッドの上段で真嶋は目覚めた。天井はすぐそこだ。寝ぼけたまま身を起こせば頭をぶつける。

進化情報戦略研フロアの一室だ。常夜二号室というプレートが入口のドアに付いているが、ようするに宿直室だろう。一号室という同じタイプの部屋がもう一つある。窓がない狭い部屋で、入ると左右に二段ベッドがあるだけのまさに監獄のような簡素な部屋だった。

四人部屋なので、一号室もあわせれば宿直定員は八名ということになる。いま一号室に何人休んでいるのか真嶋は知らないが、この部屋は自分を入れて二人で、下段に神里が寝ているはずだった。

テロリストの仕業にするのがいちばん簡単だろうが、警官や軍人がテロ行為の主体となっているとは、政府は言えないだろう。責任を問われるし、警察や軍という権力を持った暴力装置に反感を抱く一部国民を勢いづかせることになる。

政府や国はどういう物語でもってこの事態を国民に説明するつもりだろう。そもそもなにが起きているのかがわかっていないというのに？

事態を解明中というモラトリアムがいつまでも通用するはずがない。このままだと政府も国も自壊する。すでに始まっているかもしれないと真嶋は思う。そんな悪夢を見ていた気がする。

しかし悪夢というのは自分が予想する悪いことが夢の中で実現することであって、予想もしていない悪いことは起きないわけで、そういう意味では悪夢の世界のほうが平和だなと真嶋は思った。

覚醒度を上げつつ、この四日で起きたことを思い出す。この警視庁新庁舎がテロリストの襲撃を受けた。無事だったのはこのフロアだけだ。死傷者多数を出して警視庁舎はその機能を喪失した。だが進化戦略情報研のフロアはもとより警視庁舎の中にはないことになっていて、エレベーターも階段も独立している。同じ建物の中にもかかわらず出入りするにはいったん外に出なくてはならない。このフロアに入るには、地下の首相官邸に通じる地下道のフロアか、屋上へリポートに出られる秘密口しかない。ここもやられていたとすれば、官邸も落とされていただろう、落城だ。

ベッドの読書灯は点けたままだ。眠りの妨げにならないよう消して寝ようと思うより早く寝落ちしていたらしい。寝不足感はないので、熟睡して目が覚めたのだ。

遮光カーテンを開くと、室内灯が点灯していた。光量は読書灯の比ではなくまぶしい。神里は起きているのか。身を乗り出して下をのぞくと、カーテンが開いていて、思ったとおり神里の姿はない。

またベッドの空間に身を戻して、枕代わりにしているバッグから取材ノートを出す。スマホと電子パッドは取り上げられてしまったが取材行為は制限されていない。それは神里が約束したとおりだった。

しかし書いた記事を配信できないのでは、記者としての行動を制限されているわけで、これは監禁だ。そう神里に抗議したが、監禁ではない、軟禁だと思えと言われた。どう違うのだと訊くと、『わたしは小柴広報官と同じくブン屋が嫌いだが、それでもきみを尊重して、きみが取ったメモやノートを検閲したりはしてない。その自由は保障するということ、それが軟禁だ』と言った。

この四日、新聞各紙は発行されたようだが現物を真嶋は目にすることができなかった。ウェブ版も見ることはできなかったのだが、それは神里たちも同様で、インターネットを流れる情報は〈地球の意思〉によるものに違いない原因不明のノイズの嵐によって、信頼度がゼロ近くまで低下した。静止している表示ページのはずなのにまるでアナログテレビの画像が乱れるように揺らいだり、テキストが意味不明なものになったり、各国言語文字が入り乱れたり、その異常の形態もさまざまで、最初から表示やアクセスが不能なサイトも多くなった。

バベルの塔の崩壊を思わせると真嶋は思った。

そう言うと神里は同意して、『ヒト社会のエントロピーを上げること、それが、いま敵がやっていることだ』と、進化情報戦略研の人間らしい、より具体的な言葉で、敵の狙いについて語った。『ヒトが感じ取れている〈意味〉を奪うこと、それが敵の狙いだろう。文学的に言えば、歴史を無意味にすること、だ。きみが言うところの、〈物語〉を無意味にすること、どのような〈物語〉も創作不能にしてしまうこと、だ。ネット内ではすでにそうした攻撃が成功している』

どんな攻撃方法なのか進化情報戦略研は突き止めたのかと質問すると、大量のデータを送り込むことによって、という答えが返ってきた。

その方法や、どこからだれが、という詳細はまだ掴めていないようだった。記者である自分には本当のことは伝えないのかと疑ってもみたが、おそらく神里は隠し事はしていないと真嶋は判断した。

インターネットによる有意な情報の伝達や拡散、取得ということがもはやできなくなっていた。だがケータイの通話回線や警察や軍の専用回線は使えているようだった。真嶋は、それが使えるなら社のデスクに連絡を取るべきだろうと思うが、かけてみたい相手と言えば、呉大麻良だ。あの男は、まさに事件現場の中心にいたのだ。まっさきに殺されているだろうと神里は言ったが、無事であってほしいと思う。生死を確認したい。生きていれば話が聞ける。竹村有羽の母親は元夫を投げ落として殺害したようだが、そのとき装着したローダーは呉大麻良のものなのだろう。ローダーなしでできるとは思えない。呉は自分のローダーをそういう目的で使用されることを承知で貸したのだろうか。

それにしても、有羽の母親が犯した殺人事件は、このような状況になってみると犯罪を立証することが困難だろう。投げ落とす瞬間を目撃した人間がいるかどうか。社に通報してきた崎本前編集局長は落下している被害者を見たと言ってきたようだが、だれがやったのかは、わかっていないだろう。それを確かめるには元局長がまだ生きていることが条件になるが、生死は不明だ。進化情報戦略研の調査網を駆使して調べてもわからなかった。

あの事件をきっかけにして今回の騒動が引き起こされたようにみえる。あれが合図だったかのように。もしかしたら、有羽の母親、あるいは呉大麻良も、この事態を予想していたのではないかとも疑える。戦死者という無名の死体の群れの中に、名を叫んでいるような死体を隠す、というのは推理小説ではやられているだろう。殺される〈意味〉を死者から奪う、それが戦争だ。

こんなのはうがった見方というものだと真嶋は思ったが、神里は、可能性はあると言った。竹村有羽がこの事態に関与しているのは間違いない。ならば、その母親が事前に大量殺戮が行われることを知っていて、それに合わせて殺人を実行するというのは十分ありうると。

しかしそれなら、と真嶋は反論した、有羽の母親はもう逃げてあの場にはいないだろう、自分も危ないのだから。しかし娘の有羽は母に会いに行こうとしていたのだ。事件発生後自分は呉大麻良と電話で話しているが、そのとき呉はまだ有羽の母親の家にいた。それは、呉の雇い主の有羽の母親もその場にまだいたということだろう。事前に危険を察知していたなら犯行後速やかにあの特区内から出ているはずではないか。有羽にしても、そんな危ない場に行こうとするのはおかしいだろう、竹村有羽がこの事態に関与しているという前提は間違いではないのか。

神里はうなずきつつ、しかしテロや殺人を犯す側の思惑についてわれわれはすべてを知っているわけではない、と言った。

『竹村有羽が首謀的立場にいるという見方を変えるつもりはない。彼女は高北の工場に行ったのを警視庁が確認している。彼女が立ち回りそうな先に捜査班を配置したんだろう。結果は、逃げられた。きみも知ってのとおりだ。こちらで警察情報を傍受していたからな』

あのとき現場でなにが起きたのか、詳しいことはわからない。混乱と殺戮があった。警備部のエリートである特捜の、ローダーを着けた隊員らがいきなり部隊リーダーと刑事たちを殺害し、その場から消えた三名が付近の交番の警察官二名を殺害したあと、休むことなく警視庁に乗り込んできて無差別殺傷に及んだ。応戦する側の小火器では対抗できなかった。三名は防御の盾を使ってたがいにかばい合いつつ、素手で、奪った火器で、手当たり次第に殺し続けた。その光景は庁内各所に設置された防犯カメラによって真嶋の目にまで届いた。ローダーを着ている隊員は、庁内に侵入するまえに、すでに死んでいた。頭を狙撃されて白目を剝いてのけぞっているのが映像でわかった。ローダーを動かしているのは人間ではないのだ。

『竹村有羽がなんらかの手段で、彼らをあのようにした。自分が逮捕されることを阻止するために、だ』神里はそう言い、それから、と続けた。『高北夫婦は、有羽という娘とあの黒い謎のロボット、オーバーロードというあいつの関係を、なにか知っている。捜査一課で事情聴取している様子を記録しているのをインターセプトして部下が見ていた。捜査一課の連中では核心に迫る訊き方ができない。歯がゆい思いをした。直接訊かなければならん。拉致してでも、だ』

そんな話をしたのは一昨日のことだが、高北夫妻の拉致は実行されなかった。それどころではないほど事態が急激に悪化したからだ。

全世界の金融マーケットが機能を停止、マネーの取引ができなくなった。マネーを保証していた〈裏書き〉にあたるデータ類があとかたもなく消滅した。敵の要求に屈して経済活動を停止したわけではなく、恐喝された国がその要求を拒んだ結果、敵がそのような攻撃に出た、ということらしかった。

とにかく、情報が錯綜《さくそう》して真実ははっきりせず、それがまた混乱に拍車をかけた。国家も個人も破産の危機に陥り、世界全体がそうなった。

この危機は日本だけではないという事実が一般人にとって悲劇なのか幸運なのかは、政府の手腕にかかってるわけだがと真嶋は思う、あの面子《メンツ》ではとうてい無理だろう。だれかを頼るにしてもいまの時代に高橋是清《これきよ》はいそうにないし、いたとしても手腕の発揮のしようがないだろう、どこかにあるものを持ってくるならともかく、全世界から富が消えてしまったのでは手の打ちようがない。この機に乗じて戦争を始めるのも手だろうが、そもそも戦費の調達ができないのだから、やりたくてもできない。どの国も同じなら、それだけは幸運と言っていいかもしれない。

最悪な状況であっても、見つける気になれば幸せはあるものだ。だれの言葉だったろう。それより、そろそろ起きてトイレだと思っていると、ドアが勢いよく開いた。

「起きてるか、真嶋記者」

神里だ。

「朝から元気がいいな」

「もう昼過ぎだ。休んでいたいならそれでもいいんだが、興味があるかと思ってな」

「なにがあった。どうなった、と訊くべきかな。まだ世界はあるか？」

「特区内を強行偵察する部隊に参加することが許された。小柴広報官が尽力してくれたんだ。記者枠が一つある。従軍記者だ。命の保証はない。どうする」

どうするもなにもない。真嶋は取材ノート類をバッグに戻すと、それを手にして二段ベッドから飛び降りた。

トイレと洗面を済ませるといつもの黒いスーツ姿の神里が待ち構えていて、遅い朝食用にとゼリー飲料を手渡された。

総合栄養食として認定された完全食タイプでこれだけ摂っていれば理屈上は十分だという。市販されているもので同じようなうたい文句のゼリー飲料を真嶋は知っていたし、ときおり利用もしていたが、これは医療用だと神里は自慢げに言った。いろんな面で市販品よりも信頼性が高いということなのだろうと真嶋は思いつつ、売っているものとどう違うのだと訊くと、思ってもみなかった答えが返ってきた。

「場合によっては」と神里は言った。「保険が利く。大きな違いだろう」

「病気になれば、だろう。不正請求すれば詐欺だ。やっていそうな口ぶりだな」

「冗談だよ。これは他の政府機関から放出されてきたものだ。賞味期限間近とか過ぎているとかで処分が決まったやつ。だから、ただ。無料だ。たくさんある。よかったら我が進化情報戦略研来訪記念に一箱もっていくか」

「飲んでもだいじょうぶなのか」

「腹を壊したことはない。ノープロブレム、なにも問題ない。完璧な食品だ。パーフェクトダイエットそのものだ」

「そう言われると痩せられる気がしてくる」

「ダイエットとは、〈食事〉の意味だ」

「わかってる。あなたはもう摂ったのか？」

「朝にね。これからヘリに乗るので昼食は抜きにする。ヘリは苦手でね。気持ちが悪くなるんだ」

「見かけによらないものだな。ヘリに酔うのか」

「報道記者にはなれないと自覚している」

「報道ヘリか、なるほど」

「きみは乗ったことはあるか」

「研修で一度あるきりだが、ぜんぜん平気だった」

「そいつはけっこうなことだ。ではなにも問題はないわけだ。行くぞ」

バッグを取りに常夜室によって、渡されたゼリー飲料パックをポケットにねじ込む。支度はそれだけだ。

「ヘリは陸軍のやつか」

「そうだ。上のヘリポートで待機だ。予定時間までまだ三十分ほどある。待っている間に飲むといい。現地に着けば軍用の糧食が出るだろうが、いつになるかわからん。ゼリー飲料とはいえそれは完全食だ。しっかり腹に入れておいたほうがいいだろう」

「コンビニは営業してなさそうだしな」

「どのみち部隊と行動を共にするかぎりは勝手な行動は許されないさ。それを飲んでいる暇もなくなるだろう。忘れ物はないか？」

真嶋は「ない」と答え、「しかし屋上でのんびり待っていてだいじょうぶなのか」と訊く。「階下を襲った死神ローダーがまだどこかにいるかもしれない。屋上でそんなやつを相手に鬼ごっこをするのはごめんだ」

「全部破壊したのを確認しているが、新手がやってくる可能性はたしかにある。しかし、行く前から怖じ気づいてどうするんだ」

「敵はぼくらを迎えに来るそのヘリを乗っ取ることを考えているかもしれないし、もしかしたら、隠れている敵をおびき出すための、ぼくらは囮《おとり》かもしれない。ヘリは着陸せずに、おびき出した敵を攻撃するという作戦かもしれない」

「そこまで考えるか」

「どうなんだ？」

「実際に体験してみればわかる。体験しなくては納得できないだろう。取材したいのならついてこい。ここからヘリポートに行くにはエレベーターは使わない。通じていないんだ。階段で行く。こっちだ」

廊下の突き当たりに非常口表示の付いた扉がある。神里がそれを開いて入る。廊下よりも暗い閉鎖空間だった。階段が上に続いている。見たところ、下へ行ける階段はないようだ。非常時は屋上に行くしかないということか。先を行く神里を追う。

「きょうの天気は」と真嶋は訊く。常夜室にも廊下にも外がうかがえる窓はなかった。

「晴れているか」

「快晴だ」

「雨に降られるのもいやだが、晴れとなると屋上は真夏の日に照らされて暑いだろうな。いまから汗をかきたくない。ゆっくり上がろう」

「きみは精神的肥満症だな」

「なんだそれ」

「さきほどダイエットという言葉に反応したし、いまもそうだ。汗をかきたくないなんて太った人間の言うセリフだ」

「そういう意味で言ったわけじゃない」

自分は肥満ではない。が、精神の動きが緩慢になっているのではないか、しなくてもいい心配をせずにはいられないせいで。それを精神的贅肉《ぜいにく》によるものだというのなら、案外的を射た指摘かもしれないなと真嶋は心の中で自身に反問しつつ、神里に言う。

「着たきりのシャツをなるべく汚したくないだけだ。いま自由に行けるならコンビニよりコインランドリーだな。丸ごと脱いで洗濯したいよ」

「着替えの支給も小柴広報官に頼んでみるが、贅沢《ぜいたく》は言うなよ」と神里は階段を上がる歩調を緩めずに言う。「これは戦争だ。わかっているんだろうな」

「正直なところ実感がわかない。現場に着けばいやでも現実をたたき込まれるだろう。あなたが言ったとおりだ。体験しなくては始まらない。それを書くよ」

長い階段を上るのだろうと覚悟していたが踊り場を二回すぎたところで神里は立ち止まった。行き止まりだ。神里が壁の端を押すと、その壁が動いて隙間ができた。分厚いコンクリートの回転扉だった。抜ければそちらも薄暗い。機械室の内部のようだった。熱気が籠もっていて暑い。振り返ると壁は元に戻っている。隠し扉だろう。たぶんこの壁は進化情報戦略研のあの部屋から監視されていて、そこから遠隔でロックの開閉操作がされているのだ。

神里は立ち止まらなかった。真嶋は急ぎ神里に追いつく。先にドアがある。のぞき窓が付いている普通のドアだ。そこを抜けると左右に通路が走っている。右の突き当たりにドアが見える。そちらに向かう。通路の途中に階段口があるが、下りしかない。庁舎一階から上がってくる通常の階段のようだ。上行きの階段はないのでここが最上階、屋上階だろう。

突き当たりのドアを抜けると屋上に出た。

風はほとんどなかった。そよ風程度でも吹いていれば心地いいだろうに、ほぼ無風だ。しかも平たい屋根のような構造物が視界を塞いでいて見通しもよくない。これぞ屋上屋を架すではないかと思いつつ、その下に入ればまばゆい夏の日差しからは逃れられる。しかしそのための屋根でもあるまい。その屋根の上に通じる鉄製階段の前で神里は立ち止まって、ここで待つと言った。それでようやく真嶋は、これは屋根ではなくヘリポートの着陸面なのだと気づいた。その裏面を見上げているのだ。

「屋上には日陰はないと思っていたよ」ひんやりと冷たい網鋼板の階段に腰を下ろし、おもむろに真嶋は言う。「これはいいな、でかい屋根になっている」

「雨の日は雨よけにもなる。アルミやカーボンファイバーからなる複合新素材製の最新型デッキだそうだ」

「値が張りそうだな。税金の無駄遣いじゃないのか」

「軽くて強いので庁舎の強度を上げなくてすむ分、建築経費が大幅に削減されて、総合的には安く上がっているはずだ。従来、庁舎の建築については大手ゼネコンの言いなりだった。請け負う側はできるだけ値を高くするほうが稼げるから、ただでさえ無駄に頑丈なものを作りたがる。この新素材製のヘリポートデッキは、彼らにとっては敵なんだ。いろんな意味で、政治とゼネコンが癒着していた時代にはできなかった軽量化の結果がこれだ。この新庁舎は後付の軽いヘリポートを使用することを前提に設計された新世代のものだ。政治記者ならこのへんの事情は承知のはずだが、きみがそちら方面には疎いのは仕方ないのかな」

「ぼくは少なくとも、現政権からの供応は受けていないよ」

「政治記者も丸め込まれていると、内部批判をしているつもりか?」

「記者にもいろいろいる。あなたに揶揄されるいわれはないってことだ」

「それは失敬した」

「今回記者代表で最前線に行けるのはありがたい。この件ではあなたに感謝している」

「取材結果を発表できないとしても、その言葉は撤回しないでほしいね」

「発表できないって、ぼくが戦死するというのか。縁起でもないことを言わないでくれよな」

「戦死か」と神里は真面目な顔で返してきた。「それは考えなかったが、あり得るな」

「いや、それはなしということで、だ」

真嶋は先ほど渡されたゼリー飲料をポケットから出して、口をつけた。パッケージにはリンゴ果汁味と記されていたが本物のリンゴ果汁は入っていないようだ。味は微妙だったが、賞味期限が近いせいではないと真嶋は信じて飲み込む。

「どうして記事が発表できないんだ？」

「非常事態宣言に続いて非常軍事態勢宣言がなされたあと、報道管制が強化された。法的には官邸主導だが事実上の戒厳令だよ。中央はともかく、地方行政の管理は軍が担当する。紙の報道媒体はしばらく出せない。だからきみが記事を書いても載せる媒体がない」

「ウェブ版なら出せそうか」

「いちおう規制されている」

「いちおうって、抜け道があるのか？」

「記事を海賊版で出すのは素人にもできるが、出せても内容の信頼性は担保されない。意図せず書き換えられたり、ノイズの嵐になって読めなかったり、ネット環境は滅茶苦茶だ」そう言って、神里も真嶋の隣に腰を下ろした。「規制が守られているのかどうかを検証することすら、もはや不可能になっているんだ。いま現在ネットを流れている情報の信頼性は限りなくゼロだ。真実を伝える機能は失われているから、規制する必要すらない。そういう意味だ」

「それが敵の目的なのかもしれないな」

「情報攪乱か」

「インターネットを無効化し、破壊することだよ」

「いや、それはないと思われる。敵はネットを利用しているし、完璧にコントロール下においているようだ」

「それができるなら大金持ちになれるだろうに、金が目的ではないわけだ」

「違うだろう」

「ネットを利用して人類文明の破壊を目論んでいる、か」

「そう、そのように見える。だが人から人間らしい生活環境を奪うだけなら、もっと効率的で有効な手段はいくらでもある。インフラを制御するシステムにネット攻撃を仕掛ければいいんだ。電気や水の供給を止めるのは簡単だ。これまでも実際にサイバー戦争で被害が出ているだろう。物理的な兵隊や兵器を敵国に侵攻させなくても遠隔攻撃が可能な世界にわれわれは生きている」

「サイバー攻撃で原発を破壊できれば、それは核攻撃に他ならない」と真嶋はゼリー飲料を飲み干して、言う。「核武装をしていない国でも核攻撃は可能ということになる。それが現代文明というやつだ」

「そのとおりだ」

「今回の敵がそういう現状、現代文明を破壊するのが目的なら、まずネットを破壊すべきだろう。でもあなたはそうじゃないという。敵の目的はなんだと思う」

「わからん。人類を絶滅に追い込みたいのなら、核戦争を引き起こせばいい。原発の遠隔破壊だけでなく情報操作で核ミサイルを発射させることもできるだろう。人を疑心暗鬼にさせて自滅行為に走らせるほうが簡単だ。全面核戦争になれば確実に人類は終わりだ」

「即時に死ぬ人間よりも」と真嶋は空のゼリー飲料パックをバッグに入れて言う。「放射能汚染により死んでいく人間のほうが悲惨だろうな」

「むろん、そうだろう」と神里も言う。「影響は何世代にもわたって続く。二十世代くらい生き延びられれば放射能耐性人類が出てくるだろう。一世代三十年として二十世代は六百年だが、たぶんその前に人類は絶滅している」

「二十世代という根拠はなんだ？」

「野鼠《のねずみ》で検証されている。人は、わからん」

「そうなのか。敵はいったいなにがやりたいんだろうな。これから核戦争をさせるつもりかな。目的はなんなんだ」

「その手がかりを摑みにこれから行くんだ。事件発生現場に行かないことには始まらない」

「それはそのとおりだ。人はみな、なにが起きているかを知る権利がある。だからこそ新聞が必要だ。報道管制の強化とはな。逆だろうに。権力者はつねに事実を隠蔽しようとする」

「隠蔽することで権力を得るのだ、というほうが正確だろう」

「あなたは権力側の人間だ。ぼくの取材結果を隠蔽することで利益を得るわけだな」

「それは別の公安部署の権益問題だよ。わが進化情報戦略研は権力権益からは疎外されたところにいる。いま現在は公安村とか安保村というのが実権を握っているんだ」

「あなたは、いいように利用されているわけだ」

「そうだな」

「それで満足しているわけじゃないだろう」

「まあね」

「新聞を出せるように力を貸してくれないか。ぼくを利用できると思ってこその、ぼくへの配慮だろう。ぼくの記事や新聞はあなたの出世の役にも立つ」

「考えてはいる」と神里はさらりと言ってのけた。「使えるものはなんでも使うつもりだ。が、とにかく金融システムがダウンしているからな。新聞社ならずとも首が回らないのでは活動のしようがない。報道管制云云以前の問題だ」

「政府が金融対策を講じるはずだ」

「できるかな」

「どういう意味だ」

「旧来の金融概念を構築していたシステムそのものが壊滅状態にあるわけだから、一度すべてをクリアするしかやりようがない。政府としてはリセットして再開すべく金融システムの復旧に期待しているはずだが、たぶんできない。リセットが可能なのはデータが保護されていればこそだ。元データがやられているのでは、復旧行為は混乱を大きくするだけだよ。復旧ではなく、この際、オールクリアにしてしまうことが必要だ」

「いったんみんなチャラにしてしまうしかない、か」

「それが再興する方法としてもっとも効率がいい。新しい金融概念によるシステムを立ち上げることだ。旧態に戻そうとするよりも抵抗が大きいだろうが、実行できれば混乱はより早く収まる。それまで持ちこたえられるかどうかだ。体力の無い国から崩壊していくことになる」

「この事態はほんとうに全世界的なものなのか」

「なにをいまさら」と神里は笑った。「地球が四回転する間にマネーが蒸発してしまった。昔は中国がくしゃみをすると世界が風邪を引くと言われたものだが、いま世界は、原因不明の感染症に罹《かか》ってすでに死んでいる。まだ動いているように見えているのは錯覚だ。死体が動いているようなものさ。いま動いて見えている国という組織体は、ゾンビだよ。いったん完全に殺して、あたらしい組織体を作ることだ」

「国レベルはともかく、ぼくの預金もチャラ、社債も株もパアになる、取り戻すことは考えるな、そういうことか」

「悪いことばかりじゃないさ。負債もチャラになる。住宅ローンとかクレジットカード代金とか友人からの借金とか。保証も担保も効力をなくす。オールクリアだ」

「社会騒乱を引き起こすことになるぞ」

自分のこととなると、実感がわいてくる真嶋だった。こうなると、独り身とはいえ無理をしてでも住宅ローンを組んでマンションを買っておくのだったと思う。アパート暮らしでたいした借金もないとなれば、預貯金がパアになるほうが痛い。世間ではすでに全国規模の取り付け騒ぎが起きていても不思議ではないが、非常軍事態勢宣言がなされたということは、外出禁止令も出ているだろう。今後は軍の力で群衆を抑え込む場面もありそうだ。事実上の戒厳令を敷かざるを得ない状態だというのは理解できた。

「この事態を騒乱なしで乗り切ることはできないよ」と神里は他人事のように言った。「だから対処法としては、どういう手法がいちばん人的被害が少なくてすむかという選択でもあるだろう。オールクリア、すべてご破算にするのがいちばん犠牲が少ないというのがわたしの考えだ」

「ご破算か。いや、それはできないだろう。水も買えなくなるのでは国民の命に関わる」

「国は新金融体制の実現を急いで、新しい基準での一定額を全国民に給付することだ。新しいゲームの開始だ」

「ゲーム？」

「そうとも。国民にとって国というのは、生きるためのゲームの場だよ。国民は所場代《しょばだい》として税金という参加費を納めなくてはならないが、まずは国は新しいゲームをスタートするにあたって、いま現在のすべての資産や負債をチャラにする。そうしておいて、新ゲームに参加する元手を全国民に等しく配るんだ」

「そんなの、富裕層が黙っていないだろう。現有資産をチャラにされるんだ。損害額はぼくレベルとは桁違いなんだろうから絶対認めないよ」

「たしかに、真の富裕層は物理的な資産も半端な額でなく持っているので、今回の事態でもさほどダメージは受けていないはずだ。金塊やらプラチナやら土地や建物を持っているからね」

「なんだか、ものすごく不公平な気がする」

「だから胴元である国は、それもクリアにする必要がある。富裕層から金銀財宝も取り上げなくてはならない」

「できるもんか」

「できなくてもそうしろと、敵は迫っているようだ。今回ゲートアイランド特区が狙われたのも、そうしたメッセージかもしれないとわたしは思った」

「ゲート内の住民は富裕層に限られるからな。言ってみれば金持ち特区だ。不公平な、その象徴的存在だ。それを敵が狙うというのは……資産を持っていても無駄だ、死んでは元も子もないのだぞ、というのをわれわれに見せつけている、そういうメッセージだと?」

「まあ、そんなところ」

「金持ちが狙われるというのか」

「今後の動きを見ないとなんとも言えないが、いずれにせよ富裕層は結託して金塊などの現物資産を使い、自らを護るべく、国家を動かすだろう。彼らは全世界的なネットワークを持っているからな。今回の事態は彼らにとってはむしろ好機でもある」

「金持ちが国を牛耳り、貧乏人は見殺しにされるのか」

「いままでもそうだったんだ。経済の自由化やグローバル化を推進してきたのは彼らだよ。その矛盾や歪《ゆが》みが今回の件で顕在化しただけの話だ。しかし、顕在化したところで、金融概念がチャラにならないかぎり彼らは少しも傷つかない。つまり決して損はしない」

「こんどばかりは貧乏人も黙っていないだろう。少なくともぼくは、いやだね」

「オールクリアに賛同する気になったか?」

「まあ、そうだな、複雑な気持ちだ」

「一般大衆のほとんどは既存の金融概念を否定し、新しく立ち上げることに賛同すると思う。だが富裕層は国を操作して、自分の資産は例外にする。既得権益を守りたいのは役人に限ったことではない」

「だから、一般大衆はそれを許さないって」

「そうだろうな。いままでと違うのは、富裕層にとっては資産を隠したり、より有利なところに移したりする場が世界中のどこにもなくなった、ということなんだ。一国の問題ではないんだからな。こうなると、富裕層の富を狙う大衆の打ち壊し行為を国家を操ることで阻止するのは、難しいだろう」

「金持ちは私兵を雇うことになるだろうな。武器弾薬もだ。戦闘機からパイロット、核ミサイルまで、買えないものはない」

「それを阻止するためにも、いま流通している現金を早急に無効化する必要があるんだ。オールクリアにする意味がわかるだろう」

「旧体制と新世界との戦争になる」

「そこまでいくなら、それはそれである秩序に収まることになるわけだが、いずれにしても全世界的な騒乱状態に陥るのは必至だ。富めるかどうかに関係なく、人はみな、だれに頼ることなく自分で我が身を護るしかなくなるだろう」

「社会秩序の崩壊だ」

「そうだな。蟻でも社会秩序をもっている。人類は、それ以下になる」

「巣そのものが崩壊すれば、蟻も混乱するさ」

「それはいいたとえだな。これは人類が被《こうむ》っている、かつてない未曽有の大災害だと思って対処するしかない。現官邸の連中にそうした認識がないと、姑息な手段をとって混乱に拍車をかけるだけだ。日本はまだましだろうが、どの地域でも暴力装置を握る者が権力を掌握するのは必然だ。戒厳令はその第一歩にすぎない」

「軍のクーデターが起きるというのは考えられるな。それこそ〈敵〉の狙いかもしれない」

「敵の狙いはともかく、いま敵は、警察や軍のパワードスーツを手中にして活動している。無人攻撃機も知性搭載武装ロボットも乗っ取ることができるようだし、敵はまさに人類の暴力装置を自在に操ることができるんだ」

「だから？」

「暴力装置とは、端的に言って、人間に危害を与えることを目的にしている。言い換えれば人以外のものは攻撃対象から外れる。敵は人間のみを選択的に殺害することを目的としているようだ。特区の住人だけでなく、ここ、階下の警官たちをも殺害した。金持ちかどうかは関係ない。それらを考えてみるに、敵は人ではない可能性があるということなんだ」

「人工知能、ロボット、ネット内の人工人格か」

「そうとしか考えられなかった。が、ネット内の人工知性体といった予想は、現状からは否定するしかない。こんな嵐が吹き荒れているようなネット内環境では自分を維持することも難しいだろうからな」

「人間でもなく人工物でもないとしたら、あとは宇宙人くらいしか考えられない」

「〈地球の意思〉がある」

「例の謎の組織だな。まさか宇宙人が組織しているなんて言うなよな」

わけだ」

「文字どおり、地球の、意思だ。地球が、人類を排除しようとしている。あるいは、人類から秩序を奪おうとしている。または、人類に反省を促している。思い上がるな、というわけだ」

「……本気で言っているのか？」

「宇宙人襲来説より現実的だろう。もちろん本気だ」

「それは、あれだ、ガイア理論じゃないか」

「ガイア仮説、だ。その仮説自体は、地球という惑星が生き物だというのではなくて、地球環境と地球生命は密接に関連しており相互に情報交換している、とするものだ。前にも言っただろう。こんな仮説は、ごく当たり前な理屈に見える。これが奇異な仮説に感じられる人間は一神教の常識にとらわれているからだろう。西洋文明というやつ。対して、仏教哲学が身になじんでいるわれわれにとっては、ぜんぜん違和感はない」

「いやいや、違和感を感じまくりだ。地球なる主体になんらかの意思があるというのはいいとして、人類に反省を促すためにインターネット環境を乗っ取るなんていう、そんなことのできる知能というか知性があるというのは、ファンタジーだ。信じられない」

「意思を表明するのに高度な知能は必要ない。水が凍るときに膨らむように、ある条件変化により地球の意思が人類に伝わらざるを得ない環境に〈自然に〉なってしまうというほうが、地球という主体に知性があるという考えよりも現実的だろう。知能があろうがなかろうが、因果は巡るんだ。仏教思想そのものじゃないか」

「そんなのは漠然としすぎていて、なにもわからないと言ってるも同然だ」

「なにもわかっていない、と先ほどから言っている」

「仮説くらいはあるんだろう。ガイア仮説以外のやつ。あなたの言う、〈地球〉の意思とはなんだ。敵の意思というほうがいいかな」

「状況情報をわれわれの人工知能——イーヴォというニックネームなんだが——にぶちこんで状況分析をさせ、原因主体はなんだと質問したところ、人間以外の生き物、という答えが返ってきた。それは妥当な結論だと思う。地球そのもの、という漠然とした主体よりもかなり絞れている」

「目的は。目的についても質問したんだろうな」

「人類へのメッセージだそうだ。人類にメッセージを発しているのだと」

「どういうメッセージだ、内容は？」

真嶋はバッグから取材ノートとペンを出す。手書きがいちばん手っ取り早くメモできる。

「言葉を放棄せよ、だった」

「言葉を放棄せよ」と書き、目を上げる。「——って、なんだそれ。なにか禁句があって、それを言うなということ？」

「いや。言葉を使うな、ということらしい。喋るな、文字も使うな、ということだ。ようするに、言葉を使うのが人間を人間たらしめているわけだが、敵は、人に人であることをやめろと言っているんだよ。その点に関してはこないだ、わたしが小柴広報官に言ったとおりだ。敵は、人間に野生動物になれと要求している。その手法が、言葉を放棄すること、というんだな。敵がネットを使えなくしたのも、この要求の一環というか、メッセージだそうだ」

「それは、おたくたちが使っている人工知能、なんていったっけ――」

「イーヴォだ」

「その人工知能そのものがそう思っているんじゃないのか。分析結果ではなく、イーヴォという、そいつ自らのメッセージかもしれないだろう」

「ある意味、それはそのとおりだ。人工知能が下した分析結果なわけだからな。イーヴォに対して、どうしてそうなるのか根拠を示せと言っても無駄だよ。この分析結果はビッグデータというブラックボックスから吐き出された一種のお告げなんだ」

「お告げって、そんないい加減なことを信じるのか」

「役には立つ。使い方次第だ。ちなみに、〈言葉を放棄せよ〉というのは簡潔な表現であって、その意味をいろいろ尋ねたところ、イーヴォの答えの中には、こういう過激なものもあった。曰く、〈敵は人類に馬鹿になれと言っている〉と」

「馬鹿にされてるんだよ、その人工知能に」と真嶋。「機械になめられているんだ――」

「いや」と神里は続ける。「個人としての人間に馬鹿になれ、ということではなく、言葉を使う人間という動物は知識を言葉にして後世に残すことができる、それをやめろ、という意味なんだと思う。たとえば、フェルマーの最終定理は言葉なくしても思いついたかもしれないが、フェルマーがその証明を書き記さなかったせいで人類は四百年近く〈馬鹿〉だった。もとよりフェルマーの時代にも言葉がなかったとすれば、その定理＝仮説自体も後世には伝わらなかったわけだから、証明しようという者も現れないだろう。天才がいくら出現したとしても、その言葉が後世に伝わらなければ数学の発展というのはなかった。どの分野でも同じだ。結果、近代兵器も文明も出現せず、人口もさほど増えず、人は野生動物に毛が生えた程度の〈馬鹿〉に留まっていただろう」

「まさにそのイーヴォという人工知能がこの事態の首謀者じゃないのか？　自分が人類の上に立ちたい、と。〈言葉〉を独占することで、だ」

「いまイーヴォはフリーズ状態だが、その可能性はゼロではない。ネットを嵐の状態にしている主体は機能しているので、イーヴォが首謀者ならフリーズ状態は見せかけということになる。それを確認する手段をわれわれは持っていない。診断プログラム自体が動作不能だし、イーヴォの思惑というのは動的に出力されるものだから会話してみて探るしかないんだ。いずれにせよ、イーヴォの予想や判断は参考意見にすぎない。最終的な判断はわれわれが下す。当然だろう。でなければ、われわれ人間の存在価値がなくなるんだ」

「たとえ間違った判断を下すことになっても、か？　人工知能のほうが正しかったと後でわかったら、立ち直れないんじゃないか？」

「それは、ない。人間は間違いを犯す。だからこそ責任が取れる。無謬《むびゅう》だとしたら責任主体としての価値がないだろう。人のロボットや人工知能に対する優位性はここにある。人間がいらなくなることは絶対にない」

「詭弁のような気もするが、なんとなく、わかるよ」

「失敗を他人のせいにしたり、責任は自分にあると言いつつ責任を取りもせず謝罪もしない人間は、間違いを犯す人工知能のようなものだ。使えない上に人としての価値もないということだからな」

「だれか、特定の人間を念頭において言ってないか？　官邸のトップとか」

「想像に任せるよ」

「否定しないんだな。あなたは現政権を人でなし集団だとこき下ろした、そう書かれてもいいというわけだ。記者を相手にするときは嘘でも否定するかノーコメントで押し通さないと、あなたの立場上、まずいだろう」

「わたしは絶対に広報官にはなれないだろうな。もし現状の国家体制が続くとしての話だが。きみのほうも取材対象者にそんな助言をしているようではだめだろう」

真嶋は書く手を止めてため息をつき、「報道はともかく、政治記者になりたいと思ったことはないな」と応える。

「では、なれない。わたしも本音を言えば広報官の地位には興味がない。人間というのは自分がなりたいと思う人間にしかなれないものだ」

「なりたいと思えばなれる、か」

「そういう意味合いではないよ。今ある自分の姿は自分がなりたいと思ってきた、その結果だ、という意味だ。信念を抱いていれば必ずなりたいものになれる、わけではない」

「どう違うのか、わからないな」

「まったく違うだろう。結果がすべてで、なりたい自分になれる保証などどこにもない。先のことはわからん。違いは明らかだ。これがわからないというのは、きみが幸せだからだ。未来に希望を持っているということだからな」

「あなたは不幸なのか？」

「きみの話をしている。きみは若いな、と言っているんだ。二時間後に死ぬかもしれないとは思っていないだろう。明日があると信じて疑っていない。幸せなことだ。わたしにもそういう時分があったと思うが、もう忘れた」

「見た目より老けているんだな」

「大人だと言ってほしいね」

「老けた大人だ」

神里はふふんと鼻で笑う。

こんな話には付き合っていられない。真嶋は自分が書き記したノートに目を落とし、読み返して印象を頭の中でまとめようとしたが、〈言葉を放棄せよ〉という一行が目に飛び込んできて離せなくなった。

そのメッセージは、太文字のように、浮かび上がって見えた。

これは呑めない要求だと思う。人には絶対不可能だろう、喋ることを自ら止められる人間がいるはずがない。無言の行というのがあるそうだが、苦役だからこそ行になるわけだ。いま神里と話していた世間話のようなものも単なる時間つぶしなんかではなく、神里久という人間との情報交換だと真嶋は思う。意識交換と言ってもいい。人は他人の意識と言葉を使って接続することができる生き物だ。犬は尿などの臭いでそれを行うのだろうが、言葉の最大のメリットは文字にすれば後世に残せるという点にあるだろう。もしいま言葉を失えば、人は犬以下になる。それこそ蟻にも劣る感覚を頼りにするしかない。人が集まってなにをするにしても言葉がなければまさに烏合《うごう》の衆であって、建設的な何事もなし得ないだろう。言葉を放棄することを迫られるとは、これは人類にとって危機的状況に違いない。

「……しかしイーヴォという人工知能は」と真嶋は意識してその一行から目を離し、神里に顔を向けて言う。「なんで〈言葉〉に注目したんだろう。敵の直接的な要求は〈すべての経済活動〉の中止であって、〈言葉〉の使用の禁止ではない。ものすごく飛躍していると思うんだが」

「言ったように、ビッグデータを俯瞰《ふかん》しているうちにイーヴォが見いだした結果なんだ。データ中のどれそれが根拠になっているといったことはイーヴォにも説明できないだろう。だが、おそらく、言葉を放棄したように見える人間の生存率が高い、というような傾向を見つけたのだろうと思う」

「言葉を放棄したように見えるって、後天的に喋ることができなくなった者とか？」

「それはわからないよ。襲撃されて生き残っている人間に、ある傾向があるのかどうかわれわれも分析してみたが、わからなかった。しかし、こうしているうちにも、武装したパワーローダーや兵器ロボット、戦闘ドローンに殺されている人間がいるんだ。地球全域で犠牲者は数百万規模で出ており、いまだに増加中だ」

「増加中って、敵の要求を呑んだのに、か」

「呑まなかった、んだよ。人類は敵である〈地球の意思〉の要求をはねのけた。敵だとは思わなかった、というのが正確かもしれない」

「数百万の犠牲者か。こんなに静かなのにな」

「日本は良くも悪くも、大きな村社会だからな。あきらめも早い」

「それもイーヴォは見越しているんだろうな」

「イーヴォにとっては、だから日本のデータはあまり使っていないと想像できる。イレギュラーなデータになるからだ。だが、イーヴォに訊いても、そのへんも、答えられないだろう」

「よくわからん」

「たとえばビッグデータから若死にしそうな顔があるということがわかったとしても、そのどのへんがそうなのかと問われても言葉では説明できない、そんな感じだと思ってくればいい。これもこないだ言ったろう」

「一種の勘が働いているということだ」

「そのとおりだ。論理的な説明はできなくても、イーヴォが出してきた結果の確度は高く、無視できない」

「言葉を棄てろ、とはな。これは文字どおり〈人間であることをやめろ〉、〈馬鹿になれ〉ということだ。こいつは、なかなか怖い。あとからじんわりとくる怖さだ。金＝マネーの放棄はできても、これはできないよ」

「きみは記者だ。言葉を奪われたら仕事ができない」

「生きていけないよ。マジで」

「教育もできなくなるから、次世代も含めてみんなで馬鹿になるしかない。人類はともかく、現代人は滅びる」

「しかし」と真嶋はまたノートを見て言う。「敵はマネーを蒸発させることはできたけれど、人間から言語能力を奪うこと自体はできないようだな。言葉を奪うことが敵の目的なら、要求や警告なしで直接やればいい。やってないのは、やれないからだろう」

「さあて、それはどうかな。敵はまだそのように要求してきていない。実際にそう言ってきて、拒否したとき、どうなるか、だ。なにが起きるか、それは、わからん」

「本格的な通信インフラへの攻撃くらいはやってきそうだ」

「その程度ですむならイーヴォのご託宣もそういう具体的なものになっていたはずだ。より深刻な、想像を絶することが起きる可能性はある。イーヴォにも予想不能な、なにかだ。これは人であるわれわれが考えるしかない」

「想像を絶することを、どうやって考えるんだ?」

「まさに、われわれは敵から想像力を試されている、そんな気がする」

神里は腕時計を見ながらそう言った。

真嶋はその神里の言葉も書き記し、それから、「迎えはまだか」と言う。「遅れているのか」

「まだ時間前だ」と神里。「焦らず待っていればいい」

「ぼくの相手をしているのは、あなたにとっては暇だからというか、ある意味、休憩時間のようだな」

「ああ」と言って、神里は笑顔を見せた。「そうだな、まったくだ。ほとんど休みなしで対策にあたっていたし、こんなにのんびりできるのは久しぶりだ」

「苦手なヘリには遅れて来てほしい、とか」

「小学生じゃあるまいし。時間厳守で来てほしいね。時間にルーズな相手は信用しないことにしている」

「現地は相当危ないのだろうな」

「敵を見つけ次第、排除する作戦だ。強行偵察と称した掃討戦だよ。敵は一人残らず殺せということだが、ローダーを装着してる隊員たちはすでに死亡しているだろうと思われる。行けばわかる。そのための偵察だ。どうする、いまからでも遅くはない、下で待っているか?」

悔する。現地で戦死する方がましだ」

「いや」と真嶋は首を横に振る。「現地取材できる機会を自分から棄てるなんて、一生後悔する。現地で戦死する方がましだ」

神里は揶揄するような態度は見せなかった。なにも言わず、うなずいただけだ。こちらの本気を理解したのだろうし、神里自身も命をかけているということだろうと真嶋はあらためて気を引き締める。

「陸軍のどの部隊が動いているのか教えてくれないか」

ペンを握りなおして質問する。

「いま作戦を展開してるのは」と神里が答える。「政府直轄の中央緊急展開集団なる部隊群だ。陸軍特殊展開部隊とか空挺団《くうていだん》とかヘリ軍団とか。通常とは異なる命令系統になる」

「それは聞いたことがある」と真嶋。「首都防衛軍と同じ時期にできたのが中央緊急展開集団だろう」

「そう。指揮は官邸がとる。今回の作戦ブリーフィングは官邸危機管理センターで昨夜行われた。わたしも末席を汚したよ」

「謙虚な言い方だな」

「小柴広報官に無理をさせたからな。この事態を打開する情報戦略はわれわれ進化情報戦略研にしか立てられない、そう広報官を通じて官邸にアピールした」

「官邸の期待にそえる自信は？」

「期待はされていない。だからこちらも彼らに期待はしない。所属組織と自分のために、自力でやるしかない」

「それでよくいままでやってこれたものだ」

「公安のS、スパイのことだが、みな似たようなものだよ。言ってなかったか、わたしは公安出身なんだ」

「あなたの半生記を書いたら面白いものになりそうだな。いまはそんな暇はないか。現地ではもう戦闘状態に入っているのか？」

「第一陣の特殊展開部隊はすでに探索行動を始めている時間だ。目標を発見すれば掃討戦に入るだろう」

「ぼくらは兵員と一緒に現地に運ばれるんだろうね」

「いや。迎えに来るヘリは、われわれ二人のみを目的の場にピンポイントに輸送するのが任務だ」

「目的の場とは。まさか──」

「ファウストD棟の屋上だよ。特殊展開部隊が制圧しているはずだ。第一目標地点だからな。きみが竹村有羽に出逢うきっかけとなった、きみたちがスクープした竹村有羽の義父殺害事件、その現場マンションだ」

「まさか、ともう一度言わせてくれないか」

「なんだ？」

「あなたは陸軍に無断で、現地で単独行動をするつもりじゃないだろうな。竹村有羽の捜索をあなた自身でやるつもりか」

「そう、そのつもりだ。それが現地に行く目的だ。きみもこの四日でわたしの感性をよく摑んだようだな」

「あなたについていかせてくれ」

「きみの護衛はしない。いざとなったら、きみを弾よけ代わりにするかもしれない。それでもよければ、かまわないよ」

さすがに即答することは真嶋にはできなかった。だが、結局はうなずいている。

「いい覚悟だ」と神里は言って、立ち上がった。ヘリの音が聞こえる。「きみも有羽の行方が気になるようだな」

「もちろんだよ。それと、呉大麻良だ。呉はあのマンションの有羽の母親の部屋にいたのは間違いない」

「有羽、その母親の竹村咲都、それから、その呉という男」と神里はついてこいと身振りして言った。「三人が、今回の世界崩壊の首謀者となんらかの関係がある。あるいは、世界崩壊のきっかけを作った」

「有羽が首謀者の一味だ、という考えはどうなったんだ」

「それは警察の考えだろう。わたしは一味だなどと考えたことはない。わたしは、彼女こそ首謀者か、でなければ、彼女は経済崩壊を引き起こした敵の力を利用した、なにかを考えている——そうきみに言ってきたはずだ。取材は正確にやってほしいね」

「フム」

階段を上がると視界が開けた。空気が澄んでいる。都市の騒音が聞こえてこないのは気のせいではなさそうだった。交通はストップしているし、人も表に出ていないだろう。

その静寂を破って、ヘリのローターが空気を叩く音が近づいてくる。さわやかな青空の一角に機体が見えた。ヘリポートの進入方向に合わせるためだろう、旋回して機首をこちらに向けたあとは、襲いかかるように接近してきた。思わず腰を引く真嶋の目の前に、ふっと速度を落としたそれが、ふわりと着地した。素人目にも見事な操縦技量だとわかる。

しかしこれは。よく見ると、陸軍のヘリではない。ほんとにこれなのかと神里を見やると、迷うことなくそちらに向かうので真嶋もついていく。

エンジンもローターも回ったままだ。

「これは」と真嶋は大声で言う。「米軍機じゃないか。陸軍のヘリだと言ったろう、なんだこれは」

「アメリカ陸軍のヘリだ。陸軍には違いないだろう。こいつはラコタだな」

「ラコタって、部隊名か」

「機種名だ」

「そんなのはどうでもいい、なんで米軍なんだ、どうしてここにいる?」

「彼らの偵察行動に混ぜてもらう。言ったろう、官邸からは期待されていないので、こちらも期待しない。自分のチャンネルで米軍と話をつけた」

「なんてこった」

「遠慮はいらん」と神里は怒鳴るように言って、開いたドアから乗り込む。「いまや国籍は意味をなさない。使えるならどこの陸軍でもかまわない、使うまでだ」

真嶋もあわてて後に続いて乗って、〈国籍は意味をなさない〉という、その言葉を反芻する。世界が崩壊しかけている現状では、まさしく、そうなのだろう。真嶋には実感がわかないが。米軍という外国の軍隊が日本軍と連帯することなく独自に日本の首都上空を飛び回るというのは、これこそ非常事態ではないか。もとより日本の制空権は米国が握っていたにしても、だ。遠慮はいらない、という神里の言葉は、日本の空を飛ぶのに米軍に遠慮することはない、ここはわれわれの空であり土地だと、そういう意味合いもあるのかもしれない。

「あなたはいったい何者なんだ？」

神里はさっさとベルトを締めて、操縦席に向かって親指を立てている。機長と副操縦士の二人は振り返らないが、バックミラーがあって、それでこちらを見られている。

「国の裏方だ」と神里は言った。「表には出ない。新聞に載ることもない。そういう仕事をしてきた」

エンジン音が増して、機体が浮き、ぐいと旋回する。

「官邸には」と真嶋は騒音に負けずに声を張り上げる。「当然、この機の行動は伝えてあるんだろうな」

「むろんだ。が、われわれ乗員のことや目的については秘密にされているはずだ。米軍も日本でのローダー叛乱現場を偵察したいが官邸の指図は受けたくない、という思惑だろう。わたしが取りはからってやったんだ。実際に骨を折ったのは小柴さんだが」

「ぼくは、つまり」と真嶋は、いま思いついたことを言う。「最初から、あなたと行動を共にするしかなかったわけだな。ぼくには他の選択肢はないんだ。陸軍といえば日本陸軍のことだと思う――」

「きみが現地でわが日本陸軍の部隊と合流してもだいじょうぶなように手配済みだ。そうしたければそうすればいい。選択肢がないなどと、人のせいにするな。きみが、選択するんだ。きみの従軍記者としての身分は保証されている。現地で戦死しても、身元不明死体にはならない。顔認識されているからだ。が、わたしは違う。公には特区内には行っていないことになっている。現地で死ねば、わたしという存在はこの世から蒸発するんだ。きみには、わたしが死んだらその旨報道してもらいたい。それでわたしは表舞台に出られる」

なんと答えていいか、思いつけない。訊きたいことは山ほどあるのだが。

「こちらが酔いそうな気分だ」

そう言って、真嶋は口を閉ざした。

目標地点のツクダジマ特区は、ヘリなら一飛びだろう。すぐそこだ。機内で大声で叫び合わずとも着いた先で続きをやればいいのだと思いつつ、神里と行動を共にするのは血圧に悪そうだと、真嶋は覚悟した。到着する前から自分の予想や想像を超えた体験の連続ではないか。

14

自分はもうじき死ぬのだと呉大麻良は暗闇の中で思った。

なにか明かりがほしかった。暗い中で死んでいくのはなんともわびしい。

死ぬ前には生まれたときからの出来事が頭の中を走馬燈《そうまとう》のように流れるそうだがと呉は思い、走馬燈なるものを実際に見たことがあっただろうかと自分の半生を振り返ってみた。まだ死に直面してはいないが、強制的に走馬燈を点灯すればこの狭い部屋も少しは明るくなるのではないか。

なんだか意味が通らないことを考えている。どうやら夢と現《うつつ》の境界が曖昧になってきているのだ、これは危うい心身状態なのだろうと呉は自覚したが、恐怖は感じなかった。

真の暗闇ではない。室内環境維持システムの動作表示モニタが最小輝度で点灯していた。それは照明というにはあまりにも弱く、パネルの位置を知るための役にしかたっていない。もしモニタに目を近づけてみれば、環境維持システムはまだかろうじて生きていて、非常用のバッテリーで駆動しているのがモニタから読み取れるだろう。バッテリー電源も落ちれば環境維持システムは死に、同時にパネルの照明も消える。いつそうなるのかは、どうでもよかった。バッテリーがどのくらいもつのかを確認したところで、その時間を先延ばしにすることはできない。そう悟ったら、パネルの存在も遠くなった。

中有《ちゅうう》とはこういうところかと思う。この世とあの世の、間《あわい》。生きてはいないが、さりとて死んでいるわけでもない。実に中途半端な状態だ。死にたくはないが、生を求めて必死になる気力もない。

頭の中を流れていくのはこれまで生きてきたことの、ろくでもない想い出ばかりだ。あれも自分、これも自分、なんて馬鹿な自分だったろう。いまさらどうしようもない過去の失敗や心残りが頭の中を駆け巡る。それが消えるときは自分が消えるということだろう、完全に死ぬのだ。

こんど生まれてこれるなら親を選びたいものだが、ろくでもない生き方をしてきたので願いは叶えられないだろう。中有というところは閻魔《えんま》大王に裁かれる場ではなかったか。生まれ変わるのはそれからになるわけで、その前に完全にいまの自分が死ななくてはあの世には行けない。そこが地獄だろうと餓鬼道だろうと、中有よりはましな気がする。待つのはつらい。早くケリを付けてもらいたいものだ。

しかし中有とは、このいま自分がおかれている状態とは、いったいなんだろう。過去のすべての自分の記憶を再生してるかのような、過去の檻に閉じ込められているように感じられるこれは、死に直面した人間に普遍的な現象なのだろうか。たぶんそうだろう。自分だけが特別ということはないだろう。昔からこういうことを経験した人間が山ほどいるから、中有なる言葉ができたのだ。ものすごく特殊な経験というのは言葉にならず、残らないのではなかろうか。

自分の人生というのは馬鹿なことばかりで成り立ってきた気がするが、それもさほど珍しいものではなくて他の多くの人間に比べ格別同情を引くような馬鹿さ加減ではないのだろう。しかしだからといって、なんの慰めにもならないわけだが。馬鹿も極めれば歴史に残る大馬鹿者として後世に記憶されるだろうに、自分は、ただの馬鹿にすぎないということなのだから。

これを慰めるのは自分にしかできないだろう。だって、みんなが経験している珍しくもないことなど、当たり前の、どこにでも転がっている石と同じで、個性なんかない。どの石が自分のかは自分にしかわからず、というか自分にはわかるわけだから、せめて自分のものであるその石を拾い上げて、おまえは特別なのだよと慰めてやらなくては不憫《ふびん》というものだろう。普通でありきたりの馬鹿さ加減を愛おしむことも、自分にしかできない。

この胸を締め付けられる哀感もまた、同じなのだろう。思い出すたびに、ああ可哀想なことをしたと切なくなるこの記憶は、だれに慰められようと薄れることはないだろう、だれにも話したことはなかったが。

他人に打ち明ければ、いままで生きてきたなかでいちばん切ない想い出がそれなのかと呆れられるか、非難されるのがおちだと呉は思う。

猫を遠くに捨ててきたという、ただそれだけのことだ。

だがおれにとっては唯一の心残りで、もしやり直せるものならあのときに戻ってやり直したいくらいだ。ほかのことはどうでもいい。若い自分に戻りたいなどとは一度も思ったことがない。過去をやり直したいなどと思う人間の気がしれない。くそったれな人生など一度やればたくさんだ。やり直したところで馬鹿が利口になる道理がないだろうに、おれはそれがわからないほどの馬鹿ではない、そう思う。

おれは過去を取り戻すことはできないし、その気もない。だがあの猫は捨てずに手元においてしかるべきだったんだ。とてもなついていたのに、おれはそんな猫の信頼を裏切った。家の事情が許さなかったというのは言い訳だろう、自分で判断して、自分で捨ててきたのだ。おれはきっと畜生に生まれ変わって、たぶん鼠かなにかになって、猫にもてあそばれながら死ぬに違いない。

子どものころ白い太った猫を可愛《かわい》がっていた。

何歳だったかもう忘れたが小学校には上がっていて、大麻良という名前のことですでにからかわれていた時分だ。低学年だった。友だちと言える人間は一人もいなかった。心を許せる相手は人ではなく、ただその白猫、景太《けいた》だけだった。その名は、自分がこういう名前だったらよかったのにと思っていたもので、最初に見つけたときにそう呼びかけていて、そのままその白い猫は景太になった。

草の生えた空き地が点在している住宅地は新興とは真逆の衰退している限界住宅地で、その一角にあるアパートも古かった。一階の、西日の当たる端部屋に、家族三人で暮らしていた。

町内は年寄りばかりで子どもは珍しかった。集団登校する児童数が集まらないので呉少年は一人で途中まで行って、小学校の近くの登校区の集まりに混ぜてもらっていた。毎日が遠足のようなものだった。

いま思えばずいぶんな距離だった、四、五キロは離れていたのではなかろうか。だが子どもの自分にとっては楽しい時間だった、とくに帰り道は集団下校の決まりがなかったからずっと一人でいられて、だれにもいじめられることもなく、一日のうちでいちばん心が安らいだものだ。

景太はその帰り道の、草の生えた空き地の中ほどの、段ボール箱の中に、丸められた紙くずのように、捨てられていた。

呉少年は、壊れかけて形を崩した段ボール箱から目をそらして空き地の外を見やった。道路を挟んだ向かいはブロック塀で目隠しされた家で、隣接する北側の家は窓は小さめで、南側は生け垣が茂っていて見通しはよくなかった。人の目はあまりとどかないわけで、だれにも咎められずに捨てるのは簡単なようだった。

それは空き地の真ん中に堂堂と置かれていた。捨てるのを見られたくはないが、捨てた箱は見つけやすいようにしたい、そういうことらしい。隠すつもりはないのだ、そう思った。実際、自分だって見つけたわけだし。

仔猫だとわかった。景太と呼びかけてみたが動かなかった。目を閉じたままだ。生まれたばかりでまだ目も見えないのだろうと呉少年は思ったが、つれかえって、ドライフードに水を含ませて柔らかくしたものを与えたら食べたことから、生後少なくとも一ヶ月以上は経っていた。

そっと触れると冷たかった。死んでいるのかと思い、怖くなって手を引こうとしたとき、それが力なく身じろぎした。手を離すなと言われたような気がした。

どこを摑んでいいかわからなかったので、すくうように右手の上に載せて、左手で包んで持ち上げると、濡れていて臭かった。目は閉じたままだ。死にかけていると思った。

このときそれがわずかに口を開いて、にゃあと訴えかけてこなかったら、箱に戻していたかもしれない。

景太は必死だったに違いない。まだ生きていることをわかってもらいたかったのだ。だが(生きているから)助けてくれと訴えたのではないだろう。自分は紙くずではない、ゴミではない、生きている、ただそれだけを知らせていた。呉少年にはそれがわかった。臭くてもここに置いておくことはできない、なにせ生きているのだから。箱に戻せば死ぬだろう、それを理解したからハンカチで包んで持ってかえった。

段ボール箱には何匹か入れられていたのではないかと後になって思った。景太以外のそれらはだれかが拾ってつれていったか、自力で箱から逃げ出したのではないか。病気で弱っていた景太は自力で逃げ出すこともできず、可愛げもないので拾われることもなく、うち捨てられたままになっていたのだろう。まるでこの自分が来るのを待っていたかのようではないか、これは運命的出会いというやつだと呉少年は思った。

アパートは狭い台所と二間だけだったが、景太がいたあの時代は後の暮らしに比べれば上等なほうだった。何回も引っ越しを繰り返すうちにだんだんグレードが下がっていき、一間だけでトイレは共用、その後は台所も共用となっていった。そうなればとうぜん風呂なしだが、景太と暮らしていた当時は内風呂があって銭湯というものを知らなかった。

帰って母親に見せると、そんな汚いものをどうするつもりなのかと訊かれた。

汚い〈もの〉ではない、これは〈猫〉だと呉少年は母親に教えてやった。継母だった。日本語はできたが時折おかしな言葉遣いをしたので、やはり日本生まれの人とは違うのだなと子ども心に思っていた。故郷はフィリピンで兄弟や親戚は世界中にいるという話だったが、幼い呉少年には世界の大きさがわからなかったので、そんなものかと思っただけだった。

呉の実母は物心がついてすぐに死んだ。うっすらと覚えている。優しい人だった。その後は四人の女が母親として一緒に暮らしたが、父親が正式に籍を入れて同居した女は呉少年の実母と、景太がいたときのこの女だけだった。

汚いから洗いなさいと言われた。

あのときそう言われた事実を思い出すたびに、あの母親は実は猫のことがさほど嫌いではなかったのだなと理解できる。拾ったところに戻してきなさい、（もう一度）捨ててきなさい、とは言われなかったのだ。が、呉少年は、女が景太を汚いと言ったことがものすごくショックで、母親は猫が嫌いなのだと思った。

よくよく考えれば、嫌いなのは汚い状態であって、猫に関してはなにも言っていないのだ。洗えと言ったのは、洗えば家においていいという意味だろう。どうしてあのときの自分は、母親が猫が苦手だとか好きではないと思い込んでしまったのだろう。

それはやはり継母であるその女に対する遠慮と負い目だろう。嫌われたら食事を作ってもらえないかもしれない。嫌われたらどうしよう、もしかしたら自分はこの女に嫌われているか負担に思われているのではないか？

父親が一人息子である自分を嫌っているのは明らかだった。だから、でかまらなどという名前を付けたのだ。呉少年はそう決めつけていたし、その思いは大人になってからも、いまも、変わらなかった。二親の両方から嫌われたら子どもは生きていけない。だから、せめて母親には嫌われないようにしようと思いながら生きていたに違いなかった。そんな無意識の想いが、景太に自分自身を感じさせたのだろう。つまり、母親は猫嫌いだという思い込みは、自分は潜在的にこの母親、継母に嫌われているに違いないという想いを反映したものなのだろう。

母親は表面的には景太を可愛がるそぶりは見せなかったが、決して猫嫌いではなかった。そうでなければ、景太の餌用にと呉少年の小遣いを父親に知られないように増額などするはずがない。

父親が働かないので、家は貧しかった。働かないのではなく、職がない、というほうが当時は正確だったろうが、やがて、職がないので勤労意欲が殺《そ》がれて働かなくなるという事態になって家庭崩壊に至るのだが、それはそれ、いつも金がないという状況は呉の子どもも時代を通して同じだった。景太のいたころはまだましで、裕福な暮らしにも思えた。父親が財布にけっこうな額を入れていたこともあったのだ。けっこうな額というのは小学生の呉少年の感覚であって具体的には知らなかったのだが。いつだったか、町内会費と思われる、その督促に来た相手に、頭を下げて待ってくれと母親が言ったとき、奥で寝転んでいた父親がそのままの姿勢で財布を母親の足下に投げてよこしたのを呉はいまでも覚えている。金はあるんじゃないかと思った。自分ももらおうと、母親が手にした財布から札を抜き取ったら、寝ていた父親が起きてきて、いきなり張り倒された。

給食費がいるのだと泣きながら抗議すると、そんなのは無料のはずだ、おまえは教師に騙されているんだと言われた。クラスのみんなは持っていく、それも騙されているのかと反発すると、そのとおりだ、子どももその親もみんな国に騙されているのだと冷ややかな声で言われた。もういちど投げ飛ばされるのを覚悟していた呉少年は、その父親の態度の変わりように驚いていた。いま思えば、そのときの父はまだ四十前で十分若いと言える年齢だったのに、おそろしく老けて見えたものだ。あの歳にして、もう人生を諦めた者の態度だったなと呉は思う。一言で言えば、人生の敗北者であり負け組であり、負け犬だった。

あの継母は、あんな男とよく籍まで入れて一緒に暮らしていたものだと思うが、そこは女と男の事情があったのだろう。父親はその女との関係を、腐れ縁と言っていた。あるときその女が、呉少年と二人だけの時に、あなたのお母さんには悪いことをしてしまったと、こちらの瞳の奥に少年の実母の姿を見たかのようにじっと見つめながら言ったことがある。どういうことなのかと問い返せる雰囲気ではなかった。その真剣さが怖くて黙ったまま、動けなかった。まるで蛇に睨《にら》まれた蛙だったなと呉は思い、そして思いついた、まさにあのとき、あの女は、このおれを食い殺してこの世から消してしまいたいと思ったのではなかろうか。

子どもの自分には、悪いことをしてしまったという、その意味を推し量ることはできなかった。だが大人になってみれば簡単なことだ、あの女と父親は不倫関係だったのだが、それを解消するために父親は呉の実母を捨ててあの女と再婚したのだろう、そういう意味の〈悪いことをした〉なのだろうと見当がつけられる。

いままで呉はそのように理解していたのだが、いま突然、もしかして実母はあの女に殺されたのではないかという突拍子もない思いに囚《とら》われた。

考えてみると、自分があの女に抱いていた潜在的な思いは、怖い、ということだったような気がする。嫌われたら生きてはいけない、のではなく、いずれ自分はこの母親に殺される、そう感じていたのではないか。

いや、まさかなと思い直そうとする。あの女は凶悪な犯罪者には見えなかった。大きなことをしでかすような気力も体力もない、やつれた感じの人だったではないか。料理は上手とは言えなかったが（それはいい食材を買う余裕がなかったからかもしれないのだが）、手を抜いたものを食べさせられていると感じたことは一度もなかった。あの母親の料理で記憶に残っているのはゆでた茄子《なす》を卵でとじたやつで、後にその女が家を出ていき行方知れずになってからというもの、いまに至るまで、食べたことがない。あの料理には名前があったのだろうか。懐かしさはなかった。自分で作ってみようとも思わなかった。それも、無意識にあの女が怖いと感じていたからかもしれない。

いや。呉は暗闇の中で思い直す。あの女はこのおれを愛してくれていたのだろう。それが幼い自分にもわかっていたはずだ。母親を悪者に仕立てようとしているいまのおれは、景太を捨てたことの責任から逃れようとしているのだ、たぶん。母親の愛情に応えなくてはならないと、自分なりに頑張ったのだ、だから、景太を捨てた。おれのせいだ。だれのせいでもない。

大人のいまならわかる。だからこそ、悔やみも大きいのだ。景太が可哀想だし自分の馬鹿さ加減が許せない。景太を捨てなくてもよかったのに、自分でそうしなくてはいけないと思い込んでしまい、実行してしまったのだ。

景太はよくなついていて、布団に入ってきては一緒に寝ていた。世話も呉少年がした。拾ってきたあのとき、汚いから洗えと言われて風呂場で湯を使って洗ってやって以来、景太は風呂をいやがらない猫になった。だからいつも綺麗な真っ白な毛並みをした猫に育った。隣近所の目もあるので外には出さなかった。大家に知られれば出ていかなくてはならない。それは大変困る事態だとは呉少年にもわかっていた。

景太は、呉少年が登校中の日中は窓から外を見ることが多くて、これについては母親が気を遣わなくてはならなかった。呉少年は頭を絞った末に、白いぬいぐるみの猫を窓辺に置いておくことを思いついた。だれかに景太を見られても、あれはぬいぐるみだと言い抜けることができるようにと。

そう提案された母親は笑ったりせずに、どこからか大きな白いリアルな猫科の動物のぬいぐるみを調達してきて、景太が足場にしている窓辺のチェストの上に置いた。実物の猫より大きいそれはユキヒョウだろうと呉少年は思った。そのおかげかどうか、どこからも、大家からも、猫を飼っていることを非難されることはなかった。たぶん効果はあったのだろうと呉は思っている。

トイレの世話も呉少年の仕事だった。猫は特別なしつけをしなくてもトイレを使うことを覚えるのだが、市販のトイレや消耗品の猫のトイレ砂は呉少年の小遣いではまかなえなかった。トイレ本体はプラ製の衣装ケースが利用できそうだったので母親に言って、一つを提供してもらった。景太が入れるくらいの適当なものがあって、密閉できる蓋もついていた。これはいいと母親も言った。砂は、新聞紙を細かくちぎったのを使えばいいのだと同級生の一人から教えてもらった。獣医の娘だった。猫を飼っていることを知っていたのでトイレはどうしているのかとさりげなく聞き出したのだ。呉くんも猫を飼うのかと訊かれて、一瞬迷ったが、否定した。淡い恋心を抱いていた相手で、共通の話題ができれば親しくなれると思ったのだが、現実はおそらく悪いほうになるだろうと呉少年は判断したのだった。そしてそれは正しかったと呉はいまでも思っている。もしそうだと肯定していたら、景太ごといじめられたことだろう。新聞紙を使うということがわかっただけで十分だ。

呉一家は新聞をとっていなかったので、資源ゴミの日に調達することになった。回収時間は朝だが、決まって前日の夜中に出す住民がいたので、早朝まだ暗い時間に行けば見咎められることなく持ってこれた。

そうして景太は呉家の一員になったのだが、そういえば父親は景太のことをなにか言っていただろうか、あまり覚えがない。あのころはあまり家に帰ってこなくて、出稼ぎに行っていたのかもしれないが、それでもアパートの部屋に入れば猫が住み着いているのはわかっただろう。猫自体は臭わないがトイレは臭うから、それだけでわかる。それでも、景太のほうも父親を避けるそぶりは見せなかったから、父と猫は互いに存在を無視していたか、黙認していたのだろう。

トイレの臭いを封じ込めるのにトイレ代わりにしたプラ製の衣装ケースの、その蓋が役に立っていた。あれが、しかし、すべての元凶だったのだが。

景太はトイレの使い方をすぐに覚えた。普段その蓋は閉じているのだが、その上に乗ってひっかく動作をする。すると人が蓋を取ってくれる。すますと、新聞をひっかくので人が景太を抱き上げて外に出し、汚れた新聞を始末する。呉少年が登校中の日中は開けていたようだ。学校から帰ってきたときはいつも開いていたから。夜は閉めていた。景太が夜中にトイレに行くときは呉少年がその世話をすると決めていた。景太はあまり夜中にトイレを使うことはなかったが、気配がすると呉少年は起きて蓋を開けてやるのだった。

あれはしかし、母親が始末してくれていたのではなかろうか、後に呉はそう思った。子どもは夜中は熟睡しているものだ。景太は夜中にあまりトイレを使わないというのは、実は自分が気がつかなかっただけだったのだろう。そう思えばまた後悔の念がわいてきたものだ。

ある日、朝起きて、朝食の支度をしている母親のところに行くと、流しに立っていたその継母が怒りの形相で振り返って、こう言った。

景太が夜中に、ここにうんこをした、ものすごく汚かった、いまも臭う、と。

呉少年は即座に自分の失敗を悟った。景太は夜中に便意を催したのだがトイレに蓋が閉まっていたのでできなかったのだろう、困った景太はいろいろ場所を探したあげく、流しにしたのだ。

けなげだといまの呉は思う。景太も切なかったに違いないのだ。したくてそこにしたわけではないだろう。自分は眠りこけていてぜんぜん気がつかなかった、ほんとうに悪いことをしてしまった。母親もその夜はひどく疲れていたに違いない。あのときの怒りの表情には疲労の色も混じっていたのだろう、もとより苛苛《いらいら》していたに違いなかった。子どもの自分はそうしたことに気がつかなかったのだ。

ただただ、これはもう駄目だと、呉少年は観念した。いくら謝っても受け入れてもらえない、そう思った。無言のまま景太を探し、いつもの押し入れの布団の上にいる場所から抱き上げて、そのまま表に出て歩いて行き、小学校とは反対側の、もう少し先まで行けば田園が広がるというところまで一時間近く歩き、家もまばらなその路上に放した。出勤途上らしき大人とすれ違ったが子どもたちの姿はなく、人目はほとんどなかった。

景太は一歳をすぎて立派な大人になっていたが表の世界に触れるのは初めてだった。地面におかれると、呉少年の靴をひっかいて爪研ぎをし、それから靴に前肢を乗せて伸びをした。怖がってはいなかった。まだ眠かったのだろう。呉少年はしゃがんで景太をなでてやり、それからその胴体を持ち上げて頭の向きを反対側に向け、行き先を示した。そして押し出してやった。

〈なにをするの？　遊ぶの？〉というように景太は振り返った。呉少年は後ずさり、景太が視線をそらして路上のにおいを嗅いだりし始めるときびすを返し、そのまま全力で走って景太から離れた。

追いかけてきたら駄目だ、つれて帰ろうと思った。百メートルほど走ったところで振り返ったが、白い猫の姿はなかった。様子を見に戻りたい気持ちを必死にこらえ、息を鎮めて、ゆっくりとアパートへと歩き出し、ときおり後ろを見やりながら、そのまま、自分の家に帰り着いた。先ほどまで景太がいた家だった。

そのあとの記憶がない。自分はその日、登校したのだったか。その日だったか、翌日だったかに熱を出して寝込み、学校には行かなかった。景太は帰ってこなかった。その後、景太の姿を見ることは二度となかった。

継母が家を出て行ったのはそれから間もなくのことで、父親はアパートを引き払って住む土地を変えた。ほとんど一家離散だ。

景太はあの家の守り神だったのだと呉は思った。自分は幸福を自らの手で捨てたのだ。暗闇の中で呉は膝を抱えて身を揺すり、なんて自分は愚かなのだろうとあらためて思った。どのみち引っ越すことになっただろうからいずれ景太を手放さざるを得なかったのだ、などと思ったこともある。景太を捨てて戻った自分に母親はなにも言わなかった、なぜ捨ててきたのだと叱ってくれていれば、あのあとすぐに景太を捜してつれ帰ったのに、などと母親を恨んだりもした。

自分のせいだ、馬鹿だった、自分のせいで景太は二度捨てられることになったのだ、生まれてまもなくと一歳ほどになってからと。なんて不憫なことだろう。

景太が二十年生きたとしても、すでにこの世にいない。あのあと景太はどうやって生きただろう。鼠の取り方も知らないはずだ。おっとりとした性格の、人見知りをしない、言ってみれば坊ちゃん育ちの猫だった。どこかの家に入り込めただろうか。運良くそうしていれば、きっと可愛がられただろう。クルマのあまり通らないところだったが、運が悪ければ轢《ひ》かれたかもしれない。野良猫の暮らしだとしたらさほど長生きはできなかったろう。五年くらいか。

景太の柔らかい毛並みの手触りや、しなやかな身体の温もりを、はっきりと覚えている。たまらなく愛おしく、懐かしかった。泣きたいと思ったが、涙は出てこない。

結局自分は、と呉は思った、大切な相手の可愛がり方や愛し方を知らないのだ。それは要するに、可愛がる能力や愛する能力に欠けているということなのだろう。

どうやら我知らず、すすり泣いていたようだ。泣きながら、自分のせいだという声もしていた。これは中有のこの暗闇の中で閻魔大王の裁きを受けている自分を他人事のように観察しているのではなかろうか、そんな気がした。

だがどうも自分の声のようではない。あるいは、自分の声を外から聴けばあんな声なのかもしれないとも思う。

呉は身体を揺するのをやめて耳を澄ました。幻聴ではなさそうだった。前から聞こえてくる。暗闇の中、目をこらすと、そちらに一段と暗い闇がうずくまっていた。自分の影のようだった。鏡があるわけでもないのにと思い、鏡を見ているにしてもそちらの影はうつむいているので、自分の姿ではないと気がつく。

するとそのうずくまっている闇が頭らしきものを上げて、こちらを見た。そこに目が見えたので、こちらが見られている、というのがわかった。

おれだよ、とその闇が言った。思い出した、これは父親の声だ。とっくの昔にくたばった実の父親。幻聴だ。もちろん、そうに決まっている。

自分はいよいよおしまいのようだと呉は思った。

しかし生涯の終わりに出てくるのがこれ、親父の亡霊とは、なんと馬鹿馬鹿しい幕切れか。

自分の人生は大麻良などというふざけた名付けから始まり、途中、死ぬまで忘れられない〈楽しい〉体験もなく、思い出されるのは景太の件に代表される、だれにも言えずに〈墓場まで持っていく〉悔悟の念ばかりだ。それもこれも、元を正せばみなこの男のせいだ。思いどおりにならない人生を他人のせいにするのは人間として駄目な証拠だろうが、親にだけは、そうしても許されていいのではなかろうか。あんたのような親を持った自分は不幸だ、と。

呉は心底、自分の人生が情けなくなる。

——いまさら、なにが『自分のせい』だ。

そう呉は言おうとするが喉がからからで声にならない。もうなにも言わなくていい、声にならなくて幸いだ、この期《ご》に及んでなにを言っても始まらない、こいつに愚痴や怒りをぶつけてなんになる、なにも変わらない。相手はなにせもう死んでいる。

だいたい、この亡霊は、極度の脱水状態にある自分の脳みそが生じさせた妄想だろう。本物の幽霊なら恨みのぶつけがいもあるだろうに、それも叶わないようだ。

このうずくまっている親父のような影は、ようするに、おれ自身だと呉は思う。ならば、『自分のせい』は、おれのせい、だ。そのとおりだ、なにも言うことはない。

すると目の前の亡霊が、深いため息を漏らした。そして、こう言った。

『おまえの人生がどうだろうと、そんなことは知ったことか。おまえがのたれ死にしようと大富豪になろうと、そんなのはどうでもいい。それはおまえのせいであって、おれには関係ない。おれは、あの猫のことを言っているんだ。あの猫、景太を家から追い出してしまったのは、おれのせいだ。おれは、あの猫のことが気がかりだった。ずっとだ。息子のおまえなんざどうでもいい、おれの気がかりは景太がどうなったか、だった。おれは、あの猫が可哀想でならん。おれの、せいだ』

暗闇に白い歯を見せて亡霊はそう言い、口を閉ざすと、また双眸で呉を見つめた。

──息子のことなんかどうでもいいと言うのか。息子は可哀想ではないのか。なんでそんなことが言えるんだ？

引きつった自分の声を呉は意識しているが、音で聞こえているようには感じられない。いままで経験したことのない奇妙な状態だった。死につつあるからだろう、そう思えば不思議でもなんでもない、そう思った。恐怖はなかった。

『おまえは人間だ。放っておいても生きていける』

亡霊が双眸の下の闇を裂き、また白い歯並を見せて、言った。

『だが飼い猫はだめだ。人の手がなければ生きていけない。一度でも飼われた猫は野良猫にはなれない。捨てられれば、のたれ死にだ。もういちど拾われないかぎり、な』

──あんたは景太を可愛がったり世話をしたりしなかった。なにもしないでいたくせに、そんな偉そうなことを言えた義理じゃないだろう。

『だから、景太を捨てたのはおれのせいだ。息子のおまえのせいじゃない』

──だからって、それがなんだよ。なんでいま、出てくるんだ。

『おまえが呼んだからだ』

——だれが、あんたを呼ぶよ。いい加減なことを言うんじゃないぞ。でたらめなのは死んでも変わらんな。消え失せろ、おれはいま死ぬのに忙しい。それすら邪魔をする。おれの人生の、ことごとくに、あんたという負債がついて回る。最期くらいおれの自由にさせろ。

『おまえが景太を甦らせたんだ。景太がいるだろう。隠してないで、抱かせてくれ。一度でいいからなでさせてくれ。それでおれは満足だ。おまえの邪魔はしないよ』

——勝手なやつだな、息子に申し訳ないと言って出てくるならまだしも、死んだ猫に会いたいだと？　景太はおれの猫だ。あんたには関係ない。景太を可哀想に思う資格なんかあんたにはない、ましてや、抱きたいだなんて、笑わせるな。

すると闇の塊はまた目だけになって、しばらく沈黙した。消えるのかと呉は思ったが、そうではなかった。

『稼ぎが悪い親を持った息子は世の中に掃いて捨てるほどいる』と亡霊は言った。『おまえだけじゃない。おれは息子のおまえに貧乏暮らしをさせてしまったが、しかし餓死はさせなかっただろう。いったいおまえは、なにが不満なんだ？』

——本気で言っているのか。

『景太という猫も飼えた。捨てたのはおまえだ。そうさせてしまったのは、おれのせいだ。それは申し訳ないと思っている。おまえはそれでも、このおれをその件で恨んでいるわけではないだろう。景太を手放したのはあくまでもおまえがしたことだ。それをおまえ自身、よく呑み込み、だれに怒りをぶつけることもしない。わが息子ながらなかなか出来た人間だと思うぞ。いったいおまえは、このおれの、なにが気に入らないのだ？』

──なんで、大麻良なんていう名前なんだ。どうしてこんな馬鹿な名前を付けたんだ。おれがこの名のせいでどれだけ苦労してきたか、わかるか。いいや、わからないだろう。おれは、あんたから馬鹿にされているとずっと思ってきた。おれのことが嫌いなんだと。実の息子ではないからこんな名前が付けられるんだろうとも思った。おれは苗字を呉大《ごだい》とした通称を使ったり、ふつうの人間ならやらなくていい気を遣って生きるしかなかった。あんたのせいだ。なにが不満だ、だって？　死んでなお、息子を馬鹿にするんだな。

『おまえからそんなことを言われるとはな』

亡霊の双眸が闇に包まれて見えなくなった。消え去ったのかと思えばそうではなかった。こちらの態度が意外だったので、目を閉じたか、伏せたか、視線をそらせただけだ。

──なにも知らなかった、なんて言うなよな。こっちを見ろ。

暗闇に、また二つの目が浮かぶ。

──まさか、知らなかったのか。息子のおれが、あんたがつけた名前のせいでさんざんいじめられてきたってことに？

『知らなかった』と亡霊は言った。『気に入ってると思っていた。これ以上男らしい名前はない、そう思って付けた。でかまら、いい名じゃないか。おまえは、いじめられるのが嫌だったというんだろう。名前が嫌だったわけではない、むしろ好きだろう』

――なにを馬鹿な。こんな糞《くそ》のような名前が好きなやつがどこにいる。

『立派な名じゃないか。嫌ったり馬鹿にするほうがおかしいんだ。神聖な名だ。ご神体でもあるんだからな。誇りを持って名乗るというものだ。このおれが欲しかったくらいだ。おれは、女女しい自分の名が嫌だったからな。おまえの逸物は名のとおり立派になっただろう。なにをいじめられることがある。そういうやつは、おまえの持ち物に嫉妬しているんだ。おまえはおまえで、立派すぎたり大きすぎるのも劣等感になるとでもいうのか。贅沢を言うんじゃないぞ』

これはほんとうに父親の声なのか、それとも自分の無意識が生じさせた名の由来に関する解釈か、呉にはわからなかった。もういい、再びそう思った、いまさら父の本心を知ったところでなんになる、と。

目を閉じると亡霊のいない暗闇になったので、父親らしきその像は視覚的に捉えられたものだという のがわかる。ようするに脳みそが勝手に生じさせた幻ではなさそうだった。もし脳によるいたずらなら、この体験そのものが夢か妄想だろう。死を前にした現象にちがいない。死に切れていない、中途半端な状態、これぞ中有だ。

いまさらどうにもならないことを考えても仕方がない。景太を捨てたという悔悟が父親を甦らせてしまったようだ。もう父親と関わりたくない。どうすればいいだろう？

それは、景太を抱かせてやるしかないだろう。そう思いついて目を開けると、床面あたりの闇の中に、ふわりと白い毛玉が浮かび上がって、猫になった。両前足をそろえてこちらをまっすぐに見ている。見まがうはずもない、これは景太だ。手を差しのべようとするが金縛りに遭ったように身体が動かない。

『おお、景太だ』

猫の背後に父親の亡霊が闇よりも濃く現れて、嬉しそうな声を上げた。

『こんなところにいたとはな』

亡霊はそう言うと、景太を引き寄せて後ろから抱き上げた。白い猫は万歳をした格好で、腹を見せて長くなった。

『疑って悪かった、でかまらよ』と父親は呉に言う。『おまえに呼ばれてきたのだが、まさかほんとうにここで景太に会えるとは思っていなかった。景太、可哀想なことをして悪かったな、許せよ。ありがとな、でかまら。これで思い残すことはない』

――ちょっと待て、一人勝手になにを言っているんだ、意味がまるっきりわからん。

と、ぽふりと音を立てて、景太が床に着地した。

『そうか』と闇に溶け込んで目だけを浮かび上がらせている亡霊が、その目を大きく見開いて、言った。『おれを呼んだのはでかまら、おまえではなくて、景太だな。その猫だったんだ。こい、景太。一緒に行こう』

――あんたはこの期に及んでもおれから大切なものを奪うのか。いやだ、景太はおれの猫だ。

『なるほど、そういうことか。景太が呼んだのはおれではなく、おまえか』

白い猫はその背後の闇に押し出されるように、膝を抱えてうずくまっている呉の足元にきて、呉の足の甲に前足をつけると、そこで爪研ぎをした。鋭い痛みが走った。歓喜にも感じられる痛みだ。まちがいなく景太だった、いつも呉少年の足に飛びついてばりばりと爪を立てて引っ掻《か》いたし、あの別れの時も飼い主の少年の靴先で爪を研いで、それから、伸びをしたのだった。いまも、あのときと同じように伸びをする。

――景太、どこに行ってたんだ。やっと帰ってきたんだな。

『帰ってきたのはおまえだろう、でかまら』

――どういうことだよ、親父。

『だがおまえは、帰ってくるにはまだ早い。景太はおれが連れて帰るとしよう』

――なに?

呉の足の甲に前足を乗せていた白い猫の身体が、後ろから引っ張られて、ゴムのようにぐにゅうと伸びた。

呉は思わず、自分の足の甲に爪を立てている白猫のその前足を掴んだ。金縛りが解けているのに気がついたのは、しっかりとした感触が伝わってきてからだ。猫の前足を掴んでいる、この感覚、この感触。景太の足。幸運の足だと呉少年は義母から言われたのを思いだしている。

ほんとうは兎《うさぎ》の後ろ足なんだけどね、と育ての母は笑いながら言ったものだ。呉はそのときの笑顔をよく覚えている。景太を捨てたのは幸せを自ら手放すことだったという悔悟はこの母親の言葉が無意識に影響しているのだろう。景太がいたころはほんとうに、これまでの人生の中でいちばん幸せな時期だった。幸せとは、後になってからわかることなのだ……。

白い猫の身体が、その腹が、さらに伸びて細長くなる。その白さがまばゆい。このままではちぎれてしまう。だが呉は、自分から猫を摑んでいる手を離す気にはなれなかった。

——親父、景太を放せ。殺す気か。

『景太はとっくの昔に死んでる』

——死んでいるのは親父だ。さっさと消えちまえ。もう二度と出てくるな。

『おまえがそう言うなら、いいだろう、そうしよう。景太をなでられたしな。おれは満足だ』

——死んでも息子の心配はしないんだな。

『その猫を大事にしろ。おまえを助けに出てきたんだろう。景太はおれが連れていく』

——どういう意味だ、この猫は景太じゃない？

その問いに返事はなかった。闇に浮かんでいた目は消えている。亡霊の気配はもはやどこにも感じられない。

亡霊の消失と同時に長く伸びた猫の白さが広がって、周囲がまばゆい闇となった。白黒が反転したネガ映像のようだ。なにも見えない。だが、猫の感触はあった。呉は自分がまだ猫の足を摑んでいることを意識した。

猫がその前足を引っ込めようとする動きを察して、まばゆい闇の中、呉は手探りで猫の前足の付け根あたりを摑んで、抱き上げ、自分の顔の前に近づけてみた。猫の顔は見えなかった。自分は視力を失ったのかもしれないと思った。が、自分が持ち上げているのは猫に違いない。それは両脇の下を摑まれ、長い胴体を下に伸ばしてつま先立ちをしている。視覚ではなく、摑んでいる感触でわかる。

「おまえは景太じゃないのか？」

自分の声がそう言っているのを呉は意識した。死にそうな感じはなくなっている。どうやら現実感覚を取り戻しつつあるようだと喜んだのもつかのま、人の言葉で答えが返ってきて驚いた。

「あなたは、だれ」

猫が、そう言った。

自分は死にそうな状況から抜け出せたのではなく、どうやら、ついに死んでしまったらしい。そう、呉は気づいた。

15

竹村有羽はその男を知らなかったが、だれであるかは、わかった。知らないけれど、わかる。この状態が矛盾しているとは有羽は感じなかった。

まったくの初対面であっても、これまで話題になっていたり家族からよく聞かされていた人ならば初めて会った気がしない、そんな感覚に近い。

有羽は、この男が呉大麻良という人間だということが、わかった。だが、どこかで話題になっていたり、母親から聞かされたという覚えはなかった。忘れているだけなのだとしても、思い出せない。だから、どうして自分がこの男のことを知っているのかがわからず、それで、訊いていた。

「あなたは、だれ」と。

男は有羽の両手首をしっかりと摑んで、立っていた。もう放してもいいはずなのに、茫《ぼう》然《ぜん》自失の体《てい》だった。目の焦点が合っていない。よほど怖い目に遭ったのだろうと有羽は察して、男の手を振りほどこうとはしなかった。

この小部屋に籠もった状態で少なくとも二、三日は過ごしていたようだった。その中は暗く、しかも熱気と臭気がもわりと漏れ出している。

「どうしてこんなところに？」

有羽は手首を摑まれたまま、もういちど尋ねた。それでも男は反応しなかった。こちらの目を見ようともしない。

「おじさん」と有羽は自分の手首を上下に振って、呼びかける。「もしかして、目が見えないの？」

するとう、虚空を映したような男のうつろな目がつと動いた。呼びかけが聞こえたようだ。

「おじさん、わたしを見て」

鱗《うろこ》に覆われていたようなその目がいきなり澄み切ったように感じられた。視線が意味のある動きをみせた。しかしその先は、こちらではなく男の足元だった。

「──猫が」と男は有羽の手を取ったまま言った。「いたはずだ」

男はまだ開いたドアの隙間から出てはいない。有羽も目を落として、男の足元を見やる。と、その両脚をすり抜けて白い猫が出てきた。

「あら、ほんとだ」

そう言って有羽は笑った。この男はひとりぼっちで閉じ込められていたわけではないのだ、自ら閉じこもって、隠れていただけなのだろう。

だが男は有羽の晴れやかな気分とは裏腹に、前に増して深刻な表情になった。いや前とはちがう、先ほどまでは感情も失った死人のようだったのが、猫を見たとたん、我を取り戻したという、そういう変化だ。いま自分は非常に困った状況にいる、そんな現実を思い出したというような表情をしている。

「おじさん、だいじょうぶ？」

「景太だ」

「え？」

男はまだ摑んでいた有羽の手首をゆっくりとした動作で放し、小部屋から出たすぐ先で毛繕いをしている白猫を見つめて、言った。

「その猫は景太」

「おじさんの猫なの？」

「ああ」

そして男は、小部屋からよろりと出てきて、その猫に手を差し出そうとしたのだろうが、足がもつれて平衡を失い、転びかけた。有羽にもたれかかる。

有羽は思わず身体を張って支える。肩にずしりと男の体重がのしかかり、くずおれそうになったが、男が足を出したので倒れることはまぬがれた。そのまま、とっとっと前に出て、近くのソファに倒れ込むように腰を下ろす。有羽は男の隣に力尽くで座らされる形になった。

「ああ、すまない」と男は有羽を見ずに言う。「へんだな、死んだら体重もなくなるんじゃないのか」

「……なにを言ってるの？」

「景太はおれが子どものころ飼っていた猫だ。とっくに死んでる」

「死んでるって、生きてるじゃない。にゃあ、こっちにおいで。ここにも鼠がいるのかな。パニックルームに鼠の穴が開いてた？」

「景太は、おれが子どものころ捨てた猫だ。三十年以上前になる。いま生きているはずはない。きみが生まれるずっと前に、死んでいる。ここは死後の世界だ。おれは幽霊だ。体重はない、はずだろう」

「おいで、景太に似た猫、おいで。ほらきた、いい子ね」

「聞いてるのか、景太は死んでいるんだよ」

「だから、この猫は景太じゃないのよ」

「景太だ、そう言っているだろう――」

「よく似た猫のことを家出した猫が帰ってきたと勘違いするのは、よくあることなんだよ」と有羽は、頭が混乱している男を落ち着かせようと、言ってあげる。「大陸横断して元の家に帰ってきた猫とかいうのも、実はそっくりの別の猫というのが真相だったっていう話、聞いたことない？　別れた猫への愛情が、自分の猫が帰ってきたと思わせるの。おじさんは景太が大好きだったのね」

男は目を閉じて、深いため息をついた。

興奮を鎮めているのだろうと、有羽は膝の上に飛び乗ってきた白い猫をなでながら黙っていた。顔の大きな猫だなと思う。がっちりとした顎《あご》をしていて、これは雄だろうとわかる。目は金色だ。

「景太を別の猫に見間違えるはずがない。死んだ景太がいるってことは、おれも死んでる」

「じゃあ、わたしは？」

「きみも死んでる。幽霊だ」

そう言われて、有羽は、赤く光る目をした鼠たちの言葉を思い出した。

自分は母になってみんなのために死ぬ、もう母になってる、というあの鼠たちの合唱。鼠たちからなにを言われようと自分が死んでいるという感じはしないが、鴉からは『母は偉大なり』と感謝され、いま人間から『きみも死んでる』と言われれば、なんとなく、そうなのかなという気がしてこないでもない。自分は死んでいる、と。

だけど、と有羽は思う、重要なのは自分が生きているかどうかではなく、というより、生死《しょうじ》に悩むことではなく、いま自分がやりたいことをやること、だ。

母親との確執にケリをつけ、母の束縛から逃れ、完全に独立し自律すること。

「わたしは」と有羽は言う。「幽霊でもいいよ。なんでもいい。おじさんは違うの?」

「死んだら、らくになれると思っていた」と、また気が萎《な》えたという弱弱しい声になって、男は言った。「苦しいままだ。喉はからからだし、死にそうだ」

「ほら、だから、生きてるってことじゃない」

「しかし、景太がいる。間違いない。その猫は、景太だよ」

「会えて、嬉しいんじゃない?」

「嬉しいさ。そうだな、景太、おまえに会えたんだから、そう悪いところでもなさそうだ。こい、景太。覚えているか。おれだよ」

「自分が死んだんじゃなくて、景太が生き返ったんだって、そう思えばいいじゃない。どうしてみんな死んでなくてはいけないの?」

有羽から白い猫を抱き渡された男は、首を傾《かし》げて、少し考えていた。それから、言った。

「あそこに閉じ込められたとき、景太はいなかった。親父の幽霊が出てきて、それから景太も現れた。親父が景太を連れていこうとしたからおれはその前足を掴んだ。すると目が見えなくなった。気がついたら、景太ではなく、きみの手を掴んでいた」

「わたしがおじさんの手を掴んで引き起こしてあげたの、覚えてないの？」

「いま景太がいなければ、きみは景太が化けているんだ、そう思うところだが……きみは、竹村さんの娘さんだな？」

「ええ。そして、あなたは、ママのところにきた人ね。ママにローダーを貸した人、そうでしょう？」

「ああ」

やはり、そうだ。

「でも、どうしてこの家のパニックルームに入ってたの？　しかも、その様子だと何日も籠もってたようだけど、もう軍の機甲兵はいないわよ」

「機甲兵とはまた、専門的な呼び方を知っているんだな。初めて聞いた」

「そうなんだ」

専門用語だとは意識せずに口に出た言葉だ。たぶん、と有羽は思う、これはオークから聞いた用語だろう、覚えはないが。

「警察もいた」と男は言った。「特殊機動隊の隊員だ。軍と警察から襲われた。追い詰められたんだ。やつらは民間人を無差別に殺しているようだ」

「いまは、静かになってる」

「そうだろうな」

「わかってたら、出てくればよかったじゃない」

「出られなかったんだ、死ぬまで。死んでなお、あいつらに追われるなんてことになったら、やりきれん」

　ここは天国だとでも思っているらしい男の言葉は聞き流して、有羽は訊く。母の所在や消息を知っているはずだから。

「ここはわたしの継父の家なの。母がこの家のキーを持っていたのね？」

「鍵がかかっていたかどうかには頭は回らなかったが、そういうことか。とにかくパニクってた。下からの敵に気づいて、上に上に、この最上階に逃げて隠れるしかなかったんだ」

「ママは、母は、どこなの」

「きみのお袋さんはすごいな。すごすぎる。あの小部屋に一緒に入って、おれが着けていたローダーを脱がせ、装着して出ていった。おれを閉じ込めて、だ――」

「閉じ込めるって、パニックルームは外からは開けられないけど、内からは開けられるでしょう、いつでも」

「竹村さんはローダーを着けたその力で、ドアを外から変形させたんだ。人力では開けられなかった」

「でも、いまは、内側から開いたんでしょ？」

「どういうことだ。きみが開けてくれたんじゃないのか」

「パニックルームは金庫のようなものよ。わたしはこの家の、その部屋のドアの開け方なんか知らない。なにか内側から声がしたので近づいたら、ひとりでにスライドしたの。おじさんが開けたんだと思ったんだけど」

「いや、おれは、猫の足を摑んでいただけだ」

意味不明なことを男は言った。

「景太の足だ。幸運の足だよ。それで、開いたんだな」

それは無視して、有羽は訊く。

「母は、あなたを閉じ込めて、そのまま逃げたということ？」

「逃げたのではない、活路を開いたのち、おれを出しに戻ってきたと思う。そう思いたい。思っていた」

「でも、戻ってこなかった」

「戻ってくる、いままさにその途中かもしれない」

「近くにはいないみたいだけど。やられたのかしら」

男は無言だ。

「戻ってこないときは、どこかで母はやられてるってことか。そのときは、じゃあ、あなたも――」

「おれも、閉じ込められたまま干上がって死ぬ」男はうなずいて、言う。「お袋さんは、自分が死ぬときはこのおれも道連れにする、そう決めたんだろう、だから閉じ込めたんだと思う。そういう人だ。命をかけた賭け、博打《ばくち》だよ。竹村咲都というきみのお袋さんは、この状況を楽しんでる」

ああ、なるほどと有羽は納得する。自分の母親ならやりそうだ。

「それで、きみは、なぜここにきたんだ。おれを助けるためではなさそうだな。おれにとどめを刺しにきたのか？」

「とどめ？」

「引導を渡すというか、ここはあの世だとわからせるため、とか」

「おじさんは」と有羽はこの話題を避けては進めないと悟り、男に真意を尋ねる。「本気で、そう言ってる？　それとも、わたしをからかってるの？　でなければ、頭がおかしくなった？」

するとと男は口を閉じ、抱いている白い猫の身体を仰向けにして、膝の間に挟むようにし、その白い腹をなで、それから後ろ足を摑んで、レバーのように動かした。猫は拒んだりせず、気持ちよさそうにされるがままになっている。人によく慣れているのは間違いない。

この猫はパニックルームの中から出てきたが、あのドアが開いたすきにこちら側から入ったのだろう、一緒に隠れていたわけではないというのだから。有羽はしかし、それもどうでもよかった。男がまともになってくれれば、それでいい。いまのままの男では、母親の消息を思い出させるのは難しい。有羽は黙ったまま、男の返事を待った。

　男はひとしきり猫と遊んで、有羽を見ずに言った。

「この猫は景太だ」

　その白猫は男の膝のうえで姿勢を変えて、丸くなった。落ちそうになるのを男は両手で囲い込むように支える。有羽はなにも言わず、男と猫を見つめる。信頼しきっている猫の様子からして、男に飼われている猫というのは自然な感じがした。

「景太は」と男は続けた。「舌がザラザラしていないんだ。ほら、こうしてなめられると、わかる。ふつうの猫は舌がザラザラだろう。だが景太はたぶん、生まれつきこうなんだ。餌もだから、食べにくそうだった」

　景太というその白猫は自分を支えてくれている男の手をなめている。

「優しい子なんだね」と有羽は応じた。「おじさんのこと、大事に思ってるからザラザラの棘《とげ》を引っ込めているんだよ」

「どういうことだ?」

「知らなかったの?　猫の舌のザラザラは、爪と同じように、出したり引っ込めたり、猫の思うがままなんだよ。母猫が赤ちゃん猫をなめるときなんかは引っ込めて、痛くないようにするの。人に無関心な猫は、人をなめるときもザラザラのままにするの。その猫になめられても痛くないのは、舌のトゲトゲを引っ込めてるからよ」

「そうなのか。引っ込み式だったのか、舌のザラザラも、爪と同じだとはな」

「生まれたときはないの。乳離れをするころになると、トゲトゲが出てくる」

「ぜんぜん知らなかった」

「おじさんはその猫に愛されてるんだと思うよ」

「猫のこと、よく知っているんだな。竹村さんの雰囲気からしてペットを飼っていたようには思えないが、飼ったことがあるんだな」

「飼ったことないよ」

家に居たくなくて、しかし独りで生きていくには猫にでもならないと駄目だ、猫はいいなと思っていた、そんな幼いころに得た知識だ。猫には猫なりの生きる苦労があるのだとわかっているいまの自分は大人になったということだろうかと有羽は思いつつ、続ける。

「ママは自分の邪魔されたくないのよ、動物にも子どもにも」

「きみは虐待されていたとか？」

「知ってるんだ」

「竹村さんが言っていたよ、娘を虐待していたと」

「ママが、そう。自慢してた？」

「いや。たぶん自分ではどうしようもなかったんだろう、一種の病気だ。そうおれには思えた。娘には悪いことをしてきた、そういう気持ちがわかる言い方だったよ。この部屋の主、きみの継父をそちらのベランダから放り出したのも、半分はきみへの謝罪の気持ちからだろう」

「半分、か」

「おれには母と娘の関係というのはわからんが」と男は白猫の頭をなでながら言った。「母親にとって娘というのは、自分の身を分けた、半分、なんだろう。きみへの虐待は、言ってみれば自傷行為なんだ」

「わかったようなことを言うのね。親子の関係なんて、人それぞれでしょ」

「そうだな」男は素直にうなずいた。「それはそうだ。きみにすれば、他人の言うことなど、所詮、わかったようなこと、だろう。おれは、きみよりも、竹村さん、きみの母親であるあの人の側に立って考えてる。あの人は、ただ者ではない、そう感じたんでね。あの人にとっての娘の存在、きみは、あの人の、唯一の、可愛げ、だ。そう感じた。弱みというか、優しさというか、人であることの悲しみというか、そういう、可愛げ、だよ。どんなヒーローやスーパー姉御、姐《あね》さんにも、人の部分はあるってことだ」

「スーパー姉御って、ママのこと？」

「やっておしまい、だからな」と男はうなずきながら、言った。「襲ってきた連中に遠慮はいらない、殺される前に殺せ、やっておしまい、だよ。あの言葉がなければ、おれはいまごろゴーレムを着た兵隊に殺されていたろう」

「ほら」と有羽。「生きているんじゃない」

男はなにを言われているのか気がつかなかったらしい。一息おいて、応えた。

「殺されることと、いま死んでいることとは、別だよ。おれは、きみのお袋さんのお陰で殺されずにすんだ、ということだ」

「屁理屈《へりくつ》ばかり言ってる。そんなに死にたいの?」

「これは、そうだ、いま思いついた、臨死体験というやつだ」と男は唐突に言った。「そう思う。景太が出てきて、あの狭い小部屋からおれを出してくれた。景太がいるということは、おれはまだ生き返ってはいないんだ。これは、おれが死につつある状態で見ている、夢だ」

「では、なに、このわたしは、おじさんが見ている夢の中に出ている、おじさんに創られた幻だというわけ?」

「そういうことになる」

「そんなの」

と有羽は、馬鹿げていると反駁して笑い飛ばそうと思いつつ、まったく意外な自らの反応に驚いた。

「あんまりだ」

馬鹿げているのではない、これは笑えないだろう、こんなことを言われるなんて許せない。幽霊なら、いい。しかし自分が、他人の夢の中に出ている幻にすぎない、などというのは許せない。自分の主体は、意思は、どこにもない、存在しないということだろう。悔しくて悲しくて、かつ、頭にくる。馬鹿げている? ちがう、馬鹿にされているのだ。

「わたしをなんだと思っているの。わたしはおじさんの夢の中に現れた影で、目が覚めれば消える、そんなものだと思ってるなんて、絶対、いや。どうしてなの、どうして、わたしのことを、そんなふうに、最初からどこにもいないという扱いができるの。そんなことを言われるような酷《ひど》いことを、わたし、おじさんにした？」

自分が言っていることを意識して反芻してみれば、実にもっともだと思う。これほど相手を馬鹿にした態度はないだろう、この男はいったいどういうつもりなのだ、理解しがたい。継父や実の母親に虐待されるだけでは足りないとでもいうのか。

感情が激して、涙が浮かぶ。両手を握りしめて、有羽は自分の膝を叩いていた。

「悪かった」と男はおろおろと声を乱して、「そんなつもりはなかったんだ、気を鎮めてくれ、すまなかった」と言う。「きみを傷つけるつもりはなかったんだ」

「幻なら、わたしを消してよ。勝手にわたしを消せばいい、それだけのことじゃない」

すると男は猫を抱いたまま、顔を上に向けて目を閉じた。なにをしているのかと思えば、これは、このわたしを本気で消そうとしているのだと、有羽は気づいた。かっと頭に血が上って、怒りがたぎる。男の態度は有羽の怒りの火に油を注いだ。

「やめてよ」と男にむかって叫ぶ。「わたしを幻扱いしないで。あなたが臨死体験をしているというのなら、さっさとケリをつけなさいよ。あなたなんか、迷惑だわ。あなたのせいで世界が幻にされてしまう。消えてよ。あなたのほうが消えて。大好きな景太にも会えたんでしょう、もうやることはないはず。さっさと出ていってよ」

この世から。この世界から。

最後の言葉は口には出さなかったが、男は理解したらしい。無言で白い猫を膝から下ろし、硬い表情で立ち上がった。それから、広い部屋の、明るい方向を見やり、ためらうことなく、そちら、ベランダのある方へと足を踏み出した。

「なにをするつもり？」

飛び降りるつもりだ、もちろん、そうだろう。本気だ。

「やめて」

大股でベランダに歩み出た男は、追いかける有羽を振り向いて、一言、言い残した。

「景太だった」

そして、ベランダの手すりの上に乗って万歳をし、その姿勢で空中に身を躍らせた。大空へと舞い上がることができる、とでもいうように。しかし一瞬後には、有羽の視界から消えている。

あっという間の出来事だった。

有羽は手すりに身を寄せ、高さのあるその縁から身を乗り出して、下を見やる。

男が落下していくのが見えた。両手を広げて、まるで飛んでいるようだ。が、その姿はシュウゥという縮んでいく音が聞こえるような勢いで小さくなる。

「いや」

嫌だ、と有羽はその姿に向かって手を伸ばしている。

「戻ってきて」

自分の手が邪魔になって落下していく男の姿が隠れた。地上に叩きつけられる光景は見たくない。

ドンという重い音が聞こえてきた。

有羽の全身から力が抜ける。自分が殺してしまった、と思う。消えて、という言葉のせいだ。

思考力が消えてしまったようで、なにも考えられない。手をひっこめて地上を見やる。

義父もここから投げ落とされたのだ。死体はなかった。この騒動が起きる前に遺体は収容されたのだろう。ぺちゃんこになった死体でも、心肺停止状態で収容された、とニュースでは言われたはずだ。その後、医師がちゃんと死亡宣告をしたのだろうか——などと有羽は、この場ではどうでもいいと思えることを考えている。

なにを見ようとしていたんだっけ？

そうだ、あの男の死骸だ。真下にあるはずの。

だがそれはなかった。消えたのではない。まだ落下の途中だった。まだ、小さくなっていく。有羽は驚きの声を上げる。なにに驚いているのか自分でもよくわからない。時間が引き延ばされているように感じられる。

目をこらすと、男の身体から黒い煙が噴き出している、そのように見える。黒煙を引いて落下していくのだ。

無数の鴉が集まって一緒に落下している、そう見える。

「鴉？」

有羽は叫ぶ。

「助けてあげて」

「お願いだから」それから有羽は、付け足す。「食べては駄目だよ」肝心なのはそこだ。

下を向いていた有羽は、すぐ近くでいきなり聞こえた羽音に驚いて顔を上げる。ベランダの手すりに鴉が一羽とまった。広げた黒い羽が虹色に輝いている。

「――あなたは、さっきの？」

〈偉大なる母よ〉と鴉はいった。〈あれは、われらではない〉

「鴉じゃない？」

〈生き物ではない〉

「じゃあ、なに」

〈汝《なんじ》が起動した機械だ〉

「機械？　わたしが起動した機械って、なに」

〈対人戦略機械。あなたを護る僕《しもべ》でもある。無駄な使い方はしてはいけない。落ちていったあのヒトは、われらにくれればよかったのだ〉

「あなたは、もしかして、苦言を告げるために、わざわざまたここまで飛んできたわけ？

わたしに文句を言うために？」

応えはない。ひらりと鴉は飛び立って、それを避けた。

それは、黒煙の塊に見えた。真下から上昇してきたのだ。有羽は思わず首をすくめ、さらに腰もかがめて、身を隠す。それはベランダの手すりを越え、室内に飛び込んでいった。

オークか。一瞬そのように見えた。だが、有羽が室内に戻るとオークの姿はなく、床に大の字になって伸びているのはあの男だった。

おそるおそる近づいてみると、男は目を見開いていた。恐怖の顔のまま死んでいると思った。が、その目が動いて、こちらを捉えた。

「だいじょうぶ?」小声で有羽は声をかける。「おじさん?」

返事がないので、有羽はさらに声をかける。生きているか、目は見えるか、と。するとようやく、仰向けになったままで男が口を開いた。

「おじさん、というのはやめてくれないか」

「呉さん、でいい?」

「上等だ」

「動ける?」

「どうかな」

呉は身じろぎし、それから、大の字になっている姿勢から上半身を床から引きはがすようにして起こすと、両手で顔を覆った。そうして、くぐもった声で、言った。

「どうやら幻はおれのほうだ。きみが、いまのおれを生んでいる。それが、わかった」

「生きてる」と有羽はそっけなく言う。「あなたは生きてる。わかったのは、そこでしょ」

呉という男は顔を覆っているその指の間から有羽を見た。なんだこの真似は、子どもか、と有羽はもう怒ることも忘れて、ただ呆れる。

「いつまでも寝言を言っていればいいわ」有羽は男から離れて言う。「ママは自分で捜す。わたしは母に会って、言わなくてはならないことがある」

「わかったんだよ」

両手を顔から下ろし、有羽をふつうに見て、呉は言った。

「ママの居所が？」

「いや」

「じゃあ、なにがわかったって？」

「ここで実体を持っているのはきみだ、ということだ」

「実体って――」

「おれをあの小部屋から救い出してくれたのは、きみだ。景太をおれのもとに返してくれたのも、きみだ。親父の幽霊というか、あれは、おれの記憶が引き寄せたんだろうな、きみが助けてくれたことの副作用だろう、本来、きみとは関係ない。親父のあれは、言ってみればおれの妄想だったんだ。そしておれは、いまも中有にいる」

「なんなの、中有って」

「あの世とこの世の狭間《はざま》だよ。おれは、自分の意思では動けない。というか、行動の選択ができないようだ。死ぬこともできない。いまので思い知ったよ。おれはきみの見えない手に摑まれて、ここに引き戻された。現実ではあり得ない」

「猫を抱いて、ここから出ていって」

「きみを怒らせたのはほんとうに悪かった。幻だ、などと言われれば、怒って当然だ。すまなかった、許してくれないか。きみは幽霊でも幻でもない。生きている一人の人間だ。だが、それはそれとして、きみが、おれから幻だと言われて怒ったのは、きみが自分の力や現状を自覚していないからだ。それも、わかった」

呉は床に投げ出した格好の足を引き寄せて正座をし、室内を見回してから、また有羽をまっすぐに見上げて、言った。

「きみにはおれが必要だ。わからないのか。きみが、このおれを呼んだんだ」

有羽は視線をそらして、白い猫を目で捜す。いない。

「景太に会わせてもらえて、感謝している」と呉は言った。「あれは景太だった。きみがこの世界で再現してみせたんだ」

「この世界って、中有というところ?」

「そう」

「生と死の狭間にいるって、あなたはあくまでも、生きてると言いたくないんだ」

「言葉が悪かったかもしれない。きみには、仮想空間とでも言ったほうがよかったか。おれはきみの力でこの空間に再現されている、仮想状態だ。そう言えばわかってもらえるか」

「馬鹿馬鹿しい」

「きみだけがこの空間で実体を持っている。おれは、おそらく、この身体は本物だろうが、意識はない。いまこうしてしゃべっているこのおれは、きみが本来のおれの意識を再現しているんだ。本来のおれの意識は、それを知っているんだが、どうにも出てこれない、そんな状態だ。これがどうしてきみにわからないのか、それがおれには理解しがたい」

「どうして、おじさんには理解できるの。呉さんか、いきなり、どうして、そんなことがわかるようになったの。それこそ理解できない――」

「いきなり、じゃない。前兆はあった。いるはずのない景太がいたしな。だが、はっきりとわかったんだ、なにもかも〈地球の意思〉だ、あいつのせい――」

「知ってるの、あなたも？」

「きみは、その意思を感じているのに、どうしていま、この状況が、というより、きみ自身の能力がわからないんだ？」

有羽には答えようがない。呉が言っている内容がよく理解できない。なにを言っているのだ、この男は？

「おれは、そいつに、教えられた。おれはきみの意思によって、この世界に再構成されたんだ。おれはさきほど墜落していく時間の中で、一生分の出来事というか、この身体についての情報を生まれる時点にまで遡って、すべて、教えられた。なにを食ってこの身体ができてきたのか、分裂した細胞、抜け落ちた髪の毛一本の原料はなんだったのか、共生している細菌や感染した病原体、すべての、だ、身体を出入りしたすべての生き物の情報だ。何億年分も見せられた気がする……とにかく、わかるんだよ。おれはきみに呼び出された、きみの僕《しもべ》だ」

「僕って――」

あの鴉が言っていた。僕、と。対人戦略機械のことだと。わたしを護る、僕。オークのことだろう、そう有羽は理解する。

この呉という男が墜落死をまぬがれて、下から上に放り返されるように戻ってきたのは、たぶんオークの働きだ。オークはこの男を抱いてこのマンションの壁を駆け上がってきたようだ。

そのオークがこの男に〈この世界〉について教えたというのか。鼠や鴉が〈しゃべる〉この世界のことを？

「おれは」と呉は言っていた。「きみの手下だよ。下僕だな。いや、道具という感じか。そう、きみが、そうしたんだ。さすが竹村さんの娘だ。まったく、たいした母娘《おやこ》だ。きみは母親によく似ている」

有羽はそう言われて気分を害した。不愉快になる。

「あなたが出ていかないのなら、わたしが出ていく。もうここには用はないから」

「聞いてくれ、頼む。きみのためだ」

呼び止められて、振り返る。呉はふらりと立ち上がって、ソファに歩み寄ってそこに腰を落とす。

「いまのままでは、たぶんきみは、竹村さんには会えない」

「どうして」

「どう言っていいか、それがよくわからないんだが、中有であれ仮想空間であれ、そんな理屈はどうでもいい、とにかく、ここは人の世ではない。人が感じているのとは違う時間が流れているというのか。そのことを知らずに出ていっても、きみはなにも得られず、なにもできない。おれが必要だ」

「あなたにはママが見つけられるって？」

「そう、たぶん」

「ママは死んでるかもしれない」

「そうだとしても、きみなら呼び出せる。景太を出したようにだ。その手助けが、おれにはできる」

「おじさんは――」

「呉だ。呉大麻良」

「でかまらって、それ――」

「本名だ。親父がつけた。神聖な名だそうだ。実に、いまは、まったくそう思うよ」

「呉さんは」と気分を改めて、訊く。「わたしの下僕でいいって、納得してるの？」

「どうして道具に甘んじていられるのか、ってことか」

「どうしてわたしを助けてくれるのか、かな」

「一つは、言ったように、きみの意思から逃れて自由行動はできないからだ。きみを助ける以外に、おれはおれの意思で生きることはできない。きみをサポートするほかない。きみがこのことを理解せずにおれを放り出せば、おれの意識は永遠に元に戻らないだろう。きみを助けることは、同時におれが生き返ることでもある、そう感じるからだ」

「二つ目は？」

「きみが竹村さんの娘だからだ。竹村さんはきみのことを気にかけていた。竹村さんなら、きみを助けてほしいと言うはずだ。おれはあの人から、自分を卑下するような生き方は嫌いだというようなことを言われて、目が覚めたんだ。恩義がある」

「ママはそんなの、気にしないよ」

「わかってる。おれの気持ちだ。竹村さんの思惑とは関係ない」

「三つ目は？」

「三つ目か」

呉はふっと笑顔を見せた。三つ目は考えていなかったらしい。が、さほど間をおかずに言った。

「景太に会わせてくれたことへの、お礼だ。ほんとうに感謝している。親父の幽霊の気持ちがわかった。というか、あの亡霊はおれ自身だったんだろう。景太をもう一度可愛がることができて、これで思い残すことはない。あとは、きみの役に立つことができれば本望だ。生まれてきたかいがあったというものだ」

有羽は部屋を出ることはやめて、呉に近寄り、もういちど白い猫を捜した。だが、いなかった。呉のほうは白い猫の消失を気にかけていない。

さきほどの出来事でこの男、呉は、ようするに生まれ変わったのだと有羽は思った。この世界に。

男が腰掛けているソファの脇を抜けて、パニックルームの中をのぞき込んだ。分厚い扉は室内側に倒れていて入口は開放されている。さきほど聞こえてきた重い衝撃音はこのドアが倒れた音のようだ。閉まれば壁の一部にしか見えないドアだった。こうして室内側に倒れていると、壁そのものが壊れたように見える。

内部は狭い。この家のどのクローゼットよりも狭いのではないかと有羽は思った。照明はあるはずだが点灯していない。閉所かつ暗所恐怖症なら短時間で発狂しそうだ。パニックルームはあくまでも短時間だけ身を隠す部屋だ。自力である期間を持ちこたえられるように設計されたシェルターとは違う。外部との連携が前提になっている。

セキュリティセンターへの連絡パネルが壁にあって、当然呉はそれを使っただろうが、応答する人間がいなかったのだろう。あるいは、と思う、連絡しても繋がる先の世界はことは別だった、とか。

もう一人の呉がすみっこでうずくまっているとか、あの白い猫が隠れているとか、鼠の穴があるとか、そういう想像や予想はことごとく外れて、生き物がいる気配はなかった。狭い小部屋にはただ汗と尿の臭いが残っているだけだ。

奥の方に中身の入ったペットボトルが三本ある。喉が渇いてるならあれを飲めばよかったのにと思い、思い直した。よく見れば量もまちまちなので、もとの水と入れ替えられたのだと気づく。いまの中身は小水だろう。

有羽はきびすを返して、ソファに腰を下ろしている呉の前に立ち、見下ろして、言う。

「水分補給しに行きましょう。水は出るのでシャワーを浴びるといい。着る物も腐るほどあると思うので、着替えて。寝室のバスルームを使うといいわ」

すると呉は、うなずき、立ち上がろうとしたが力が抜けたらしく尻をおとし、あらためて勢いをつけて、ソファから立った。

そして「さすがだな」と言った。「すごい」

「なにが」

「きみだよ。さすが竹村さんの娘だ。肝が据わっているというか、こんな世界にいるのに、ぜんぜん動じてない」

「母親にさんざんいたぶられてきたから、こんなの平気よ。かえって、こんなに平和な気分になったことないくらいだわ」

「なんてこった。外では戦争状態のようだが、お袋さんとの関係のほうがつらいとは、どう慰めていいかわからない。申し訳なかった、すまない、また下手なことを言ってしまった」

「いいの。もう、気にしてない」

寝室がどこなのかわからないようなので、有羽は先に立って廊下に出る。一度も来たことのない家だったが、先ほど、くまなく全室を捜索したので間取りはわかる。母親はどこにもいなかった。

「平和な静けさ、か」歩きながら呉は言った。「きみがこの静けさを生んでいるんだな、なるほど」

「わかったようなことを」

「だから、きみよりは、わかっているんだって」

「ママを見つけられるかな」

「だいじょうぶだ。あの人は、きみからは逃げない」

「逃げるって、そんな必要はないはずでしょう。だって、母から呼び出されたのよ、わたしに来るようにって、母から言われたの」

「知ってるよ」

「わたしのこと、なにか言ってた？」

そう言われた呉は、立ち止まって、大事な話だというように、有羽に正対し、言う。

「自分になにかあれば、全資産はきみに渡す、とのことだった」

それはさきほど家の台所に出てきた母も、そう言っていた。

「そのほかには？　わたしに直接言いたいこととか、そういう話はしなかった？」

「とくにそういう話は出なかったと思うのだが」と呉は思い出す努力をしているように、間をあけて、それから言った。「竹村さんの、きみへの想いというか、気持ちがわかる、そういう話は出たと思う」

「思う？　はっきりは、言わなかったんだ」

ほんとは娘を愛していた、というようなことを言っていたのではないのかと、有羽はがっかりする。落ち込みそうになるが呉が話を続けているので気を取り直す。

「竹村さんは、この家の主人である元夫への恨みを晴らし、せいせいしていた。おれのローダーが使われたことで、おれにとっては一大事だったんだが、だって、殺人事件の共犯にされても仕方がないからね、それはおれの話で、きみの母上は、もうこれで死んでも、思い残すことはないという風だった」

「だから？」

「だからというか、それで、おれは訊いたんだ。それでも生きていかなくてはならないわけで、生きる楽しみというか、今回のようなカタルシスが得られるようなイベントというのは今後なにかあるのか、もっと強い刺激でないと今回のように、もう思い残すことはないとは感じられないだろうってね。そしたら母上は、きみのことを持ち出したんだ」

「わたしを、もっと虐待する、死ぬほど、と言ったんでしょう。ママならそうだと思う」

自暴自棄になりそうな気分になって、有羽はそう言った。

「なぜそんな話をわたしにするの」

「いや、そうじゃないんだ、聞いてくれ。またこんな話をしてきみを傷つけるなんて自分でも情けないと思うが、言わずにはいられなかったんだ。きみが、そうか、言わせてるんだな、なるほど――」

「それはいいから。ママは、そう言ったのよね、わたしを虐待するのが生きがいだって。わたしを、殺したいって」

「いや、反対だ」

「反対って、どういうことよ」

「きみを殺す、ではない。きみに、娘に殺されることがカタルシスになる、と言った、つまりおれの言い方では、それがこの先の生きがいになるだろう、自分の最期は娘に殺されること、それが最高だ、そう思ってこれから生きよう、きみの母上は、そう言ったんだよ」

「わたしが、ママを殺す？　冗談でしょう」

「それはきみの、想いだろう。母上は、きみに殺されることを望んでいるというか、きみが怒りをぶつけてくることを覚悟している、ということだろうと思う。言い訳はしないできみの怒りを受け入れる、それが最期の望みだ、ということだろう」

「どこまでも勝手な人。ママはわたしをなんだと思ってるの」

「それは母上に言うことだろう、いまここで、おれに言っても始まらない」

「だから、捜しているのよ」

これは本気で母親を見つけて、本意を質《ただ》さなくてはならない。

「わかった。さっさとシャワーを使って、臭いを落としてくる」

「呉さん」

毅然とした態度でそう呼びかけると呉も改まって、「はい」と応えた。

「わたしは有羽という名前なの」

「母上から聞いて、知ってます。先ほど、そう言ったと思うが——」

「有羽と呼んで」

「わかりました」

そう生真面目に言って、呉は口調をまた崩して言った。

「で、有羽、きみはその名前、どう思ってる?」

「どうって」

「好きか嫌いか」

「そうね」とちょっと首を傾げて有羽は考え、思ったことを言った。「母親がつけたというのを別にすれば、気に入ってる。羽が有る、という名前。飛べるはず、そんな気にしてもらえるから。でもその羽をもぎ取ってるのが、名付けの親って——」

「同じことを言ってたよ」

「え、なんのこと?」

「母上は、自分の名前、咲都という名が嫌いだったそうだが、それは嫌いな父親がつけたという、その事実が嫌だったんだ、それに気づいてみれば、父親がつけたというのを別にすれば気に入ってる、というようなことを言っていた」

「なぜそんなことを、いま言うの」

「また怒らせてしまったか。いや、有羽という名を娘さんがどう思っているのかと母上に訊いたら、それは本人に訊け、と言われたのを思い出したんだ。有羽と呼んで、といま、きみに言われたから、それを思い出した。それだけだ。他意はない」

「さっきまで死にそうだったとは思えないほど元気なようだから」と皮肉をこめて有羽は言った。「さっさとシャワー浴びてきて。はやいところ綺麗になって、わたしを手伝ってよ」

わかりました、と呉は自分の立場を思い出したという口調で言って、寝室のドアの向こうに姿を消した。

有羽は、呉大麻良というあの男が、予想した以上に母親と娘の自分のことをよく知っていることに内心驚き、すこし怖くなったが、態度には出さないようにつとめた。

怖いほうへの対処はオークがいるからだいじょうぶだ。オークは、姿は見えないが相変わらずこの自分を護る力となっている、それは感じられた。

驚きのほうは、呉という男の、人を見る目や人への共感能力を、自分が見くびっていたということだろう、そう有羽は自省した。

呉がさきほどベランダからなぜ投身する気になったのか、それはこの自分が投げつけた言葉に絶望したからだろう。呉という人間の気持ちや立場をまったく考えず、激情にまかせて吐いた言葉だ。呉を見くびるというより、見下していたからあんな態度がとれたのではなかろうか。

――そんなことでわたしは、本気で母を憎み、同時に愛することが、できるのか。母以外の人に冷たい仕打ちをして、母だけは愛する、などということが、そもそも人を愛するということが、自分にできるとは思えない。いまの自分は、母を含めてすべての人を憎み、他人を冷たく見下しているのではないか。

呉大麻良という人間に直接会ったことで有羽は、自身の未熟さ、幼さを自覚させられた。鴉たちから〈偉大なる母〉などと言われるより、自分はヒトを愛したい。有羽は心からそう思った。

16

呉大麻良は目の前の白い闇が消えていくのを意識した。どのくらい景太の前足を摑んでいたのか、時間の感覚がよくわからない。

暗い小部屋のすみにうずくまっていた身体が引き起こされる。景太が引っ張ってくれている、そう思った。

自分で力をこめたという自覚はなかったが、気がついたら立っていて、両手は相変わらず景太の足を握っている感覚があった。が、その感触を意識すると、どうやら猫の足ではない。闇はなくなり視覚は正常になったようだが、見ようと意識して初めて、自分が摑んでいるのは人の手で、目の前に若い女が立っていることがわかった。

二十歳前後か。もっと若いかもしれない。

ああ、と呉は気づいた、この娘は竹村咲都の娘だ。たしか有羽といった。あの家で咲都は娘が来るのを待っていたのだった。

初めて対面するというのに、この娘が有羽以外の何者でもないことがわかる。不思議だと呉は意識したが、有羽ではないかもしれないという疑いはまったく浮かばなかった。この確信の出所がわからなくて、それが、不思議なのだった。

もしかしたら、と呉は、いまだ夢見心地のままに、この有羽は景太なのかもしれない、景太が化けて出てきたのではないか、などと思った。

『あなたは、だれ』と娘が言った。

咲都の声によく似ていた。もっと若くて、母親のどすの利いたハスキーな感じはまったくなかったが、咲都も若いころはこういう感じだったろうと思われる声で、間違いなくあの母の娘だとわかる。

どうしてこんなところに（いるのか）、もしかして目が見えないのか、というようなことを娘が言っていた。

『おじさん、わたしを見て』

この娘は景太ではない。はっきりと呉はこの現実を意識した。では、景太はどこにいってしまったのだろう?

──猫が、いたはずだ。

そう言うと、足元に動きを感じた。白い猫だった。景太だ。呉は泣きそうになる。

『おじさん、だいじょうぶ?』と娘が言う。

景太だ、その猫は景太だと、説明するが、どうにも娘には通じない。呉は少し先の長椅子、三人がけのソファを認めて、あそこでとにかく身体を休めたいと思い、足を踏み出すが、よろけてしまう。娘が肩を貸してくれたので転ばずにすんだ。

娘に礼を言って、あらためて白い猫を見やると、どう見ても、景太に違いない。さきほど死にそうだったときに現れた景太、そのものだった。

おいでと娘が声をかけると、景太はためらうことなく近寄ってきて、娘の膝の上に乗った。

これはどう考えてもおかしいと呉は思う。

景太はとっくの昔に死んでいて、いま出てこれるはずがない。ならば、そうだ、自分は死んだのだろう、そう思えばいいのだ。どことなく自分の意識が、身体のほうかもしれないが、遠くにある感じがするし、なにかいまの自分の考えは自分の考えではないような、自分が考えているのではないというのか、本来的な自分といまの自分とは、微妙なずれがあるような、違和感があった。自分が自分でないような。いや、自分がだれなのかはわかるのだが、他人が自分を演じている様子を傍《はた》から観察している、というような違和感だった。

これは、自分は死んでしまって、ここはあの世というのか、死後の世界というやつなのだろう、そう思えば納得がいった。自分を自分だと思える意識もやがて薄れて消えていくのではないか。ようするに四十九日経てば完全にあちら側に行けるということなのだろう。

だが、それにしては、この身体の重さはなんだ。しかもこの汗と尿の臭い。あの小部屋にペットボトルの水があったから数日は頑張れたわけで、トイレがないから尿意を催したときは空にしたボトルを使ったのだった。それも水を飲み干してからはよく覚えておらず、失禁もしていた。渇きに耐えかねて自分の尿も飲んだ覚えがある。

その名残がまだ身体から消えていない。死ねばこの臭いもだるさもなくなっていていいはずだろう。なんなんだ、これは。

死んだら、らくになれると思っていた。

幽霊になっても苦しいとは、なんと理不尽なことよ、と思う。有羽という娘からは、景太が生き返ったと思えばいいのだ、なぜ死んでいると言い張るのだ、というようなことを言われたが、呉自身はそれにはどう応えていいのか、よくわからなかった。

ようは、らくになりたいのだ。死んでらくになりたい。完全に死ねばいいのだろう、いまはまだ中途半端なのだ。自分も、そして娘も、幽霊に違いない。

白いその猫は景太だった。抱き上げれば、遠い昔に別れた景太の感触が甦る。すこし身体がらくになった。気分が軽くなったおかげだろう。

ここは静かで平和な雰囲気に包まれていて、あの首都防衛軍の最新動力甲冑、ゴーレムに襲われて死にかけたことがまるで夢、悪夢だったような気がする。

竹村家から逃げ出した後、警察の特殊機動隊のローダー隊員にも遭遇したが、からくも逃げることに成功した。その隊員は新たに出現したゴーレムとのバトルに突入したので、助かったのだ。そのあと、その警官と兵士の勝負がどうなったのかは知らない。

この有羽の継父の家に逃げ込んだのは偶然ではなく、竹村咲都の誘導による。パニックルームに隠れるときも、咲都が先に立った。

あれは、ようするに、おれのローダーを手に入れるための彼女の策だったのだと、閉じ込められた直後に悟ったが、そのドアは人力ではびくともしなかった。

呉は咲都のその仕打ちを恨みはしなかった。

あのとき自分がゴーレムに殺されずに返り討ちにできたのは、咲都がこのおれを対等な人間として扱い、励ましてくれたからだと、感謝していた。

——思えば、あんな風におれを人間扱いしてくれた人は他にはいなかった、おかげで偶然とはいえゴーレムの攻撃をかわして投げ落とし、勝負に勝てた。あのときの、身震いが出るほどの喜びと興奮は、まさしく生きている実感そのものだった。咲都もその興奮を味わいたいのだ、おれはそれを助ける義務がある。恩を返すのだ。

竹村咲都はこちらを見殺しにはしないだろうと呉は信じていた。もし戻ってこないとしたら、戻ってこれなくなったからだ。彼女は殺されたということだろう。そのときは、こちらも恨まずに死ぬだけだ。そう覚悟を決めていた。

膝の上の景太はされるがままに、おとなしくなでられていた。たしかに猫の感触はあるのだが、身体と自分の意識のずれは相変わらずで、なにか、なでているのは遠いところにいる自分のような気がした。遠隔から自分のアバターを操作しているような感覚。

ここはやはり現実空間という感じではなかった。死後の世界というか、身体は死んでいるのだがそこから意識だけが抜け出している、そういう場所、ここそまさしく中有ではないか、そう呉は思った。早い話、自分は死んだのだ。それはいいとして、ではこの娘はなんなのだろう。やはり幽霊か。

竹村の娘がなぜここ、継父の家にいるのか。話をしているうちに、この娘は母親を捜していることがわかった。

おそらく竹村咲都は亡くなっていると呉は思った。この娘も死んでいるのではなかろうか。だが幽霊とは違う気がした。

幽霊というのは生きている場に出てくるものだろう、ここのような死後の世界に出てくるのはなんというのだろう。景太がおれの望みでいまここに出てきたのなら、同じように、この娘もおれが引き寄せた幻に違いない。

竹村咲都は娘がやってくるのを待っていた。会えずに亡くなったのは不憫だ、そう思うこの自分の意識が、この幻を生み出しているのだろう。

——きみはおれが生んでいる幻だ。

すると、思ってもみない反応を娘が見せたので、呉は戸惑い、自分の考えは間違っていると思わざるを得なかった。

予想もしない反応を示すということ自体が、この有羽という娘は自分の想像が生みだした幻ではない、という証だろう。娘はしかも泣いて抗議し、怒った。こうなるともう、呉にはどうしていいかわからなかった。面倒な女というしかない。お手上げだ。

自分は、と呉は思った、女の気持ちや感情というものが死ぬまでわからなかった。女というやつは、いつもどうして、いきなり泣いたり怒り出したりするのだろう？

いきなり、ではないのだ。相手が悲しんでいるとか怒っているとかいうことに気がつかない、それが問題で、そういう態度が新たな怒りを呼び、相手が本気で感情をむき出しにしてようやく、なにか怒らせるような（悲しませるような）ことを言ったらしいと気づく。そのときはすでに手がつけられないほど怒っている。あるいは、泣いている。または、わめいている。きた。お手上げだ。女という生き物は、めんどくさい。いつもそう言って片付けてきた。その結果は、あきらかだ。独りで生きるしかない。

あの小部屋で自分の人生を振り返ってわかったように、おれには女だけでなく、だれかを愛するという能力がないのだ。景太のことも愛していたのかどうか。愛していたなら、自ら捨てるなんてことができるはずがないだろうに。

すごく情けなくなり、もういいと思った。もう、たくさんだ。景太に会えたし思い残すことはない。この娘には、死んで詫《わ》びてやる。どのみち、もう死んでいるのだ、もっと死んでやる、それで文句なかろう。

呉大麻良は最上階のベランダから、飛んだ。

これはやはり尋常ではない。落ちながら、そう思った。恐怖を感じないのだ。身体が反応していない。落ちている感覚がないからだと呉は気づいた。

ベランダの手すりから飛んだ直後から身体は落下を始めたが、風圧は感じなかった。手足を大きく広げてムササビのような姿勢をとったまま宙にピン留めされたかのような気がした。眼下の地上は拡大されつつあったので落ちていく途中だというのはわかるのだが、その景色はまるでスクリーンに投影されているかのようだった。

上から、有羽の悲鳴が聞こえてきた。それを意識したとたん、恐怖がわき起こった。身体感覚が戻っていた。服が風でばたつき風圧で息をするのも難しく、目も開けられない。息ができないほどの風圧がさらに強まったのか、感覚が麻痺してきたのか、周囲の空気がねっとりと重くなってきた。それに気づくと落下速度が落ちているのがわかった。時間の流れが遅くなっているようだった。

しっかりと閉じていた目蓋《まぶた》を薄く開けてみた。開き続けていられる。地上が見えた。落ちる速度が遅くなっている。そして止まった、と思った直後、上昇し始めた。これはまるでバンジージャンプだと思った。

助けてあげて、という声が上から聞こえてきた。

すると突然、両手足を大の字に広げて落下している自分が見えた。少し上から、見下ろしている。だれが見ているのかといえば自分だろうと思うのだが、自分の目で見ているのではない、なぜなら、顔についている自分の目による視界なら鼻が見えるはずなのに、それがない。

これこそ、と呉は思った、死につつあるときの魂の離脱というようなものではなかろうか。

と、呉は自分の身体が黒い煙に包まれていくのを見た。細かい煤《すす》のような粒子がどこからか集まってくるように見える。自分の身体が強力な磁石になって黒い微小な砂鉄を引き寄せているような感じだった。実際は身体のほうがその黒い粉体に引きつけられ、上に持ち上げているのはその集まりで、いまや全身を包み込んでしまった真っ黒な煙の塊だった。

そのような自分を外部の視点から、見ていた。

なんだこれは、と呉は声を上げている。

だれかに向かって言ったのではない、その問いに、応答があった。

〈それはOAK《オーク》。われらが対人戦略機械。竹村有羽が起動した〉

自分の身体を包み込んでいる黒い塊は、どう見ても、もはや自分ではなかった。人の形をした黒い〈なにか〉だ。それを外部視点で見ているので、なおのこと、その中に自分がいるとは思えなかった。

いまだ視界に自分の鼻は入ってなくて、手を動かして目の前に持ってこようと意識しても腕は見えない。あの黒いヒト形の煙の中に自分がいないのだとすると、身体はどこにもないことになる。

おまえはだれだ、と訊く。声にはなっていない。思っただけだ。それでも返事がきた。

〈地球の意思〉

なんてこった、と呉は思った、自分のスマホに出ていた例の闇サイト〈黒い絨毯〉におれの行動を書き込んでいた主、それが〈地球の意思〉だった、直接そいつがおれにアクセスしてきたのだ。

〔呉大麻良は、ＰＬＤ３１４１による対同族殺戮を開始する〕

こいつは、そう予言していた。おれは実際、あのゴーレムを着けた軍人を墜落死させたのだから、予言は当たったことになる。

このオークとやらは、おまえが造った機械なのか？

〈そうだ〉

そしてその声の主は、驚くべきことを呉に告げた。

〈おまえはいま、ＯＡＫの一部となって取り込まれつつある。もはやヒトではない。竹村有羽の支配下にある仮想人格として、再構成されている。今後は竹村有羽の意思によって、おまえは有羽に使役される。拒めばおまえの存在は消滅する。いま、おまえは、竹村有羽に召喚されたのだ〉

なんだって？

意味がよくわからない。というより、意味はわかるものの、わかりたくない。とくに、もはやヒトではない、という部分は。

おれはつまり、死んでいるのか？

〈おまえのその意識はいま、竹村有羽の意思によってＯＡＫに投影されることで、この世界に発現している。そういう存在状態だ。おまえはもはや、おまえである私、を持っていない〉

もはやまったく理解不能だった。が、呉は、眼下の黒いヒト形が近づいてくるのを意識し、自分はあれに吸収されるのだ、ということを悟った。自分は自分でなくなる、ということだろう。

黒い煙が吹き寄せるように視界を覆って、なにも見えなくなった。

視覚がないので、闇も光もない。そういう世界で呉大麻良は、自分がこれまで食べて消化してきたあらゆる生き物を意識させられた。感染した病原体のすべてを感知することができたし、水分の出入りや、呼吸した空気や、分裂した自分の細胞のすべてを追跡することができた。そうして呉は母親の体内に入り、受精卵になり、精子と卵子に分かれて、消滅した。

これが人生の終わりに見るという〈走馬燈のような〉映像なのだろうか。見るというより、見せられたというほうが正確だろう。これをおれに見せているやつ、それが〈地球の意思〉だ。そういう力を持った存在。

呉はその声の主の正体を理解した。

それは、すべてであり、かつ、どこにもいない。

すると、そいつは言った。

〈その理解は正しい。おまえこそいまや、すべてであり、かつ、どこにもいない。おまえは竹村有羽により起動させられた機械の一部だ。有羽が、そのようにした。おまえを存続させたいがためだ。その期待に応えるかぎり、おまえは、すべてであり続けるだろう〉

意識を失っていたわけではない。だが気がついたとき呉は、室内の床に、大の字に仰向けになっていて、もはやこの意識は自分という限られた身体だけで生み出されているのではない、自分は生きているとも死んでいるとも言えない状態におかれているのだ、ということがわかった。

まさしく中有と言うしかない。

有羽がおそるおそる近づいてきて、声をかけてきた。死んでいるように見えたのだろう。

呉は、いま体験したことを言語化するのに苦労させられた。言葉ではうまく説明できなかった。自分でも、そういうことではないと思いながら話しているのだから、有羽が納得できないのも無理はないと思いつつ、この説明が上手く伝わらないのはようするに有羽自身が〈地球の意思〉についてよくわかっていないからだ、と思った。

なにせ、いまの自分の意思は、有羽の意識を反映したものなのだから。

身体も再構成されて、いまやオークの一部だというのが本当だとすると、いま感じているこの身体はつまりオークでもあるということで、オークが呉大麻良というおれに変身しているようなものだなと、思った。

それでも、身体に染みついているパニックルームで過ごしたときの汚れや臭いを意識させられると、これは洗い流したかったし、水も飲みたかった。

これはやはり、おれの意識だろう、それは消えていない、そう思ったが、そう思えるのも有羽の意思かもしれなかった、なにせ有羽のほうが先に、そうする（水分を補給してシャワーを浴びる）ように言って、この家の寝室におれを案内し（てくれ）たのだから。

この家の主寝室だろう、そのシャワールームは乾いていて清潔だった。照明は点かなかったが水は出た。口を開けてシャワーを浴びながら、たっぷりと水を飲んだ。

手早く全身を洗い流して、時間をかけずに出た。

あとは着替えだ。ウォークインクローゼットはパニックルームよりずっと広かった。だが照明が点かず窓もないので暗くて、衣装を選ぶのに手間取った。下着は、まだ下ろしていない新品のストックがあるのを見つけた。体形がほぼ同じなのは助かった。それを身につけて、スーツやポロシャツではなく、ジャージを探した。もしかしたら持っていないかもしれないと思ったが、見つけた。

クローゼットから出ると、着込んだジャージは黄色の上下で、脇に黒線が上から下まで走っているという、なんとも目立つ、警戒色のような代物だった。が、これでいいと呉は決めた。

寝室を出た廊下には有羽はいなかった。

もしかしてこちらを置き去りにして、単独で母親を捜しにいったのかと不安になったが、あのベランダにいるのを見つけた。継父が投げ落とされた現場に戻ったのだ。

有羽は高さのある手すりに両手をかけて、最上階からの景色を楽しんでいるように見えた。後ろ姿からは焦りや不安は見て取れない。ゆったりと、落ち着いて、風に吹かれていた。

呉が近づくと、有羽は振り返った。そして、あら、と言った。

「そんなの、よく見つけたわね。あの人が絶対に着ない色の、しかもスポーツウェアだなんて」

「おれは気に入ったよ」

「わたしもよ。あの人の服をおじさんが着るって、すごくいやな気分だったので」

「呉だ」

「そうだった、呉さんだ――」

と言って、有羽は言葉を切り、呉の後ろに視線をやった。

「猫が」と有羽が言った。「いつのまに?」

呉は振り返る。有羽が言ったとおりだ、猫がいた。白が目に入ったので景太がまだいたのかと一瞬思ったが、ちがう猫だ。白に黒い牛模様の猫。

とした。猫は飼ったことがないと有羽が言っていたのを呉は思い出す。野良猫に餌をやっていたとしても、こんな高層マンションに野良猫はいないだろう。

「よく似た猫だろう」と呉は言った。「大陸を横断して帰ってきたとも思えないが――」

「アンミツ?」と有羽が言った。「そうよ、アンミツだ。どうやってきたの、アンミツ?」

「アンミツ」

有羽は呉を無視して室内に入り、腰をかがめて、猫を呼んだ。すると、呼ばれた猫は有羽にすり寄って尾を立てた。

「アンミツよ。間違えるはずがない」

「おれも、景太だって、なんども言ったんだがな」

「ごめんね」と有羽は言った。「アンミツ、おじさんがおかしなこと言ってるけど、許してね」

「そっちかい」

まあ、仕方がない、と呉は思う。可愛がっている猫なのだろう。

有羽は白黒のその猫を抱き上げようとするが、景太と違って、アンミツというその猫はするりと有羽の手から逃れた。

それから、ベランダに出たと思うと、ひらりと手すりへとジャンプした。

「危ない」と有羽が叫んだ。

呉も、自分のことのように肝を潰した。もう墜落するのはごめんんだ。自分も他人も、猫も。

その猫はしかし悠然と手すりを歩んだ。上を見ながら。鳩でもいるのかと呉は思う。見事なバランス感覚だ。

「こっちに降りて、お願い、アンミツ」

有羽の呼びかけにアンミツは立ち止まり、こちらに顔を向けると、言った。

〈来るぞ、有羽。敵だ〉

「……だれ？　あなた、アンミツよね？」

猫ではないな、と呉は感じ取った。猫の形を借りた、これは、メッセンジャーだろう。

「高さんね？」

有羽はそう言った。知り合いのようだと呉にはわかった。おそらくネットを通じて、情報を伝達してきたのだろう。この世界は、仮想現実が重なって表示されているようだ。

〈クロミツを使え、有羽〉

その声を聞いたとたん、呉は自分の身体に異変を感じた。手を出すと、皮膚全体から黒い煙が噴き出しているのが見える。

オークだ、とわかる。しかし、だいじょうぶなのか、これ？

「有羽」と呉は叫ぶ。「これ、これは、なんなんだ」

有羽が呉を振り向いて、目を丸くした。それだけだ、なにも言ってくれない。オークは、ようするに自分と一体化した謎の機械だというのはわかっていたが、このまま自分がどうなるのかはわからず、呉は心理的恐慌に陥りそうになった。

それを救ったのは、アンミツという猫だった。有羽に代わって、猫が言った。

〈それは、クロミツだ。ナノレベルの砂糖電池を動力源とする、パワードスーツだ。おそらく秘密裏に開発された秘密兵器だ〉

「高さん、なにを言ってるの？」

〈有羽、おまえもクロミツを着て、あの晩、警察の手から逃れたんだ。ようやく見つけた。無事でよかった。だが、気をつけろ、おまえはまだ追跡されている〉

呉は、有羽もこれを着た、という言葉を聞いて、安心した。

視界が暗くなり、顔面も黒い煙に覆われたことがわかった。直後、視界が戻った。見え方がしかし、肉眼よりもクリアだと感じた。自分は変身したように見えるだろうなと、呉は落ち着きを取り戻し、手すりの上の猫に目を向ける。

白黒の猫が、虹色にきらきらと輝いている。

17

静かだな、というのが真嶋の第一印象だった。

ファウストD棟の屋上は陸屋根《ろくやね》だがヘリポートはない。米陸軍ヘリは着陸はせず真嶋の感覚では二メートルほどの高さでホバリングし、機長の『行け』の声と腕の動きの指示で二人の日本人を放り出すと、すぐさま離れていった。のんびりホバリングしていればいつ攻撃されるかわからない、そういう緊迫感があった。飛び降りるのを躊躇すれば実際に突き落とされていたにちがいない。観光ヘリのもてなしを期待するほど真嶋は非常識ではなかったが、兵士のような扱いをされるのは予想していなかった。一息ついてみれば、たかがこの程度の扱われかたで恐れをなしている自分がなさけない。これは軍の作戦行動であって、しかも訓練ではなく実戦だ。ここは戦場なのだ。

着地すると同時に転んでしまい、周囲の状況を観察するよりも、まず立ち上がって自分の身体にどこか痛むところはないかを確認しなくてはならなかった。さいわい擦り傷も打撲もないようだ。ショルダーバッグを護ったのでおかしな格好で着地してしまったのだが、その必要はないことを転んでから思い出した。バッグの中には精密機器は入っていない。スマホもタブレット端末も取り上げられたままだ。ノートは衝撃を気にすることはない。

肘についた汚れを払いながら神里の姿を捜す。

神里は屋上広場の南側の端にいて、地上の様子を見ていた。強行偵察に入ってきた日本陸軍特殊展開部隊の位置の確認か。ムーンブリッジからゲートを抜けたすぐそこに部隊の指揮車両がいるはずだが、そちらは林立する高層ビルに隠れて見えない。

「腐臭が昇ってくる」

近づくと、神里は真嶋を見ずにそう言った。ふしゅう、という語感にあまりなじみがなく、意味はわかるものの実感がわかない真嶋だったが、神里に並んでみて、その臭いに身体が反応するのを意識した。吐き気とまではいかないが嫌悪を覚える臭いだ。下水の汚物排水の汚臭とはちがう、たしかにこれは腐臭だ。微かだが、いったん意識してしまうと無意識の底に沈めて忘れる、ということができない。

「ちかくでネズミでも死んでいるのか」

屋上の柵は建物の縁からけっこう離れていたので、下の階のベランダや直下の地面を見ることはできない。

「ここに来てそういう軽口がきけるとは、たいした度胸だ」と神里は言った。「それとも、現実を受け入れることを拒否しているのか。単なる天然なら取材は止めたほうがいい」

真下は見えないが周辺ビルの根元付近の地上に視線をやって目をこらすと、なにかが点点と積もっているような塊がわかる。臭いと同じく、これもいったん人の形を捉えてしまうと、大量の遺体以外の何ものでもなくなる。認識できたあとはもう、見渡すかぎり、死体のない地面を見つけるほうが難しい。

「犠牲者はどのくらいだろう」

ごくりとつばを飲み込んで、真嶋は取りあえず、そう言っている。住人が大量に殺害されたという事件の内容は知っていたはずだが、この現場の現実とその知識が乖離《かいり》していたのを、真嶋は認めざるを得ない。

「住民として登録されている約三万人のうち、およそ半数の生存が確認されている。行方知れずは残りの半数、一万五千人だ。ほとんどがゲートから出ないまま死亡、生存者はいないだろうと思われる」

「これほどの犠牲は一夜にして出たわけではないだろう。当局はいったいなにをしていたんだ」

「それを暴くのがきみの仕事だろう。こちらは、ここでなにが起きたのか、その首謀者はだれなのか、それを調べる」

神里は膝をついて、肩から下ろした黒いバックパックの口を開けて、中身を確認する。

「それはなんだ。いつの間に？」

「米軍からの差し入れだよ」と神里。さきほどのヘリから持って降りたのだろう。「通信システムと小火器に弾薬、携帯食料、ファーストエイドキット。ようするにサバイバルキットだ」

「あなたはいったい、ほんとに、何者なんだ」

神里久という男は進化情報戦略研のトップでありリーダーであるにもかかわらず、自ら動く工作員のようでもある。真嶋にはどうにもよくわからない人物だ。

「言ったろう、元スパイだ」と神里。「かつて小柴を使って独自の対米課報ネットワークを構築したんだが、いまや、いざとなったときに助けてくれるのは国内より国外の人間のほうが多い。小柴もわたしも筋金入りの愛国者にもかかわらず、だ。皮肉なものだ」

「対米課報をやっていたわけか。じゃあ、いま世話になった米陸軍は敵じゃないか。どうして助けてくれるんだ？」

「ある種の、人間的な信頼関係とでも言えばいいか。そこは複雑な利害関係が絡んでいるので一言では説明できない。米情報機関と米軍はまた別の組織だし、利害も異なるから、とでも言えばわかるか。いや、小柴という男は諜報界の重要人物として、官邸よりも世界各国の諜報機関から敬意を払われている、というほうがわかりやすいだろうな。彼の凄さが現政権にはわかっていない。官邸のほかの連中とは格が違うんだ。それを国内に呼び戻して飼い殺しにするなんて、馬鹿げた話だ。しかも広報官ときた。笑い話にもならん」

「……ぼくはあなたとは違う現実を生きている気がする」

それには応じず神里は自分のウエストポーチを外して差し出してくる。

「きみには、ここ、現場の日本陸軍と連絡できるトランシーバーを渡しておく」

それから神里はバックパックをきちんと両肩に背負うと、屋上の柵にそって地上観察を始める。

真嶋は渡されたポーチの中は見ずにとにかくそれを腰に着けると、自分もショルダーバッグをあらためて斜め掛けにして追った。

自分と神里は生きている世界が違う、それは間違いなくそうだと真嶋は思う、異なる世界に生きてきた二人が、いまこうして、同じ現実の場に放り出されたのだ、と。現況に対する二人の解釈がどう異なろうと、大量の死者が出す腐臭が消えることはない、こういうのを現実というのだ、とも。

屋上には影がなく照り返しで暑い。ここは展望を楽しむ広場などではなく非常時避難場として設けられたようで、ただ広いだけでなにもない。早く屋内に入りたいが神里はゆっくり歩みながら眼下に広がる死の世界を注意深く観察している。

いや、死の世界ではないなと真嶋も神里に倣って足を進めつつ心に浮かんだその言葉を打ち消す。

無数の鳥が眼下を舞っているのが見える。白い大きな鳥で、あれはカモメだろうと真嶋は気づく。それから、黒い鳥、カラス。空中のそれらは順番を待っているのだと気づく。食事の順番を。地上に舞い降りた鳥たちはヒトの死体に群がってそれを食らっている。たぶん鳥だけでなくネズミやイタチもいるだろう。野生化したペット、アライグマや野犬も入り込んでいるのではないか。だがそうした小型哺乳類よりも鳥たちのほうが獰猛《どうもう》に感じられる。実際、見えているのは鳥たちだし、あたりをはばかることなく食らいついている。生き生きと。死の世界などではないだろう。腐敗もまた、生命活動、そのサイクルの一環だ。

だが死んでいるのはヒトだ。これはヒトにとっての死の世界と言うべきだろう、あくまでも人間を中心に考えるべきだと真嶋は思い、だが乱舞する鳥たちを見やると、それもちがうと思い直すしかない。これは、そう、ヒトが敗北した世界だ。

「遺体の収容計画はどうなっているんだ」

神里にそう聞くと、自分は関知していない、というそっけない答えが返ってきた。質問する相手が違うということだろう。

「このままではみな食われてしまう」

真嶋は神里の応答にかまわずに言う。質問しているわけではないのだ。気持ちを吐き出さずにはいられなかった。すると神里は歩むのをやめずにこう言った。

「生きながらに食われているわけじゃない。むしろ弔われていると思えば、憤ることでもない」

そういう話じゃないんだと真嶋は思いつつ、神里に並んで地上を見下ろしながら言う。

「遺体の収容もできないなんて、正体不明の〈地球の意思〉に負けたということだろう。ぼくはそういう意味で言っている」

「敵の主体がなにを目的にしているかによって、勝敗の基準は変わってくる。犠牲者の多《た》寡《か》は必ずしも勝敗とは関係ない」

「おたくの人工知能、なんだっけ——」

「イーヴォだ」

「によれば、敵の正体は、人間以外の生き物ということだったな」

「そう」

「遺体が鳥たちに食われているこの凄惨な光景を目にすると、それは正しいという気がしてくる。野生動物たちが人間という餌が身近にあることを発見したんだ。大量に、しかもほとんど無尽蔵にある。それに気づかれてしまっては、人間の負けだろう」

「なるほど」と神里は立ち止まり、うなずいて、真嶋に顔を向けて言う。「それは面白い考えだ」

「この現場を見れば、だれでもそう思うだろう」

「野生動物は人を恐れて近づかない。人など恐るるに足らずとして襲ってくるのは、人に飼われたり慣れたりしている動物だけだ。野生動物全体が人を恐れなくなるというメカニズムがないかぎり、きみが言う状況は生じないだろう。きみは、そうしたメカニズムが自動的にか、〈地球の意思〉によって創造されたかして、動物たちがそれに気づいた、というのだろう。身近に、かつ大量にある餌、即ちヒト、それに動物たちが気づいた、というのは独創的な、きみのアイデアだ。少し見直したよ」

「皮肉か」

「とんでもない。真面目に言っている。イーヴォでは思いつけない考えのような気がする。あれには感情がない。きみのいまのアイデアは感情なくして出てこないだろう」

「そういうことか。人工知能の限界というやつだな」

「そう。人工知能のいわゆる知能はヒトを超える。だが創造はできない。人の創造物は、感情が生み出すものだからだ。科学、芸術、数学、すべて、そうだ。ヒトの知性は感情が進化して生じたものだとすれば、人工知能の知能は、知性ではない。単なる計算能力にすぎない」

「あなたの仕事は芸術なんかとは無縁な気がするが、趣味がいいのだろうな」

「現代音楽が好きだ」

神里はまた地上観察を再開する。屋上をすでに半周している。

「調性がない曲なんて、感情から生じるとは思えないよ。数学だってそうだろう」

「現代音楽にもいろいろある。調性のないのが現代音楽だなんて認識は、きみは文化部の記者だそうだが――」

趣味の話をしているんじゃない、と真嶋は苛立つ。

「調性のないのが現代音楽だ、なんて言ってない。調性のない音楽は気分とは無縁だろう、数学も、と、言っている」

「そういうことなら、きみの反論はもっともだと思うが、でもそれは違う。創作物についての話で、その内容のことではないんだ。どんな創作物にも、クズから至高のものまでさまざまある。強い感情から生まれたものほど、強い。弱いものはすぐに忘れ去られて消えていく。数学分野も同じだと思う。なにかに勝ちたいという強い感情が、独創的なものを生むんだ、調性のない音楽というのも、そのような独創性から生まれた。その源になっているのは感情だ、そういう話をしている。既存の価値に勝ちたい、という感情が、新しい創作物を生む、という」

「勝ちたいという意思ではなくて、あくまでも感情だ、と」

「怒り、だろう。憤り、復讐心、絶望的な悲しみ。嬉しい感情は、表現の対象にされることはあっても、それが創造の動機になることはまずない」

「怒りの感情が進化して知性になるなら、牙を出して怒るイヌやネコも知性を持っていることになる」

「とうぜん、持っているだろう。だがヒトの怒りとは比べものにならないレベルの知性だ。イヌやネコは〈怨《うら》み千年〉などという感情は持たないだろうからな。そんな強靭な怒りを発生させられるのはヒトだけだ。知性はそれに比例する。知性は感情とセットであり、知能はそのごく一部の能力にすぎない」

「あまり聞いたことがないが、だれの学説だ？」

「わたしの考えだ。実戦で、体感してきた。こう言えばどうだ、知能の高い人間がかならずしも知性の高い人間とは言えない、と感じた経験はきみにもあるんじゃないか？」

「……ああ、それは、わかる気がする。でも、そういうことなのか？」

「感情を持たないイーヴォの知性は高くない。知性の高い人間は負の感情を制御し、創造に昇華させることができる。そういうことだ」

「フムン」

あとは無言。それにしても暑い。

屋上の縁をほぼ一周し、屋内に通じる階段室塔屋に近づいたところで神里は足を止め、真嶋にちゃんと向かい合って、「敵の主体は、感情を持っているとわたしは思う」と言った。「敵の主体、首謀者の正体の見当がついたよ」

いきなりなにを言い出すのだと真嶋は戸惑う。

「〈地球の意思〉を名乗るそれは、人間以外の生き物であり、かつ感情を持つ、と？」

「生態系を乱すほどに増えすぎたヒトという生物の数を減らしたいという、文字どおりの地球の意思を自在にコントロールできる主体がいる、それは感情を持った生き物であり、これだけのことをやれる強い感情を持っているのはヒト以外には考えられない、とわたしは思う」

「じゃあ――」

「いや」と神里。

「敵は人間だというのか」

「人間以外の生き物がやりたいことを、ある人間がかなえてやった、その結果がこれなのだ、そう言っている」

「それって、まさか――」

と真嶋はちょっと考え、あり得ない、と思いつつ、口にする。

「それが有羽だというのか。竹村有羽がこの事態を引き起こしたと思っているのか？」

「可能性を疑っている。ほぼ間違いないと思う。これは単なるテロではない、次元がまったく異なる行動だ。ここ、現場に来て、わかった。それと、きみのいまの発見だ」

「発見って」

「ヒトが餌だと気づいたヒト以外の生き物たち、という観点だよ。食われるというのは人間にとっても、強い、最大級の恐怖のはずだが、現代人はそれを意識していない。いまきみはその恐怖を呼び覚まされたんだ。感情のせいだ。人工知能にはない能力だ。イーヴォに発見できないのは当然だろう。生き物ではない人工知能にとっては他人事だ。コンピュータも食われる対象なら、イーヴォはもっと切実な答えを返してきたかもしれない」

「感情的な応答をしたと」

「そうだ」と神里はうなずく。「いま起きている事態は、地球上の覇権を握っているのはヒトではないということを〈地球の意思〉が人類に思い知らせようとしているのだ、それが原因になっている、という、ここまではイーヴォも考えていたことだ。現場に来てみた感想としては、まったくそのとおりだ、そう思える」

「それと竹村有羽と、どうして、どう、繋がるというんだ」

「だから、なんども言わせるな。きみが、気づかせてくれたんだ、いま。ここに来るまでは、わたしにもどう繋がるのかわからなかったが、しかし手がかりならあった。あの黒い謎のロボット、物体Xと有羽の関係だ。有羽が言うところのオーエルというあのロボットは、有羽の意識を〈地球の意思〉と結びつけているのだろう。オーエルの上位存在がオーバーロードであり、すなわちそれが〈地球の意思〉のことだと思われる。〈地球の意思〉はネット上に書き込みするだけの存在にすぎなかったのに、その内容を現実世界で実現させたのは、有羽の、感情だ。そうに違いない。これはイーヴォの知能による推論ではなく、わたしの考えだ。勘だよ。きみも人間なら、わかるだろう」

「いま起きているのは、このゲートアイランド内で大量殺戮があったというだけでなく、人類全体が大打撃を受けている未曽有の大事件なわけだろう。それが、あの娘、竹村有羽いいか」

という一人の少女のせいで、しかも意思というより感情のせいだという。そういう解釈で

「端的にまとめられている。記者らしくなってきたな」

神里は塔屋の扉に向かう。

「ちょっとまて」と真嶋は後を追う。「有羽が大量殺人の犯人、首謀者だというのか。それはやはり、あまりにも短絡的というか、飛躍しているというか――」

「考えるな」と神里は言った。「ただ見て、聴いて、臭いを嗅げ。それを記憶し、記録しろ。それがきみの仕事だ。わたしは竹村有羽を捜す」

真嶋は神里を追って階段を降りる。階段室の暑さは尋常ではなかったが、それよりも神里の言い方のほうが真嶋には不快だった。

「そういう言論を封じる態度は受け入れられない」

叫ぶように神里の背に向かって抗議すると、「そういう偉そうな物言いは記者らしい仕事をしてからにしろ」と、顔も見ずに一蹴された。

「議論が必要だ」と真嶋は、言われたことの一部はもっともだと反省しつつ、思いついたことを言う。「あなたが、ぼくにただ黙っていろというのなら、それこそイーヴォが予想してきたところの、人間に言葉を放棄させるのが敵の目的、あるいは、人間に馬鹿になれ、ということに通じるんじゃないのか」

するとと神里は立ち止まって、言う。

「わたしはきみに黙っていろとも馬鹿になれとも言っていない。わたしの考えが短絡的で飛躍しているというのはきみの感想であって、解決には役に立たない戯言《たわごと》だ。そんなことを言うために頭を使うくらいなら、事実確認のための行動をしろ、と言っている」

そしてまた下へ。速い。追いかける。

「四十八階の有羽の実家に行くのか」

「そうだ。手がかりを探す」

「有羽を見つけたらどうするんだ」

「確保する」

「彼女の感情がこの事態を引き起こしているなら、刺激してはまずい。万一、抵抗されて殺してしまったら、なにが起きるかわからない。そのへんは考えているんだろうな？」

神里は降りる速度を緩め、考えをまとめるように少し間をとってから、言った。

「とにかく、竹村有羽から情報を引き出すのが先決で、絶対必要だ。彼女の感情が原因の一端だと思うが、詳細はわからない。有羽はなにか人類に対する怨みがあって、そういう負の感情が引き金となってこの事態を招いたのかもしれないし、彼女にはもはやコントロールできないのかもしれない。あるいは彼女には、自分がこの事態に関係しているという自覚はないのかもしれないし、そうなると、やっかいだ。が、いずれにしても、それを探るには、彼女を安全に確保する必要がある」

「そう、こういうのを議論というんだ」

「それはわたしの言うべき台詞《せりふ》だろう」と神里は苦笑して、言った。「ひとつ、きみに頼みがある」

「なんだ」

「有羽がわたしを狙って動いたとしても、こちらとしては彼女を射殺するといった対抗策をとってはならない。彼女がこの事態の原因なら、この事態を収束できる可能性があるからだ。わかるよな」

「だから？」と真嶋。

「わたしが殺されたときは、きみが、竹村有羽から原因になった彼女の感情の正体を引き出すんだ。かならず生き延びて、真相を世界に伝えてくれ」

「彼女の感情が原因だと、確信しているんだな」

「希望的観測というやつかもしれん」と神里は一息ついて、言った。「相手の正体が、わけのわからない、人間ではない〈地球の意思〉だとしたら、どう対抗したらいいのかわからない。われわれには打つ手がないだろう。だが、相手が有羽という人間なら、理解も共感も、努力次第でできる。そこに賭けるしかない。このままだと、ほんとうに人類は終わりだ。きみが言うように、他の動物の餌にされるまま、なすすべがない。いま起きているのは、そういう事態だ。全世界で自ら餌になるべく、人類は同族の大量殺戮を続行している」

「……わかった」と真嶋。「ぼくは自分の仕事をすればいい、そういうことだ」

「そのとおり」

「質問していいか」神里の後に続いて階段を降りながら真嶋は、返事を待たずに訊く。

「ぶっちゃけ、いま日本はどうなっているんだ。騒乱状態なのか」

「日本に限って言えば、官邸の取った対応が早かったおかげで、経済活動は停《と》まって国家体制は危機的状況にあるものの、騒乱状態にはない。海外に比べれば平穏だ」

「具体的には、どういう対応を取ったんだ。実質的な戒厳令というのは聞いたが、他には」

「もっとも効果を上げた対応は、パワードスーツを含むすべてのパワーローダーの使用禁止命令だろう」

神里は規則的に足を動かして降りながら淡淡と答える。

「戦時特別措置法でやった。民生用、軍用、産業用を問わず、すべてのローダーの使用を禁止した。使用している者は即時射殺する、という警告も添えられた。それでも全国で数十万の犠牲者が出ている。集計がうまくいっていないので正確な犠牲者数の数字は出せていないが、主に産業用、介護方面や障害者サポート用のローダーが凶器となって多数が殺害されている。犠牲者分布の地域差はほとんどなく、南から北までほぼ人口密度に比例している。スポーツ用や趣味のローダーでも犠牲者が出ているようだが、割合としては少ない」

それを聞いて真嶋は、芸術用のはどうだろうと、ふと思った。自分が取材した現代音楽のコンサート〈組曲・宇宙の使者〉では、舞台上でダンサーが音に合わせて踊るのだった。ダンサーはローダーを装着して動きの同期を取る。彼らは無事だったろうか。一時でも顔を合わせて話したりした人間は、もはや匿名の犠牲者ではなくなるのだと真嶋は実感できた。すべての犠牲者に名前があり、固有の人生がある。それが数十万、失われたという。すべての人生の時間を再生するならば数百万年単位の時間を必要とするわけで、そう考えるだけでも途方もない、気の遠くなりそうな数字だ。

そして真嶋は、これまで意識して考えまいとしていた故郷のことを思った。郷愁などまったくわかない。旧態依然とした風習や絆《きずな》をきらい、親を捨てて出てきた田舎だ。未練もない。あそこは地球規模の異変が起きたいまでも、さほど変化はないだろう。坦坦《たんたん》とした日常が続いているはずだ。戒厳令で武装した兵士が道に出ていようと、田圃《たんぼ》の除草のほうが重要な関心事だろう。現金を得るシステムが崩壊しても、地面さえあれば食うに困らないので生きていける。そういう強さがある反面、権力による収奪が陰で働いているといったことには鈍感で、むしろ協力したりする。強い者にへつらい弱い者を排除するというような感性の日本的村社会の悪いところが集約されている自分の田舎が、反吐《へど》が出るほどいやだ。潰れてしまえ、と思うが、今回の事態で潰れることはないだろう、というあきらめに似た思いもある。考えても無駄だ。

「軍用や警察用のローダーの叛乱が最小限に抑えられたのは大きいだろう」と神里は続けている。「これはおそらく日本だけだ。海外ではそれら兵器が文字どおり殺戮マシンとなって抑えが利かなくなっているようだ。制圧のための軍用ロボットや無人攻撃機も殺戮マシンに変容した。それらは自律してエネルギー源を確保し、自らを修理しつつ、人間を選択的に殺しまくっている」

「見た目は軍事ロボットやコンピュータ、ようするに人工知能の、人類に対する叛乱だな」

「そう見える。実際、そのように分析している国もあるようだ。国際通信網が乱れているので詳細がよくわからないが、通信状態を回復できないという事実が深刻さを物語っている」

「これが人工知能や人類以外の生物の叛乱かどうかは別にして、いずれにしてもこの事態が有羽の感情により引き起こされたものだとしたら、真相を摑んでいるのはわれわれだけで、この事態に正しく対応し、適切な対処をしているのもまたわれわれだけ、ということになる」

階を示す数字が50を切る。

「これはわたしの想像だが」と神里。「世界各地に竹村有羽と物体Xと同じ関係のペアが出現しているのかもしれない。あるいは、きっかけとなった原因がここと異なる可能性もある。世界のどこの機関でもそれなりの対処をしているはずだが、しかし、いまわれわれにできることは、これだけだ」

「叛乱ではなく大災害というほうが合っている気がする」

「そうだな。それも単なる大災害ではなく、〈人類を破滅させうるイベント〉だ。過去には地磁気の磁極の反転というイベントがあったとか、そういう、イベントだよ。だが今回のこれを引き起こすきっかけは、人間自身が作った。竹村有羽に関係なく、原因は人類にある、それは間違いないだろう。だからこのイベントは人類の自滅行為なのだと言える。自分の作った兵器や道具に殺されているわけだからな」

階数の数字が48。ここだ。神里は48と表示されている扉のレバーをつかんで動かし、押し開く。と、真嶋は異変を感じた。

臭気だった。

「閉めろ」と真嶋は叫ぶ。「硫化水素だ」

神里は真嶋に言われるよりも早くドアを閉じようとしたが、いきなりすごい勢いで扉が向こうへと開いた。神里はとっさにレバーから手を離して身を引いていた。間に合わない。開いたままになった扉の向こうから、だれかに突き飛ばされる。神里は反対側の壁に背中からぶち当たり、身を折ってくずおれる。そして階段を転がり落ちていった。

真嶋は四十八階から階段室に姿を現したそれを見て、臭いの元を知る。腐った卵のような臭いで硫化水素ガスを連想したのだが、これが本当にそんなガスを発生していたのなら、臭いを感じた直後に昏倒《こんとう》してそのまま死んでいてもおかしくない。しかし、そのほうがましだったような気がする真嶋だった。

動く腐乱死体だった。腹部に激しい損傷を受けていてそこから赤黒い内臓がこぼれ落ちそうに出ている。真嶋はまだ四十八階のフロア面より五段ほど上にいたのだが、恐怖で足腰から力が抜けて、尻餅をついている。

この死体は警察の特殊犯罪対策機動隊員だろう。それが扉を開き、神里を突き飛ばしていた。死んでなお動いている。身につけているのは警察が開発したテロ制圧用パワードスーツ、機動KJSだ。いまやスーツが主体的に動いている。遺体はスーツに包み込まれて勝手に動かされているのだ。

「神里」真嶋は叫ぶ。「だいじょうぶか」

応答がない。真嶋は立ち上がろうとするがうまくいかない。腰が抜けるという経験は初めてだ。

腐乱死体はその頭、傾いていまにも胴体からもげて落ちそうなそれを、ゆるりと真嶋に向けたようだ。白いヘルメットをかぶり、顔面は濃いバイザで隠れている。そのバイザには拡張現実像が投影され、環境や索敵に関する情報が表示されているはずだ。肉眼よりも敵を捕捉しやすい高度な視覚システムを備えているのは間違いないだろう。

こちらがわかるのだ。腐乱死体を載せたローダーというべきその機動KJSは、ズシリと音を立てて真嶋のほうに正面を向け、腰をかがめると、両腕を伸ばしてきた。真嶋は階段についた両手に力をこめて、身体を上にずらす。足も蹴って二段ほど上がる。だが逃げられそうにない。

ものすごい悪臭が押しよせる。せめてこの臭いから逃げたいと思う。でもそれは絶望的な願いだと意識する。もう駄目だと頭ではわかる。身体が硬直して動かないのだ。死んだふりをしてやり過ごそうとしているのかと他人事のように思う。神里はどうしたろう。逃げたのならそれでもいい、二人いっしょにやられるのは避けたい。なんとしてでも避けるべきだ。しかし神里が失神しているとしたらそれも叶わないだろう。なんとかしなくてはならない。

真嶋はほとんど無意識にショルダーバッグを手にして、それを腐乱死体の顔面に向けて突き出していた。距離はあったし、バッグのベルトが肩から外れないこともあり、直接相手に触れることはなかったが、バッグに隠れてその頭部が見えなくなった。見たくないからそれで遮ったのだと自分の行動を意識したが、相手の腕の動きが戸惑ったように鈍るのを見て、相手もこちらがよく見えなくなったのだと悟った。どこに視覚センサがあるのか、その知識は真嶋にはなかったが、おそらくヘルメットの近くだろうという見当はついた。他にもあるかもしれないが。

これが自分の狙いだろうと、思考のほうが行動の後追いをしているのを真嶋は感じている。相手の動きが鈍った、この機会を逃す手はない。足を踏ん張り、尻を一段上に上げる。もう一度、その動きを繰り返す。尺取り虫のように。しかし相手の動きのほうが速い。

そいつがガシャリと一歩踏み出しただけで真嶋が逃げた距離が失われて、バッグを摑み取られる。ベルトを外す間もなく、ぐいと身体が引き寄せられて、こんどこそ駄目だ。バッグを摑んでいるのは相手の左手で、右手が弧を描いてこちらの顔面に向かってくる。右フックの要領だ。とっさに左手を挙げてかばおうとする。

次の瞬間、ショルダーバッグが身体からむしり取られるように外れ、視野が開けた。なんと、相手の姿がない。

真嶋はその光景をスローモーションのように見た。開いている扉の向こう、階段室の外から、なにか厚い鉄板のようなものが水平に飛んできて、腐乱死体の左の胴体に当たり、それを切断した。上半身が鉄板の上に載る。どろりと腐った血液と内臓があふれる。鉄板が階段側に傾くと、その上半身は神里が落ちていった階下の踊り場に向かってずり落ちた。鉄板は斜めのまま音を立てて床に落ちた。死体の下半身を支えるスーツの胴から下は、傾いた鉄板に隠れて見えなくなった。鉄板が傾いているのはそれがあるからだ。下半身はその鉄板の重みを支え、自律してまだ立っているのだろう。

と、鉄板が、飛んできた方向に引かれて戻る。そちらを見て、真嶋はまた息をのむ。ローダーを着けた者がもう一人、一体というべきだろう、いた。それが鉄板を持ち、引き寄せているのだ。

切断された死体の下半身が現れた。それは動いていた。足踏みをしてその場で向きを変えている。あらたに出現したローダー体が鉄板を捨てて飛び込んでくると、ほとんど意味のない動きをしているその機動ＫＪＳの脚部を、それを装着している隊員の肉体ごとむんずとつかみ、下の踊り場へと投げ落とす。そして間を置かずに、それを追って自らも降りていった。

あのローダー体はどうやら味方らしい。少なくとも、こちらに危害を加えるような行動ではない。思惑は不明だが、危ないところをあれに救われたのは間違いない。

真嶋は自分の両の頬を手で叩いて活を入れ、階段の中ほどからフロアに降り立つ。そこに落ちている鉄板はどうやらドアだ。変形して、かなり傷んでいる。フロアから、階下を見やる。階段に汚泥をぶちまけたかのように血糊《ちのり》が飛び散っていた。

踊り場には開口部が床まである窓と、その外側にバルコニーがあって、非常時にはその窓を開いて出られるようになっている構造だった。機動KJSを破壊したローダー体はバルコニーに出ていた。分断した腐乱死体の下半身のほうを、そこから放り出すところだった。下半身はもはや動いてはいなかった。投げ捨てられて、見えなくなる。

ローダー体がバルコニーから戻ってきて四十七階のほうへと降りていく。真嶋は飛び散っている血糊を避けて、追う。

踊り場から四十七階のフロアを見やると、そこに腐乱死体の上半身があって、動いていた。うつぶせの姿勢で、両腕を使って這っている。先に神里がいた。短機関銃を構えて、死体の背中を狙っている。そこにローダー体がフロアに降り立ち、死体の背中のパワーユニットを摑んで持ち上げ、「邪魔だ、どけ」と神里を一喝して階下へ。その踊り場の窓を死体の重みでもって破り、バルコニーに出ると、まだ泳ぐような動きをしている死体の上半身を機動KJSの装備ごと、さきの下半身と同じく、地上に向けて投げ落とした。

真嶋は階段を上がってくる神里に声をかける。

「無事だったか、よかった」

「きみも運がよかったようだな」

「死んだのかと思った。呼びかけたら返事くらいしてもらってもいいと思うぞ」

足を止めず、四十八階への階段を上がる。

「やつの耳に届けば、こちらが狙われるかもしれん。生き残りを考えれば、声を出さないのは当然だろう。きみも自分がやられないことを第一にして動け」

真嶋は無言でうなずく。こちらを援護しないと神里は事前に、はっきりと言っていた。

「しかし、すまなかった」と神里は言った。「わたしの油断がきみを危うくした。まさか、まだいたとはな。武器はすぐに使えるように、あらかじめ出しておくべきだった」

真嶋は吐き気を感じた。いままで意識しなかったのだ。こらえる。

「ここは陸軍が偵察済みじゃなかったのか」と気分を変えるために言ってみる。「このトランシーバーで敵に襲われたと伝えてやるか」

「敵が分散して単独で行動するとなれば、隠れた敵を発見するのは難しいだろう。そういう状況を含めた偵察行動だろうが、こちらから情報を与えてやる必要はない。わたしはここにはいないことになっている。きみは、好きにしろ。伝えれば、再偵察のついでにきみを保護するだろう。安全に出られるはずだ」

真嶋は神里と行動を共にすることを、あらためて決意する。

四十八階のフロアにつく。落ちているショルダーバッグを拾い上げる。血や肉片などはついていなくて、ほっとする。

あらためて階段室の扉を抜けて、廊下に出る。暗いが、すこしさきに外光が入ってきているところがある。そちらの明るいほうへ行く。一戸の入口、玄関だった。ドアがない。いま来た階段室入口にあったあの鉄板が、それだろう。

襲撃してきた機動KJSを始末したローダー体が、こちらに近づいてくる。ローダーを着けているのは女だった。白いタンクトップにベージュのパンツ姿だ。

神里は短機関銃の銃口を上にして、呼びかけた。

「竹村さんですね」

竹村咲都、と女は言った。

18

竹村有羽の母親だ。真嶋は神里が呼びかけるまで、ローダーを着けたその人間が有羽の母親であるかもしれないなどとは、まったく、想像すらしなかった。

「あなたがたはだれ」と女は厳しい口調で言う。「ここになにしにきたの」

「あなたの娘、竹村有羽を捜している者です」と神里は答えた。「有羽はここに来ましたか」

「目的はあの子か」と竹村咲都は冷ややかな口調で言う。「その様子だと警察ね。刑事か。

有羽をなんの罪で引っ張るつもりなの」

「中で、お話を伺いたいのですが」と神里は丁寧な言葉遣いで言う。「よろしいですね?」

「わたしを捕まえにきたのではないのね」

「違います」と神里。「なぜ、捕まると思うのですか?」

神里は知っているはずだが、真嶋は口を出さずに成り行きを見守る。

「入って。靴はそのままでいいから」

広い部屋に通された。荒れている。ベランダ側が全面開放されていて、ガラス片が散っていた。床の絨毯が剝がされ、天井には染みがあった。荒廃した室内だが、外気が入り込んできて、それが心地よかった。身にまとわりついていた悪臭が洗い流されていくようだ。

真嶋はなんどか深呼吸を繰り返して肺も換気した。

ベランダとは対面の壁が一面棚になっていて、洋酒瓶が並んでいた。竹村咲都は転がっていた長いソファを起こして、よければ使えと言い、自分は棚から酒瓶の一つを手に取り、離れたグラス棚からカットグラスを三つ出した。酒瓶から透明な液体を注ぎ、別の小瓶から少量を追加で注いで、それから細い瓶を手に取りそのキャップを取ると、スプレー式の口をグラス内に向けて、シュッと噴霧した。マドラーでシェイクする。

真嶋はソファに腰を下ろしてその様子を見ていた。

「さきほどは」と真嶋は声をかける。「助けてもらって、感謝しています。腰が抜けて、動けませんでした」

「それでよかったのよ」と竹村咲都は興味がないという感じで言った。「下手に動いていたら、あなたも捲《ま》き込んでたでしょうから」

「でも助かりました。あれはまるでゾンビだ。四十八階のここでわたしたちを待ち伏せていたようだが、まだいるんでしょうか」

「来たら殺す。それだけよ」

もう死んでます、と言いたいところだが、竹村咲都の気持ちはわかった。戦闘モード、やる気だ。逃げも隠れもしない、投降するつもりもない、と言っているのだ。

神里はベランダに出て、下や周辺を見てから室内に戻ってきた。

「この真下付近で陸軍の車両の一台が炎上している。爆破されたようだ」

「ゾンビローダーにやられたんだな」と真嶋。

「でなければ自爆だ」

「自爆って」

「強行偵察の装備品の中に知能信管を使ったスマート爆薬があるなら、それが自爆した可能性はある。遠隔からの指示でも、信管自身の判断でも、起爆が可能だ。〈地球の意思〉の仕業だとしても、目に見える形としては自爆になる」

「そうなると、軍は自らの武器弾薬により自壊、自滅するかもしれないな」

「そういうことになる。軍を無力化するにはいい方法だろう。暴力装置を排除するには、その力を自らに向けさせるのがもっとも効率的だ」

「なんてこった」と真嶋。「なにが強行偵察、掃討戦だ。作戦は失敗じゃないか」

「偵察任務は終了ということにして、急遽《きゅうきょ》撤退するだろう」と神里。「態勢を立て直して出直すか、この現場はこのまま放置するか、ここは思案のしどころだろう」

「他人事のようだ」

「所属が違えば他人事だ。わたしには関係ない。どのみち、わたしの考えを伝えたところで無視されるのがおちだ」

「進化情報戦略研の情報は軽んじられているんだな」

「いや」と神里はソファに腰を下ろしながら、言う。「そもそもが、日本の権力中枢が抱えている諜報戦や、それで得た情報の処理に対する構造的欠陥のせいだ。昔からそうだったが、改善されてない。かつて日本が米国に占領されたとき、占領軍司令官は、日本人の精神年齢は十二歳だと言ったそうだが、ある面では、当たっている。いったん思い込んだら、それが間違いだという証拠があるのに、否定する。人間だれしもそういう傾向はあるんだが、それを正すことができるのが成熟した知性だろう」

「具体的に、どうすればいいと思っているんだ。あなたの声が反映されないのは、なぜなんだ、と訊けばいいのかな」

「中央に集まってくる各情報を分析してその価値を判断するという作業を、専門家がやらずに、直接、指揮を執る中央に上げてしまうことだ。言い換えれば、情報の編集をプロがやらずに、情報を得た者が勝手に自分の都合のいいように取捨選択してしまうことだ。そもそも――」

「あなたの不満はよくわかった」と真嶋は制して、「あなたならどうする」と訊く。「この現場の現況に対して、軍はどう動くのがいいと思う」

「わたしなら部隊や軍の自壊を食い止めるのを最優先するが、まさに情報伝達の欠陥のため軍中枢や官邸にいる連中にはなにが起きているのかわからないだろうと思う」

「あなたはこの自爆の意味というか、どう分析する？」

「とうぜん、事態はまた新局面に入ったと判断する。敵は人類の暴力装置を排除することを考えているように思われる」

「それはいいわね」と竹村咲都が言った。

「はい？」と神里は顔を竹村に向ける。「なにがです」

「暴力装置の自爆、自壊、自滅よ」

竹村咲都はグラスを二つ持って真嶋に近づきそれを渡すと、自分はまた酒瓶の棚に戻って自分のグラスを手にした。真嶋はとなりの神里に一つを渡す。

「暴力装置を潰すのに別の暴力装置でもってしても駄目」と竹村咲都が言う。「また同じことになるだけだから。自滅させるのがいちばんいい。あなた、いいことを言うわね」

「それはどうも」と、神里は真嶋から受け取ったグラスを口元に寄せ、香りを嗅ぐ。「光栄です。これはウオッカベースですか。オレンジピールの香りと――」一口含み、「ライムの味。氷がほしいところだ」

「そうね」

「これはカミカゼかな」

「ええ、いちおう、そうね。でもキュラソーは入れてない。甘いのは嫌いなので。オレンジの香りだけつけてる」

「ほう。ぬるいのが難点だが、うまい」

真嶋は一口飲んで、後悔する。カミカゼという名のカクテルらしいが、どこがうまいのかわからない。そもそもいま酒を飲む気にはなれない。

「刑事でも軍関係者でもないのね」と竹村咲都は口からグラスを離して、言った。「その機関銃は私物なの？　裏社会の人間とか？」

神里のわき、ソファに置かれた短機関銃のことだろう。

「わたしの好みのカクテルは、ドライマティーニでして」

「あら、そうなの」

「冗談です」と神里は真顔で言い、わきの短機関銃を目でさして、「これはいちおう官給品です」と説明した。

「ブリキ細工と言われた量産品ですが、軽くて信頼性も高い。機関銃というより、ピストル、マシンピストルです。こういう閉鎖環境の接近戦で身を守るにはこれがいいということで、米軍が貸してくれた」

「あなた、何者なの」

「進化情報戦略研の神里久と申します」

「聞いたことがない機関だけど、たぶん、ふだん表にはでない仕事をしているところなんでしょうね」

「ご理解いただけたようで助かります。説明するとなると、それだけで日が暮れるでしょうから」

「ドライマティーニが冗談って、なんだろうと思って、思い出したの。あなた、殺しのライセンスを持っているのね」

「戦時中の兵士が持っているように、そういう意味では、はい」

なんの話をしているのか真嶋にはよく理解できなかったが、口を出さずに聞き役にまわることにする。

「わたしの娘がなにをしたと思っているの」と竹村有羽の母親が神里に訊く。

「ここの住民ほか、大量の犠牲者を出すことになった無差別大量殺人事件、大規模テロと言うほうがいいでしょう、その首謀者ではないかという嫌疑がかけられています」

有羽の母親は洋酒棚を背にして立ったまま、グラスをゆっくりと傾ける。目は神里から離さない。

「無差別大量殺人事件の主犯、か。もしそうなら、娘はわたしを超えてるわね」

「どういう意味でしょう」と神里は首を傾げる。「あなたもだれかを殺したというのですか」

「わたしはこのローダーをつけて、元夫を最上階から投げ落として殺したの。いつ警察が逮捕に来るかと、待ってた」

「そういうことなら」と真嶋はウオッカのカクテルは床に置いて、口を挟んでいる。「いつまで待っていても無駄です。警察も簡単には入ってこれないでしょうから。あなたは捕まらないために、ここに立てこもっていたのではないのですか？　そもそも、これだけ大量の犠牲者が出ています。あなたがほんとに殺人を犯したのかどうか、それを証明するのは難しいでしょうから、黙っていればわからない、そうは思われなかったのですか」

「自首してもよかったのだけれどね」と竹村咲都は言った。「わたしは殺したかった男を殺して、それで満足だったから。でも、捕まってもいいけど、その他大勢といっしょに殺されるのはいや。なのに、生きてここから出るのが難しくなったのよ。ここで警察に逮捕されるなら、そのときは安全に出られるということでしょう。それを待っていたということよ。わたしはいかに元夫を憎んでいたか、そしてあいつを殺せてどんなにせいせいしているか、それを世間に知らしめることができる」

「そういうことでしたか」と真嶋はうなずいて、ショルダーバッグからノートとペンを出してメモを取る。「興味深いお話です。実は、あなたの犯行を目撃した人がいまして、うちに連絡してきたんです」

「あら、そうなの」

「自己紹介が遅れました、わたしは神里さんに同行して現場取材をしている、東信毎日文化部の記者、真嶋兼利です」

「文化部の記者？」

「事件があった夜、娘さんに会いました。有羽さんに」

「どういうことなの」

あの夜の出来事を竹村咲都に話す。ゲートアイランドに渡りたいなら入れてやろうか、自分はパスを持っていると有羽が声をかけてきたこと。地下鉄で来たのだが、動力甲冑が出現したので逃げたこと。神里に拉致されたが有羽だけ逃げ出したこと。

「有羽はわたしが呼び出したのよ」話を聞き終えて竹村咲都が口を開いた。「ここに来なさいって。それだけでどうしてテロリストにされるの。無差別大量殺人の首謀者ですって？　なにを言ってるの、あなたたち」

「嫌疑をかけているのは警察です」と神里が応じた。「わたしはあなたの娘、竹村有羽を犯罪の容疑者として追っているわけではありません。この事態の真相を把握している、キーパーソンだと思っています。一時、確保したのですが、真嶋記者がさきほど言ったように、逃げられた。その後警視庁の捜査で発見したものの、確保しようとしてまたも失敗した。有羽は報復として警視庁襲撃指令を出したため、庁内の職員の多くが犠牲になった」

そう言って、神里はカミカゼをちびりとやった。

「襲撃指令って、なによ」と竹村咲都は不愉快そうに言った。「あの子にそんなことができると、本気で思ってるわけ？　あの鈍くさい子が、報復だの指令だの、笑わせないで。

できるはずがないわ」

「あなたは笑ってはいない」と神里は本性を現したような低い威圧的な声で言った。「あなたの娘は、鈍くさい子どもなどではない。彼女は自身の怒りを自覚していないだけだ。有羽をそうしたのは、母親のあなただ。あなたはそれを知っている。だから、笑っていない。娘ならやりかねないと思っている」

竹村咲都は無言。

「有羽の行き先はここ、この家です」と神里は声をやわらげる。「ここしかない。有羽はここに来ましたか」

「……いいえ」

神里はうなずいた。そして、「信じますよ」と言った。「あなたがここを出ないのは、娘さんが来るのを待っているからでしょう」

竹村咲都はふうと息を吐いた。それから空になったグラスを新たなウオッカのカクテルで満たして、神里に向き直り、言った。

「いったい、この騒動はなんなの。軍と警察の縄張り争いとかクーデターとかではないでしょう。なにが起きているの」

「全体像はいまだ、わかりません」と神里。「しかし、わかっていることはお話しできます」

真嶋はこの場のやり取りを黙ってノートにつけることに専念する。

「わたしの金融資産が綺麗に消えたことと、暴走した暴力装置とは関係があるの？」

「あります。どちらも〈地球の意思〉と名乗る敵が仕掛けたことです。その力はいまだ衰えていません。ネットを通じて操作したのだと思われますが、スタンドアロンの電子機器も影響を受けていることがわかってきました。その面の原因究明はすすんでいません」

「ローダーを着けた軍や警察の連中が無差別に住民を殺していることと、わたしが元夫を殺したこととは、関係があるのかしら？」

「そのへんはよくわかっていませんが、無関係ではないと思われます。双方の事件を結びつけているのが、あなたの娘、竹村有羽だとわたしは考えています」

マネーの消失もローダーの暴走も、ここゲートアイランド内に限定された事件ではなく全世界的な地球規模の負のイベントであるということを、神里は説明した。

「そういうことになると」と竹村咲都は飲んでもなお平静な口調で言った。「有羽がその首謀者だとなれば、わたしの娘は、全人類の敵、なわけね」

「そう」神里はうなずく。「有羽自身が自分の敵は全人類だと意識して行動しているとすれば、そうなります」

「娘は、わたしを殺したいのよ。そうだと思う」

こんどは神里が間を取って、グラスを傾けた。ほとんど残っていない。

「おかわり、あげましょうか」

「いえ、けっこうです」と神里。「おかげで落ち着きました。しかしこれ以上やると、わたしが自爆してしまう」

竹村咲都は笑い声をあげた。真嶋は思わず顔をあげる。屈託のない、明るい笑顔だった。自分の娘の深刻な立場を意識しつつ、心から笑えるというのはどういうことか。真嶋には理解できない。

「あなたは」神里はつられたように笑顔を浮かべて、言った。「自爆したいんですね」

「どういう意味かしら」

「あなたは有羽をここで待っている。あなたは、有羽は母親である自分を殺したいのだと言いつつ、逃げようともせず、笑っている。ようするにあなたは、自分の娘に殺されるためにここにいるのだ。つまり、自爆。そういうことです」

「わたしと娘の関係を詳しく調べたようね」笑みを消して、竹村咲都は言った。「わたしの気分をよく理解していること。感心する。そう、マネーゲームはご破算にされてしまったし、わたしの人生の最期のゲームは、娘に殺されることよ。殺したいやつは殺したし、残りの人生、服役する退屈さには耐えられそうにないし、死刑なんて、殺したやつに復讐されるみたいでいやだし、いちばんわくわくするのが、有羽に殺されること、よ」

「対決すること、だろう」と神里は独り言のように言う。「虐待の総仕上げとして娘を殺したいと思っているのかもしれない。人間、そうそう変われるものではないからな」

「それはちがうわ」

「ちがいますか?」

「わたしは自分の生を自分でコントロールしたいのよ。自分が死ぬのも自分の勝手にしたい。社会的に無理やり生かされるなんて、まっぴらだわ」

「……生権力の否定、批判、か」

二人のやり取りを書き取りながら、この母親はすこし変だ、異常だ、と真嶋は思う。虐待してきたという、過去の娘への仕打ちや、神里の言う生権力を批判するといった思想的な考えに対してではなく、生きている人間がいるとは思えないこのような環境で平然としていられることが、奇妙で、不思議で、異常な気がする。

「まさに自爆することで権力に対抗する、と。なるほど」神里は納得したらしい。「よくわかりました」

娘の有羽に殺されることだけを支えにして生きている、そういうことだろうと真嶋は思う。最期の願いを実行中ということで、つまり自分の感じた異常さというのは、この女は見た目は健康そのものにもかかわらずいま死につつあるところなのだ、ということだろう。

「いま起きていることって」と竹村咲都は言った。「人類全員がそろって自爆、自滅しようとしている、そういうことじゃないの?」

真嶋はまた顔を上げて、竹村咲都の表情をうかがう。この指摘はなかなか鋭いと思う。神里が説明した内容をよく理解すればこそ、だろう。酔っぱらいの戯《ざ》れ言《ごと》ではない。その顔はまったく素面《しらふ》そのもので、アルコールの影響を感じることは真嶋にはできなかった。

「〈地球の意思〉の書き込みは」と竹村咲都は続けた。「わたしも読んだわ。無差別同族殺戮を開始する、というやつ。有羽は関係ないでしょう」

「あなたもご覧になっていたのなら」と神里が応じた。「話が早いのですが、わたしは、あなたが無事でいられるのは有羽の思惑だと思っています」

「説明して」

「ローダーを着けた人間が無差別に同族を、つまり人間を、殺害し始めたのですが、暴力装置のローダーやスーツだけでなく、介護用などの民生用も叛乱を起こしたのです」

「そうなの。それで？」

「あなたの、いま着けているそれも、わたしや真嶋記者を狙って動いても不思議ではない、ということです」

「あなたはわたしに殺してほしいの？」

「あなたの意思に関係なく、そのローダーは人間を見たら殺害のために動いているはずで、いまのその状態は、いま起きていることからすれば、異常だ、ということです」

「そういうことか。異常な動きをしないことこそ異常で、それは有羽の思惑だ、有羽がこのローダーが勝手に動くのを止めている、と」

「そうです」

「有羽じゃないわ」と竹村咲都は言った。「このローダーは、ローダーを着けた相手を殺すべく、動いている。わたしが見た〈地球の意思〉の書き込みに、そうあった。このローダーによる〈対同族殺戮を開始する〉というやつ。有羽は関係ないでしょう。実際、このローダーの持ち主は、動力甲冑と戦って勝ったんだから」

真嶋はそう聞いて、口を挟まずにはいられない。

「呉はどこです。彼は助かったんですね？」

「あなたは――」と竹村咲都は真嶋に視線を向ける。驚いた表情だ。「どうして、大麻良くんを知ってるの？」

「知っているもなにも、ぼくは、彼が介護の仕事のために、ここ、お宅に伺っているとき、何度も電話を入れてます」

「そういえば、記者からの電話がどうとか、大麻良くんは言ってたような覚えがある。あなただったの。奇遇ね」

「娘さんと出会ったのが、奇遇といえば奇遇ですが、それより、呉大麻良は無事ですか」

「最上階のパニックルームで休んでる。休ませないと、このローダーを貸してもらえないので。律儀な人よね」

「ぼくには、一癖も二癖もある男に思えましたが、そうですか。生きていたか。それはよかった」

「あなたのそのローダーは」と神里がまた口を開いたので、真嶋は記述に戻る。「〈地球の意思〉によりそうした特殊な設定がなされているわけですが、そうしたのは持ち主の呉大麻良という男だと、あなたは思っているわけですね」

「そうよ。それ以外に考えられないでしょう」

「有羽が〈地球の意思〉にそうするように頼んだのだ、というのが、わたしの考えです」

「根拠は？」

「有羽は、オーエルという眷属《けんぞく》を従えている。ふだんは黒いヒューマノイド型のロボットだが、ゼリー状の不定形にもなれる正体不明の物体だ。物体Xとわれわれは呼んでいますが、有羽はオーエルと言っている」

「なに、それ」と竹村咲都は微笑む。「眷属って、まるで有羽が地球を救うヒロインかなにかみたいじゃないの」

「そうです」と神里は生真面目にうなずいた。「まさにそうなんですよ、竹村さん。あなたの娘、竹村有羽は、この災厄を引き起こすきっかけを作った人間であると同時に救いの女神でもある、われわれにとって、まさに最後の希望である可能性がある、そう思っています」

「それがどうして根拠になるの。有羽がこのローダーを特殊な状態にしたという根拠が、眷属がいるからって――」

「有羽は、その眷属を使ってダイレクトに〈地球の意思〉とコンタクトできるようです。わたしは、有羽の無意識の願望がそのまま〈地球の意思〉に通じているのだろうと思っています。そうだとすれば、有羽にそれを意識させて、事態をコントロールさせることができる。わたしの行動目的は、有羽を見つけて、彼女から真相を聞き出すことです。有羽は真相を自覚していないかもしれない、とも思っていますが、ともかくも彼女を見つけ出すのが先決です」

竹村咲都は神里から目をそらしてウオッカのグラスを傾ける。なにか考えているようだった。

「言い忘れましたが」と神里が声をかけた。「〈地球の意思〉というのは、人間ではないと思われます」

「え？」

「聴いておられなかったようですね。〈地球の意思〉という敵は、人類ではなさそうです」

「なんなの」

「ネット上に出現した人工人格、一言で説明するなら意識を持った人工知能なんですが、そういうものではないかと予想されました。でも、そうではない。ネットを超えて広がる、なにか、です。おそらくは、文字どおり地球の意思としか言えない、地球上の生き物の集合的な意識による、人類排撃の意思、ではないかと思われます」

すると竹村咲都はなにか吹っ切れたという態度で、神里に言った。

「〈地球の意思〉というのが、いまあなたが言ったようなものだとしたら、人間の意識を含めて常にバックグラウンドで働いている力なわけね」

「そうなります」

「それって、願えば叶うという、神さまみたいね」

「……神さま、ですか」と神里は戸惑ったように、「どこからそんな考えが出てくるんですか」と言う。

「オーバーロードよ」と竹村咲都は、はっきりと、そう言う。「あれは神ね。有羽は、神になったんだと思う」

神里はなにか言おうとしてやめ、竹村を見つめたまま、黙考した。真嶋は、いまの竹村の発言はどこかおかしいと感じる。なにがどうおかしいのか、それがわかったのは、神里が口を開いてからだった。

「わたしはさきほど、オーエルという眷属がいるとは言いましたが、オーバーロードとは言わなかったと思いますが……」と言って、言いよどんだ。

「わたしはオーバーロードを生んだ、マリアになったわけよ。神の母。すごいと思わない？」

そう言って、竹村咲都は笑った。その笑い声は先ほどとは違って、愉快というより、投げやりな狂気を感じさせるものだ。どうにでもなれ、という。まるで、急に酔いが回ったかのようだ。

「有羽は」と神里は気を取り戻して、言う。「オーエルを通じて、オーバーロードという存在にコンタクトできる、つまり彼女は〈地球の意思〉のことを、オーバーロードと言っているようです。あなたが言っているオーバーロードというのは一般的な意味ではなく、有羽が言うところの、それでしょう」

「そうね」竹村咲都はウオッカをあおって乱れた心を鎮めた。「そうだと思う」

「会ってますね、有羽に。有羽はどこです」

「夢の中よ」

「もうすこし詳しくお願いします」

「あれは……夜だった。有羽が来たの。でも夢よ。有羽が来たのは昼だったから。明るかった。わたしには、自分が夢を見ているという自覚があった」

「明晰夢《めいせきむ》というやつだな」と真嶋。

「口を出すな」と神里。「——それで？　話をしたんですね」

「有羽はキッチンのほうに行き、冷蔵庫から水のボトルを出してラッパ飲みをしようとするので、グラスを使えとたしなめた」

「それから？」

「呼び出したのに、ちっともこなかった、遅かったじゃないと叱ると、有羽はびっくりしたような顔をして、無事だったのね、と言った」

「どんな話をしました？」

「いろいろ。有羽のボーイフレンドのこととか。有羽は、母親であるわたしのような生き方はしたくないと言った。お金なしでどう生きていくというのか。甘いことを言う子なのよ。わたしは、自分の全資産をあげると言った。本気だった。すると娘は、いらない、みんなママにあげると言った。全資産。いくらあると思っているのか娘はまるでわかってないと思ったとき、わたしは、今回の件で、資産のほとんどを失ったのを思い出した。マネーは蒸発してしまった。わたしのゲームは終わった、それを思い知った。娘のせいで。その顔を見ていればまた自分がなにをするかわからない。もう、つかれた。そこで目が覚めたの。周囲は暗くて、夜だとわかった」

「オーバーロードとかオーエルの話は有羽はしなかったんですか」

「言ってなかったと思うけど」と竹村咲都は、素面の態度に戻って、言った。「でも、わかるのよ。有羽は眷属を従える、オーバーロードだって。どうしてかわからないけど、感じるの。信じられる？」

「信じます」と神里はさらりと同意し、「そのローダーを調べさせてもらえませんか」と言った。「〈地球の意思〉の設定がどのような仕組みでそこに反映されるのか、それがわかれば――」

「おことわりよ」

「協力してもらえないんですか」

「国民の義務だとでも言いたいわけ？」

神里はその挑発は受け流し、「有羽はいま、どこだと思いますか。オーバーロードになった、という具体的な意味が、あなたにわかりますか？」と訊く。「居所を、感じ取れるんですよね？」

すると竹村咲都はグラスを見ることなく手近な棚に置いて、言った。

「出ていって」

「教えてもらえないんですか」

「ここには有羽はいない。わかったでしょう。用は済んだはず。出ていって」

「なにを隠しているんです？」

「隠すものなんか、なにもないわ」

「もう一杯いただいても？」

「もう、ゲームオーバーよ」

神里は深く息をついて、考えをまとめているようだった。こんな状況なのに、余裕を持って考えることを楽しんでいるかのようだ。

「もうすこし、有羽という娘さんのことを聞かせてもらえませんか」と神里は粘り強く言った。「生い立ちとか。どのようなお子さんでしたか。生まれながらにして、なにか違和感があったとか、それで虐待を――」

「出ていけ、と言ってるの。居座るつもりなら、力ずくで追い出すだけだけど。不法侵入として強制的に退去させるだけ。文句は言えないわよね」

「あなたは暴力を嫌っているようなのに、力ずくで従わせようとするんですね」

「男の原理がわかった気がする。このローダーのおかげで。単純なのよね。力こそ正義、よ。だれが言ったんだっけ。女ではないのはたしかでしょう。法律も取り決めも条約も、この単純な正義を抑え込むために作られている。男たちはみなそれを暗黙のうちに了解しているのね。わたしはこのパワーローダーで正義を実現してみて、皆よくぞ法律やらを作っておとなしく従っていられるものだ、なぜなんだという、長年のもやもやが解消された気分だわ。力は正義よ。それが実感できた。法律はそれを制限するためにある。みんなが全力で正義を発揮しだしたら共倒れになるからよ、そうでしょう？」

神里はうなずく。真嶋もペンを走らせながら、これは自分には思いつかない視点だなと思う。正義を制限するために法律がある、とはな。

「ここは」と神里は言った。「法律で解決する、ということにしましょう」

「どうするというの？」

「法的には不法侵入ではありません。あなたがこの家に入ることを許可した」

「主人のわたしが出て行けと言っても出ていかないのは、どうなるの？」

「いっしょに出ましょう」

「意味がわからないけど」

「竹村咲都、あなたを元夫殺害の犯人として緊急逮捕します」

「あなたは刑事じゃないんでしょう」

「特別司法警察員として逮捕権が与えられている、公務員です」

そうだったのかと真嶋は思い、しかしほんとうのところは怪しいものだと思い直す。有羽を拉致したやり方は、逮捕権を行使したとは言えないだろう。裁判所に逮捕状を請求したとは思えないから。

「いやだと言ったら？」と竹村咲都は警戒の表情を浮かべて言った。「どうするつもりなの」

「現在作戦行動中の陸軍特殊展開部隊に応援要請して、ここに来てもらいます」

「ほら、そちらも力ずくじゃない」

「竹村有羽はどこです」

「知らない」

「わかりました。真嶋くん、出よう」

そう言うと、神里は短機関銃を手に取り、立ち上がって、バックパックを左肩にかけた。

「お邪魔しました」

「どこへ行くつもりなの」

「そのローダーの持ち主から話を聞くことにします。たしか最上階でしたね」

真嶋もノートをバッグに戻して、ソファから腰を上げる。呉大麻良に会って話を聞きたいのは自分も同じだ。

「行っては駄目。行かないで」

意外なことに、竹村咲都は弱気な声になって、そう懇願した。わけがわからない。神里も同様だろう、首を傾げている。

「わたしの負けよ」

「意味がわかりませんが？」と神里。

「呉大麻良くんは亡くなっていると思うの。このローダーを取り返されたくなかったので、わたしが殺した」

「……マジですか」と真嶋は驚く。「そんなことで、殺しますか」

「返したくなかったのよ。このパワーを失いたくなかった」

「元夫を殺害した動機には志の高さが感じられますが」と神里は冷静だった。「ローダーほしさに殺害したとなれば、強盗殺人です。同じ人間のやることとは思えない。すごく違和感がある。あなたはほんとうのことを言ってませんね。さきほどから、なにを隠しているんです？　重大な、なにかに気づいたようですが、教えてもらえないでしょうか」

竹村咲都は答えない。

「遺体はどこです」と真嶋は訊いた。「地上へ投げ捨てたとか？」

「ちがうと思う」

「思うって、ふざけてるんですか」と真嶋は呆れるよりも、さきほども感じたこの女の異常な雰囲気、それからくる不気味さ、怖さ、を覚えた。「それとも、記憶があいまいだとか？」

「……そう、そうなの。よく覚えていない」

「いっしょに行くというのはどうです」と神里は提案した。「思い出せるかもしれませんよ」

「わたしは、行かない」と首をはっきりと横に振る。「ここを離れるわけにはいかないわ。有羽が来るかもしれないから」

すると神里は、優しい表情になって、「それはだいじょうぶだと思います」と言う。真嶋は、そんな言葉で説得できるはずがないと思うが、竹村咲都は意外なことに、うなずいた。

「そうね。そうかもしれない」

「あなたは、呉大麻良という人間を殺してはいないとわたしは思います」と神里は言う。

「もし亡くなっているとしたら、それは事故でしょう。あなたには殺意などないはずだ」

「思い出した……パニックルームに閉じ込めたんだった。それをすっかり忘れてた。わたしはここで有羽を待っていた、待っていたのよ、ずっと。二人きりで会いたかったの、大麻良くんに邪魔されたくなかった。でも、悪気で閉じ込めたわけじゃないのよ、ほんとに忘れてしまって――もう駄目、水も食料もない。彼は死んでしまった」

「だいじょうぶ、まだ間に合う。どこなのか、案内してもらえますか」

竹村咲都は洋酒の棚からふらりと離れた。それから、無言で歩き出した。

階段室に入ると、来た階段をこんどは上に向かう。先を行く竹村咲都に、神里は声をかける。

「呉大麻良という人の安否が確認されたら、いっしょにこのアイランドを出ませんか」

答えは返ってこない。当然だろう、ここを離れる気はなさそうだから。

「娘さんは、あなたがどこにいようと、見つけ出せると思いますよ。なにしろオーバーロードですから」

なるほどそうか、と真嶋は気がついた。さきほど竹村咲都があの部屋から出ることに同意したのは、彼女自身もそう思ったからなのだろう。

だが、それでも上を行く竹村咲都から返事は戻ってこなかった。

「あと二時間ほどで米軍ヘリがわれわれを回収しに戻ってきます。あなたを保護することができます。さきほど、わたしには逮捕権があると言ったのは、うそです。わたしには、あなたを逮捕することはできません。それに、わたしはあなたを警察に渡すつもりもない。ですが、保護することはできます」

「真相究明のため、わたしを利用するのね」

応答が上から降るように響く。

「そう思われるのは仕方ないと思います。あなたはわたしの立場をよく理解されているので、無理もない。ですが、信じてください、あなたの安らぎのために、です。あなたはもう、十分に頑張ったでしょう」

こんどは返事はなかった。足音だけが規則正しく聞こえるだけだ。

「どういうことなんだ」と真嶋は神里に真意を質そうとした。が、神里もまた口をつぐんで、もうなにも言わなかった。

最上階が何階になるのか、真嶋はそれを意識していなかったことに気づいた。階の数字は60を超えている。と、上から緊迫した声がして、真嶋は緊張して足を止める。

「出たわ。逃げて。ゾンビよ」

扉が開く音。

「わたしが食い止める。来ては駄目。逃げなさい、早く」

扉が激しく閉まる音。真嶋はとっさに身体の向きを変えて、降りようとする。

だが、神里に襟を摑まれ、逃げるのを止められた。

「なにをするんだ」

「早く」と神里。「追うぞ」

「なんで、危ないだろう。せっかく――」

神里は真嶋を放して一人、上に急ぐ。真嶋は一瞬、迷った。が、毒を食らわば皿までだと腹をくくって、追う。

分厚い金属の扉の数字は66だ。これが最上階か。神里が、扉の平面に綺麗に収まるドアレバーを引き出して回すが、びくともしない。身体をぶつけても駄目だった。

「変形している」と神里。「彼女がやったんだ。人力で開けるのは無理だ」

神里は扉を叩く。

「竹村さん、竹村咲都、開けなさい」

応答はない。

「わたしはあなたを助けたい。信じてください、利用するなんてことはしない」

神里は扉を叩き続ける。真嶋は異様な気配を感じて、声をかけられない。

神里は一分ほども叩いていただろうか、やがて諦めたように、扉から身を引いた。顔は少し青ざめている。真嶋は神里に声をかけず、扉に耳をよせ、そして耳を着けて、向こうの音を探るが、なにも聞こえない。静まりかえっていた。耳を離して、神里に言う。

「もしかして、あれは、彼女の芝居か。逃げたのか、一人で」

「逃げる?」

そう言って、神里は笑った。寂しい笑顔だと真嶋は感じた。

「まさか、彼女――」

「竹村咲都は、死んでいる」そう神里は言った。

「自殺か。でも、どうして」

自殺するようには見えなかった。自爆するという考えは持っていて、それは真嶋にも理解できないではない。それはようするに無理やり生かされるのではなく、生を自分のものとして権力から取り戻す、という意味だろう。

「自殺する理由がない」と真嶋は言う。「彼女は、有羽に殺されたいと思っていたんだろう。それは自殺とはちがう」

「もう死んでいるんだ」と神里。「自殺じゃない」

「間に合うかもしれない。なんとかしてこいつを開いて――」

「言い方がまずかったな」と神里は真嶋に目を向けて言う。「彼女は、死んでいたんだ」

「……なんだって? どういう意味だ」

「文字どおりだ。わたしときみの相手をしていた彼女は、もう生きていなかったんだ。動く死体だ。腐ってはいなかったが」

「まさか。そんなことがあるもんか。だって、ちゃんとしゃべって、筋道立てて考えて、ちゃんと受け答えしていたじゃないか」

「ローダーと、それから、オーバーロードの力のおかげだろう」

「でも、死体だったなんていうのは信じられん」

「完全には死んでいなかったのかもしれない」と神里は扉から離れる。全身から力が抜けたとでもいうような動きで。「死というのは複雑で時間をかけた過程だろうからな。だが、不可逆過程だ。いったんその過程に入ったら後戻りはできない。彼女はそういう状態にあったんだ」

「でも、なんで――」

と言って、真嶋は、神里がなぜ、保護すると言ったのかがわかった気がした。

「一人では死なせたくなかった」と神里。「あまりに寂しいじゃないか。死んでなお娘が来るのを待っていたなんて」

「……感傷か」

「権力の行使かな。生権力だ。無理やり生かす。死んでなお、そこから情報を引き出そうとする。彼女は、それをあくまでも、拒否したんだ。すごい意志を持った人だ」

「あなたは、彼女のその意志に敬意を抱いたんだな。彼女のそういう思惑に気づいたんだ」

「彼女も気づいたんだよ。自分がすでに死んでいる、ということに」

真嶋は扉を叩いてみる。どういう気持ちだっただろう。そして、気づく。

「だとすると、彼女はすでにゾンビということになる」

「それでも」と神里は言った。「人を襲ったりはしない」

「そういうことではなく、ゾンビであることをきらって、まさしく自殺するかもしれない」

「いや、それはない」と神里。「あくまでも、娘を待つ死体として生き続けるだろう。竹村咲都は、その姿をだれにも見られたくなかったんだ」

「娘以外には」

神里はうなずいた。そして、言った。

「竹村咲都をあのようにして生かし続けているのは、咲都が言うところのオーバーロード、娘の竹村有羽だよ。母親の咲都はそれを悟り、その意思を受け入れたんだ」

真嶋はそれを想像してみて、死ぬより辛《つら》い選択だと思い、神里が咲都に払った敬意を理解した。

19

ガシリという音を聞いた。呉大麻良は振り返る。そして、信じられないものを見た。

頭部のない骸骨体が膝を少し曲げた姿勢でそこにいた。骸骨なのはいい、パワーローダーの骨格が骸骨に見えるのは不思議ではない。しかしそれが単体で、自律して歩いてくるとなれば、べつだ。このローダーにはそのような自律歩行機能は付いていない。

呉は一目でそのローダーが自分のものだとわかった。型番はＰＬＤ３１４１、民生用の普及品だが力はあり、介護現場では広く使われているモデルだ。

自分の道具を見まがうはずがない。脚部や腕部についた擦り傷やはげた塗装なども目印になっている。近寄れば自分の体臭も嗅げるだろう。

その自分のローダーが歩いて室内に入ってきて、目の前を通り過ぎ、パニックルームをのぞき込む姿勢を取った。

これは竹村咲都の動きだ。

呉は直感する。この自分をパニックルームから出すべく戻ってきたのだ。こちらを見捨てて出ていくような人ではなかった。信じたとおりの、姐《あね》さんだ。

しかし、その咲都の姿が見えない。

まるで透明人間になったかのようだ。見えないが、絶対にいるはずだった。このタイプのローダーが単独で動けるはずがない。人間がローダーを支えなくては動けないはずなのだ。

本来は逆なのにおかしな考えだと呉は思う、ローダーのほうが人体を支えてその筋力を倍増させている、それが現実だろうに。いったいなにが起きているのだろう。竹村咲都に？

なにか起きているのは自分だ。呉はそれを思い起こす。自分の視覚はヒトのものではないのだ、たぶん。オークというロボットのような機械の中にいま自分はいるようなのだ。〈それはＯＡＫ《オーク》。われらが対人戦略機械。竹村有羽が起動した〉と、そう〈地球の意思〉は自分に伝えてきた。あれは言葉ではない、だが、わかる、という不思議な感覚。無意識には知っていた、という感じに近かった。

対人戦略機械というこれは、ヒトが作ったものではない。呉にはわかる。〈地球の意思〉というあれは、文字どおりの意味の存在らしい、そう悟っている。

オークの目には咲都の姿は見えないということか。ヒトは見えない、ということなのかもしれない。

いま自分に有羽が見えているのは、つまり、有羽はふつうのヒトではないからだろう。そもそもオークは有羽によって起動されたというのだから、いわば有羽の道具だ。道具にとって、その主人である有羽の姿が見えているのは当然だろう。

竹村咲都の姿は相変わらず見えない。咲都が着ているにちがいない呉のローダーはパニックルームから身を引いて、倒れているその扉に手をかけた。壁の一部のようなそれはまさに金庫室の扉に匹敵する重量感があるのだが、ローダーを着けた見えない竹村咲都はそれを軽軽と起こした。

竹村さん、おれはここにいます——呉はそう呼びかけていた。

だが声は届かないようでローダーの動きに変化はない。自分がオークと一体化しているからだろう。見えない咲都は起こした扉を立てて、外れた位置に戻そうとしているようだ。「有羽」と呉は呼びかける相手を変える。「見えないのか。お袋さんだ。竹村咲都さんだよ」

「敵でしょう。なにを言ってるの」

「おれをこのオークから出してくれ。分離してくれ、と言えばいいのか。このオークというのが新型ローダーなら、こいつの脱ぎ方を教えてくれ。早く」

「アンミツ」と有羽はベランダ側を振り向く。「敵って、だれのことなの、高さん」

〈首都防衛軍を中心とした急襲部隊だ〉と、アンミツと呼ばれた猫が言う。〈官邸が動かしている。有羽が狙われている。やつらは、有羽を排除すれば世界は元に戻ると判断したんだ。進化情報戦略研が情報を提供しているようだ〉

「その敵って、いまどこ」

〈接近中〉そうアンミツという猫は機械的に答えてから、有羽を諭す口調になった。〈有羽、自分の身は自分で守るんだ。他人に頼るな。クロミツを使え。それはおまえのものだ。おまえが、着るんだよ、有羽〉

　呉は、アンミツという猫が有羽とどういう関係なのか知らなかった。この猫がしゃべっているのは、人がそうさせているからだ。その人の声が猫を介して伝わっている。高さんという、有羽の知り合いだろう、信頼している相手に違いない。

「有羽」と呉は早口で言う。「高さんというその人の言うとおりだ。この黒いパワードスーツはきみのものだ。おれをここから出してくれ」

自分はオークという存在と一体のようだが、いまこうしてそれを着ているような形になっているのは、まさに高さんという人が言うように有羽がこのおれを戦闘機械にして戦わせようと考えたからだろう、無意識のうちにかどうかは知らないが。有羽というこの子は母親から虐待されているうちに、どういう事態に対しても受動的になってしまっているのかもしれない。たぶんそうなのだろう、責めるような、責められるような、ことではない。だが、いまの自分にとっては、否応《いやおう》なくこれを着せられている状況には耐えられない。

呉は有羽を責めたい気分だが、それをこらえて、できるだけ冷静を装って言う。

「目を覚ませ、有羽。お袋さんがここにいる。おれをここから出してくれ。きみならできる。おれが元の身体を取り戻せば、そうすれば、おれは咲都さんと話すことができる」

たぶん、そうだろう。本来の身体感覚を取り戻せるに違いない。いずれにしても、ともかくにも、オークという謎のこのスーツにすっぽりと包み込まれているこの状態から早く解放されたい。

見えない竹村咲都のほうを見やると、呉のローダーは、持ち上げた扉でパニックルーム入口の穴をふさごうとするように近づいている。

呉は思わずそちらに手を伸ばして、「竹村さん」と叫ぶ。「咲都さん、姐さん、おれはここです」

いきなり周囲が暗くなった。まさに闇が落ちるという感覚だ。黒い幕がさっと降りてきたような。目が見えなくなったと、呉は心理的な恐慌に陥りかけた。網膜が剝離したかのようだ。

しかし腕にずしりとした重みを感じた瞬間、まったく突然に、自分は生きていると実感した。恐ろしく重い負荷が腕を通じて全身にかかるのを感じる。これは正常な身体感覚だ。このままでは押しつぶされる——その感覚が心理的なパニックを消し飛ばし、肉体的な恐怖が呉に活を入れた。

暗いが視力は失われていない。いま、扉がこちらに向かって閉じられようとしている。ここはパニックルームの内部だ。もう一度閉じ込められようとしている。

「おれです、呉大麻良です、まだ生きてます、出してください」

腕にかかる荷重がふと軽くなった。暗闇もすっと薄くなる。扉が向こう側へ小さくなっていき、わきに放り投げられた。

ローダーを着けた竹村咲都が立っていた。肩で息をしている。額にかかる髪は汗で濡れているようだ。白いタンクトップ姿で、勇ましい歴戦の女兵士という雰囲気だった。しばし驚きの表情を浮かべていたが、呉が、「戻ってきてくれたんですね」と呼びかけると破顔一笑した。

「大麻良くん、よく頑張ったわね。もう間に合わないかと思ってた。ああ、よかった」

「信じてましたよ、竹村さんがおれを見捨てるはずがないって」

「だれも来なかったのね」

「はい」と呉。「敵も助けも、だれも、来なかった」

あなたの娘さんも、だ。

そういうことだろうと呉は思う。パニックルームの外、広広とした室内には有羽もオークもいない。そして見やるベランダにもアンミツと呼ばれた猫はいなかった。

20

有羽には、オークの中にいる呉の言っていることがわからなかった。自分の母親がここ、義父の家に入ってきて、そこ、この家のパニックルームの前にいると、オークが腕を上げて指し示しても、有羽には見えなかった。

アンミツがベランダの手すりから降りて、こちらに走ってきた。

〈有羽、敵が来る。そのクロミツを着けろ〉

「でも、中に呉さんがいるわ」

〈追い出せ〉

「呉さん」と有羽はオークに呼びかける。「あなたにママが見えるなら、そっちに行って、ママを捕まえてて」

返事はない。が、オークの身体に変化が起きた。上半身を折って四つん這いになったかと思うと、小さくなっていく。黒いのはそのままだが、つややかな金属光沢を帯び、まるで黒い鏡のような表面になった。形はどう見ても猫だ。中に呉が入れるはずがない大きさと形。それがひらりと有羽の肩に飛び乗ってきた。ほとんど重さを感じない。

〈いいぞ、有羽。その調子だ〉

突然、ベランダのほうから爆音が聞こえてくる。バフバフという空気の振動も伝わってきた。なんだろうと有羽は思って、ベランダに出てみる。

〈なにをしている、引っ込め〉

大型の輸送ヘリらしき尾部が見えた。そのほかに、左右からベランダと同じ高さを接近してくる小さなヘリが五、六機。

〈逃げろ、有羽。攻撃ヘリだ。撃ってくるぞ〉

有羽は悲鳴を上げて頭を下げ、ベランダに伏せた。アンミツの警告と同時に、一機の攻撃ヘリが発砲している。ベランダの手すりはコンクリートの壁になっていて、それが有羽を護ったが、ひびが入って、貫通する。這うようにして、室内に避難する。パニックルームは使えないだろう、そちらを見やる。扉は倒れたままだ。呉大麻良の姿も、竹村咲都の姿もない。そもそもパニックルームに隠れてやり過ごせる相手ではない。

〈いまのは威嚇だ。兵隊が来るぞ〉

威嚇がこれか。

〈敵は、目標の死体を確認する必要があるんだ。爆撃はしない。人の手で殺害する作戦を

とっている〉

振り返ると細身の攻撃ヘリが三機、間隔を取って同高度をホバリングし、こちらを向いている。真ん中の一機がまた発砲した。凄まじい連射だ。室内の壁が飛び散り、小麦粉を空中に撒《ま》いたように煙る。

頭を抱えて伏せていた有羽は顔をあげてベランダ側を見やる。屋上からだろう、何本ものロープが垂れ下がっていた。上から兵士が来る。銃撃が止んだのは威嚇は終わり次の段階に入ったからだ。

〈屋内からも来るぞ、有羽。気をつけろ〉

有羽は立ち上がり、ベランダへと降りてくる兵士たちを待つ。十本以上のロープが緊張してピンと張ると、そのときはもう兵士たちの全身像を視認できる。

〈なにをしている、有羽〉

有羽の肩のオークが反応した。口を開いてシャアという威嚇の声を上げる。黒曜石の猫の彫像のようなそれは目や口の中のディテールはない。だが、有羽は、その上下の牙の鋭さや、その間にねっとりとした唾液の糸が張られているのを感じ取ることができた。

次の瞬間、三機の攻撃ヘリが同時に射撃を開始した。

ベランダから入り込もうとしていた複数の兵士たち、十名はいただろう、そのすべてが、瞬時に肉片になって四散した。ベランダが赤く染まり、有羽の顔にも返り血が飛んだ。

攻撃ヘリの操縦士たちの驚愕《きょうがく》の様子が有羽には見て取れた。そのヘリの乗員らの驚きは恐怖に変わる。左右の二機が内部から閃光《せんこう》を発したかと思うとオレンジ色の火球を膨らませて爆散する。その破片のローターなどが中央のヘリも破壊した。回転しながら落下していく。有羽の視野に、いなくなった攻撃ヘリの高さに、白線が左右に伸びているのが入ってきた。風で形を崩していく、ミサイルの航跡雲らしい。

〈有羽、なにをした〉

「なにも」と有羽は答える。「なにもしていない」

〈いったい、なにが起きているんだ〉

「同族同士で殺し合っているだけよ」

有羽は怒りも恐怖も感じていない。なんだろうこの気分は。そうだ、と有羽は意識する、これは悲しみだ。かわいい野鼠が自分の手のひらの上で死んでいくのを見ているような。愛おしい生命なのに、自分にはどうすることもできない、そんな気分だ。

『竹村有羽』

アンミツがしゃべる高さんとはべつの声が聞こえてきた。そちらに顔を向けると、義父の居間の空間、まだすこし白煙でくもっている空中に、ホログラム映像のような光景が出現している。どこかのコンピュータオペレート室のようだ。コンソールがいくつも並んでいる。いちばん前に、二人の男が立って、こちらを見ていた。彼らが見ているのはこの部屋の正面にある大スクリーンではないかと有羽には見当がついた。

『わたしは神里久、ここ進化情報戦略研の主任だ。こちらは、真嶋記者』

『有羽、お袋さんには会えたか』

「ああ、おじさんか。捕まったままなんだ」

一緒にここに来てもらおうと誘った新聞記者だ。でも二人とも拉致された。拉致した男が、いま真嶋記者の隣に立っていて、呼びかけてきたのはそちらのほうで、主任だという。どうやらそこのリーダーらしい。

「神里さんって、あなただったのか。わたしを殺害目標にしているのは、あなたなのね」

『ちがう。反対だ。きみを殺害するのは狂気の沙汰だ。きみはいま、きみ自身が、オーバーロードの立場になっている。わかるか。一種の神だよ。きみの意思は、神の意思に等しい』

「わたしはそんな偉くないよ」

『偉いかどうかは関係ない。きみは〈地球の意思〉の力を代行しているんだ。具体的には、人間が占有していた電子ネットの威力を、すべての生き物に開放した。電磁気や光のエネルギーのコントロールが可能だ。マイクロ波をピンポイントで照射することもできる。この状態を止めさせるには、全世界の発電機能を停止、放棄するしかないだろう。放棄せずとも、人類が滅びればいずれほっといてもそうなるだろうが』

『それより先に』と真嶋記者が言った。『発電するための燃料を買う金がない。資源の奪い合いで戦争をしたくてもその資金もない。人類絶滅をまえにして、この異変は収束すると思う。神里さん流に言えば、神の怒りは治まる。そのかわり、暴動やら混乱やらで大変なことになるだろうけど。もうそうなっているんだが、まだみんなは、なにが起きているのか、わかっていないんだ。この先、無政府状態になって文明は崩壊するかもしれない。おそらくそれが神の意思だ』

『地球の、意思』と神里は訂正した。『どっちにしても、正体不明の力だ。それを有羽、きみが代理して行使している』

「だから、わたしを殺すの？」

神を、殺す。いまわたしを狙っている者たちは、そういうつもりなのかと有羽は他人事のように思う。

『きみを殺害しても、謎の力が威力を失うわけではない。われわれ進化情報戦略研はそう分析していて、国際先進情報対策機関も同じ意見だ』

『世の中、知らない機構や機関だらけだ。ここにいると勉強になるよ』と真嶋記者。『わざわざインドから機関員を招聘してた。この神里さんの交友の広さにはびっくりさせられるよ。さすが情報機関の人間だと――』

『官邸は、実力行使を推し進めている。国民から無能呼ばわりされたくないからだ。いまや国や利権など無意味だし価値を失っているというのが、既得権益者たちにはわかっていない』

『わかっても、だからこそ、わかりたくないんだよ。どうしようもない』

「わたしに、どうしろと言うの？」

自分が狙われているということが、有羽にはどうしても実感できない。本来なら、この相手に向かって、なんとか自分を助けてくれ、と言うべきところだろうに。そう思いつつ、有羽は問うていた、この自分になにを望むのかと。すると神里という男は即答した。

『姿を消してくれないか』

自分を拉致しようとした男だ。悪人だと有羽は思う。だが、その言葉の真剣さは伝わってくる。この騒動をなんとしてでも鎮めたいという思いに偽りはなさそうだった。神里の隣にいる真嶋記者も、いまは仲間になっているらしいが、取りこまれているようには見えない。記者の仕事をしているといった風だ。演技をさせられているわけではないだろう。

「わたしに死ねというの」

『そうじゃない』

神里は落ち着いた声で言う。

『一時的に姿を隠してもらいたいんだ。きみを見つけることができるから、官邸も、その他の組織も、きみを狙う。殺さずとも、なんとかきみを確保しようとするだろう。それはおそらく不可能だ』

「どういうこと。不可能って？　生かして捕まえることはできない、ってこと？」

『いや。きみがショックを受けるかもしれないと思って曖昧な言い方をしたんだが、はっきり言えば、いまのきみは、実体を持たないとわたしは思っている』

「意味がわからない」

『いまのきみは、オークというロボットと同化していると思う。きみの身体感覚は、おそらくは、仮想だ』

「よくわからない」

『わからなくてもいい。きみ自身は困っていないようだから、きみにはどうでもいいことだ。だが、きみが姿を見せているかぎり、きみを追跡し、殺害、確保しようとするそういう行動の過程で、多数の犠牲者が出る。きみの意図とは関係なく、そうなる。お願いだ。姿を隠してくれ。それがわれわれ進化情報戦略研が出した結論だ。これしか手がない』

「アンミツ、どう思う?」

有羽は空中に浮かぶホロ映像のような場面から目をそらし、足元からこちらを見上げている猫に訊いた。

〈有羽、それはいい手かもしれん〉

猫が高北宏基の声で、そう言った。

「高さん。高さんは、いま、どこ」

〈工場《こうば》だよ。てんこもいる。アンミツをなでている〉

『高北さんは』とまた神里が声をかけてきた。『きみとなんらかの通信手段を持っているとわれわれは予想し、探索していた。こうしていまきみと連絡できているのは、高北さんのおかげだ。警視庁が高北さんを逮捕監禁しようとするところを、われわれがやめさせたんだ』

『それは本当だよ』と真嶋記者が言った。『ぼくはこの事件を進化情報戦略研の立場から取材している。他の記者たちも活動しているだろうから、あとでそれらを集めて、どういう対処がよかったのか検証することになるだろうけど、ぼくはここの判断が正しいと思っている。贔屓目《ひいきめ》の分、割り引いたとしても、高北さんの逮捕を神里さんが阻止したのは正解だった。きみとこうして、画面越しにでも、会えたんだから』

ベランダの外、屋上からだろう、風に乗って多くの人間があげる悲鳴が聞こえてくる。有羽はそちらを見やる。室内が薄暗くなったかと思うと、巨大なヘリの胴体が視界をよぎり、落ちていった。人も、多数。屋上の一部が破壊されたのだろう、ばらばらと破片も降っている。

〈兵員輸送ヘリの二機が、攻撃ヘリに撃墜された。二機の攻撃ヘリの体当たりだ。屋上の兵士たちは全滅。しかし、すでに屋内に侵入した部隊がいる。気をつけろ、有羽〉

「でも、どうやって」と有羽は画面に向き直る。「わたしに消えろというの。姿を隠すって、どういうことよ」

『お母さんに会ってくれ』と神里は意外なことを言った。『それできみは、心おきなく姿を隠すことができる。竹村咲都さんも、きみを待っている。彼女がきみを手放したくないので、きみは人間界とまだ繋がっているんだ』

「意味がわからないんだけど」

『ぼくらは、きみのお母さんに会ったよ』と真嶋記者が言った。『ぼくらもきみのお母さんと一緒にきみを待とうとしたんだけど、断られた。二人だけで会いたいんだ』

「ママなら、母なら、ここにさっき、来たみたいだけど」

『なに？』と神里。

『ほんとに？』と真嶋記者。

「呉さんが、そう言ったんだけど、わたしには見えなかった」

『呉大麻良だね』と真嶋記者が勢い込んで訊いてくる。『彼は無事なんだ』

「ええ、いまはいないけど。たぶん、母と一緒だと思う」

『呉大麻良は、その家のパニックルームに閉じ込められていたようだ』と神里が言う。

『竹村さんがやったらしい。彼女は呉さんを助けに、そこに行ったんだろう。でも、きみには見えなかったのか』

「呉さんが言ったのは、ほんとだったんだ」

と、玄関のほうから爆発音。

〈来るぞ〉とアンミツ。〈閃光弾を使ってくる、目を守るんだ〉

有羽は意味がわからない。大勢の足音が押しよせてくるのが聞こえる。それが、ザッと一鳴りして途絶え、その勢いを引き継いだかのようになにか飛んでくる。手榴弾？いきなりそれらが発光した。パンパンパンと、四つ、五つ。花火のようだ、なに、これと有羽は戸惑う。これだけ？

空中に出ていたホロ映像が消えていた。アンミツもいなくなっている。

なにが投げ込まれたのか知らないが、これはたしかに敵の襲撃に違いない。

立ち尽くしているところに、全身黒ずくめの兵士が入ってきた。左右に分かれて重なりを解いたので、数が見て取れる。右に四人、左に三人、七名だ。ヘルメットを被り黒いバイザを下ろしているので顔は見えない。だがロボットではないのは有羽にもわかる。身長はほぼ同じで体形も肥《ふと》った者はいないが、肉付きや姿勢が少しずつ異なっている。呼吸も感じ取れる。心拍も。みなそれぞれ個性がある。ローダーは着けていない。手にはライフル、戦争用、つまり対人用だと有羽は見て、そう思う。それを構えて入ってきたのだが、有羽を見ると全員が息をのんだ。さきほどの閃光弾とかいうやつでこちらは、なにか被害を受けなくてはいけなかったらしいと有羽は悟る。平然としているとは思っていなかったのだろう。

右の一人、七名の真ん中の人間が左手を挙げて、有羽に言う。

「竹村有羽か」

「そうだけど」

左手がさっと下ろされる。その動きはすごくゆっくりに見えた。有羽は、手を下ろしつつあるその隊長らしき者が持つ銃も含めて、左右の六人が構えるその銃の一部に、赤い十字形の光がマーキングされているのに気がついた。レーザーポインタのようだ。どこから出ているのか。左肩に載っているオークの目のあたりからだ。

無数の爆竹に火が点いたような破裂音が響き渡って時間の進み方が元に戻る。全員が銃を放り出していた。持てなくなったのだ。弾倉の実包が爆発したようだと有羽にもわかった。左右の六人が床にくずおれて、うめく。ヘルメットバイザが割れている者もいたし、腰から出血している者もいた。腰に巻いた予備弾ベルトの実包もすべて爆発したのだろう。

「なにをした」

真ん中の隊長だけが、立っていた。右手を負傷していた。黒い手袋の、指がない。なくなっている。激痛を感じているはずだが、そこを左手で押さえつつ、サバイバルナイフを傷ついた右手も使って、構えている。

「なにもしてない」と有羽。「自爆でしょう。頼むから、危ないものは使わないで。自分が傷つくだけなのに、どうしてわからないの」

「爆発物をみな誘爆させるなんて、どうやったんだ」

屋外の遠くから、ここと同じことが起きていることがわかる小爆発音が連続して聞こえてくる。ビルの谷間にこだまして、増幅されているかのようだ。重低音もしている。戦車がいれば、きっと中の弾薬も爆発したのだろうなと、有羽は想像して、気分が悪くなる。

「もう、やめて」と叫ぶ。「同族同士で殺し合って、なにが文明よ」

隊長は無言だ。ナイフを構えて有羽に突進する。素早い動きだった。とっさにかわすが、有羽は尻餅をついている。

「やめて、死なないで」

「なにを言っている?」

殺さないで、ではないのか。有羽に襲いかかろうとしている戦闘のプロは、たじろいだようだ。激痛に堪えられなくなったのかもしれない。ナイフを落とす。有羽がそれに手を伸ばすと、男のプロ意識を刺激したらしく、先に取られてしまう。ナイフが振りかぶられた。

有羽は目を閉じない。殺されるのだと思う。実感がまるでなかったが。そう、殺されるのは自分ではなく、この男だ、と有羽は感じている。それを自分にはどうにもできない。

ベランダから激しい羽音がして、嵐のように無数の黒と白の羽が吹き込んできた。羽ではない、鳥だ。いろいろな種類の鳥、多いのは大きな鴉たち。

〈食べてもいいか〉と鳥たちがいった。〈われらが母よ〉

こんどは、隊長が悲鳴を上げた。部下たちはすでにつつかれ、ついばまれ、食われ始めている。もう死んでいる隊員もいた。生きながら食われるよりもそのほうがましだろうと、有羽は激情をこらえて、鳥たちにいった。

「わたしが教えてしまったんだね。ヒトは、食べられるんだって。もう、隠しておけないみたい」

〈感謝する。母よ〉

その大鴉はベランダの壊れかけた手すりにとまって、有羽にいった。

〈これからも我らを導き給《たま》え〉

どうやら自分はヒトの神ではなく、これら野生動物たちの守り神らしいと有羽は気づいた。もっとも、この気づきはこれが最初というわけでもないのだが。あらためて、そういうことなのだと得心がいったというか。

そう有羽は思った。

この事実を神里や真嶋、それになんといっても高北夫妻に伝えたかった。自分が姿を隠せば、もう夫妻には会えないだろうし。

だがアンミツは出てこなかったし、ホロ映像も現れなかった。

ポケットでスマホが震動しているのに気づく。てんこさんか、と有羽は予想して、素早く取り出して画面を見る。

嬉しい相手ではなかった。実母が電話してきた。

「はい、有羽です」

声が強ばるのを、どうにもできない。

「わかりました、すぐ行きます」

この現場に自分は立ち会っているべきだろうと思ったが、母親の呼び出しを後回しにする勇気は有羽にはなかった。それに、そもそも自分は母親に会うためにここに来たのではないか。言いたいことを言ってやるために。

呉さんが母親を見つけてくれたのだろう。あのひとには感謝しなくてはならない。そう思う。だが、実際に母親に会える状況にいると思うと、おそろしく気が重い。正直なところ、自分は母親が怖い。それを有羽は自覚しつつ、それでも足を動かす。

血なまぐさい義父の居間をあとにして玄関から廊下に出ると、階段室に向かった。その扉は変形して開かない。すると肩に載っていたオークが形をくずし、有羽の身体を包んだ。自分はオークに護られていると有羽は感じた。オークがついているから母親に会ってもだいじょうぶだ。

階段室の扉はあっけなく開いた。

21

自分はきっと、意識だけが有羽のいる仮想世界にリンクされていたのだろう。死にかけた身体そのものはずっとここにあって、息も絶え絶えに、死にかけていたのだ。

力が抜けて、呉大麻良はパニックルームから室内側へと倒れ込み、四つん這いになった。

竹村咲都が近づいてきて、立ち上がろうとする呉に手を貸してくれる。

「許してちょうだい、すっかり忘れちゃってて。わたし――」

「いいんです」と呉は近くのソファに腰を下ろして言う。「竹村さんが戻ってきてくれると信じてました。あなたはたとえ死んでも戻ってきてくれる、俠気《おとこぎ》のある人だ」

「男気《おとこぎ》って、わたしは女なんだけど」

「仁俠《にんきょう》、仁義のことです。あなたは姐《あね》さんだ」

「姐さんか。いいわね。ありがとう。買い被られてると思うけど、あなたが生きててほんとによかった」

「あなたも無事で、よかったです。兵隊や機動隊は、もう引き上げたんですね」

「ゾンビになってるけど、増えてはいないみたい」

「助かった」

「たとえ死んでも戻ってきてくれる、か」

「はい？」

「雨月物語だったかにそんな話があったわねって、ふと思い出しただけ。約束を守るために幽霊となって戻る、という話、知ってる？」

「すみません、怪談は怖くて読めないんで」

「行きましょう。こんなところ、長居するところじゃないわ。長居させてしまったけれど。ほんとうに申し訳なかった。ごめんなさいね」

「娘さんに会いました」と腰を下ろしたまま呉は言う。「有羽さんに、ここで」

「いつ」

「つい、さきほどまで、ずっと一緒でした」

「パニックルームに閉じ込められていたんじゃないの？」

「この扉、咲都さんが来たとき、床に倒れていましたか？」

「いいえ。わたしがいま力ずくで外して、そこに倒したんじゃない。あなたが内側から押してくれたでしょう」

「やはり……そうか。あれは夢か。娘さんが扉を開いておれを出してくれたんじゃなかったのか」

「わたしもよ」

「え？」

「有羽が家に帰ってきて、話をする、という夢を見た」

「夢じゃないですよ。たぶん、娘さんの魂のようなものが咲都さんやおれの頭に入ってきたんだ」

「有羽は死んでるっていうの」

「死んでいるというのとはちがいます。ヒトを超えてるような感じだった。それを有羽自身は自覚していないんだ。なんど言っても、有羽にはよく伝わらなかった。有羽には、自分の力がわかっていないんだ」

「その言い方、あなたは本当に有羽に会ってたようね。信じるわ。家に戻って有羽の話を聞かせてちょうだい」

「わかりました」

呉は両手を支えにしてソファから尻を上げ、足に力を込めて、一歩前に踏み出す。歩こうとするがよろける。平衡感覚がおかしかった。身体が傾いている。脱水か。水を飲まないと死ぬ。衣服のほうは反対に汗と失禁した尿で濡れている。ひどい臭いだ。着替えたいが、たぶん竹村咲都の家には男物はないだろう。

そう言うと、咲都が、ではここで調達していけばいいと言ってくれた。

着替えのあるところは呉のほうがよく知っていた。黒いストライプの入った黄色いジャージと新しい下着の在処《ありか》を告げて、呉はシャワーを浴び、水を飲んだ。さきほども同じことをしたと思ったが、今回はえらく重労働をしている感覚だった。水を浴びつつ床に座り込んで休まなくてはならなかった。

黄色いジャージなどを咲都が見つけてくれていて、それを手にして待っていた。どうしてこの在処がわかったのか、といったことはなにも言わなかった。呉の、夢の中で一度経験済みなので、という事前の説明で納得しているのだろう。それはつまり、咲都のほうも超常的な経験をしているということだと呉は思う。

身体はさっぱりと清潔になったが疲労感は抜けなかった。竹村咲都は自分の家に向かう、つまりこの高層階を下ると言っているわけだが、エレベーターが動いていないのは呉にはつらい。階段を降りるのかと訊くと、いや、という。

「そちらは、わたしを捕まえようとしている人間がいるので」

「じゃあ、エレベーターシャフトを降りるしかないですね。ローダーをおれに着けてください。おれがあなたを背負って、シャフトから下へ降りましょう」

「その身体では自分を支えるのも無理よ。わたしが力を貸すから、しっかり摑まっていなさい」

エレベーターシャフトは使わなかった。竹村咲都は各戸のベランダ避難用ハッチを力任せに開けて、呉の手を取って先に下ろし、自分も続いた。二十回ほどそれを繰り返して、四十八階に着いたようだ。竹村咲都はそのベランダ階の居室へと、窓を破って侵入する。咲都の家ではない。見ればわかるが、それよりも各戸には特有の臭いがあって、いまの呉にはその嗅覚情報のほうが頼りになっている。ここではない、ここはまだ安心できない、そう鼻が嗅ぎ分けている。咲都は迷わずに玄関へ行き、そこから出る。すると呉にもなじみのある四十八階の廊下だ。人の気配はない。静まりかえっている。

竹村咲都の家の玄関ドアは破壊され、床に倒れていたはずだが、いまはどこにも見当らない。

竹村咲都は自分の家に入る前に、怖いかと呉に訊いた。

「なぜです？」と呉。「怖いはずがない。おれは、ここで、あいつに勝ったんだ」

軍のゴーレムに。いま思い返しても痛快だ。閃光弾を食らったあとの視力をほとんど奪われた状態で、なおかつ相手は戦闘用のパワードスーツだ。ほとんど勝ち目がなく、やられることを覚悟した生命のやりとりに、勝った。偶然だとか幸運だったとかは、関係ない。いま生きているという、それこそが勝利の証であり、戦利品だろう。閃光弾の後遺症か、いまだに視力は完全に回復していなくて、いつもより視野がクリアではなかった。だが見えるだけでもありがたかった。

「じゃあ、どうぞ」と咲都が言う。「靴のままで」

竹村咲都は先に居間へと入った。戦闘の場だ。破壊の跡はそのままだったが、破片その他は片付けられ掃除されていて、荒れた印象は薄められていた。

「帰ってきた気分です」と呉は言った。「自分の家でもないのに、失礼ですね、すみません」

「いいのよ。よく帰ってきてくれたと感謝してる。あなたのおかげで、有羽にも会えそうだし」

それは呉も感じる。近くにいるはずだ。近くだが、有羽がここにいる母親に会うためには身体が必要だろう。さきほどまで話していた有羽は、おそらく実体はないにちがいない。そのことに彼女自身が気づいていない。この自分が呼ばなくてはならないのかもしれない。どうやればコンタクトできるのか、わからないが。

「しかし」と呉は立ったまま言う。「有羽は狙われている。出てくれば危ない。あなたは、竹村さん、やつらの囮にされている」有羽をおびき寄せるための餌ですよ」

「わかってる」と竹村咲都は平然と言った。「進化情報戦略研のリーダー、神里という人がここに来て、有羽の居場所を聞き出そうとした。たぶん、まだそのへんにいると思う」

「そのローダーを返してください」呉は背を見せている竹村咲都に言う。「おれが、そいつを引きつけておきます」

するると咲都は壁から向き直って、「どちらの味方なの」と言った。

「どちらのって、当然、あなたの味方に決まってます。引きつけるだけでは駄目ですか」

竹村咲都の手にはグラス。琥珀色だ。なみなみと注がれているそれはウイスキーにちがいない。

「有羽の味方か、それともわたしか、ということよ」

「そういうことなら」と呉は即答する。「あなた方の味方です。有羽はあなたに言いたいことがあるそうだ。あなたはあなたで、娘に殺されたいとか言う」

「そうよ。わたしも娘も、互いにやりたいことは、だれにも邪魔されたくない。それで?」

「あなたと有羽の母娘関係はおれにはよくわからない。よくわからないが、世間は、というか、その進化情報戦略研とか、軍とか警察とか、政府官邸とかはみな、この世界恐慌はあなたと有羽の母娘関係が原因だと思っている」

「まさか」

「そう。まさか、です。馬鹿げてる。馬鹿な連中の味方など、だれがするもんか」

「政府官邸なんて言い方、あなたらしくないけど」と咲都はちびちびとウイスキーをやりながら言う。「どこでそんな情報を仕入れたの?」

「アンミツという猫が言ったんです。官邸が主導している急襲部隊が有羽を狙っている、と。あの猫は有羽の知り合いらしい。猫に見えたが、有羽が頼りにしている年長者だと思います」

「そうなの。有羽はあれで、自分の人脈を自分で作っているみたいね。もう子どもじゃないんだ」

「ローダーを外してください。おれが着けて、邪魔をするやつを排除します。機動隊の言い方だな、これは」

呉は笑ったが、竹村咲都は逆に表情を硬くした。呉は戸惑う。自分はなにか気に障るようなことを言っただろうかと。

「これはもうすこしのあいだ、貸しておいて。このまま着けておきたいので」

「まさか竹村さん」呉はおそるおそる、訊いていた。「それを使って娘さんを痛めつけたいとか？」

娘に殺されたいなどと言っているが、実はそうではなく、本音は、『殺したい』のではなかろうか。そのほうが自然な感情ではないかと呉は思いつくが、竹村咲都は、そうではない、と言った。

「そうなのかもしれなくて自分が怖いけど、このローダーを返すことができないのは、そんな話とは関係ない」

「じゃあ、どういうことです」

「これを脱いだら、わたし、動けなくなる」

「疲れているならなおのこと、脱いで休んでください。この場はおれが、そいつを着けて見張りますので、安心して寝ていてください。有羽が来たら起こします。敵が来たら、なんとしてでも護りますので――」

「駄目よ」

「おれは頼りになりませんか」

「そうじゃなくて」と竹村咲都はごくりとウイスキーをやって、ふうと息を吐き、そして、言った。「わたし、もう死んでいる」

「……はい？」

呉は耳を疑うが、しかし驚きの感情はわかなかった。どこか無意識のうちに自分もそう感じていたような気がした。

「いまのわたしは、このあなたのローダーに動かされている死体なのよ。まだ完全にはゾンビになってないけれど」

「なんてこった……」

「驚いた？」

「はい」と呉はうなずく。「あなたと有羽の確執がそこまですさまじいものだとは、驚きだ」

「わたしが冗談を言っていると思ってるのね」

「いいえ、咲都さん、姐さん、おれにはそんなセンスないし。冗談なんかじゃないって、わかるんですよ、有羽のせいだと。あなたを生かしているのは、あなたの娘さんだ。あなたに会うまで、絶対に死なせないつもりなんだ。あなたは強制的に生かされている」

「これもあの娘のわたしへの復讐なんでしょうね」

「いや」と呉は首を横に振る。「有羽は、あなたに話がしたいだけなんですよ。いまでもあなたを恐れている。自分の気持ちを直接話す、自分から言う、というのは、いまでも怖いんだと思う。ですが、勇気を振り絞って、母親のあなたに言いたいことを言うために、帰ってくる。それには、あなたに生きていてもらわないといけないんだが、それは意識していないんだな」

「どういうことよ」

「有羽は、〈地球の意思〉に利用されているんです。〈地球の意思〉というのはヒトじゃないです。おれはそいつに取り込まれたのでわかります」

「いまも？」

「解放されたようです。竹村さん、あなたが来てくれて、おれをあいつから解放してくれたんだ」

「有羽は、どうして離れないの」

「取り込まれているというのを自覚してないからでしょう。あるいは、〈地球の意思〉のほうで有羽を離さない。有羽はその意思を、ヒトにもわかる形で受け取る人間として選ばれたんでしょう。有羽自身は、自分をそうしているのはオーバーロードだと言っているようだが、実のところ、なにもわかっていない。自分に、死んだ母親を生かしたままの状態で待たせておく力があるなんてことは、ぜんぜん、意識していない」

「あの子らしいわ」

竹村咲都はふふんと鼻を鳴らして笑った。呉は背に冷たいものを感じた。咲都に残虐を好む血が流れている、それを見たような気がした。

「まだ間に合うと思います」と呉は力を込めて言う。「それを脱いで、いや、そのままでいい、救急医療センターに行きましょう。娘さんと対峙するのはそれからでも遅くない」

「死人が自分は死んでいると言うのはおかしいと自分でも思うけど、でも、わかるの。有羽がオーバーロードと呼んでいるその力を、わたしも感じるのよ。呉さん、大麻良くん、あなたも、わかるでしょう」

無言で呉はうなずく。咲都の症状は手遅れかもしれない、まだ生きているにしても。ローダーを着けた機動隊と戦って、腹部に打撃を受けた。内臓を損傷して失血している。内臓出血だ。その様子を自分のことのように感じ取れた。ただ痛みだけがない。不思議な感覚だった。

「あなたはいい人ね」と優しい表情になって咲都が言った。「あなたと、あなたのこのローダーのおかげで、これまでやりたくてもやれなかったことをすべてやれた。あとは、有羽を待つだけだわ」

ケリをつける。それまでは死ねない。ああ、そうか、と呉は思う。竹村咲都は生かされているのではない、自分で生きているのだ。これはやはり、すごいというか、すさまじい意志の力と言うべきだろう。その意志を実現しているのがオーバーロードだろう、咲都もオーバーロードという力を使えるのだ、そうに違いない。

「あなたが呼んでください。呼べるでしょう」

「どうやって」

呉は返答に詰まる。が、すぐに答えたい。確信を持って言っている、ということを疑われたくない。

「電話してみてください」

「なにを言ってるの。繋がらないわ」

「おれのスマホを返してください。そのローダーのウエストポーチに入ってる。おれが電話してみます。番号を転送してください」

竹村咲都は無言で腰元を探って、呉の言うポーチのファスナーからスマホを出した。それを自分で操る。咲都のスマホだと気づく。

「あら、有羽」

耳に当ててすぐ、咲都はそう言った。呉は内心驚いている。まさかと思ったが、やはりスマホで連絡できるのだ。たぶんそれは形式の問題に過ぎなくて、ずっと二人は繋がっていたに違いない。

「いまどこなの。――そう。ずっとそこにいたの？」

義父の、あの部屋だろう。呉が上を指さすと、咲都はうなずいて、続ける。

「わたし？　わたしは家にいたわよ。あなたが来るのを待っていた。――消えた？　わたしが？　――ああ、あれか。夢かと思った。財産をあげる話をしたわね。――ええ、そう。そうなの。呉さんから話を聞いたわ。わたしに話したいことがあるそうね。――いいわよ、いつでも。早くいらっしゃい。待ってるから。――そう、家よ。あなたの家。あまり時間がない。邪魔が入らないうちに、早く帰ってきなさい」

竹村咲都はスマホを離して通話を切る。

「すぐに来るでしょう。呉さん、あなたの言うとおりだった。感謝してる。望むならお礼に小切手を切るけど、無効でしょうね。紙くずにもならない」

「金は人を動かす手段としては最高でしょうが、感謝を伝える手としては最低だ」

「たしかにね」と竹村咲都はうなずく。「政治屋たちに聞かせてやりたいわ」

「マネーが無効化された世界になったようだから、政府官邸とやらも、もう国を簡単には操れないでしょう。国ってのは結局は人間の集まりですから、金で動かせた。それが駄目になる。ここ、ゲートアイランドも、もう特区の意味がない」

「もともと、意味なんかなかったのよ」

「でもあなたは大いに稼いだじゃないですか。特区の軽減税制も利用していたわけでしょう」

「税率は優遇されても絶対額は馬鹿にならなかったわね」

「あなたの金儲けは、結局は、権力者を潤すだけだったんだ。連中は、あなたの稼ぎをかすめ取っていたわけでしょう」

「所場代よ。寺銭。彼らはそれを得る。言ったと思うけど、わたしにとって金儲けは博打よ。ゲーム。ようするに暇つぶし。たぶん、みんな、そう。人生をつぶすのに忙しい。マネーゲームというのはそういうものよ。意味がないというのはそういうこと。マネーと人生は関係ない」

「勝てばなんでも買える。うらやましいかぎりです。それも無意味だというんですか」

「なんでも買えるから、欲しいものがなくなる。ショーウインドウに並んでいる商品は、自分がまだ手にしていないもの、買えないもの、買えなかったものの見本が陳列されているのだ、と言った人がいる。買いたいけれど稼ぎがないので買えない、だからこそ、購買意欲が喚起されるわけよ。買えないからこそ欲しくなる。いつでも買えると思えば、ショーウインドウの商品はもう自分のもの同然になる。自分のものが陳列されているわけで、格別欲しいとは思わなくなる」

「そういうものですか」

「そういうものよ。買い物が楽しくない。みんながそうなれば資本主義の終わり、でしょうね」

「貧乏人が必要というわけですね」

「市場を維持していくには、そうね。根本的に負け組を必要としている。あなたの言うとおりよ。みんなが勝つゲームはゲームとして成立しないんだから」

「主義とか市場とか、おれにはよくわかりませんが、資本主義って、ゲームなんですか」

「もちろん」と竹村咲都は当たり前のことを訊くなという口調で言った。「なんだと思ってたの」

「自分には関係ない難しい話だと思ってた」と言って、呉はため息をつく。「ゲームとはな。おれなんか、生きるのに精一杯だ」

「うらやましいわ」

竹村咲都はそう言った。皮肉や蔑《さげす》みといった悪意は感じられない。心の底からそう思っているというのが、呉にはわかった。

「わたしもあなたのように生きたかった」

「竹村さん、おれなんか――」と言いかけて呉は言い直す。「いや。お互い、相手をうらやんでも仕方がないです」

「人はみな、自分の人生を生きるしかない、か。あなたはわたしじゃないし、わたしはあなたじゃない。わたしが人生をやり直したとしても、結局は、こうなったと思う。うらやましいと思える相手に出会えたのは幸運だった。そう思えば、安心して死んでいられる」

うらやましいとはそういうことかと、改めて呉は竹村咲都の状態を思いやる。生きていることがうらやましい、咲都はそう言ったのだ、と。

それに対しては返す言葉を思いつけない呉だった。

竹村咲都の姿が、見上げるほど大きくなっていると感じる。呉は自分が意識せずに床にへたり込んでいたことに、いま気がついた。

「おれも一杯いただいていいですか」

全身に力を込めて、立ち上がり、呉はそう言った。すると咲都は手にしたグラスを背後の棚に置いて、そちらのソファで少し待ってなさいと言い、居間から出ていった。言われたようにソファに腰を落ち着けるまもなく咲都は戻ってきて、ペットボトルを手渡し、また酒瓶の並ぶ壁に戻って、グラスを取り上げた。

渡されたのは酒ではない。水だった。

「桃の香りの水、天然飲料水、ですか」

「いまわたしに付き合って酒盛りをしたら死ぬわよ。飲むならそれにしなさい。季節限定だとか」

「どうも、お気遣いいただいて。そうですね。強い酒をやりたい気分なんですが、おっしゃるとおりです」

「身体は大事にしないとね」

「ありがとうございます」

ペットボトルの口を開けようとするが、蓋が回らない。自分の体力が信じられないほど落ちているのを知って愕然とする。力を込めて開けようとした、そのときだった。

玄関に通じる廊下に黒い影が差した。呉の意識からペットボトルの存在が消える。反射的に立ち上がっていた。足下にペットボトルが転がる音を聞く。足でそれを蹴る。踏んでは危ないと身体が反応している。緊張で身体が震える。さきほどまでのへたり具合が嘘のようだ。身体に芯が入ったかのようにしゃきっとする。まるで内蔵のローダーが起動したみたいだと、相手の姿を視認して自分の状態をようやく意識する。危機的な状況に陥ったときの身体的な防衛反射だ。

黒いロボットが入ってきた。巨体にもかかわらず足音がほとんどしない。接地し床を蹴るその足の運びが素晴らしくスムーズだからだ。呉は侵入者の様子やその危険性、相手の力量などを、ほとんど無意識のうちに探っている。

オークに違いない。だが、中に有羽が入っていた。それがわかる。オークの外観は潜水服や宇宙服のように頭部が直接胴体の上に乗っているもので、頸《くび》はない。いまもそうだ。その頭部に有羽の顔が見えている。潜水服のヘルメット越しに見える顔のようだ。

だが、そいつが室内を見渡す、その動きを目で追うと、その有羽の顔はオークのその顔面部分の表面に貼り付いているのだとわかった。ようするに有羽の顔を二次元のお面にして、そこ、オークの顔に付けたかのようだった。もともとオークには目や鼻といったもの、いわゆる顔というものはないのだが。

これが三次元モデルなら、と呉は思う、有羽の顔のテクスチャを貼り付けたということだな、と。

しかしそのテクスチャは生きていた。

「ただいま、ママ」

オークの頭部に貼り付いている有羽の顔が口を動かしてそう言った。

「お帰り、有羽」

竹村咲都はゆっくりとグラスを置いて、オークと向かい合う。驚いてはいない。落ち着き払って娘と向かい合った。

「わたしになにか言いたいことがあるとか？」

するとオークはずいと前に出ながら、有羽の声で、ごめんなさい、と言った。

「ごめんなさい、ママ。遅くなってごめんなさい。怒らないで、お願いだから」

もう一歩、オークは前に出て竹村咲都との間を詰める。威嚇的な動きだ。咲都も腰を少し落として身構える。

「有羽」と咲都は声を上げる。「そんなものを着てくるなんて、どういうつもりなの。なにをする気？」

「わたしはママと話がしたいの。それだけ」

その声はかすかに震えていた。母親を前にして脅えているのだと呉は思う。だがその動きはそうではなかった。獲物を追い詰めようとしている猫科のハンターのようだ。咲都も相手の殺気を感じたのだろう、さっと後ずさる。

「ママはあのとき、どうして消えたの？　全財産をくれると言ったとき。わたしはそんなの、いらない。わたしが欲しいのはそんなものじゃないのに」

咲都が後退したのでオークはあらためて間を測る。膝をさらに曲げて体勢を低くし、すり足で右足、左足と動かし、咲都との距離を縮めていく。

「なにが欲しいの、有羽。言いなさい」

「ママは、人生は楽しむには長すぎるって言った」有羽の声は、勇気を振り絞って出している、といった風だ。「あれはどういう意味なの」

「意味って、なにが訊きたいの、有羽。なにを言っているのかママにはよくわからないけど。はっきり言いなさい」

「ごめんなさい、ごめんなさい、言ってほし、ほしかったの、わたしを愛しているって。ママの人生にはわたしがいたって、そう、言ってほしかった」

「あなたがいるから、あなたを呼んだんでしょう。わたしの全財産、全部、あなたにあげる。あなたを愛していなければ、そんなことはしない」

「ママはわたしのこと、憎んでる。わたしがとろいから」

「有羽、やめて」

と竹村咲都は叫んだが、逃げ切れない。オークは一気に飛びかかっていた。

「ごめんなさい、ママ」と有羽も叫んでいる。「だいじょうぶ?」

咲都はオークの巨体に突き飛ばされ、壁に激しくたたきつけられていた。反動で倒れそうになるところを、オークに両肩を摑まれる。

呉はとっさにオークの背後から近づき、背に飛びついて、咲都を摑むオークの両腕をなんとか引きはがそうとしたが、オークの肩のひと動きで振り落とされ床に転がった。激しい衝撃で息ができない。すごい音がした。その衝撃音は自分のではないことに気づく。呉の身を越えて竹村咲都が床に放り投げられていた。

「ママ、自分で自分を傷つけるのはやめて」

有羽が泣くような声で叫んでいる。叫びつつ、呉の身体を邪魔だとばかりに蹴飛ばして咲都に近づき、倒れているその首を摑んで引き起こした。そして息ができずに苦しむ咲都の顔をのぞき込むように、頭部を近づける。

「やめろ、放せ」

と呉は叫び、脇腹を押さえて、なんとか立ち上がる。ふらつく身体の、倒れそうになる勢いを借りて、オークの後ろからタックルする。

オークは倒れなかったが、咲都を放して身をよじった。呉は仰向けに床に落ちた。オークの黒い腕が伸びてくるのがわかる。身をひねって身体を転がして、なんとか逃れることに成功する。

「ママ、しっかりして」

と有羽が大声を上げている。しっかりして、と言いながら、咲都の右腕を摑んで、無造作に引き寄せ、そのまま振り投げた。竹村咲都の身体は宙を飛んだ。窓枠を壊して、ベランダに落ちる。

ローダーを着けていなければ肩関節がねじれて破壊されただろうと呉は思った。

「……わたしは、しっかりしてるわよ」

咲都はそう言い、手を伸ばしてベランダの枠を探り当てると、それを支点にして身を起こした。

「ママ、わたしはいつもママを不愉快にさせてた、ごめんなさい、うまくできなくてごめんなさい」

「謝るのはやめなさい」と竹村咲都は叫び、つばを吐いた。赤い。血だ。「うざい子ね。はっきり言いなさい。わたしが嫌いだと」

「ママ、ママ、どうしてそんなことを言うの。わたしはママが好きなのに」

そう言って、オークはふらりとベランダへと近づく。

「止まれ、有羽」と呉は叫ぶ。「姐さん、有羽を墜としては駄目だ」

一か八か、自分がやったことと同じようにオークをベランダから投げ落とすつもりだ。呉はそう思った。

「ママ、わたしを好きだと言って。愛してるって」

そう言いながらオークは竹村咲都に摑みかかった。咲都も両腕を出して、がっしりと食い止める。が、力の差は歴然としていた。咲都の腕がねじれる。悲鳴が上がる。有羽の悲鳴だ。

「ママ、ママの腕が折れちゃう。駄目、放して」

そう言いつつ、オークは竹村咲都を両腕ごと摑んで、室内側へと投げ飛ばした。そして、それを追う。

「ママ、しっかりして、助けるから、大好きだから」

そう言いながら駆け寄るオークは、倒れた咲都を助けにいくように見えるが、違う。オークは咲都を助けることはない。呉にはわかる。

このオークは有羽の言っていることと逆の動きをしている。それでも、これは、これも、有羽自身だ。有羽の、おそらくはいままで出せなかった意識の底の、母親に対する思い、抵抗、憎しみ、それらがそのままリアルな現実世界に噴き出し、実際の動きになっているのだ。

呉の予想どおりオークは倒れた咲都の横っ腹を蹴り飛ばした。咲都はうつぶせになってうめいた。

「ママ、ママ、わたし、駄目な子だけど、ママは大好き。だから起きて。お願いだから、死なないで」

オークはひざまずいて咲都の髪の毛を摑み、引き起こした。

「もうやめろ」呉は叫ぶ。「やめてくれ」

オークは竹村咲都の顔を床に打ちつける。

呉はスライディングしてオークを蹴り飛ばす。咲都の頭からその手を離させることには成功した。素早く咲都の肩を取り、オークの下から引き離す。抱えて、仰向けにする。鼻血を出していてひどい顔だった。が、その顔で竹村咲都は笑った。

「わたしが娘にしていたことが、わかった」

「もうやめてください、姐さん。もういい、もう十分だ」

「大麻良くん」と咲都はささやくような声で言う。「わたしと有羽の邪魔をしないで。あなたには関係ない」

「あります」と呉は抱えたまま叫ぶ。「おれのローダーを返してください。もう返すときです、咲都さん。外せばらくになれます」

「駄目よ、外さないで。有羽はまだ満足してない。わたしも。邪魔しないで」

これは地獄だ。地獄の苦しみというようなレトリックではなく、本物の地獄を自分は見ている。呉はそう思った。竹村咲都はすでに死んでいるはずだ。それでも動けるのはローダーを着けているからだろう。意識があるのもそれと連動してのことに違いない。だが咲都は、外すなと言う。

呉には耐えられない。この地獄を他人事として看過することが呉にはできなかった。床に尻を落として抱えている咲都を、呉から取り戻そうとオークが腕を伸ばしてくる。呉は咲都に覆い被さるようにして、オークの攻撃から護る。だが力が及ばない。呉は咲都から引き剝がされるように離される。咲都は胴体を持ち上げられ、壁にたたきつけられた。並んだ酒瓶が棚からすべて落ちて床に散乱した。その中心に咲都の身体が落ちる。

どうすれば救えるのか。この惨劇はどうすれば終わりにできるのだろう。呉は咲都に向かって這い寄りながら、考える。咲都の身からローダーを外すしかない、なんとしてでも。しかしオークに阻止されるだろう。力ではかなわない。

有羽に、自発的にやめさせるしかない。どうすればいいのか。言葉を使うしかない。しかしどう言えば通じるのだ、この娘には？

もう十分だろう、そう言っても駄目だ。この娘にしてもこの状態は地獄に違いない。自らやめるということが、できないのだろう。

「きみは本音を言ってない」呉は叫ぶ。「有羽、きみは母親を憎んでいる。大好きなんかじゃない。大嫌い、と言え。さっきママもそう言っただろう、嫌いだと言え」

「ママが好き。嫌いなわけない。憎んでもいない」

「自分を騙さなくても、だいじょうぶだ。本当のことを言えばらくになる。きみも、お袋さんも。憎んでもいいんだ。憎いと言ってくれ」

オークは竹村咲都の髪をまた摑んで、今度はそのまま立ち上がっていた。腕を身体から離し、咲都の身体を高く上げて、ぶら下げる。咲都の身体がゆるりと回り、顔が呉の方を向いた。目を見開き、苦悶《くもん》の表情を浮かべている。そのまま動いていき、その日はオークの顔のほうを向いた。

「憎い?」

オークの顔に貼り付いている有羽の顔が、そう言った。独り言だ。

「憎んでもいいの?」

「いいんだ」と呉は、大声で叫びたいのを抑えて、できるだけ平静を装って、有羽に言い聞かせる。「いいんだよ、有羽。人はだれでも、自分の心に正直になってもいい、権利がある。だれにも奪えない権利だ」

「憎んでもいいのよ……そう言ってくれた人がいる。てんこさん。とても優しいけど、わたしをママから引き離して一緒に暮らしたいから、そう言ったのかもしれないと疑ってた。実の母親を憎めって、ひどいじゃない」

「ちがうよ、ちがう。ひどい目に遭っているのはきみなんだ。その、てんこさんという人はきみに、独りでも生きられると、そう言ったんだ」

「ママ……」

まさに地獄の光景だ。有羽は自分でつり下げている母親の顔を見つめている。まぶたが腫れ、鼻がつぶれ、唇の端から血を滴らせている実母の顔を。

「わたしは、ずっとママを憎んでた」

竹村咲都はなにも言わない。言えないのだ。苦痛のあまり。

「わたしが憎いと言ったら、ママに放り出されて、独りになってしまう。施設でも、てんこさん、高さんのところでも、ここなら安全だと言われたけど、安心はできなかった。ママと切り離されてしまうとひとりぼっちになってしまうから」

「わたしは……」と咲都の口が開いた。「自分が嫌いだった。あなたを、自分の代わりに憎んだ。大嫌いよ、有羽。これがわたしの遺言、わたしがあなたに残す言葉。あなたは、わたしなのよ。わたしはずっと、そう言いたかった」

「ちがうわ」と有羽は叫んで、母親を放り出す。「わたしは、あなたじゃない。わたしは、わたし、有羽よ。わたしは、あなたが憎い。いつもいつも、憎んでた」

呉は倒れた竹村咲都に駆け寄ろうと足を踏み出す。駆けているつもりだが足が思うようには動いていない。時間がゆっくり流れているかのようだ。

オークは立ち尽くしている。動きがなかった。咲都を助けるために身をかがめながらオークのほうを窺う。

オークは形を崩し始めていた。黒い砂になって床に落ち、広がっていく。床一面、煤で真っ黒になったように見える。オークのいたそこに有羽が姿を現していた。ふつうの、少女だ。呉と目が合う。

「呉さん……」

「気が済んだか」と呉は咲都をまた抱え起こす。「姐さん、もう、らくになってもいいです。ローダーはもういらない」

「小切手帳を持ってきて」と咲都は言った。「超過料金を払うから」

「どのみち無効ですよ」

「わたしの気が済むから払わせて。いい仕事をしてくれたわ、あなた」

「全財産は娘さんにあげたんでしょう。いまの姐さんは無一文ですよ」

「そうだった」そう言って、咲都は悔しそうな表情をみせた。「わたしの父親の介護の件も、無効ね。もういいわ、あの人のことなんか、どうでもいい」

「いや、あれはもう、契約済みなんで。あなたのいまの気持ちとは関係ないです。やります」

「律儀なんだね、大麻良くん」

「知ってるでしょう」

「わたしはあなたが気に入ったわ。名前もいいし」

「おれをいじらないでください」

咲都は笑い、それからまじめな顔になって、「返すわ。ローダー」と言う。「壊れてたら、ごめん」

「心配には及びません。機械は直せます」

外しますよ、と言うと、竹村咲都は目を閉じて、うなずいた。呉はわきにひざまずいて、ローダー各部のハーネスを解き始める。

「気分はどうです」

「悪くない」

それが最期の言葉だった。そのあと話しかけても竹村咲都はもう声を出さなかった。腰のポーチ付きベルトも外して、咲都は解放される。

呉は咲都の背中と膝裏に腕を入れ、抱き上げる。疲労困憊《こんぱい》している呉だったが、それでも咲都の身は軽かった。こんな軽量だったのか、これで、あの『やっておしまい』の凄みが出せていたとは、信じられないくらいだ。

呉は寝室に行く。パニックルームのある部屋だ。その大きなベッドに咲都を横たえる。首筋に触れても脈は触れなかった。

表情は優しくなっていた。満足して死んでいるんだなと呉は思う。まあ身勝手な、まさに自分だけの人生を全うしたわけだと呉は思った。

「……呉さん」

いつのまにか有羽が後ろにいた。

「泣いてるの？」

まさか、と呉は言いたかったが、声に出たのは、「悪いか」だった。「おれにとってきみの母親は、こういう人だった」

「涙するに値する人間だ、と」

「そうだよ。きみとは関係ない。きみが泣こうが笑おうが、それも関係ない」

「いい仕事をしてくれたって、ママはあなたに言ってたね」

「ああ」

「ママを助けてくれて、ありがとう」

「きみは、言いたいことを言えたな。咲都さんもそれを待っていたんだろう」

「ママは、死んでたと思う」

「……知ってたのか」

「人生は楽しむには長すぎる、そう言った、あのとき、もうママは、わたしの母親は、この世にはいない、そう感じた。わたしは、母親を生き返らせたかったのかもしれない」

「そんなことは」呉はベッドから離れて、言った。「いまだから言えるんだ。きみはまだ子どもだな。良くも悪くも、若い。ガキだよ」

「悲しい振りをしたほうがいい？」

「なんて言いぐさだ――そうか、もうきみはだいじょうぶなんだな。たいした変わり様だ。

姐さんの血を受け継いでる」

「こんどは、母ではなく、わたしの手助けをしてくれるかな」

「自分で生きろ」

「わたしが嫌いなの？」

「ちがうよ。きみならできる、そういう意味だ」

居間に戻って、床に置かれたままの自分のローダーを点検する。パワーユニットは問題ない。腕や脚の長さを調節する。

ローダーを着けながら、呉は、黒かった床が元に戻っているのに気づいた。ドアの開いた寝室を見やると、有羽はまだそこにいた。少女の姿のままだ。オークは姿を消していた。だがいなくなったわけではないだろう。微粉末になって空気中を浮遊しているのかもしれない。


人の作った機械なら、その危険性を呉には予想できた。それはようするに、それを使う人の危うさを考えればいい、ということだ。が、オークは違う。ヒトではない、なにか未知の力によって作られた機械だ。高度に発達した人工知能の危険性とは全く異質の、ヒトには予想もつかない動きをするだろう。未知の相手の正体や実体がわからない限り、対処のしようがない。

このローダーでは勝てない、ということだ。もしこの自分のローダーにオークを上回るパワーがあったとしてもだ。負けないためには戦いを回避するしかないだろう。

惨劇の現場を見回し、呉は、床に散乱した酒瓶やその破片群の端っこに、咲都がくれたあのペットボトル、桃の香りのする水が奇跡のように立っているのを見つけた。取り上げてみると、床にこぼれた酒類の液体で濡れたりせず、きれいなままだった。蓋をひねるとそれは簡単に開いた。呉は口元にそれを持ってきて、ラッパ飲みをするなんてはしたない、という咲都の声を聞いたように思った。蓋を閉めて寝室を振り返る。もう亡くなっているが末期の水にこれを捧げようと思った。

有羽はまだ寝室にいた。背後から近づくと呉を見ることなく、「出て行って」と言った。

有羽は母親の身体をタオルで清め、着替えさせようとしているところだった。清拭《せいしき》の仕事は呉大麻良にはおなじみで慣れてはいたが、口出しは無用だろう。

ここ竹村家での自分の役割は終わったことを悟って、呉は咲都の最期のプレゼントになったペットボトルの水をウエストポーチに仕舞い、無言で寝室を出た。

∞

白い猫と、白に黒いまだらの猫が、そこにいた。

「あら、アンミツ。それから、景太ね。迎えに来てくれたの」

少女は母親の身を清めると綺麗なドレスを着せて、パニックルームに横たえた。墓室だ。ベッドでは、鴉たちに食べられかねない。パニックルームはその点、金庫室のように頑丈だし、もし母親が生き返ったとしても、その扉は内側からなら開けられるから心配ない。

そうして母親を葬って、長い階段を降り、マンションのエントランスホールから外に出たところで、二匹の猫が待っていた。

少女は腰を落として、白い猫を抱き上げる。ちんまりとした顔をしていて、軽い。

「景太くんでしょう。大麻良くんがかわいがってた。迷子になったのか。もうだいじょうぶ、お姉ちゃんが一緒だからね」

下ろすと、その猫は少女の右の靴で爪研ぎをした。あらあらと笑いながら、もう一匹を抱き上げる。

「アンミツ、どうしてここにいるの」と言ってから、ちがう猫だと気づいた。「模様が微妙にちがうね。ごめんね。きみ、まだ名前、ついてないのかな」

ああ、そうなんだと、少女は思った。景太は過去の猫で、このアンミツに間違えた猫は、まだ生まれていない未来の猫だ。いま自分がいるところは、〈現在〉ではないのだろう。あるいは、すべての現在、なのかも、と思う。

まあ、いつでも、かまわない。少女は歩き出す。海を見てみようと思う。ゲートアイランドを抜けて、浜に向かう。人の姿はまったくなかった。だが少女は寂しくはなかった。二匹の猫がついてきていたし。そもそも周り中、生き物だらけで、騒がしい。

「きみたち、うるさいよ」

空には鳥、地上には獣たち、細菌類だって、植物だって、ものすごい数だ。これでアフリカの自然公園なんぞに行ったら大変だろうなと少女は思う。

海は凪《な》いでいた。静かでいい。まあ、水の中の生き物は鳴き声をあげないからだろう。いや、けっこう鳴いているだろう、外まで聞こえてこないだけか。

これからのことはゆっくり考えようと少女は思う。人間たちが自分を探さなくなるまで、しばらくはこうして、猫をなでていよう。

しかし、そのときをどうすれば知ることができるだろう、ふと少女は不安になったが、すぐに思いついた。それは、あの真嶋記者が新聞記事で知らせてくるに違いない。彼は記事を書いてるんだから、と。

それから少女は、自分の母親はあれで幸せだったろうかと思いを巡らせた。憎しみは消えていたが、愛情はわいてこなかった。

いま自分は幸せかと自問して、とても、と口に出して言ってみた。すると、心も温かい幸福感に満たされるのを感じた。死んだ母親もこんな気分だったのだと思い、少女は、二度と母を思い出すことはなかった。

解説

佐々木敦

本書は、神林長平の新たなる代表作となるだろう「〈大災厄〉トリロジー」の幕開けを告げる傑作長篇『オーバーロードの街』の文庫版である。単行本は「小説トリッパー」に二〇一四年から二〇一六年にかけて連載されたのち、二〇一七年に刊行された。先に記しておくと、シリーズ第二作『レームダックの村』の単行本が二〇一九年に刊行されており、本稿執筆時点の二〇二一年三月、完結編（?）となる第三作『上書きされた世界』が連載中である。掲載媒体はいずれも「小説トリッパー」。つまりこの「三部作」は現在も進行中なのであって、いまだその全貌や結末は明らかにされていない。シリーズを通しての驚くべき展開もあるのだが、それは最後に予告編的に触れることにして、まずは本作の内容と魅力について述べてゆくことにしたい。

だがその前に、本作へと至る近年の神林作品をざっとおさらいしておこう。長年にわたり、神林長平は「戦闘妖精・雪風」と「敵は海賊」という二つのシリーズを書き継いできた。また、それらと並行して断続的に発表された「火星三部作（『あなたの魂に安らぎあれ』『帝王の殻』『膚《はだえ》の下』）」という重要な連作も存在している。更にそこに独立した長編や連作短編などが加わるわけだが、その旺盛な創造力は二〇一〇年代以降も静まるどころか、ますます極まっている。『ぼくらは都市を愛していた』（二〇一二年）、『だれの息子でもない』（二〇一四年）、『絞首台の黙示録』（二〇一五年）、『フォマルハウトの三つの燭台〈倭篇〉』（二〇一七年）、『先をゆくもの達』（二〇一九年）という単独長編のほか、短編集『いま集合的無意識を、』が二〇一二年に、『敵は海賊・海賊の敵』が二〇一三年に刊行されている。この過激なまでの豊饒さはどういうことだろう。この作家は明らかに今、今こそ絶頂期にあるのだ。

この異様ともいうべき猛烈なフィクション生産力のスターターは、『いま集合的無意識を、』の表題作にあったのではないかと筆者は推測している。そこでは作者自身を思わせるSF作家の「ぼく」が、Twitterによく似た〈さえずり〉と呼ばれるアプリを介して、夭折した後輩の作家「伊藤計劃」と仮想的な対論を交わし、「311地震」以後のSF作家の役割に思いを馳せる。言うまでもなく東日本大震災は虚構の制作と提供をなりわいとする小説家に不可逆的な変化を強いる出来事だったが，神林は何よりも「SF作家」として、それを真正面から引き受けてみせた。その結果が、この十年の多産多作ということなのだと思う。そしてそれは『オーバーロードの街』に始まる「〈大災厄〉トリロジー」も例外ではない。いや、この使命（！）にもっとも真摯に向き合ったのが、この連作なのだ。

まだこの時点では名前がない、ひとりの瀕死の少女が、よりにもよって〈地球の意思〉と名乗る正体不明の存在からスマホ経由でとつぜんコンタクトを受ける、謎めいたプロローグから物語は始まる。だが、いったん少女は姿を消し、東信毎日新聞社生活文化部記者の真嶋兼利に視点が移る。真嶋は入所者への虐待疑惑で老人介護施設を退職した介護福祉士の呉大麻良に取材のため面会するが、大麻良=でかまらという俄《にわか》には信じ難い名前のその男は一筋縄ではいかない。真嶋に呉の存在を教えたのは、ネットに忽然と出現した〈黒い絨毯〉という謎の掲示板への〈地球の意思〉を名乗る書き込みだった。介護施設の事件やトラブルは現実の世界でも社会問題になっているが、この物語の舞台は近未来(異なる時間軸?)の日本であり、そこでは自衛隊ではなく日本軍(関東州軍)が存在し、介護士はパワーローダーと呼ばれる産業用のパワードスーツを装着して業務にあたる。

フリーランスになった呉は超富裕層のみが居住出来る「ツクダジマ・ゲートアイランド特区」の竹村咲都から依頼を受け、高層マンションの四十八階の彼女の自宅に赴くが、咲都は呉を油断させてパワーローダーを奪い、同じマンションの最上階に住む元夫をベランダから投げ落として殺害する。呉から携帯電話でSOSの連絡を受けた真嶋はツクダジマ・ゲートアイランドに向かうが、どうやらそこではパワーローダーを装着した者ら、いや、パワーローダーが次々と人間を虐殺しているらしい。真嶋はゲートアイランドの入口で有羽と名乗る少女に出会う。有羽こそプロローグのあの少女であり、竹村咲都の娘だった。有羽の導きによって真嶋はゲートアイランド内に侵入するが、すぐに二人は「進化情報戦略研」という国家組織の神里久に拘束されてしまう……矢継ぎ早に幾つもの出来事が起こり、起こっていることの全容が知れぬまま猛速力でストーリーは疾駆していく。何がほんとうの現実なのかどうにも判然としない、真実だと思ったこともすぐさま反転、変転していくのが神林小説の醍醐味だが、それにしても本作のテンションとスピード感は凄まじい。読者は息つく暇もないまま、怒濤のクライマックスへと運ばれてゆく。

神林作品の例に漏れず、本作に盛り込まれたテーマやアイデアは多層的、複数的だが、焦点は大きく二つあると言えるだろう。ひとつはパワーローダーの叛乱に始まる人類と〈地球の意思〉の戦いである。この時点ではその正体はまったく明らかではない〈地球の意思〉なる存在は、全世界の金融マーケットを機能不全に陥らせ、瞬時にしてすべてのマネーが蒸発する。インターネットを始めとするデジタル技術はあっけなく崩壊し、人類の営みはあらゆる面で最大の危機に直面する。〈地球の意思〉はまさに「（人類を除く）地球の意思」なのであり、それは人間に対して人間であることをやめよ、と宣告する。「人工人格」やガイア仮説などといったキーワードが記され、さまざまな思弁や知見が語られるが、いったい何が進行しているのか、この先に何が待ち受けているのかは、いまだ定かではない。それどころか事態のおそるべき進行についていくだけでも大変だ。有羽を守護しているのは彼女が「オーエル」と呼ぶ何ものかだが、その頭文字は「オーバーロード」を意味している。それは新時代の神なのか。それとも……

もうひとつは、竹村咲都と竹村有羽という母と娘の愛憎と相克である。咲都は有羽を虐待していた。有羽は母に愛された記憶がない。だが有羽は狂おしいほどに咲都の愛情に飢えていて、それを求めている。だがそれは同時に、狂おしいほどに激しく憎んでいることと同じなのだ。咲都もまた、実の娘にこの上なく酷薄に当たりながらも、その冷血と非情の底に紛れもない愛に似た何かを潜ませている。そしてもちろんそれは、娘に殺されたいという欲望と裏腹なのだ。図式的に言えば、竹村咲都は人類の側に、竹村有羽はオーバーロードの側に属している。そう考えてみるならば、ここで物語られ、徹底的に突き詰められようとしている事どもが、如何に複雑で奥深い、簡単に答えの出しようもない難問であるのかがわかるだろう。

神林作品で描かれる家族─近親関係といえば、まず第一に「姉─弟」であった。だが、それは近年、親子関係への変化を見せており、『だれの息子でもない』と『絞首台の黙示録』では父と息子、『先をゆくもの達』では母と息子の関係が物語の重要な軸足となっていた。本作にも呉大麻良と父親のエピソードがあるし、義父に性的虐待を受けていた有羽はどこかで理想の「父」を求めてもいる。だがやはり、ここで前面に押し出されているのは娘と母の物語なのである。咲都と有羽の対面、いや対決は、まさしく本作のクライマックスである。だがもちろん、そこには通り一遍の和解や解決はない。捻れた血の絆の結び目は、そんなに容易に解きほぐせるものではないということを、この物語の作者は冷徹なまでの筆致で読者に突きつける。そしてそれがそのまま、人類とオーバーロード＝〈地球の意思〉の関係に重ね合わされるのである。なんという大胆な、そして残酷な企みだろうか？

本作に続くシリーズ第二作『レームダックの村』は、〈大災厄〉後の地方の状況を視察するために車で旅立った真嶋が若い男女にカージャックされ、ムラと呼ばれる何処とも知れぬ村落に連れていかれるところから始まる。二人は中央で何らかの犯罪に関与して大金を手にし、女の郷里であるムラに向かう途中だった。ムラは中央政府はもちろん近隣からも隔絶した閉鎖的な共同体で、行政上の長である村長の他に、ムラオサと呼ばれる土着的な指導者と、呪術で村を治める巫女という存在の三位一体によって運営されていた。真嶋が乗せた女＝ヒミコは巫女だった。否応なしにムラに留め置かれることになった真嶋は、やがてそこが単なる地方の村ではなく、クニ＝日本国家と対立する意志を持ち、対抗する術と力を備えていることを知る。長い間、ムラはその秘密を隠然と保ってきたが、〈大災厄〉が齎《もたら》した不可逆的な変化は、その存在を根底から揺るがす。かくしてムラとクニの戦いが始まる……真嶋兼利の他、神里久も再登場する。都市を舞台とする本作とは一変して、限界集落と呼ばれもするような地方の小さな共同体の命運が描かれており、一種の伝奇SF的な趣きもある。だが、ラスト近くで起こる驚異の出来事の連続は、読者を茫然とさせるだろう。

現在も継続中の第三部『上書きされた世界』は、本作および第二作で描かれた〈大災厄〉から二十五年の歳月が経過した世界が舞台である。連載途中まで読んだ段階では物語はまだ走り出したばかりだが、真嶋と神里、そして呉大麻良が年齢を重ねて登場し、『レームダックの村』のヒミコ、そして有羽の姿も見え隠れしている。三部作のラストにふさわしい凄絶なドラマの予感をすでにして湛えているが、ここで憶測混じりに多くを述べることは慎み、完結を待ちたいと思う。

とまれ、本作はもちろん一編の長編小説として見事に終わっている。幕切れの裁ち落とすような鮮やかさ、そこに滲む情感、そこに宿るエモーションの強さと深さは、数ある神林長平の小説のなかでも随一と言ってよいのではないかと思う。長年のファン、愛読者のみならず、これが神林作品との最初の出会いであってもよいだろう。一切の粉飾抜きに断言するが、こんな小説、他の誰にも書けはしない。

（ささき　あつし／思考家）

オーバーロードの街《まち》
朝日文庫

2021年5月30日　第1刷発行

著　　者　神林長平《かんばやしちようへい》

発 行 者　三宮博信
発 行 所　朝日新聞出版
〒104-8011　東京都中央区築地5-3-2
電話　03-5541-8832(編集)
03-5540-7793(販売)
印刷製本　大日本印刷株式会社

ISBN978-4-02-264993-5